구월의 보름

THE FORTNIGHT IN SEPTEMBER by R.C.Sherriff

Copyright 1931 by R.C. Sherriff

Copyright renewed © 1959 by The Estate of R. C. Sherriff
Originally published in Great Britain in 1931 by Victor Gollancz

This Korean edition was published by Dasan Books Co.,Ltd. in 2025 by arrangement with Kingston Grammar School and The Scout Association, as the Literary Estate of R C Sherriff c/o Curtis Brown Group Ltd. through KCC(Korea Copyright Center Inc.), Seoul.
All rights reserved.

이 책은 (주)한국저작권센터(KCC)를 통한 저작권자와의 독점계약으로 다산북스에서 출간되었습니다. 저작권법에 의해 한국 내에서 보호를 받는 저작물이므로 무단전재와 복제를 금합니다.

구월의 보름

R. C. 셰리프 장편소설
백지민 옮김

일러두기

1. 번역 대본으로는 The Fortnight in September: A Novel(R. C. Sherriff, Scribner, 2021)를 사용했다.
2. 주석은 모두 옮긴이의 것이다.
3. 본문 중 고딕체는 원서에서 고딕으로 강조한 부분이다.
4. 원문에서 몇몇 인물들은 당대 영국 서민의 사투리를 구사하며, 번역에서도 그 특성을 일관되게 반영했다.

차례

구월의 보름 _ 7

작가의 말 _ *443*

옮긴이의 말 유리병 속 색색의 유리알 _ *451*

1

비가 내리는 날이면, 서풍을 타고 먹구름이 몰려가고 나면 정원 아래쪽에 위치한 철둑 너머에서부터 청명한 날씨의 조짐이 찾아왔다. 스티븐스 부인은 날이 개기를 특히나 바랄 때는 몇 번이고 샛문의 모퉁이를 굽어보고는 철둑의 지평선을 따라서 하늘이 밝아질 기미가 있는지 살펴보곤 했다.

끊기지 않고 좌우로 뻗어나간 둑은, 스티븐스 부인에게는 세상을 둘로 나누는 것이었다. 그녀가 있는 쪽은 덜리치*와 그녀의 고장으로, 길게 이어진 친숙한 도로들에 여기저기 그녀가 아는 사람들의 집이 점점이 박혀 있었다. 또, 그녀 쪽에서 평지붕들 건너편으로 팔

• 영국 런던 남부의 지역.

백 미터쯤 떨어진 곳에 어릿어릿 보이는 것은 크리스털 팰리스*로, 가을철이면 가끔 그들을 향해 저녁노을의 금빛 사각형들을 번쩍이기도 했다. 저 멀리에는 탁 트인 전원과 나무들, 딕과 메리가 아이일 때 가족끼리 소풍을 가곤 했던 푸릇푸릇한 황야의 모퉁이들이 펼쳐져 있었다.

둑 저편에는 스티븐스 부인의 세계 가운데 나머지 반쪽, 부인이 거의 알지 못하는 반쪽이 있었다. 헌힐, 캠버웰, 그리고 쓰지 않는 어두운 병실에 켜진 유황 초처럼 구름으로 뒤덮인 하늘에서 빛나는 런던의 불빛들이었다. 이 불빛들은 청명한 밤이면 별빛 총총한 창공의 진파란색을 살짝 씻어내렸다.

커루나 로드의 끄트머리에서 시작되는 아스팔트 오솔길이 둑 아래로 잠겼다가 반대편에서 나타났건만, 스티븐스 부인은 세상의 나머지 반대편까지는 좀처럼 진출하지 않았다. 그녀는 덜리치에서 장을 봤고, 여기에 친구들이 있었다. 청명한 토요일 오후는 그들을 남쪽으로, 멀리 브롬리 쪽의 탁 트인 들판과 나무들이 있는 곳으로 불러냈다.

스티븐스 부인은 결혼하고 나서 이십 년간 내내 커루나 로드 이십이 번지에 살아왔지만, 그들의 정원 끝에서 곧장 반대편으로 이어지는 둑 너머에 무엇이 놓여 있는지에 관해서는 거의 아무것도 몰랐다. 가끔 그들이 기차를 타고 지나갈 때면 그녀도 알아보려고는 해보

• 1851년 영국 런던에 철골과 유리로 만들어 세웠던 만국박람회용 건물. 1936년 소실되었다.

왔다. 그러나 열차는 언제나 만원이었으니, 집을 지나치는 사이에 양쪽을 다 구경한답시고 이쪽 창문에서 저쪽 창문까지 후다닥 달음박질할 수도 없는 노릇이었다. 이런 까닭에 그녀는 저편에 정확히 무엇이 있는가라는 수수께끼는 절대로 풀 수가 없었지만, 언제나 뿌듯한 마음이 들어 살펴보는 곳 한 군데가 있었다. 열차가 철둑을 따라 덜컹거리는 사이 그녀의 눈앞에는 서른 개의 정원이 한 폭으로 이어져 파노라마로 지나가곤 했다. 커루나 로드의 짝수 번지를 구성하던 서른 가구 말이다. 그중 짧게 깎인 잔디와 말끔한 잔디밭 둘레, 라일락 나무가 있는 이십이 번지보다 출중해 보이는 정원은 없었다. 오직 이십이 번지만이 반만 쓰고 남은 벽돌이나 쓰지 않는 개수통 같은 것을 공구 창고 지붕에 올려놓지 않았다.

그러나 빗방울이 뚝뚝 떨어지는 이 구월의 오후에는 그 정원도 슬프고 안돼 보였다. 상당히 이른 아침부터 비가 내리기 시작했는데, 그녀가 정육점에서 나왔던 열한 시를 갓 넘겼을 무렵에는 빗방울이 똑똑 떨어지더니, 다섯 시가 된 지금은 소리 없이 께느른한 비가 길거리의 움푹 팬 곳들을 채우고 있었다. 그녀는 괴롭고도 우울했다. 휴가를 떠나기 전날 밤은 언제나 가족끼리 축하하는 시간이었다. 딕과 메리가 아이였을 때는 거의 크리스마스이브만큼이나 절정에 달하던 밤이었고, 비록 집에서 시간을 보내며 바다가 여전히 백 킬로미터는 떨어져 있었어도 휴가 전체를 통틀어 가끔은 최고로 꼽히기도 하는 시간이었다.

바다와 떨어져 있었지만 그날 저녁이면 바다는 언제고 그들을 불렸다. 그러니만큼 스티븐스 씨가 저녁 식후에 정원 산책을 할 적에는 대기 중에서 거의 소금 맛이 날 지경이었다. 휴가를 떠나기 바로 전날 밤 평소보다도 정원에 오래 머무는 것은 스티븐스 씨의 습관이었다. 그는 사무실을 나섰고, 책상 뚜껑을 쾅 닫아버리고 눈부신 십오일을 보낼 예정이었으니 그날 저녁부터 휴가가 시작되었다고 느끼고 싶었던 것이다. 집 밖의 작은 잔디밭 위, 땅거미 속에서 그는 가슴을 펴고 공기를 들이쉬곤 했다. 그런 뒤에는 침실로 향하여 바다에서 입을 옷가지들인 회색 플란넬 바지와 트위드 스포츠 재킷, 튼튼한 갈색 부츠, 부드러운 트위드 캡 모자를 펼쳐놓곤 했다. 그러나 모자는 좀처럼 쓰는 일이 없었다. 보름 내내 그의 숱 없는 갈색 머리칼은 햇빛과 바닷바람 속에서 흩날릴 것이었다.

다시금 스티븐스 부인은 바깥을 내다보았다. 이놈의 비만 그쳤더라면! 이 첫날 저녁을 뺏긴다면 휴가 전체 일정에 찬물을 끼얹는 꼴이 될 터였다. 훔친 것이라서, 공식적으로는 전혀 휴가 기간이 아니어서 달콤한 이 저녁을 말이다.

언제나 이 저녁을 기념하는 특별한 식사도 있었다. 올해 저녁 식사는 삶은 소고기 요리였는데, 열차에서 먹을 샌드위치를 만들기도 좋았으며 설거지하기도 편해서 식사 후에 마지막으로 짐을 쌀 여유가 더 주어졌기 때문이다. 식사 후에는 스티븐스 씨가 가장 좋아하는 디저트인 애플 덤플링도 먹을 예정이었다.

오후 다섯 시를 넘긴 시각이었다. 한 시간 내로 식구들은 집에 도착할 터였다. 스티븐스 씨가 먼저 오고(그는 이 휴가 전날 저녁에는 언제나 칼같이 퇴근했다), 그다음에는 딕이, 또 그다음에는 메리가 올 것이다. 일곱 시쯤에는 모두가 집에 있을 것이다. 보름 내내 이런 식으로 비가 내리면 어쩌나? 한번은 그랬던 적도 있었다, 몇 년 전에. 그녀는 황혼 녘에 가족들과 끝없이 내리는 빗줄기를 뚫고 기차역에서부터 발을 질질 끌며 커루나 로드를 올라온 그 저녁을 절대로 잊은 적이 없었다. 딕은 거의 사용해 보지도 못한 양동이와 흠뻑 젖어서 물을 뚝뚝 흘리는 작은 삽까지 들고 있었다.

그러나 이번에 그런 일은 벌어지지 않을 것이었다. 그런 일이 벌어질 수는 없을 것이었다. 그녀는 날이 개기를 기도했고, 그녀의 기도는 응답을 받았다. 바로 지금, 그녀가 부엌문 모퉁이 너머 유심히 바깥을 살피는 사이에 날이 한층 밝아진 것이 느껴졌기 때문이다. 자갈길은 번들거렸고, 집 밖 물웅덩이에 떨어지는 빗줄기는 점차 뜸해졌으며, 게다가 저 둑 너머에서 자그마한 한 폭의 파란 하늘이 묵직한 먹구름을 걷어 올리고 있었다.

그녀는 마음의 짐을 던 채 부엌으로 돌아왔다. 이제는 다 괜찮을 것이었다. 스티븐스 부인에게 왜 그렇게 행복하냐고 물었더라면, 그녀는 절대로 설명할 수가 없었을 테다. 그녀는 "다른 식구들이 행복해할 테니까요" 하고 말하는 걸 사렸을 테다. 그런 말은 고결하면서도, 어리석게 들렸을 테니까. 그녀에게 "휴가가 즐거우신가요?" 하고 물었다면 그녀는 언제나 두려워했으나 절대로 찾아오는 법이 없었던 그런 질문에 움찔했을 테다. 아무도 그녀에게 물어본 적이 없었다. 가족들은 그녀가 즐거웠겠거니 짐작했고, 친구들도 "좋은 시간

보냈어요?"로 질문을 한정했다. 이에 그녀는 이십 년간 "훌륭했죠"로 답했다. 휴가지는 언제나 보그너였다. 신혼여행 때, 그녀의 창백한 눈동자가 처음 바다를 본 순간부터 쭉 말이다. 그녀의 아버지에겐 농장에 사는 누이가 있었는데, 휴가 따위 비웃는 아버지는 매해 아이들만 그곳에 보냈다. 이 딸이 남편을 만나 결혼하게 되기까지 말이다.

스티븐스 부인은 바다를 보면 겁을 먹었고, 한 번도 그 두려움을 극복한 적이 없었다. 그녀는 바다가 죽은 듯 평온할 때가 가장 두려웠다. 그녀를 몸서리치게 하는 내면의 무언가가 그 막대하게 매끄러운 점액질의 표면으로, 무無로 뻗어나가 그녀를 어쩔하게까지 했다. 신혼여행 때 스티븐스 부부는 그들은 세인트 매슈스 로드에 있는 허깃 부부에게 객실을 빌렸다. '시뷰Seaview'라고 불리는 곳이었는데, 화장실 창문으로 해안 거리에 있는 가로등 기둥 꼭대기가 보였기 때문이다.

그들은 광고를 보고 예약한 터였고, 허깃 부부가 기이한 조합의 부부라는 것을 발견했다. 허깃 씨는 통통하고 쾌활했다. 그가 모시던 남자가 그에게 돈을 좀 남겨서 시뷰를 사게 된 것이었다. 그는 태평스러웠고, 살짝 잘난 체를 했고, 술을 마셨다. 허깃 부인은 말랐고, 사람이 민망해질 정도로 비위를 맞추려고 안달복달했다. 그들은 몰리라는 어린 종업원을 두었는데, 땅딸막하고 안짱다리에 붉은 머리칼을 한 몰리는 오랫동안 충직하게 그들 부부 곁에 남아주었다.

그래도 숙소는 잘 단장되어 있었고 구석구석 깨끗했다. 스티븐스 가족은 이듬해에 다시 시뷰를 찾았고 그 이래로 쭉 스무 번의 구월 동안 비가 오나 해가 뜨나, 더우나 추우나 언제나 시뷰를 방문했다.

그들은 휴가지를 바꿔보자는, 브라이턴, 벡스힐, 심지어는 로스토프트*로 가보자는 이야기도 종종 했으나 결국에는 언제나 보그너가 이겼다. 오히려 보그너는 그들을 매년 더 강하게 사로잡았다. 그곳에는 엮인 것들이 있었다, 정든 것들 말이다. 딕이 어렸을 때 응접실 식탁보에 남긴 잉크 얼룩이, 메리가 엽서에 조가비를 풀로 붙여서 만든 작은 장식품이. 그 장식품은 언젠가의 휴가 끝에 허깃 부인에게 선물했던 터라, 매년 응접실의 벽난로 선반에서 그 장식품을 다시 볼 수 있었다. 계단참에는 딜리치에서 우유를 배달해 주던 사람을 닮았다면서 그들이 '리처즈 씨'라고 불렀던 박제된 돌잉어도 있었고, 그 외에도 그곳에 다시 가지 않으면 슬프게 깨져버릴, 여타 많은 사소한 추억거리들이 있었다.

그러나 시뷰는 해가 지날수록 소리 없이, 가차 없이, 변해버렸다. 원래는 익은 자두처럼 화사하던 허깃 씨도 쪼그라들기 시작했다. 그의 진홍색 뺨도 색이 바래더니, 가느다란 보랏빛 혈관만을 남겨두었다. 어느 해 구월에 스티븐스 가족은 그의 손이 참으로 얇아졌다는 것을, 손가락 관절 주위 피부가 참으로 늘어졌다는 것을, 또 그가 영수증에 서명할 적에 손이 참으로 떨렸다는 것을 알아챘다.

해마다 허깃 부인은 아이들이 잠자리에 들러 간 어느 밤이면 스티

---

* 브라이턴, 벡스힐, 로스토프트는 모두 영국의 해변에 있는 작은 도시다.

븐스 가족이 묵는 응접실로 들어와서는 문을 계속 흘긋대면서 나지막하고 불안한 목소리로 말했다. 허깃 씨가 참으로 끔찍한 겨울을 보냈다고, 허리 쪽도 매번 돌아왔다 나갔다하고, 기관지염에다 허깃 부인이 절대 제대로 설명할 수 없는 한층 불가사의한 다른 골칫거리들까지 겪었다고 말이다.

매년 한탄이 더욱 길어지고 더욱 기막혀지던 끝에 어느 해의 부활절에 스티븐스 가족은 검은 테두리를 두른 편지를 받았다. 허깃 부인의 편지였다. 지난 화요일 밤 열 시에 남편이 별세했다는 말을 하는.

이어지는 구월에 그들이 만난 허깃 부인은 검은 상복 차림이었다. 그녀는 남편이 별세한 그날 밤이 얼마나 사나웠는지 말해주었다. 바다는 얼마나 포효했는지, 눈 부스러기들은 어찌나 길에서 뱅뱅 돌았는지를. 그녀는 남편의 사망을 행복한 해방으로 묘사했지만, 그 이후로 쭉 상복을 입었다.

허깃 씨는 말년으로 갈수록 집안에서 딱히 제구실을 한 적이 없었다. 그는 전구를 간다는 단 하나의 분명한 자기 업무도 몇 년 전에 그만둬야 했는데, 천장을 올려다보면 머리가 띵해졌던 탓이다. 그렇다고 해도 여주인의 배우자가 세상을 떠났으며 기나긴 겨우내 그녀가 홀로 있었다는 사실은 달라지지 않았다.

스티븐스 가족은 그 뒤 몇 년간 시뷰에서 그 어떤 확고히 잘못된 점을 눈치채지는 못했다. 허깃 부인은 언제나처럼 허둥대며 비위를 맞추려 덜덜 떨면서 안달복달했고 몰리는 하루 종일 발등에 불이 떨어진 듯한 모습이었다. 그럼에도 그냥 뭔가 다른 점이 있었다. 매년 뭔가 사소하게 달라진 점이. 몇 년 전에는 욕조 마개가 사슬에서 떨어져 나왔는데, 절대로 다시 포획되는 법이 없어서 매해 욕조 밑 바닥에 제멋대로 놓여 있었다. 해마다 침대보는 더욱 보풀이 생기고 해져갔다. 급기야 어느 날 밤 스티븐스 씨는 그날따라 발톱이 날카로웠던 탓에 이불을 감싼 시트 중간을 째어버렸고, 잠자리에 들 때마다 뜻하지 않게 자꾸만 발로 그 구멍을 키웠다.

스티븐스 가족들은 이런 것들을 절대로 불평하거나 지적하지 않았다. 그들이 시뷰와 쌓아온 세월이, 허깃 부인을 괴롭힐 수 있다는 두려움이, 거기다 어쩌면 그녀에 대한 약간의 연민이 그들을 입 다물고 있게 했다. 하여간에, 그들은 하루 종일 밖에 나가 지내지 않았는가.

그러나 스티븐스 부인에게 시뷰란 매년 자신의 골머리를 썩이고 심란하게 하는 보름간의 뒷배경일 뿐이었다. 그녀는 다른 식구들이 즐기듯 보름간의 휴가를 즐기지 못하는 자신이 싫었다. 그녀는 휴가를 즐기는 체 하자니 불행해졌는데, 그런 짓은 가짜, 어쩐지 부정직한 짓이었기 때문이다. 열네 살쯤에 딕은 모래에 끝단을 접어 올린 반바지 차림에 햇볕에 그을린 다리를 드러낸 채 모래를 파다가 갑자기 "환상적이죠, 엄마!" 하며 그녀에게 달려오곤 했는데 그러면 그녀는 "환상적이구나" 말하고 미소를 짓고는, 그런 거짓말을 한 자신이 싫어지곤 했다.

신혼여행만이 환상적이었고, 아이들이 찾아오면서 이 보름간의 휴가는 짐짝이, 가끔은 악몽이 되어버렸다. 집에서 아이들은 그녀의 것이었다. 아이들은 그녀를 사랑했고, 모든 일에 있어서 그녀를 찾아왔다. 보그너에서는, 어쩐지 아이들은 그녀에게서 떨어져 갔고…… 달라졌다. 그녀가 첨벙거리며 다니면 아이들은 그녀를 두고 웃었다. 그녀 모양새가 너무도 웃기다면서. 그들은 집에서는 절대로 그녀를 두고 웃지 않았다.

한층 젊었을 적에는 모래사장에서 아이들과 크리켓을 해보려고도 했지만, 그녀는 튀는 공을 포착하는 눈썰미가 없어서 재빨리 수그려 공을 멈추게 할 수가 없었다. 아이들은 웃었고, 그러면 곧 그녀는 접의자에 앉아 잡지 뒤로 숨곤 했다. 그러는 동안 뜨거운 태양에 두통이 찾아왔다.

개중에서도 최악은 여행길이었는데, 아이들이 자라서 짐이 한층 가벼워졌음에도 그들이 언제나 환승해야 했던 클래펌 환승역에 대한 두려움을 결코 극복하지 못했기 때문이다.

짐꾼이 끄는 수레차들의 우르릉거림, 잘못 찾은 승강장, 끽끽대는 기차들, 한번은 남편이 표를 산 후 잘못된 곳으로 나가는 바람에 그를 잃어버린 적도 있었다……. 지옥이란, 스티븐스 부인에게는, 챙 있는 제모를 쓴 악마들이 있는 불타듯 뜨거운 클래펌 환승역일 터였다.

그녀가 공황적 두려움의 정점을 찍는 곳이 클램펌 환승역이었다면 열차 안은 인내의 한계점에 이르게 했다. 그들이 언제나 휴가를 떠나던 구월의 첫째 주 토요일에 객차는 여지없이 북적거렸다. 한번은 누군가가 기절할 것 같았는지 힘없는 목소리로 창문을 내려달라고 외치기도 했다. 또 몇 년 전에는 구석에 있던 어느 숙녀가 일종의 발작을 일으켜서, 바닥에 구두 굽을 탁탁 두드리며 신음을 냈다. 그 광경에 스티븐스 부인은 두려워서 오싹해졌다. 여전히 가끔씩 꿈에서 그 장면을 볼 정도였다. 그리하여 그 이래로 쭉, 객차에 탄 그녀가 좌불안석하며 첫 번째로 하는 일은 동승객들의 얼굴들을 훑어보면서 모두 강건하고 평온한 모습이기를 바라며 실낱같은 희망을 붙드는 것이었다. 만일 누군가 창백하고 허약해 보인다면 그녀는 다른 승객 한 명을 사이에 끼워 그들을 시야에서 감추려고 하면서도, 그렇게 하는 자신의 비겁함을 경멸했다.

아이들이 자라면서 적어도 골칫거리 하나가 사라지기는 했다. 메리가 어릴 적에는 언제나 열차에서 토했기 때문이다. 심지어 메리는 도킹에서 빠져나가는 굽이를 딱 넘어서자마자 한 치도 틀리지 않고 매번 어김없이 구토를 했다. 스티븐스 부인은 아이를 굶겨도 보고, 강한 페퍼민트도 써보았지만 소용이 없었다. 결국 이웃집의 잭 부인에게서 괜찮은 방안을 배웠는데, 그 집의 꼬맹이 에이다도 딱 똑같았던 것이다. 잭 부인은 언제나 철도 여행길에는 핸드백 속에 작은 종이봉투 두세 개를 가지고 다녔다. 봉투는 빠르게 열 수 있었으므로, 쉽게 사용하고 편리하게 창문 밖으로 버리면 그만이었다. 잭 부인은 너무도 능숙해진 나머지 놀란 동승객들이 무슨 일이 벌어졌는지 알아채기도 전에 일체의 사건을 해치워 버리노라고 가끔 자랑도 했던 것이다.

그러나 스티븐스 부인은 그런 여행길이 싫었다. 그녀는 책 읽는 사람도 아니었기 때문이었다. 그녀는 책이나 잡지에 넋을 놓을 수도 없었다. 그녀는 수하물 선반과 그 불길한 빨간 비상 신호줄•이 그녀의 아린 눈을 거의 지지다시피 할 때까지 바라보다가 차에서 내렸다.

그럼에도 지금, 그녀가 저녁 식사로 동분서주할 무렵, 소스 팬 뚜껑을 들어 올리고 삶고 있는 소고기를 포크로 찍어볼 무렵, 그녀는 행복했으며 예기치 못한 저녁의 햇살에 거의 고무되기까지 했다. 휴가가 다른 식구들에게는 크나큰 기쁨을 가져다주었기에 행복했던 것이다. 그녀는 가족들이 귀가하기를 학수고대했다. 다음 날 휴가 때문에 마음이 벅차오르겠지, 그러면서도 이제 하룻밤 동안 자유로 통하는 대기실이 되어버린 집을 떠나기 꺼리겠지 싶어서 말이다.

그녀가 과거보다는 덜 꺼림칙해하면서 올해의 휴가를 고대한 데에는 또 다른 이유도 있었다. 딕과 메리가 이제는 꽤 자랐기 때문이었다. 딕은 열일곱이었고 메리도 곧 스물이었다. 지난해에 딕은 친구 몇몇과 캠핑을 간다는 둥 한두 번 모호하게 말한 적이 있었고, 메리도 가게의 여자애들 몇몇이 함께 농장에서 즐거운 시간을 보냈다고 언급한 적이 있던 것이다.

딕과 메리는 이제 저녁이면 상당히 자주 외출했다. 세인트 존스 홀에서의 목요무도회, 뭐 그런 것들이 있었다. 요새는 집이 딱히 예전 같지 않았으니, 휴가는 그들을 떼어놓기보다는 결속시켜 줄 것 같았다. 작년만 해도 학교에 다니던 딕은 이제 일을 시작한 참이었

• 영국 열차 객차 내부에 설치되어, 승객이 비상시에 당기는 사슬을 말한다.

다. 하지만 그는 일하면서부터 썩 행복해 보이지 않았다. 휴가가 딕에게 좋은 영향을 주고 진정시켜 줄 터였다. 오직 어니, 셋째이자 막내 아이만이 아직 학교에 다녔다. 어니는 고작 열 살이었는데, 그러니 본인은 몰랐을지언정 지난 이 년간 흥겨움과 야단법석을 맡아 휴가에 활기를 불어넣어 주기도 했다.

다행스럽게도 각자 휴가를 보내겠다는 전조들은 유야무야되었는데, 객실을 예약할 날이 다가왔을 때 다른 계획이 제기되지 않았기 때문이다. 딕은 사실상 일을 시작하고부터 그 어느 때보다도 보그너에 가고 싶어 안달이 난 듯했는데, 이런 모습이 스티븐스 부인에게는 약간 이상해 보이기도 했다.

이제 비는 완전히 그쳤고 해가 빛나고 있었다. 스티븐스 부인은 부엌 서랍에서 식탁보를 꺼내서 다이닝룸으로 들어갔다.

어니는 집에서 풀려나 테니스공을 담벼락에다 던지며 놀고 있었다.

"너 그러다 발 다 젖는다." 스티븐스 부인이 외쳤다.

"땅 말랐는데요." 어니가 소리쳤다.

길 위쪽의 세인트 존스 성당에서 여섯 시를 알리는 종이 울리고 있었다. 다른 식구들도 이제 곧 집에 올 터였다. 그들 모두가 어찌어찌 함께 휴가를 보내게 되어 다행이었다. 보름 내내 날씨가 쭉 좋고, 언제나 그랬듯 모든 이가 이전처럼 휴가를 즐긴다면 환상적일 것이었다.

2

"자 그럼" 하고 스티븐스 씨가 의자를 끌어오며 말했다. "'행군 명령'이다."

저녁 식사는 끝났다. 스티븐스 부인과 메리도 식탁을 다 치운 터였다. 설거지를 하려면 당분간 기다려야 했다.

'행군 명령'은 식구들 사이의 농담이었다. 아니 그렇다기보다는, 그 표현은 농담이었으나 그 의미만큼은 진지한 것이었다. 집을 보름간 비우려면 해둘 일들이 많았고, 이런 일들을 체계적으로 해둬야만 마지막 순간에 닥쳐서 마구잡이로 서두르는 일 없이 집을 떠날 수가 있던 것이다.

스티븐스 씨가 연필로 빼곡하게 글씨를 쓴 종이 한 장을 꺼냈다. 그것은 다년간 수집되고 체에 걸러진 경험의 결과로, 휴가마다 쌓아

올리고 개선한 끝에 이제는 이런 목록에 있어 더 바랄 수 없을 만큼 완벽한 것이 되었다. 심지어 때때로 이 종이를 친구들이 빌려 가기도 했다.

그는 파이프 담배에 다시 불을 붙였고, 식탁에 떨어진 담뱃재를 쓸어내고서 목청을 가다듬었다. 요새 들어 식구가 이렇게 전부 둘러앉는 일은 드물었고, 스티븐스 씨는 이 상황을 간절히 움켜잡았다.

딕은 식탁을 사이에 두고 제 아버지 반대편에 앉아 있었는데, 팔꿈치를 앞으로 하고, 양손으로 턱을 모아 쥔 채였다. 스티븐스 부인은 마지막으로 한 번 방을 황급히 둘러보고는 양념통을 찬장에 쑥 넣은 후 난롯가의 안락의자에 착석하고서 텅 빈 불경그레받이에 있는 종이부채를 멍하니 응시했다. 그녀의 양손은 파드득대면서 블라우스의 틈새로 갔다가는 재빨리 무릎으로 옮겨갔는데, 가만히 있으라고 분부를 받아 봤자 그렇게 금방 쉴 수는 없다는 것만 같았다.

저녁 식사는 굉장히 훌륭했다. 처음에는, 어쩌면, 그들 모두가 이 저녁 식사를 어떤 행사로 만들고자 너무 의식한 나머지 지나치게 열심이었다. 마치 이 저녁의 매력이 또 한 해가 지나감과 더불어 서둘러 사라질까 봐 반쯤 두려워하는 듯했으나, 점차 편안해지며 휴가 출발 전날마다 있었던 과거 저녁들의 기조를 마법같이 되찾게 되었다.

질문들이 식탁 너머로 던져졌다가 또 다른 질문들을 맞닥뜨렸다. 엉클 샘과 그의 악극단원들[*]이 거기 또 와 있을까? 엉클 샘은 어마어마하게 늙었을 것이 틀림없다. 적어도 십오 년간은 나이를 먹지 않는 것처럼 보였으니. 똑같은 피에로들이 거기 있을까? 그 클로버가

가득한 초원을 가로질러 바다로 이어진 오솔길을 폐쇄했을까? 풍문에 따르면 거기 건물을 짓는다던데. 진짜 군악단이 다시 연주를 할까? 군악단은 보통 악단보다도 정말, 훨씬 더 흥미진진했는데 말이다. 스티븐스 씨는 때때로 침묵으로 빠져들었는데, 그는 이미 멀찍이 떠나가, 지팡이와 파이프 담배를 가지고 언덕진 초원지를 터덜터덜 내려가면서 태양과 산들바람에 가슴팍을 풀어 헤치고 맨머릿바람인 채로 있었기 때문이었다.

바깥에, 저녁은 아름답게 날이 갠 터였다. 해가 그 뒤로 넘어가면서 철둑은 어둑해지기 시작했고, 작은 다이닝룸의 창문들을 통해서 옅은 금색 미광이 들어왔다. 가끔 열차가 지나갈 때마다 빛이 가려지긴 했는데, 다만 심지어 그때조차도 지나가는 객차들 사이로 번개 같은 햇빛의 섬광이 번쩍였다.

그러나 정찬은 이제 끝났고, 할 일이 앞에 놓여 있었다.

배가 터지도록 먹은 어니는 소파에 드러누워 퍼스의 털을 문질러 정전기를 내려고 하면서 그 털에서 일어난 작은 먼지 티끌들이 바래가는 햇빛 광선을 통과해 꾸물럭대며 반짝이는 걸 지켜보았다.

메리가 주방에서 들어와 벽난로 선반 옆에 섰다. 식구는 행군 명령을 받을 준비가 되었고 관례에 따라 그들 앞에 놓인 임무들을 각자 받아 적으려 했다.

• 영국의 연예인인 엉클 샘(본명 에드워드 파커)은 당시 백인 동료들과 함께 흑인으로 분장하고 각지를 순회하며 흑인의 노래, 춤, 만담 등으로 구성된 버라이어티 쇼를 열었다. 이와 같은 공연은 19세기 초중반에 미국에서 시작되어 20세기 중반까지 성행했다.

"다들 준비됐지?" 스티븐스 씨가 안경 너머로 흘긋 보며 물었다. 그는 한 번 더 목청을 가다듬은 다음 시작했다.

"일 번. 공구 창고. 삽, 갈퀴, 모종삽에 기름칠할 것. 문단속할 것. 열쇠를 주방 갈고리쇠에 둘 것."

스티븐스 씨가 기입란에 말끔히 체크 표시를 했다.

"좋아. 이건 내가 오늘 저녁에 처리하도록 하고.

이 번. 조. 조를 헤이킨 부인에게 데려갈 것. 새 욕조와 씨앗, 갑오징어 뼈 두 개도 더불어서."

스티븐스 씨가 안경 너머로 걱정스러운 듯 딸아이를 슬쩍 보았다. "그렇게 해주겠니, 메리?"

카나리아 조를 이웃집 헤이킨 부인에게 데려가는 임무는 언제나 모두가 기피했다. 스티븐스 씨의 목소리에는 불안의 기미가 있었는데, 작년에는 이 일 가지고 거의 말싸움이 일어날 뻔했기 때문이다.

이 임무가 의미하는 바는 헤이킨 부인에게 감사를 표하고 그곳에 몇 분간 머무르면서 이야기를 나누어야 하는 것이었고, 작달막한 헤이킨 부인은 친절하기야 했으나 다소 푼수데기에 흥분을 잘하는 성격이었다. 그녀는 상대에게 자신은 조를 돌보는 걸 너무 좋아했는데, 그도 그럴 게 돌보는 건 정말로 전혀 아무런 수고도 아니었거니와 조는 무척 깜찍한 귀염둥이였으며, 아침에 너무나 아름답게 노래를 불러주어서 그녀를 반쯤은 행복하고, 반쯤은 슬픈 기분으로 만들었기 때문이라고 열댓 번은 말했던 것이다.

헤이킨 부인에게 감사만 표하고서 빠져나가기는 힘들었다. 그러면 그러는 사람 역시도 다소 불행한 기분이 들었고, 게다가 이기적인 기분까지 더해졌는데, 헤이킨 부인은 한 번도 휴가를 간 적이 없었기 때문이다.

그녀는 홀로 살았다.

이웃들이 말하기로 한때 그 집에는 남편과 아들 셋에 딸아이 하나가 있었으며, 언제나 누군가가 들락거렸다고 했다. 그러나 그건 오래전, 스티븐스 가족이 오기 전의 일이었다.

그녀는 하루에 딱 한 번 외출했다. 가끔 쏜살같이 지나가는 작달막한 사람 형체와 정돈되지 않은 머리칼 몇 줄기만 포착될 뿐 그녀는 사라지고 없었다. 어찌 된 일인지, 그녀가 집에 다시 돌아가는 모습은 단 한 번도 본 적이 없었다. 스티븐스 가족은 가끔씩 그녀를 방문했지만, 그럴 때면 그녀가 너무도 푼수를 떨고 행복해하면서 지나치게 빨리 말하고 심지어 어떤 때는 웃다가 급기야 울어버리기도 했다. 결국 그녀를 방문하는 횟수는 점점 적어지고 드문드문해진 끝에, 지금에 이르러서는, 헤이킨 부인에게 카나리아를 맡길 때처럼 특수한 경우에나 스티븐스 가족의 누군가가 그녀의 집에 발을 들였고, 그렇게 방문이 뜸해졌으니만큼 방문하는 일은 더더욱 어려워지고야 말았다.

스티븐스 씨의 연필이 종이 위를 맴돌았다.

"해주겠니, 메리?"

메리의 얼굴이 굳었다. 메리는 창백하고 지쳐 있었는데, 길고도 지루한 하루를 보냈기 때문이었다. 그녀는 오후에 공을 들여 정리할 여유 시간을 가질 수 있도록 아침나절 분발해서 일했다. 그런데 점심 이후에 예상에 없던 짜증스러운 일이 벌어졌다. 어느 손님이 급히 들어오더니 그날 저녁에 입을 드레스를 수선해 달라고 요구했고, 메리는 이 세상의 그 어떤 방식으로 수선해도 그 드레스 주인의 꼴사나운 겉모습을 개선해 주진 못하리라는 것을 차고 넘치게 알면서도 그 증오스러운 드레스에 눈을 고정한 채 몸을 수그려 오후 두 시간을 보냈던 것이다.

메리는 킹스 로드에 있는 마담 뤼퐁의 작은 전시실에서 손님들 시중을 들어도 된다고 가끔 허락받기도 했지만, 대부분의 시간은 그 뒤편에 있는 민둥민둥한 작업실에서, 삭막한 창문이 차고의 물결 모양 철판 벽을 내다보는 곳에서 보냈다. 태양은 절대로 그 방으로 들어오는 법이 없었다. 다만 가끔 매우 하얗게 번득이는 하늘 때문에 눈이 아프기는 했어도 말이다. 그녀는 오늘 밤 정말 피곤했다. 왜 그녀가 조를 데려가서, 헤이킨 부인이 하는 얘기나 듣고 있어야만 하는가? 왜 차라리…….

그녀가 힐끔 내려다본 어머니는 무릎 위에 양손을 두고 앉아서, 불겅그레받이를 응시하고 있었다. 어머니의 손가락 하나가 거친 리넨 천의 작은 조각으로 감겨 있던 것을 그녀는 눈치챘다. 어머니는 손가락을 베인 게 틀림없었다. 정찬을 준비하느라고 말이다. 그런데도 식구 중 누구도 그것을 눈치채지 못했던 것이다. 메리는 창문을 흘깃 내다보았다. 태양이 철둑 아래로 거의 모습을 감추고 있었다. 구름 한 점 없는 하늘이 보였다. 일주일 후면 그녀의 양팔은 태양 아래서 금빛 나는 갈색으로 그을렸을 거다. 그 생각을 하자 뭔가가 갑자기 펄쩍 뛰어올라서 그녀 안쪽에서 따끔거렸다. 메리는 미소를 띠고 아버지를 건너다보았다.

"알았어요. 제가 조를 데려갈게요."

스티븐스 씨는 안도의 한숨을 내쉬며 그 항목에 체크를 했다.

"고맙다, 메리."

삼 번. 퍼스. 부엌방 창문을 살짝 열어둘 것. 불리반트 부인에게 우유를 이틀마다 줘달라고 부탁할 것. 훈제 청어는 월요일과 목요일에."

스티븐스 씨는 아내를 말없이 들여다보았고, 이에 스티븐스 부인은 안절부절못하며 시선을 올렸다.

"아뇨, 저…… 제가…… 어…… 오늘 불리반트 부인을 못 봤어요. 출타 중이셔서. 아침에 열쇠를 맡겨둘 때 부인께 말씀드리면 되겠지 싶어서."

스티븐스 씨의 눈썹이 약간 올라갔다.

"그러면 위험하지 않겠어요?" 그가 말했다. "부인이 얘기하고 싶어하는 거라도 있다손 치면. 논의할 세부 사항이라든가. 우리가 시간이 남아돌지는 않을 거잖아요."

스티븐스 부인의 시선이 재빨리 남편에게로, 또다시 불경그레받이로 이동했다.

"그럼…… 제가…… 제가 지금 갈게요."

"지금은 너무 늦었죠. 위험을 감수해야겠어."

불리반트 부인은 바로 맞은편에 살았다. 그녀의 남편은 퇴역 경찰관이었다. 집 열쇠를 맡기기에 이상적인 부부였달까. 불리반트 씨나 불리반트 부인이 매일같이 집에 들러서 흘긋 한 바퀴 둘러보고, 무슨 편지라도 있으면 일 페니 반짜리 우표들*을 붙여 전달해 주고, 퍼스를 돌봐준다는 것이 언제나 약속된 바였다. 답례로 불리반트 부부는 스티븐스 가족이 떠나 있을 동안 익은 깍지콩과 대황을 거둬 갔다.

스티븐스 가족은 불리반트네와 한번 이렇게 정해둔 이래로 더없이 행복했다. 집이 바로 맞은편에 있는 데다가 퇴역 경찰관이라는 배경까지 합쳐지니, 완전히 보안이 된다는 느낌을 그들에게 주었던 것이다.

불리반트네가 오기 전에, 이런 관리 업무들은 잭 부인이 수행해주었다. 그러나 스티븐스 가족의 귀에 유쾌하지 못한 이야기들이 들어왔다. 훈제 청어는 잭 부인이 먹고 퍼스에게는 껍질만 준다는 식의 이야기들. 악의적인 소문이었을지도 몰랐으나, 이야기가 하나 이상의 소식통에서 들려온지라, 스티븐스 가족은 맞은편의 이십삼 번지에 불리반트 부부가 들어오자 반가웠다.

"잊지 말아요" 하고 스티븐스 씨가 마지못해서 기입란에 체크 표시를 하며 경고했다. "그리고 부인에게 부엌방 창문에 관해서도 상기시켜 주고."

---

* 영국에서 당시 내륙에서의 우편 발송 요금인 일 페니 반($1\frac{1}{2}$d.)에 맞추어 1870년부터 사용된 우표이다.

그는 다시 종이로 몸을 돌렸다.

"사 번. 배달을 전부 중지할 것. 우유 배달부가 매일 가져다주는 우유 이백 밀리리터만 빼고."

스티븐스 부인은 안도하여 올려다보았다.

"네. 내가 오늘 아침에 그렇게 해뒀어요."

"존슨네 쪽에 《가정 원예》를 보관해 달라고 말도 해뒀고요?"

"네."

조간 배달은 당연히 중지시켰지만, 《가정 원예》 주간호는 남겨두었다. 지난 호들은 스티븐스 가족의 귀가 시에 배달되었는데, 스티븐스 씨가 그것들을 동여매어 모아 두는 것을 좋아했기 때문이다.

"오 번. 가스. 가스계량기를 꺼둘 것."

"알겠어요." 딕이 말했다.

"아침 식사 직후에 맨 먼저 하는 거다."

"알겠어요." 딕이 되풀이했다.

스티븐스 씨가 기입란에 체크 표시를 했다.

"육 번. '은제품' 문단속을 할 것." ('은제품'이란 프린시스 플레이트*와 축구 동호회에서 스티븐스 씨에게 결혼 선물로 준 잉크스탠드, 딕이 학교 경주에서 따낸 몇 개의 도금된 우승컵을 일컫는 특수한 표현이었다.)

"좋아." 스티븐스 씨가 말했다. "내가 하고."

뒤이어 그들이 경험을 통해 신중하게 처리해야 한다고 알게 된 몇

---

* Prince's Plate. 보통 은접시보다 고품질의 은접시를 말한다.

가지 사소한 일들이 이어졌다. 수도꼭지에서 물이 똑똑 샜기 때문에 욕조 마개는 빼둘 것, 상하는 식품은 버릴 것, 카펫은 가끔 비가 들이쳤던 프랑스창**에서 멀찍이 접어 올려둘 것. 각 항목이 식구 일원들 손에 맡겨졌다.

"마지막으로." 스티븐스 씨가 말했다. "총 지령. 루이슬립 씨가 아홉 시 십오 분에 짐을 가지러 올 거야. 꼭 아홉 시까지는 짐을 준비해 두자고. 그러면 훨씬 덜 우왕좌왕하고 성가실 테니까.

열차는 덜리치역에서 아홉 시 삼십오 분에 떠나. 그 말은 우리가 적어도 아홉 시 이십 분에는 이곳을 나서야만 한다는 소리야, 열쇠 맡길 시간을 떼어놓으려면.

열 시 이 분 클래펌 환승역 도착. 이 번 승강장.

열 시 십육 분 간선 열차 출발. 팔 번 승강장."

스티븐스 부인의 심장이 살짝 파닥거렸다. 이 번에서 팔 번, 종이 한 장 위에서 아무렇지도 않게 읽으니, 얼마나 수월하게 들리는가! 그러나 클래펌 환승역 이 번에서 팔 번으로라니, 승강장이라는 단위가 매겨져서 말이다!

"혹시 이건 어때요." 그녀가 웅얼거렸다. "우리 덜리치에서 출발하는 더 빠른 열차를 탈 수도 있지 않을까요. 그러면 환승역에서 십 분은 더 주어질 거잖아."

스티븐스 씨는 놀란 듯했고, 자신이 신중하게 계획해 둔 채비에

●● 문처럼 드나들 수 있는 쌍여닫이 창문.

토를 달다니 약간 감정이 상한 듯 보였다. 그는 마치 아내가 다소 말귀가 어둡다는 양, 천천히 말했다.

"이미 십사 분이 있잖아요."

"그렇죠, 그래도……."

"당연히 시간이 있죠, 엄마!" 딕이 끼어들었다.

스티븐스 부인의 눈이 불경그레받이 속의 종이부채로 돌아갔다. "알았어…… 없던 말로 해요. 시간이 충분하다고들 생각한다면야."

그녀는 왜 자신이 애초에 말을 꺼냈던가 의문이 들었다. 그래봤자 공연한 말이 될 터였음을 알았다. 남편과 아이들이 열차 시간에 아슬아슬하게 맞추는 스릴을 즐겼다는 것을 알고 있었다…….

회의는 끝났다. 스티븐스 씨는 종이를 접고 일어섰다.

"얼추 다 한 것 같은데." 그가 말했다.

전반적으로 움직임이 있었다. 스티븐스 부인과 메리는 설거지를 마무리하러 주방으로 들어갔다. 딕은 자기 침실로 짐을 싸러 올라갔다. 어니는 소파에서 반쯤 잠든 채로 누워 있었다. 자신의 양동이와 삽은 근처 구석에, 아침을 위해 채비해 둔 채로 말이다.

방은 이제 어두워지고 있었지만 스티븐스 씨는 불을 켜지 않았다. 그는 벽난로를 등지고 양다리를 깔개 위로 쫙 벌리고, 얼굴은 창문과 남아 있는 태양의 미광을 향한 채 서 있었다.

그리고, 매우 찬찬히, 그는 방을 나서서, 복도를 따라 현관문으로 향해 나가서, 보도를 끼고 둘러 정원으로 들어갔다.

그는 프랑스창을 통해서 정원으로 곧장 갔을 수도 있었지만, 이렇게 다른 길로 가는 편을 선호했다. 그가 창문으로 나갔다면 어니가, 아니면 퍼스가 그를 따라왔을 텐데, 그는 한 해 가운데 가장 행복한 저녁의 이 마지막 황혼 시간을 홀로 즐기고 싶었던 것이다.

3

 정원은 황혼 녘에 절정에 달했다. 눈에 거슬리던 주변 사물들의 윤곽도 부드러워지고 한층 가라앉았다. 이런 빛 속에서는 정원 끄트머리 울타리 너머의 철둑이 거의 운하의 초록색 경계선 같기도 했고, 전봇대들은 운하의 풀로 덮인 예선로˙를 따라 늘어선 가느다란 포플러나무들 같기도 했다.
 커루나 로드 이십이 번지의 정원은 큰 편이 아니었다. 이웃들과 마찬가지로, 그 정원은 가로 십팔 미터에 정문에서 철길을 막고 있는 울타리까지 세로 오십오 미터 크기였다. 그러나 땅거미 속에서 정원

• 曳船路. 과거에 내륙 수로로 들어오는 선박을 예인하기 위해 만들었던 길을 뜻한다. 현재는 주로 산책로로 쓰인다.

의 울타리는 더 멀찍이 떨어져 있는 듯 보였고, 스티븐스 씨가 보기 좋아하던 정원 둘레의 와인처럼 붉은 담쟁이덩굴 담벼락들과 어렴풋이 비슷해 보이기도 했다.

 스티븐스 씨는 잔디밭에 잠시 멈춰서, 파이프 담배에 다시 불을 붙이고 신중하게 성냥을 머리부터 잔디 사이에다가 밀어 넣었다. 촉촉한 잔디의 서늘하고 신선한 냄새가 났다. 어슴푸레한 미광이 여전히 철도 위에 걸려 있었지만, 머리 위로 하늘은 어둑해졌고 별이 찾아온 터였다.

 둑에서 희미한 소리가 들려왔다. 덜커덩-덜컹, 덜커덩-덜컹, 하고 선로를 따라 웅얼거리면서 다가오는 기차를 예고하는 소리였다.

 그 소리는 점점 커지며 미친 듯이 그에게 휘몰아쳤고, 스쳐 날아갔고, 잦아들었다. 신문지 한 조각이 열차 뒤에서 소용돌이쳐 올라갔다가 살포시 내려앉았고 스러져 가는 노을을 배경으로 하늘은 어두웠다.

 소음과 덜컹거리는 소리가 그를 에워쌌을 때 스티븐스 씨는 이맛살을 찌푸리며 일그러진 표정이 되었으나, 고요가 돌아오자 얼굴은 매끄러워졌다. 한순간 밝고 복닥복닥한 객차들이 쏜살같이 지나갔다. 철도신호기가 덜걱덜걱 올라갔고 모든 것이 다시금 고요해졌다. 고요가 돌아오면서 갑자기 주변은 한 톤 더 어두워진 듯싶었다.

 스티븐스 씨는 파이프 담배를 치우고 밤공기를 길게 한 모금 들이마셨다. 서늘하고 신선한 공기를, 근사한 보름 내내 하루 종일 들이마실 그런 유의 공기를. 벌써 그는 기분이 좋아지고 있었다. 사무실의 퀴퀴한 공기가 그의 폐에서 빠져나가고 있었고, 그의 다리도 언덕진 초원지 위에서 애쓰기 위해 기력을 모으고 있는 듯했다.

스티븐스 씨는 턱없이 감상적인 남자는 아니었다. 아마도, 평균 이상으로 감상적이지는 않다. 그는 그저 본능적으로 어떻게든 특별한 이름을 붙일 만한 모든 날을 붉은 글씨로 특별히 표시해 일상의 칙칙함을 줄이는 법을 터득했을 따름이었다.

그가 이러는 것은 완전히 본능적이며 잠재의식에 따른 것이었다. 그는 온 세상 사람을 통틀어도 자기 인생을 칙칙하다고 여길 사람이 절대로 아니었다. 아마도 그가 집안의 '행사'를 확고하게 하는 재능이 있었다고 말하는 편이 더욱 적절할 테다. 이런 행사들은 가정의 유대를 강화하는 데 너무도 보탬이 되곤 했다.

본질적으로는 거의 의식이라 부를 만한 무언가가 이런 특별한 날들을 에워쌌다. 생각과 행위에 있어서 식구들을 한데 묶어준 의식 말이다.

크리스마스이브, 성령강림절 월요일, 팔월의 공휴일•과 식구들의 생일은 태평하고도 현란한 진홍색 글자로 색이 칠해졌다. 새해 전야, 그리고 휴가 출발 전야는 한층 섬세하고 사색적인 붉은색의 제목이 붙었다. 전자는 바래가는 희망들을 강화하려는 아쉬운 애원이 담겼기 때문이고, 후자는 스티븐스 씨가 분석하고 이해하기를 희망하지

• 영국의 공휴일인 뱅크 홀리데이로, 8월 마지막 월요일에는 모든 은행이 거래를 중지하고 쉰다.

도, 추구하지도 않았던 감정들을 방출하는 연중 행사를 예고했기 때문이다.

휴가를 떠난 사람은 상황만 조금 달랐어도 자신이 되었을지도 몰랐던 사람, 자신이 되었을 수도 있었던 사람이 된다. 모든 이는 휴가 중에 동등하다. 모두가 비용이나 건축 기술일랑 고려하지 않고 저마다의 성을 꿈꿀 자유가 주어지는 것이다. 그토록 섬세히 직조된 꿈들은 숭배하듯 보살펴야만 하고 그 다음주의 투박한 빛으로부터는 떨어뜨려 놓아야만 한다.

그는 자갈길을 천천히 내려가면서, 한 손은 입에 문 파이프를 받치고 다른 한 손은 호주머니에 넣었다. 올봄으로부터 십 년 전에 그가 허리춤까지 오는 풋내기를 심은 이래 알아볼 수 없도록 자라나 버린 라일락을 지나쳤다. 오른손 쪽 울타리 근처의 경계에서 짙은 색의 꽃들이 바래가는 햇살과 어우러져서 어스름하니 불분명한 그림자 무더기가 되어 있었다. 한층 창백한 꽃들만이 어둠을 뚫고 그에게 가냘프게 빛을 올려 보냈다. 달맞이꽃과 연초가 저마다의 섬세하고, 똑똑히 알아내기 어려운 향취를 띠고 말이다.

오른쪽의 좀 더 낮은 구석에 있는 것은 갯개미취로, 올해에는 매우 쌩쌩했다. 정원 저 끝에 있는 울타리를 따라서 둑에 가장 가까이 있는 것은 깍지콩이었고, 그 앞쪽에는 대황이 자라고 있었다. 늘 그렇듯이 썩 좋진 않았다. 다년생 시금치와 파슬리 한 평이 뒤따랐다.

그는 작년의 휴가 전야 이래로 쭉 정원에서 보냈던 시간들을 생각해 보았다. 잠식해 오는 밤들에 맞서 일하면서 서두르던 가을의 저

녘들, 네 시 정각이면 난롯불이 켜진 다이닝룸에 다과가 준비되었다는 소식이 들리던 황량한 겨울날들, 커루나 로드의 거의 모든 정원에서 사람들이 머리를 까닥거리던 상쾌한 봄철의 토요일 오후들, 와이셔츠 차림으로 그가 누워 있다가 라일락나무의 그늘을 찾아서 의자를 이리저리 움직일 때만 꼼짝하던 여름날들. 작년의 휴가 전야 이래로 벌어진 일은 또 있었다. 딕은 학교를 졸업해서 일을 시작했다. 우유 배달 담당을 바꿨다. 어니는 수두를 앓았다. 커루나 로드의 수면을 흔드는 일 없이 어쩜 이렇게나 많은 일이 벌어질 수가 있었는지 기이한 노릇이었다.

그는 파이프 담배에 다시 불을 붙여서 어슬렁어슬렁 산책해 간 끝에 정원의 진정한 지형지물, 그의 왼편에서 보초를 서는 옹이 진 오래된 사과나무에 다다랐다.

커루나 로드의 다른 정원들 한두 곳에 있는 오래된 사과나무도 이런 식으로 꼬이고 검고 메말라서 지금은 거의 열매도 열리지 않았다. 사람들 대부분은 그런 사과나무를 베어버리고 새로운 묘목을 심었으나, 스티븐스 씨는 사과나무를 남겨두었다.

그는 천성적으로 과거를 깊게 감각하고, 시간과 함께 그 위력과 위엄을 더한 것들을 숭배할 줄 알았다. 오래전 드넓은 과수원이 이 근방에 펼쳐져 있던 게 틀림없었는데, 도로 반대편의 오 번지에 있는 블래니 부인의 정원에도 나무 한 그루가 있었기 때문이다. 십팔 번지에 있는 셰퍼드 씨의 정원에는 그루터기만이 남았고, 그 위쪽은 파내어 제라늄을 약간의 흙과 함께 화분째로 묻어두었다.

열차에서 그는 같은 유의 오래된 사과나무를 강둑 반대편의 정원들 여기저기에서 발견했으니, 심지어 철길이 놓이기 전부터 과수원이 있었던 게 틀림없었다.

이제 오래된 사과나무 백 그루 중에 한 그루도 남아 있을까 말까였는데, 모두가 몸통에 빛바랜 흰색 석회액 띠 같은, 오래전에 잊힌 돌봄의 자취들을 지니고 있었다. 한때 넓게 펼쳐진 번듯한 빈터에 서 있었던 살아남은 나무들은, 이제는 고독 속에서 어울리지 않는 곳에 군데군데 서 있었다. 삼십 년 전에 과수원을 가로질러 도로를 놓은 개발업자의 변덕 덕분이었다.

스티븐스 씨는 그 메마른 검은 나뭇가지들 틈새를 올려다보았다. 바람이 한숨 스쳐 지나갔기에, 라일락나무는 깨어나서 몸을 떨었지만 사과나무는 제 잎사귀를 바스락거리기에도 너무 나이가 들고 지친 듯싶었다.

그는 손을 내뻗어서 각화된 나무 몸통에다 손바닥을 비볐다. 그는 어떤 권력자가 그 나무를 베어버릴 것을 명하여, 자신이 메리의 방에 있는 그림 속의 남자처럼 "오, 나무꾼이여, 그 나무는 살려두시오!"• 하고 말할 수 있기를 거의 바라기까지 했다.

그는 어쩐지 자신이 그 나무를 이해하고, 그 나무도 자신을 이해한다고 느꼈다. 나무가 제 고독을 그가 이해해 주어서 고마워한다고

• 미국 시인 조지 포프 모리스가 1837년에 쓰고 이후 노래로 만들어져 유명해진 시 「나무꾼이여, 그 나무는 살려두시오!*Woodman, Spare That Tree!*」의 제목을 말한다. 당시에 출판된 악보 표지에 나무 옆에서 나무꾼을 만류하는 사람의 그림과 노래 제목이 함께 실려 있었다.

말이다. 그는 가끔 몇 년 전으로 떠돌아 가 철도와 주택들이 지어지기 전 모습 그대로의 과수원 속에서 그 나무와 함께 머물기도 했다.

그러나 오늘 밤은 과거를 떠돌 때가 아니었다. 내일 이 시간에 그는 부드러운 음악을 들으면서 해변 산책로를 거닐어 내려가고 있을 터였다. 콧구멍에는 알싸한 바다 내음과 양손에는 견고한 보름간의 자유를 쥔 채로.

그는 사과나무를 재빨리 외면하며, 혼자서 몽상하도록 나무를 내버려두었다. 정사각형 모양의 불빛이 메리의 침실에서 휙 튀어나왔고 내려진 블라인드를 배경으로 메리의 고개가 여기저기로 까닥거렸다. 설거지가 끝난 것이 틀림없었다. 그녀도 짐 싸기를 마무리하러 간 것이었다.

이 모든 것이 얼마나 근사한가! 온 가족이 다시 같이 휴가를 떠나다니, 딕과 메리가 친구들과 각자 휴가를 보내겠다는 그런 암울한 암시를 슬쩍 던졌던 걸 생각하면 말이다. 그 계획들이 무산되어서 천만다행이었다!

아침에는 얼마나 재미있고 부산스러울까! 스티븐스 씨는, 위엄일랑 바람결에 던져버리고 잔디밭에서 왈츠 스텝을 한 바퀴 밟아 봤다가, 우뚝 멈춰 서서 혹시 아니가 봤을까 봐 갑자기 불길함을 품고서 프랑스창을 쳐다보았다.

일순간 그에게 환희와 함께 태양과 모래사장, 바다에서 고함치고 첨벙대는 사람들, 번득이는 절벽과 완만한 언덕진 초원지의 모습이, 기분 좋은 허기가 쏜살같이 스쳤다…….

무엇보다 근사한 부분은 휴가가 시작되기도 전에 그가 휴가를 즐기고 있었다는 점이었다! 회계 장부와 잉크통 들을 뒤로하고 고무줄로 펜들을 묶어서 책상 속에 두고 쾅 닫아두었던 것이다. 앞에 놓인 모든 것이 생생하고 탁 트이고 재미로 고동치고 있었다.

혼자서 조용하게 휘파람을 불며 그는 위쪽 정원으로 되돌아가서 부엌문 옆의 공구 창고로 들어갔다. 이렇게 어두워지기 전에 이 일을 해두었어야 했다. 그는 성냥을 그었고, 그 불에 의지해 정원용 도구들이 벽면을 따라서 말끔하게 배열된 모습을 검토했다. 시간을 절약하기 위해 전날 밤에 공구들을 깨끗이 닦고 기름칠해 두었다.

모든 것이 정돈되어 있었으므로 다시 나와서 문을 잠갔다. 그는 매년 휴가를 떠나기 전 공구 창고 문을 잠글 때면 언제나 터무니없게도 설움이 복받쳤다. 변덕스러운 광휘를 번쩍이며 그를 현혹해 버린 스쳐 지나가는 인연 때문에 오랜 벗들을 내버리는 것처럼 느꼈던 것이다. 오랜 벗들이 지조 있게 그를 기다려줄 만큼이나 확실하게 그를 보름 만에 내동댕이칠 사람 때문에 말이다. 그는 다시 한번 창고를 흘긋 들여다보려고, 오랜 벗들에게 괜찮다고, 돌아오리라 장담하려고 잠긴 문을 거의 열 뻔했다. 그는 이런 말도 안 되는 발상을 억누르고는 격자 샛문을 통해, 왔던 길을 되돌아서 현관문을 통해, 복도로 들어갔다.

이제 온 집 안에는 전등이 켜져 있었지만, 지금은 특별한 경우이기는 했다. 딕은 산책용 지팡이와 우산을 함께 동여맨 꾸러미를 들고 현관에서 스티븐스 씨와 마주쳤다. 행군 명령에 따른 그의 임무

중 하나였던 것이다.

어니는 침대로 밀려나면서도 이제 휴가가 시작되었으니만큼 시야에서 벗어나게 두지 않을 셈이었던 자기 삽과 양동이를 끌어안고 있었다.

"딕!" 메리가 난간 너머로 외쳤다. "와서 나 이 가방 드는 거 좀 도와줘!"

스티븐스 부인은 여전히 주방에서 분주했다. 고리에 공구 창고 열쇠를 걸려고 들렀을 때 스티븐스 씨는 내일 아침 샌드위치 재료로 준비된 삶은 소고기와 빵 한 덩이, 겨자, 버터 한 접시가 늘어져 놓여 있는 것을, 또 그 옆에 서모스 보온병이 놓여 있는 것을 보았다.

그는 다이닝룸으로 서성이며 들어가 한 번 더 난로를 등지고 섰다. 창턱에 놓인 것은 망원경과 보그너 및 애런 디스트릭트의 지도, 그의 일기장이 든 잡낭이었다. 그는 미소 짓고 양 엄지손가락을 조끼에 집어넣었다. 그는 너무도 잘 조직해 둔지라 시간에 초연한 남자의 만족감과 여유로움을 느꼈다. 행군 명령은 얼마나 근사한 발상이었나. 숨 가쁘게 서두르는 일과 열렬히 안달복달하는 일도 없이……. "카메라 어디 있지?"라든가 "옷솔 챙긴 사람 있어?" 같은 질문도 없이. 대신 모든 이가 그저 목적을 갖추고 움직이며 절대로 겹치지 않는 임무들에 열중한 채였으니.

"아빠!" 메리가 난간에서 외쳤다.

"여기 있다!"

"잠깐 여기 올라와 봐요!"

"뭔데?"

"그냥! 여기 올라와 보라니까요!"

스티븐스 씨는 위층으로 가서 메리를 따라 커루나 로드가 내려다 보이는 딕의 방으로 들어섰다. 그녀는 아버지를 창문으로 이끌고 가서 커튼을 추켜들었다.

"저기 봐요!" 그녀가 말했다.

눈부신 만월이 떠 있었다. 달은 멀찍한 크리스털 팰리스 위로, 그 길쭉한 건물의 중간쯤 걸려 있었다. 탑들은 캄캄했지만 달 아래 둥근 지붕은 천여 개의 차가운 회색빛 조각들로 반짝거렸다. 한층 부드러운 미광이 도로 반대편의 젖은 지붕 슬레이트로부터 찾아오는 한편, 그 너머의 나무들은 강청색 하늘을 배경으로 짙고 검어 보였다.

스티븐스 씨는 이 광경을 이토록 사랑스러운 모습으로는 자주 보지 못했다.

"멋지죠!" 메리가 말했다. "휴가에 이런 달이 뜨다니."

"좋은 징조구나." 스티븐스 씨가 중얼거렸다.

딕은 달을 이미 본 터로, 침대 옆에서 부산스러웠다. 그는 아침에 입을 회색 플란넬 바지와 파란색 블레이저로 갈아입고서는 회사용 옷을, 책상에 마구 닿아서 오른쪽 소매를 따라 다소 심하게 반질반질해지기 시작한 파란 서지 원단의 정장을 세심히 개고 있었다.

4

 스티븐스 씨는 침실 창문의 커튼 사이로 반짝이는 틈새의 빛에 눈길을 두고서 얼마간 누워 있었다.
 햇빛은 오만 가지 희망을 줄 만큼 충분히 밝았지만, 그는 그런 빛줄기가 얼마나 기만적일 수 있는지 알고 있었다. 하늘이 반짝이며 커튼 사이로 꽤 밝은 빗줄기를 보냈던 아침, 커튼을 걷자마자 인정머리없이 내리는 가랑비를 발견하고 놀란 적도 있었다.
 그는 귀를 기울였고, 물 떨어지는 소리의 부재는 그의 희망을 강화해 주었다. 날이 청명하다면 많은 것이 어마어마하게 달라질 터였다.
 물론 비가 꼭 와야만 한다면, 어떤 면에서는 그들이 휴가지에 머무는 중에 비가 오기보다는 휴가지로 떠나는 날에 비가 오는 것이 편이 나았다. 왜냐하면 첫째 날의 대부분은 역사 안이나 기차 속에서 시간을 보냈기 때문이다. 그래도 맑은 하늘 아래에서 움직이기 시작하고 객차 창문으로 일광욕을 하는 전원을 내다보는 데에는 상당히 멋진 구석이 있었다.

희미한 산들바람이 커튼을 회오리처럼 휘둘러 방으로 들여보냈고, 그의 희망은 확실히 현실이 되었다. 유리를 때리며 내리는 빗줄기의 쏴 하는 소리가 없었기 때문이다. 그는 침대에서 펄쩍 뛰어나와서 커튼을 옆으로 젖히고 천천히 미소 지었다. 그가 기억하기로는 출발하기에 이토록 완벽한 아침을 본 일이 없었다. 작년에는 거세고 제멋대로 부는 바람과 묵직하게 하늘을 질주하는 먹구름들이 있었지만, 오늘 아침 날씨는 아름답게도 고요했으니, 엷은 박무의 층이 잔디 위에 놓였고 하늘은 청명한 파랑이었다. 이른 아침의 태양도 집들 사이로 빛나면서, 사과나무의 잎사귀들을 밝혀 잎사귀들에 섬세한 윤기를 부여했다.

출발하기에 이렇게 좋은 날이 또 있었던가!

그는 다시 침대로 쓱 들어가서 머리 아래에 깍지 낀 양손을 받치고 열린 창문을 통해 하늘을 더 잘 보려고 했다. 햇빛이 아침에는 그의 방으로 들지 않아 아쉬웠으나, 그는 집 뒤편에 있는 이 방을 선호했다. 열차 소리는 집 앞쪽 창문으로 들려오는, 늦은 밤 집에 가면서 웃고 떠드는 사람들의 불규칙적이고도 변덕스러운 소리만큼 그를 방해하지는 않았던 것이다.

그가 누워 있는 동안 열차 한 대가 지나갔다. 열차가 미끄러져 지나갈 동안 그 열차의 지붕이 보였다. 가엾은 녀석들, 런던으로 가는 구나! 이 아침 시간에 말이다!

그는 기지개를 켜서 발가락이 침대 끝에서 튀어나오게 한 다음, 한쪽 다리를 끌어 올려서 종아리를 더듬었다. 그가 사실상 운동을 거의 하지 않는 걸 고려하면 상당히 단단했지만, 며칠의 시간만 지나면 종아리는 강철만큼이나 단단해질 터였다. 그 언덕진 초원지를 한동안 거닌 다음에는 말이다!

일곱 시가 되기 딱 십오 분 전이었다. 삼십 분 안에만 일어난다면 시간은 충분할 터였다. 그는 다시 한번 잠을 자려고 만족스럽게 몸을 뒤집었지만, 다시 잠들기에는 너무나도 말똥말똥했고 들떠 있었다. 그는 그냥 누워 생각을 했다.

불현듯 어떤 생각이 떠올랐다. 그는 잠자리에서 튀어나와서 슬리퍼를 신고 실내복을 입었다. 조용히 방문을 열고 아래층의 주방으로 살금살금 기어들어 가 주전자를 올렸다. 식구 전원에게 차 한 잔씩을 가져다줄 터였다. 근사한 발상이었다! 그날의 찬란한 시작이었다! 그는 주전자가 끓기 전 행여나 누가 뒤척일까 봐, 행여나 다른 누가 우연히 똑같은 생각을 할까 봐 조마조마해하며 귀를 기울였다. 그는 각 침실에 살금살금 들어가 가족들을 한 명 한 명 깨우고 싶었다. 그는 식구 모두의 휴가 시작일이 훈김을 내뿜는 차 한 잔과 함께 펼쳐지기를 바랐다. 각 방 창문으로 가서 블라인드를 당겨 걷고서, 태양빛이 줄줄 흘러들어 오는 사이에 "저기 봐" 하고 말하고 싶었다.

주전자가 끓기를 기다리는 동안 그는 다이닝룸 커튼으로 미리 예행연습을 했고, 다른 무언가를 기억해 냈다. 그는 고양이처럼 살포시 위층으로 기어올라 갔고 틀니를 끼웠다. 그는 가족 모두에게 미소 지을 수 있는 상태이고 싶었다.

몇 분 뒤에, 손에는 쟁반을 들고 그는 다시 조용히 올라갔다. 그는 계단 꼭대기에 쟁반을 놓고, 아내의 방문을 살포시 연 다음에 까치발로 들어갔다. 빛은 은은했고 가라앉아 있었다. 운 좋게도 커튼이 쳐져 있었다. 아내는 양 끄트머리에 금속 난간이 있고 그 귀퉁이에는 놋쇠 구슬 장식이 달린 구식의 이인용 침대를 썼다. 침대는 그들이 결혼했을 때 처음 구매한 물품 중 하나였건만, 스프링이 늘어난 터라 스티븐스 부인은 침대에 상당히 깊숙이 파묻힌 채 누워 있었다. 처음에는 작은 분홍색 나이트캡 위쪽 끄트머리 말고는 무엇도 보이지 않았지만, 스티븐스 씨가 그녀를 살포시 흔들자 그녀는 이불을 밀어 내리고서 희미하게 끙 소리를 내며 몸을 돌려 등을 대고 누웠다. 한순간 그녀는 멍하니 앞뒤를 두리번거리더니만, 스티븐스 씨에게 시선을 고정했고 기겁하더니 희번덕거리며 눈을 떴다. 그녀는 마치 겁먹은 작은 토끼처럼 펄쩍 뛰어올라서 잠자리에서 허둥지둥 나오기 시작했다.

"세상에 맙소사! 내가 몇 시인지도 모르고!"

그는 미소를 짓고 한쪽 손을 추켜들었다. "괜찮아요. 걱정하지 말고. 아직 일곱 시도 안 됐어요······."

격렬한 안도와 감사가 그녀에게 찾아왔다. 하고많은 날 중에서도 이런 날에, 늦잠을 자서, 아침 식사를 늦게 차리고, 모든 식구를 초조하고 짜증 나게 했다면 얼마나 끔찍했겠는가. 그러던 중, 그녀가 팔꿈치로 몸을 받치고 누워 있을 동안, 그녀의 눈이 천천히 차 한 잔을 눈동자에 담았다.

스티븐스 씨는 그녀의 침대 곁의 작은 원형 탁자에 멋지게 찻잔을 내려놓았다.

"이거 당신이 좋아할까 싶어서." 그가 말했다.

스티븐스 부인은 거의 말도 나오지 않아서…… 어쩔 줄 모르는듯 작게 키득거렸다……. "어머, 아니 어니스트, 증말로……!"•

그녀는 심경을 표현할 말을 찾을 수 없었다. 어니스트가 이런 식으로 차 한 잔을 그녀에게 가져다주지 않은 지가…… 오…… 굉장히 오래되었다. 몇 년에 몇 년은 되었으니.

그는 창문으로 건너간 터였다. 그러고는 과장된 동작으로 커튼을 당겨 젖히고 마치 마술이라도 부렸다는 듯이 한 손을 내밀었다. 방은 갑자기 일광욕을 하게 되었다.

"아침에 이런 날씨라니 어때요?" 그가 말했다.

스티븐스 부인은 눈이 멀 듯한 햇살 속에서 눈을 뜨려고 분투했다. 잠시 뒤에 그녀는, "환상적이죠!" 하고 탄성을 내뱉은 다음에 천천히 옆에 놓인 차 한 잔을 향해 고개를 돌렸는데, 그것이 햇살 비치는 날씨보다도 훨씬 더 신났던 것이다.

"당신 증말로 상냥하네요, 어니스트. 증말로……."

• 스티븐스 부인은 원문에서 런던 지역 서민층 특유의 사투리를 구사하며, h 발음 생략이나 평평한 모음 사용 등이 그 특징이다. 이러한 말투는 이후 대사 전반에 걸쳐 반복되므로, 번역에서도 그 특성을 일관되게 반영했다.

그는 문으로 천천히 걸어갔다. "서두르지 말고요. 그럴 기분이 들면 반 시간 더 여유 부려도 좋고. 다들 짐을 싸뒀다면 여덟 시에 아침 먹어도 시간은 충분할 거니까." 그는 방을 나갔다. 스티븐스 부인은 일어나 앉아서 놀라워하며 차를 홀짝였다. 엄청나게 뜨겁고 다소 밍밍했고, 일부는 출렁거려 잔 받침에 쏟아진 터였지만, 그래도 글쎄…… 어니스트가 이런 짓을 할 생각을 하다니 그야말로 놀랄 노 자였다!

아버지가 차를 들여왔을 때 딕은 깨어 있었다. 그러니 커튼을 열어젖힌 터였고 아버지가 일어나기 전에 누워 있었던 것과 상당히 비슷하게 누워서 양손을 깍지 낀 채 뒤통수에 대고 창문으로 하늘을 내다보고 있었다. 어니는 구석의 작은 침대에서 아직 곤히 잠들어 있었지만, 계속 잠든 채로 뒀다. 차를 가져다주자는 스티븐스 씨의 발상에 어니는 포함되지 않았던 것이다.

메리는 여전히 자고 있었다. 그녀의 침실은 옆쪽으로 이십사 번지의 담벼락을 내다보고 있었다. 그래서 아침에는 상당히 어둑했던지라 햇빛으로 메리의 잠이 깨지는 않은 터였다.

"아니, 아빠!" 그녀가 일어나 앉아 차를 보고 외쳤다. "대체 어쩌다 이런 생각을 하신 거예요!"

스티븐스 씨는 자기 방으로 돌아왔다. 선심의 결과에 상당히 만족스러워진 채로 말이다. 그는 욕실로 들어가서 순간온수기를 켠 다음 면도를 했다. 신문 배달원이 앞쪽 정원으로 다가와 신문을 문간에 털썩 던져놓고 떠나는 소리가 들렸다. 집배원이 대문에 잠시 멈춰서,

편지 몇 통을 힐끔 헤집어 보더니만 계속 가는 모습도 보았다. 그가 들어오지 않았다니 아쉬웠달까. 오늘 아침에 편지 한 통을 받았으면 상당히 괜찮았을 텐데 말이다. 반쯤 잊고 있던 어느 옛 친구에게서 예기치 않게 받은 쾌활한 편지 한 통을, 만일 열차 맞은편 자리에 인상을 심어줄 만한 사람이 있다면 다시 개봉해서 읽을 만한 그런 걸 말이다. 그런데 또, 그런 게 무슨 상관이람? 햇살만으로도 그 누구에게든 충분히 좋은 날이 아닌가? 즐거움과 흥분이 충분하지 않은가?

그는 비누 거품을 힘차게 씻어내고 침실로 돌아가 옷을 입었다. 그는 플란넬 바지와 크리켓 셔츠를 잡아당겨 입었다. 근사하게도 편한 옷을 입었으니, 오늘 아침에는 빳빳한 목깃을 찰 일은 없었던 것이다. 넥타이야 물론 기차 여정을 위해서 맬 테지만 바다에서는 목덜미도 풀어서 헤쳐둘 터였다.

그런 뒤 그는 트위드 노퍽재킷*을 입고 튼튼한 갈색 워커를 신고서 아래층으로 휘파람을 불며 내려갔다. 튼튼한 부츠가 쿵쿵거리며 따라오는 소리가 듣기 좋았다.

스티븐스 부인은 옷을 입고 주방에서 분주했다. 달걀을 삶는 동안 막 어니의 하얀 샌드슈즈를 말리려고 부엌 문간에 두는 중이었다. 그녀는 전날 밤에 신발들을 파이프 점토로 표백하는 것**을 잊어버

- 등과 가슴에 주름이 있고 허리 벨트가 달린 남성용 웃옷.
- 예전에는 파이프 담뱃대 제작용으로 사용되는 파이프 점토가 신발 표백용으로도 사용되었다.

렸지만, 이런 햇볕 속에서는 금세 마를 터였다.

 아침 식사는 시간을 절약하기 위해 주방에 차렸다. 자연스레 다소 산만한 식사가 되었는데, 모두가 최종적으로 짐을 싸려고 안달복달했기 때문이다. 그들은 치우기도 간편하고 소화도 잘 되는 삶은 달걀과 빵과 버터를 먹었다.

 "루이슬립 씨가 안 늦으면 좋겠건만." 스티븐스 씨가 달걀을 깨면서 중얼거렸다. 해마다 그들의 짐을 가지러 오고 역까지 짐을 짐수레로 날라다 주었던 나이 지긋한 역외 짐꾼인 루이슬립 씨는, 짐을 찾아 들고 어슬렁어슬렁 출발해서 승강장에서 짐표를 붙이는 내내 지독히도 여유를 부리는 바람에 가족들이 참기 힘든 지경까지 신경을 긁었다. 그는 짐표 하나하나를 축인 다음에 잠시 멈추고서 기차가 오는지 보려고 선로를 올려다보곤 했고, 그러는 동안 가족들은 부글부글 발효되는 불안감 속에서 옆에 서 있었다. 그러다 열차가 시야에 들어오지 않는다고 그가 확신했을 무렵에 짐표는 말려 올라가서 그의 손가락에 들러붙어 한층 더 지연되곤 했다.

 그는 언제나 어찌어찌 열차가 다가와 설 무렵 마지막 짐표를 붙였지만, 스티븐스 씨는 절대로 그를 믿지 않았고 그가 오기로 한 시간 훨씬 전부터 꼼지락거리며 길을 내려다보았다.

 만약 예를 들어, 루이슬립 씨가 병이 났는데 깜빡하고 짐 이야기를 아무에게 전하지 않았다면? 무슨 곤경에 처하게 될 터란 말인가! 그러나 골칫거리를 마중 나가는 건 쓸데없는 일이었다. 그가 도착하려면 아직 삼십 분은 있었다.

아침 식사 중에는 장난과 농담이 꽤나 오갔지만 그것은 주로 긴장감을 억누르다가 비롯된 것이었다. 스티븐스 부인이 갑작스럽게 조금씩 웃음보를 터뜨리는 모양은 불안하고도 예민해 보였고 스티븐스 씨는 거듭해서 손목 시계를 슬그머니 흘긋거렸다.

메리는 조용했는데, 앞으로 해내야 하는 임무 때문이었다, 그녀가 싫어했던 임무 말이다. 그녀는 다른 식구들보다 먼저 식사를 마치고 식탁에서 일어났다.

"지금 조를 헤이킨 부인네에 데려갈게요." 그녀가 말했다.

스티븐스 씨는 동정심을 담아 말했다. 그게 얼마나 어려운 일인지 이해한다는 것이었다.

"우리가 네 가방을 현관에 내려놓고 모든 걸 준비해 둘게." 그가 덧붙였다.

메리는 다이닝룸으로 들어섰다. 식탁 위의 새장 속 조는 채비를 마친 채였고, 욕조와 씨앗, 갑오징어껍질도 옆쪽 꾸러미에 있었다. 스티븐스 씨가 아침 식사 전에 새장을 끌어내려서 모든 것을 준비해 둔 것이다.

메리가 싫어했던 부분은 조와 헤어지는 것이 아니었다. 옆집의 작달막한 부인을 방문하는 것이었다. 헤이킨 부인이 유쾌하지 못하고 시큰둥한 노부인이었더라면 그녀도 마음을 쓰지 않았을 테다. 메리는 마치 소포 꾸러미처럼 카나리아를 그냥 건네주고 곧바로 집에 올 수 있도록 헤이킨 부인이 그런 사람이기를 거의 바랄 지경이었다. 그럼에도, 해야만 하는 일이었다. 그녀는 초록색 베이즈 천으로 새장을 덮고, 새장 지붕에 있는 고리를 붙잡고서 복도를 내려가 현관문으로 향했다.

5

 메리는 이웃 중 누구도 자신이 새장을 나르는 모습을 보지 않기를 바랐다. 스티븐스 가족은 하나같이 다소 수줍음을 타고 내성적이었기에, 집안일이 커루나 로드에 공공연하게 알려지는 것을 싫어했다.
 그러나 헤이킨 부인네 대문까지는 고작 몇 미터 거리였다. 집 앞에 짤막하게 이어진 월계수 산울타리를 따라 걸어갈 때 오전용 거실 커튼 사이로 훔쳐보는 헤이킨 부인의 모습이 스치듯 보였으나, 메리가 그쪽을 힐끔 볼 무렵 헤이킨 부인의 고개는 살짝 움직이며 사라졌다.
 그녀는 대문을 통과해 현관문으로 올라갔지만, 노크하는 사이에도 헤이킨 부인이 복도를 내려오느라고 잽싸고도 작게 쿵쿵거리는 걸음 소리가 들렸다.
 문이 힘차게 열렸지만, 몇 센티미터 열리다 말고 드득 긁히며 부르르 흔들리면서 멈췄다. 체인이 걸려 있던 것이다. 헤이킨 부인이 그걸 빼내는 것을 잊어버린 탓이었다. 문 안쪽에서 질겁하며 희미하게 "어머!" 하는 목소리가 들렸고, 문이 다시금 닫혔으나 안쪽에서 동요하여 더듬거리는 소리가 계속 났다.

메리는 문이 열리기를 기다리는 동안 마음이 가라앉았다. 이런 뜻밖의 사건이 헤이킨 부인을 흥분시키고 허둥지둥하게 해서 이를 설명해 대느라 적어도 오 분은 소요될 것임을 알았지만, 그녀는 미소를 띠고 마음을 단단히 먹었다.

마침내 문이 홱 열리며 헤이킨 부인이 모습을 드러냈다. 얼굴이 붉어진 채였고, 넘쳐흐르도록 사과를 했다. 그녀는 흥분한 웃음을 작게 한바탕 터뜨리며 빠르게 말했다. "정말 너무 미안해요, 스티븐스 양! 멍청하기도 했지 뭐야. 내가 체인을 풀어뒀다고 맹세할 수도 있을 정도였는데. 내가 맨날 그래두거든요, 아침에 내려오면 첫 번째로. 분명히 준비한답시고 서둘러서 그랬을 거예요. 긴장해서 그런 게 아니라 그냥 내가 기억력이 깜빡깜빡해서. 자, 부디 들어오세요. 환상적이지 않나요, 날씨가!" 마지막 단어는 올라가 살짝 숨 가쁜 가성이었다. 메리는 헤이킨 부인을 따라서 아주 사소한 부분에 이르기까지, 심지어 현관문 위쪽 유리의 반투명 패턴에 이르기까지 자기네 집과 정확하게 똑같이 지어진 집의 복도를 걸어갔다. 그럼에도 왠지 모르게 이 집은 그녀의 집과 얼마나 다른지! 스티븐스네 현관문 안쪽 외투걸이는 언제나 뒤죽박죽된 옷들의 덩어리였다. 오버코트, 비옷, 스티븐스 씨의 파나마모자부터 어니의 중학교용 작은 파란색 줄

무늬 캡 모자에 이르기까지 온갖 종류의 모자들로 말이다.

헤이킨 부인네의 현관에도, 스티븐스네 것과 똑같은 외투걸이가 있었으나, 어찌나 달라 보이던지! 별난 작은 보닛이 외따로이 못 하나에 걸려 있었고 다른 못에는 회색 모직 스카프가 걸려 있었지만 나머지 못들은 비어 있었다. 메리는 자기네 집 현관에서 빈 못을 본 기억조차 나지 않았다. 외투 하나를 벗겨내면 언제나 그 아래에 무언가가 있었으니까.

스티븐스네 집에 들어가면 언제나 따스한 사람 사는 냄새가 맞이해 주었다. 담배 냄새, 요리 냄새, 어니가 쓰는 페퍼민트 냄새. 헤이킨 부인의 집은 그들 집보다 훨씬 깔끔했지만, 집 구석구석이 깨끗했어도 그곳에는 똑똑히 알아낼 수 없는 희미한 퀴퀴함이, 문이 닫히면 기이하게도 감옥에 갇히는 느낌을 주었던 꽉 막힌 한기가 있었다.

헤이킨 부인은 호들갑을 떨며 오전용 거실로 들어가면서, 어깨 너머로 너무도 신나게 말하는 바람에 의자에 부딪혀서 거의 넘어질 뻔했다. 그녀는 고음의 웃음을 내지른 다음 재빨리 의자를 다시 벽에 밀어두면서, 한 손으로 그 가죽 부분을 자동적으로 매만졌다. 그런 다음에는 테이블 가장자리로 거의 달려가서는 메리를 위해 안락의자를 당겨내어 주었다.

"부디 앉으세요, 스티븐스 양! 아니면 차라리 햇빛에서 떨어져서 앉으실래요? 햇빛이 아닌 게 아니라 상당히 눈부시죠. 이렇게 하면 어때요! 내가 그냥 커튼을 조금 칠게요, 이렇게! 이제 눈에 햇살이 비치지 않겠죠!"

"제가 정말은 얼른 가봐야 해서요." 메리가 말했다.

헤이킨 부인은 갑자기 말이 없어졌다. 처음으로 메리는 벽난로 선반 위의 대리석 시계가 딱딱하고도 찬찬하게 째깍거리는 소리를 의식했다. 다시 입을 열었을 때 노부인의 목소리는 완전히 바뀌어 있었다. 그것은 마치 병약자의 비위라도 맞추는 양, 나긋나긋하고 달래는 투였다.

"아니, 나도 알지. 아가씨네 집안은 오늘 아침에 틀림없이 **엄청난 시간을 보내고 있겠지요**, 이것저것 다 해야 하니까. 그래도 잠시라도 있다 갈 수는 있잖아요…… 그냥 잠깐만이라도?"

그녀는 천으로 덮인 조용한 카나리아의 새장에는 눈길도 한 번 주지 않은 터였다. 그녀의 번들거리는 둥근 눈은 메리의 얼굴을 떠난 적이 없었으니 말이다.

"제가 정말로 오 분 안에 가야 할 텐데요." 메리가 탁자에 새장을 두면서 말했다.

헤이킨 부인은 다시 열성적이고 활기차졌다. 그녀는 메리를 안락의자에 눌러 앉히고 본인용으로는 등받이가 똑바른 작은 의자를 끌어왔다. 그러고 한 팔은 탁자에, 한 팔은 무릎에 얹은 채로 앉았다. 그녀는 메리에게 바짝 붙어 미소가 가득한 얼굴로 그녀를 정면에서 마주 내려다보고 있었다.

"그거 괜찮네요! 그럼 딱 오 분만. 정말로 모든 얘기를 듣고 싶거든요. **환상적**이지 않나요, 휴가를 간다는 게!" 마지막 말은 메리를 채찍처럼 후려쳤는데, 헤이킨 부인이 그 말을 질투의 흔적도 없이 말했기 때문이었다. 부인은 나긋나긋하고도 즐거운 목소리로 그리 말했다.

이제까지 육 년간 헤이킨 부인은 스티븐스 가족이 휴가를 떠날 적에 카나리아를 돌봐주었다. 육 년간, 스티븐스 가족이 겪어 아는 바로 헤이킨 부인 자신은 휴가를 떠나지 않았다. 스티븐스 가족의 휴가는 헤이킨 부인의 휴가가 된 터였다. 그녀는 커루나 로드에 있는 그녀의 작은 집에서 휴가의 매 순간을 체험했으니 말이다. 곧 그녀는 그 가족들이 역으로 가는 길에 자기 집을 지치는 모습을 지켜볼 터였다. 그녀는 스티븐스 가족이 탄 기차가 지나가는 것을 보고, 가족들이 기차를 잡아탈 시간이 충분했을 거라고 스스로 납득할 때까지 아침 일과를 본격적으로 시작하지 않을 거였다. 그녀는 언제나 이 가족들 중 한 명이 차창에서 손을 흔들어 주기를 희망했다.

그녀는 그들 여행길의 발자국을 따라가곤 했다. 그녀는 오후 휴식을 위해 소파에 자리를 잡으며 '다들 이제 클래펌 환승역에 있겠지' '이쯤 되면 다른 기차에 올랐겠구나' '얼추 도착했겠다' 같은 생각들을 하곤 했다.

이해심이 적은 여자애에게 헤이킨 부인의 숨 가쁘게 샘솟는 질문들은 꼬치꼬치 캐묻는 듯한 무례한 질문이 될 터였지만, 메리는 어렴풋하게나마 이해가 되기는 했다. 이렇게 쏜살같은 순간들 속에서 헤이킨 부인은 그녀의 척박한 외로움에 작은 과실을 가져와 줄 소중한 씨앗들을 모으고 있음을 알았기에, 메리는 질문들에 열성적으로 답하면서 색채와 흥미를 더해줄 온갖 세부 사항들로 대답들을 채웠다.

오래전에 어느 일요일 헤이킨 부인은 보그너로 여행을 가서 모래사장에서 황홀한 하루를 보냈었다. 스티븐스 가족은 휴가지에 도착한 후 하루이틀 뒤에 언제나 채색 엽서를 보내면서, 헤이킨 부인의 기억을 되살리기 위해 가능한 한 광범위한 전망의 풍경을 고르는 데 애를 썼다. 그들은 엽서에 쓰는 말을 매우 신중히 골랐다. 절대로 **멋진 시간을 보내고 있어요**라고 쓰지 않았는데, 혹시나 그런 말이 헤이킨 부인을 슬프고 부럽게 만들까 봐서였다. 날이 추웠다거나 비가 왔다고 말할 수 있을 때면 거의 기쁘기까지 했는데, 이웃들의 휴가라는 햇빛의 반사광 속에 앉아 있는 것보다 사랑하는 것이 없던 헤이킨 부인에게 보그녀의 지루한 나날들이 슬픔을 주었다는 것을 절대로 한순간도 깨닫지 못하고 그러는 것이었다.

메리는 떠나고 싶어서, 다시 탁 트인 햇살 속에 나가 있고 싶어서 좀이 쑤셨다. 그녀는 시선을 돌려 자기네 집 응접실과 똑같은 그 작은 방을 두리번거렸다. 벽지는 그들 집 것보다 밝았고 분홍 장미가 연파란색 퍼걸러˙를 감아 올라가는 모양이었는데, 그럼에도 방에 있는 모든 것이 차갑고 죽어 있는 그런 기이한 느낌이 있었다.

한구석에 서 있는 것은 피아노로, 벽에 꼭 대어져서 뚜껑이 닫히고 윗부분이 넓은 레이스 덮개로 씌워진 채였다. 그 위에 놓인 것은 말린 양치식물이 꽂힌 화병 하나와 은제 액자 두 개로, 하나에는 공허하고 달 같은 얼굴을 한 청년의 사진이, 다른 하나에는 부채를 들고 시골풍의 좌석에 앉아서 머리칼을 꽉 쪽져서 틀어 올린 아가씨

˙ 등나무 따위의 덩굴성 식물을 올려서 만든 서양식 정자.

의 사진이 담겨 있었다.

 벽난로 옆 한구석의 호두나무 장식장에는 도자기 고양이, 작은 조가비 같은 잔과 잔 받침 몇 개, 문장紋章과 그 아래 '보그너의 선물'이라고 찍힌 도자기 여섯 점이 있었다. 헤이킨 부인이 카나리아를 돌봐주는 데 대한 작은 답례로 스티븐스 가족이 해마다 준 선물을 모아놓은 수집품이었다. 이런 소소한 잡동사니와 어울리지 않게 햇빛에 반짝이는 반투명한 공이 놓여 있었다. 그것은 결혼해서 매클스필드에 사는 딸아이의 크리스마스트리에서 나온 것으로, 몇 년 전 초대를 받아 크리스마스를 그곳에서 보내고 왔을 적의 것이었다.

 벽난로 위에는 거대하게 확대된 사진이 흑단 액자에 담겨 걸려 있었다. 그 사진에서는 어느 중년 남성의 얼굴와 어깨가 보였는데 머리칼을 이마 위쪽으로 빗어 넘겨 앞머리에 힘을 주었고, 두툼한 콧수염은 사진이 확대되면서 낀 연기 속으로 가늘어져 간 채였다. 어깨와 가슴 부분은 색이 바래서 사진은 허공에 걸린 흉상 같았는데, 다만 목은 빳빳하게 접힌 낮은 목깃과 납작하게 눌린 작은 보타이로 에워싸여 있기야 했다.

 이 사진에는 뭔가 기괴한 구석이 있었다. 그것은 방을 지배하는 듯했다. 가망 없이 따분한 눈 위로 처진 묵직한 눈꺼풀과 매끄럽고 가냘픈 턱이, 헤이킨 부인의 집을 떠나고 나서도 몇 시간 동안 메리를 따라다녔다. 이 얼굴이 실제로 살아 있던 남자의 것이었다고 상상하기란 그녀에게 어려운 일이었다. 마찬가지로 그 얼굴이 미소 짓거나 찌푸리거나 말하는 모습도 그려지지 않았는데, 다만 한번은 어떤 기이한 상상력의 전환으로 메리는 그 얼굴이 천천히 자두를 먹느라 움직이면서, 씨앗을 뱉으려고 뺨이 살짝 불룩해진 모습을 그려 보기는 했었다.

그녀는 방에 싸늘한 퀴퀴함을 가져오는 것이 이런 무아지경과 같은 얼굴 때문이라고 느꼈다. 이 얼굴이 모든 것을 방부 처리해 두었다고 느꼈다. 만일 이 얼굴이 다른 곳으로 옮겨진다면 그 주위의 가구와 모든 사물이 바스러져 재가 될 터였다.

그녀는 당연히 그가 헤이킨 부인의 남편이라고 상상했고, 자기 앞에 앉아 있는, 장밋빛 뺨과 번들거리는 회색 눈을 가진 이 튼튼하고 작달막한 여자를 쳐다보면서 이 여자 역시 그 주문에 걸려 있다고 느꼈다. 만일 그 그림이 다른 곳으로 옮겨진다면 이 여자도 녹아내려 한시도 가만히 못 있는 작달막한 유령이 되리라고 말이다.

찬장에 놓인 접시에는 사과 몇 개와 바나나가 세 개 달린 송이 하나가 담겨 있었는데 이 공간과 조화를 이루지 못하는 생물들이었다. 그 안에는 생명과 체액이 담긴 것들 말이다. 메리는 그것들이 실재하는 것임을 도저히 믿을 수가 없었다. 그녀는 그것들을 이 작은 방과 조화시킬 수가 없었는데, 그것들은 내버려둔다면 변색하고 부패할 터였기 때문이다. 바나나며 사과는 시간과 더불어 일그러지겠지만 다른 모든 것은 인내심마저 흩어진 후에도 시간을 초월한 진공 상태에 완고하게 굳은 채 남아 있을 터였다.

갑자기 메리는 몸서리쳤고, 몸을 비틀어 떼어내었다. 그녀는 헤이킨 부인에게 기계적인 말과 기계적인 미소로 답하고 있었다. 그녀는 벽난로 위의 그 공허하고 음울한 얼굴로부터 자신을 떨어뜨려 놓아야만 했다.

헤이킨 부인은 계속해서 얘기했다. 단어들이 입 밖으로 나가겠다고 마구 떨어지는 꼴이었다. 가족들이랑 샌드위치를 갖고 열차에 탈 계획이었나? 아무렴 그래야지! 초콜릿 쪼가리들과 오렌지들보다야 더없이 나으니. 가족들이랑 앞쪽에 발코니가 딸린 그 작은 오두막을 빌릴 셈이었나? 물론 사치스럽기야 했지만, 왜 안 되겠는가? 하여간 그런 자잘한 가외의 것들이 하늘땅만큼의 차이를 만드는 법이었다. 그녀 기억에도…….

메리는 이미 일어난 터였다.

"서두르지 않으면 저만 놓고 가버리겠어요." 메리가 웃으며 말했다.

헤이킨 부인은 의자에서 펄쩍 뛰다시피 했다.

"정말로 그렇게 되면 다 내 탓일 거예요! 이제 뛰어가요, 자기야, 소지품도 싣고 해야지. 수다 떨어서 정말 좋았어요!"

메리는 식탁 옆에서 새장의 덮개를 풀어내고 있었다.

"조를 돌봐주신다니 너무도 상냥하세요. 부인이 안 계셨다면 저흰 어떻게 했을지 모르겠네요."

헤이킨 부인은 메리가 새장 덮개를 벗겨낼 동안 탁자를 둘러 달려와서는 그녀 옆에 바짝 섰다. 조는, 밤이 예기치 못하게 돌아왔다고 추측한 터라 횃대 위에서 깜빡 졸고 있었다. 빛이 재림하자마자 조가 눈을 깜빡였고 곧추서서는 "쨱" 하고 말했다.

헤이킨 부인은 작게 기쁨의 탄성을 내질렀다.

"애가 그냥 너무 귀염둥이잖아요? 하나도 문제 될 것 없어요. 애를 돌보는 게 너무도 좋은걸." 그녀는 창살 사이로 손가락 하나를 넣어서 손가락을 앞뒤로 꿈틀거렸다. 그녀는 "구구" 하고 말했고, 조는 크고 의기양양하게 "짹" 하고 말했다. 메리가 문 쪽으로 움직이지 않았더라면 헤이킨 부인은 새장 옆에 계속 남아 있었을 테다.

"전부 꾸러미 안에 있어요." 메리가 말했다. "씨앗도 충분히 있을 거예요." 그녀는 다시금 작고 조용하고, 싸늘한 복도에서, 별난 보닛과 모직 스카프, 덩그러니 있는 일련의 못들 옆으로 돌아와 있었다. 메리는 문을 열었고, 따스한 여름 공기의 돌풍은 열렬하고도 원숙한 제 품속으로 그녀를 끌어들여 대문 방향으로 메리를 재촉했다.

메리는 돌아서서 헤이킨 부인에게 손을 흔들었고 헤이킨 부인은 미소를 짓고 답례로 손을 흔들었다.

"좋은 시간 보내요." 헤이킨 부인이 외쳤다.

"진짜 고맙습니다!" 메리가 서둘러 떠나가면서 외침을 돌려주었다.

자전거를 탄 방문 판매원 소년이 휘파람을 불면서 지나쳐 갔는데, 열심히 행상을 다니며 앞뒤로 흔들렸다. 그의 추레한 옷 아래에는 삶이 있었다. 내년이면 소년은 더 자라 있을 그는 그를 둘러싼 삶의 홍수와 더불어 세차게 흘러가고 있었다. 어느 난간에서부터 고양이 한 마리가 불쑥 나와서 길을 건너 내달렸고, 식료품상의 승합차가 길을 따라 통통 튕기듯 와서는 가까이에 섰다. 한 남자가 풀쩍 뛰어나와서 차문을 쾅 닫았고, 대문으로 들어가 문을 쾅 닫았으니, 모든 곳에서 삶이 빨아들여졌다가 아랑곳없이 내던져지고 있었다. 이에 메리는 반색하며 삶으로 뛰어들었다.

스티븐스네 집 대문 바깥에는 굉장한 활약상이 있었다. 짐수레가 도착했으나 루이슬립 씨가 트렁크를 수레 위에다 동여매겠다고 가져온 밧줄이 너무 짧아서, 그는 차분하게 다른 밧줄 쪼가리를 이어 매듭을 묶고 있었다. 그는 땀을 흘리고 있었고, 스티븐스 씨도 옆에서 그를 지지하듯 땀을 흘리고 있었다. 시간은 아홉 시 십오 분이었다.

스티븐스 부인은 모자와 코트 차림으로 이제 막 앞방 창문을 끌어내려서 잠그고 있었다. 커루나 로드에 있는 거의 모든 창문마다 사람들이 고개를 빼고 레이스 커튼 사이로 또 창가 식물들 너머로 흘끔거렸는데 몇몇은 뻔뻔했고, 몇몇은 조심스러워했다. 메리가 없는 동안 급작스럽고 격렬한 소동도 있었는데, 어니가 마지막 순간에 자기 요트를 가져가겠다는 강렬한 욕망을 품었기 때문이다.

스티븐스 씨는 "안 돼! 두고 가!" 하고 말했고 어니는 울기 시작했다. 스티븐스 씨는 부아가 치밀어서, "너 그 우라질 거 두고 가라고. 아빠가 말하잖아!" 하고 소리쳤고 때로 쇠고집이 되는 어니는, "나 요트 갖고 갈래!" 하고 소리쳤다.

미칠 지경이었다. 어니는 한 달 전 행군 명령 목록에서 요트에 줄이 그어져 지워졌을 때 항의 한마디하지 않았다. 모두가 그 요트가 바다에서는 실패작임을 알았고 인정했던 터였다. 요트는 크리스털 팰리스의 뱃놀이용 호수 위에서는 위엄과 고요한 힘을 보여주었지만, 격랑을 견디도록 만들어지지는 않았던 것이다.

작년에 가족들은 요트 때문에 몇 시간이나 짜증이 났었다. 요트는 절대로 풀어둬서는 안 됐기 때문에 뱃고물에 기다란 끈으로 묶어 두어야만 했다. 막대기로 밀어내야만 했고, 한순간에 처량하게도 옆구리로 쓰러져 버렸다. 그러면 다시 끌어와서는 돛이 마르도록 모래사장 위에 놓아뒀다가 또 얼마 후에 그 멍청한 익살극을 다시금 거치곤 했다.

그래도 어니는 요트를 원했다. 요트 없이는 가지 않을 터였다. 어니는 힘을 써서 자신을 끌고 간다면 난간에 매달려 소리 지를 준비를 하고 있었다.

얼굴이 시뻘게진 스티븐스 씨는 샛문을 비틀어 열고, 샛문을 쾅 닫고는 공구 창고로 가, 거의 자물쇠를 부러뜨릴 듯이 문을 홱 열어서 그 징글징글한 요트와 함께 나타나 문을 쾅 닫고 잠갔다.

그리하여 지금 메리가 돌아왔을 때 어니는 대문 옆에 뚱하니 서서 한 팔에는 요트를, 그리고 다른 한 팔에는 양동이와 삽을 끼고 있었다.

짐이 실렸다. 세상에! 정각에서 이십 분이나 지나 있었다!

"서두르는 게 좋겠습니다." 스티븐스 씨가 루이슬립 씨에게 말했다.

루이슬립 씨는 짐수레를 돌리는 데까지는 서둘렀지만 점차 서두르는 기미가 옅어졌고 결국엔 커루나 로드를 평소 속도로 터벅터벅 내려갔다.

스티븐스 씨는 현관을 마지막으로 한 번 둘러보고는 현관문을 쾅 닫았다.

그들은 출발했다!

6

 스티븐스 씨와 딕, 그리고 어니는 차표를 사러 먼저 갔고 스티븐스 부인과 메리는 열쇠를 가지고 불리반트 부인에게로 건너갔다.
 난리도 일찍 피우고 수습한다면 시간이 부족할 일은 없다. 지금도 시간은 충분했지만 스티븐스 씨는 수중에 번듯하게 십 분 정도가 쥐어지는 편을 좋아했다. 세상에는 수많은 자잘한 일들이 벌어질 수 있었다. 뭔가를 잊어버려서 가지러 되돌아가야만 한다든가, 매표소 창구에 예기치 못한 대기 행렬이 있다든가, 짐에 짐표를 붙이다가 무슨 문제가 생긴다든가…….
 십 분이면 충분했으나, 넉넉하게 여유로운 것까지는 아니었는데, 왜냐하면 한 가지 희박한 가능성이 늘 스티븐스 씨를 따라다니며 비이성적이고 터무니없는 두려움을 몰고 왔기 때문이다. 바로 지나가는 여성이 기절하거나, 돌발적으로 넘어질 수 있다는 가능성이었다.

그 말인즉슨 멈춰서 그녀를 부축해 일으키고, 그녀의 옷을 털어주고, 그녀의 우산과 가방을, 어쩌면 그녀의 안경도 집어주어야 한다는 이야기였다. 스티븐스 씨에게 인류애라든지 예의가 없었다는 게 아니었다. 그저 그렇게 되면 시간이 지체되는 괴로운 상황이 닥칠지도 모르기 때문이었다. 그런 상황에서 열차를 잡아타야 한다는 냉혈한 같은 발언으로 여성을 내버려둘 수는 없기 때문이다. 게다가 세간의 많은 숙녀는 관심을 받는 데 익숙지 못하여, 다쳤든 다치지 않았든, 주목 받고 싶은 갈망에 쉬이 넘어가 난리법석을 피워 기어이 군중을 모을 수도 있었다. 최악의 경우 발작 끝에 기절이라도 한다면, 그 말은 그 숙녀를 난간까지 끌고 가서 자신의 코트로 그녀의 머리에 베개를 만들어준다는 뜻이 될지도 몰랐다. 그 말은 경찰관에…… 구급차에…… 오, 십, 십오 분 동안 지체되는 고문과도 같은 상황을 겪어야 한다는 뜻이 될지도 몰랐다.

그것은 바보 같은 발상이자 천 번에 한 번 일어날까 말까 한 우연이지만 스티븐스 씨가 역으로 걸어갈 때면 그 걱정은 언제나 그의 마음속 어딘가에 도사리고 있었다.

거의 열두 시까지 다른 간선 열차가 없었으니, 그는 이 끔찍한 공백에 관해 종종 숙고했다. 그들이 환승 열차를 놓친다면 끔찍한 용두사미일 것이다.

그는 가족 전원이 한 시간 동안 다시 집에 가서, 모자를 쓴 채로 둘러앉게 될 거라고도 가정해 보았다. 불리반트 부인에게서 열쇠를 다시 가져오고, 잠긴 뒷문을 다시 열어서 들어가는 데에는 끔찍한 구석이 있을 터였다. 장례식에서 돌아오는 열차를 놓쳐, 무덤을 뜯어 열어서 그 안에서 기다리는 것과 같을 것이다.

그러나 감정이 어떻든 간에, 스티븐스 씨는 아들 중 누구에게도 그런 낌새를 보이지 않았다. 그들은 함께 걸어가면서 오히려 들뜨고 은밀한 목소리로 그들 앞에 놓인 일에 관해 얘기했다.

한편 메리와 스티븐스 부인은 불리반트 부인 댁을 두 번 노크한 참이었고 불안해지고 있었다. 드디어 문이 열리자 베이컨을 구울 때 생기는 따스하고 강렬한 김이 구름처럼 쏟아져나왔다.

불리반트 부인은, 추정컨대 한입 가득한 베이컨을 삼키고는 미소 지었다. 불리반트 씨는 그녀 뒤쪽에 있는 오전용 거실 문 바깥 그늘 진 곳에 서 있었다. 그 역시도 미소 지었으나, 아무 말도 할 필요가 없었던지라 계속해서 베이컨을 먹었다.

불리반트 부부가 커루나 로드에 있는 사람들 중 일부에게 멸시를 받았던 건 불리반트 씨가 언제나 목깃 있는 셔츠를 차려입지 않고 아침 식사를 했기 때문이지만, 스티븐스 가족은 그들의 진가를 알았고, 그런 유의 멍청한 편견들을 다소 비웃는 쪽이었다.

이 부부 주위에는 견실함이 있었다. 경찰과 훌륭한 옛날식 요리사라는 조화로운 조합에서만 나올 수 있는, 쩨쩨함이란 게 완전히 부재하는 상태 말이다.

"어쩜 이런 날을 고르시다니 **정말로** 운이 좋은 분들이시네요." 불리반트 부인이 외쳤다.

"환상적이죠!" 스티븐스 부인이 답했다(비록, 사실을 말하자면 그녀는 날씨가 환상적인지 아닌지 눈치챌 짬도 거의 못 내기는 했지만 말이다)."저희 집 살림을 살펴주신다니 정말 너무도 상냥하세요. 저희로서는 너무도 안심이 된답니다."

"전혀 수고스러운 일도 아닌걸요." 불리반트 부인이 완전한 진심을 담아 말했다. 왜냐하면 다른 사람의 집을 여유롭게 캐고 다니는 것보다 마음을 끄는 일은 딱히 없으니까 말이다. 완벽하게 그럴 권한이 있다는 것을 아는 상황에서는 더더욱 말이다.

"우유 배달부가 하루 건너서 이백 밀리미터씩 놔두고 가요. 평소처럼요. 그 우유의 반절만 아침마다 놓아주시겠어요……."

"왜 안 되겠어요, 물론이죠. 훈제 청어는요?"

"월요일이랑 목요일마다 주시면 돼요." 스티븐스 부인이 말하면서 불리반트 부인에게 열쇠를 건넸다. "저희가 나오는 때에 퍼스는 안에 없었지만 부엌방 창문은 살짝 열려 있으니까 아침에는 분명히 주변 어딘가에 있긴 할 그예요."

"제가 가져갈 수 있는 잔반 몇 가지는 꼭 챙겨둬야겠네요." 불리반트 부인이 말했다.

"그렇게 하시면 퍼스가 응석받이가 될걸요." 메리가 미소를 담아 끼어들었다.

"적당량보다 많지 않도록 제가 확인할게요. 안 그러면 다른 고양이들도 끌어들이게 될 테니까."

"……그리고 창문이 딱 적당한 만큼만 열려 있는지도 꼭 확인해

주실 거죠?" 스티븐스 부인이 확인했다(왜냐하면 몇 년 전의 어느 날에 부주의했던 잭 부인이 모종의 이유로 창문을 닫아버렸던지라, 퍼스가 하루 종일 집 안에 갇혀버려서 보통 상황에서라면 절대로 하지 않았을 짓을 한 바 있었기 때문이다).

"당연히 그럴게요!" 불리반트 부인이 말했다. "그럼, 좋은 시간 보내시고 엽서 보내주세요!"

"안녕히 계세요." 스티븐스 부인과 메리가 말했다.

"안녕히 가세요."

그들은 불리반트가의 대문을 서둘러 나왔고 친근한 함박웃음이 그들의 뒤를 쫓아왔다. 헤이킨 부인과의 만남과는 너무도 다른 만남이었다고 메리는 생각했다. 그들은 진정으로 수호자가 집을 지켜주는 느낌을 받기도 했던 것이다.

여름 아침의 께느른한 소요가 그들을 에워쌌다. 이제 정말로 출발한 것이다. 그들이 헤이킨 부인의 집을 지나칠 때 메리는 그 노부인이 침실 창문에서 자신들을 지켜보는 것을 보았고, 그녀에게 손을 흔들었다. 그러나 헤이킨 부인은 자신이 보이지 않았다고 생각하고는, 그 손 인사가 다른 사람에게 한 것이라고 여기며 미동 없이 계속해서 그들을 지켜보았다.

옆집의 제닝스 부인도 지켜보고 있었는데, 어떻게 알았냐면 메리가 오전용 거실 커튼 뒤에서 반쯤 가려진 채 선 제닝스 부인 모습을 보았기 때문이다. 노인인 버긴 씨도, 조간을 손에 들고서 격자무늬 샛문 뒤편에서 지켜보고 있었다. 메리는 다른 창문들에서도 커튼을 삼 센티미터 정도 젖혀 잡고 있는 손가락 마디들을 발견했다.

딸아이 옆에서 잰걸음으로 길을 가는 스티븐스 부인은 자신에게 내려앉는 시선들은 의식하지 못하는 모양이었으나, 메리는 고개를 빳빳이 세운 채로 갑자기 짜증을 느꼈다. 무슨 볼거리가 있다고 저러는 건가, 그냥 사람들이 휴가를 떠나는 것뿐인데? 그녀는 다른 사람들이 휴가를 떠날 때면 절대로 보지 않았고, 절대로 알려 하지도, 신경 쓰지도 않았다.

스티븐스 씨와 아들들은 역으로 이어지는 직선 도로로 꺾어 들어가는 길모퉁이에 거의 도착해 있었고, 메리는 그들과 함께 걷는 다른 사람의 모습을 보고 놀랐다.

웬 짜증 나는 사건이 벌어진 것이었다. 딕과 어니와 함께 스티븐스 씨가 길을 내려가고 있을 때, 팔 번지에 사는 외판원인 베넷 씨가 자기 집 대문에서 경쾌하게 나와서는 그들 옆에 나란히 선 것이다.

멍청하고도 눈치 없는 짓이었다.

휴가를 떠나는 사람들은 단조로운 출근길에 오른 사람들과는 다른 세계에서 움직인다는 것을 그는 몰랐단 말인가? 그들의 생각들, 그들의 단어들, 그들의 기질들 자체가 한없이 더 질 좋은 공기를 헤치고 움직이는 마차와 엮여 있다는 것을 몰랐단 말인가?

스티븐스 씨와 딕, 그리고 어니는 오로지 그들끼리 얘기하고 꿈꿀 권리가 있는 낙원을 향하여 지복의 조화로움 속에서 떠다니고 있었다. 셀룰로이드 칼라*를 달고, 우산에다 중절모까지 쓴 이런 평범한 남자에게 무슨 참견할 권리가 있단 말이며, 심지어 몇 미터의 순례

길 동안만이었다고 할지언정 감히 어떻게 그들의 이야기에 끼어들고 그들과 섞일 수 있다는 생각을 했단 말인가? 그는 런던으로, 사무실로, 또 오후에는 다시 커루나 로드로 향할 테니, 멍청하고 사소한 근무일의 궤도를 가진 초소형 위성이었고, 반면에 스티븐스 가족은 위대한 행성이 장엄하게 휩쓸듯 움직여 가고 있었는데 말이다.

"운이 좋은 녀석들이구만." 그가 외쳤다. "이런 날에 휴가를 떠나다니 말이야!"

스티븐스 씨는 움찔했다. 보통의 상황에서조차 그는 어니와 더불어 녀석이라고 일괄되는 것을 싫어했을 테다.

"이번에도 보그너예요?" 불청객이 이어갔다.

"네." 스티븐스 씨가 말했다.

"우리는 올해 토키였는데. 한 해 정도는 그쪽네도 토키를 가봐야 해요. 아직도 해수욕하쇼?"

스티븐스 씨는 천천히 베넷 씨에게 고개를 돌렸다. 마지막 말에는 무례하고 주제넘는 울림이 서려 있었다.

"당연히 아직도 해수욕하죠."

"왜 안 하겠어요!" 베넷 씨가 맞장구쳤다. "우리 늙다리들이 나머지 사람들처럼 해수욕을 즐기면 왜 안 되는지 난 당최 모르겠다니까요. 조심은 해야지, 그래도. 올해 토키에 갔을 적에 거기 어느 나이

• 셀룰로이드로 만들어진 탈부착식의 셔츠 목깃. 젖은 수건으로 말끔히 닦아 셔츠 세탁 주기를 늘릴 수 있었다.

든 녀석이 있었는데, 아침 식사를 하고 너무 빨리 입수했다가……
한 시간 동안을 그 녀석한테 공을 들였는데도…….”

스티븐스 씨가 도보에서 우뚝 멈춰섰다. 그는 뒤를 보고, 베넷 씨 쪽으로 돌아서서는 퉁명스럽게 깐닥이며 미소 지었다.

“아내를 기다릴 참이라서요.” 그가 말했다.

베넷 씨도 멈춰 서서는 스티븐스 부인에게 보낼 미소를 준비했다. 하지만 스티븐스 씨의 입매는 음울하게 직선으로 굳어졌다. 스티븐스 씨는 발꿈치로 빙글 돌아서서 어깨 너머로 “나중에 봅시다” 하고 인사를 던진 다음, 딕과 어니를 옆에 끼고서 걸어가 버렸다. 세상에! 이 무슨 천치 같고 눈치 없는 멍청이람!

베넷 씨는 완전히 어안이 벙벙해져서는, 순간 미적대다가 나아갔다. 스티븐스 씨의 분노는 눈 깜짝할 새 개었다. 이런 예기치 못한 방해꾼을 솜씨 좋게 떨쳐버리자 그와 더불어 아침의 온갖 사소한 짜증들이 함께 걷히는 듯했다. 갑자기 그는 찬란한 행복감을 느꼈다. 그는 스티븐스 부인과 메리에게 교묘한 신호를 주었다. 그들은 서두르지 않아도 되며, 또 그 어떤 일도 심각하게 잘못되지 않았음을 이해시키고자 얼굴을 찌푸리고 미소를 지으면서 말이다. 그러나 스티븐스 부인은 헐떡이며 다가와서는…….

“뭐 놔뚜고 왔어요?” 그녀가 웅얼거렸다.

“아니에요! 그냥 저 베넷이라는 친구가 우리랑 클래펌 환승역까지 가고 싶어 해서 그런 거라. 그 친구더러 먼저 가라 했지.” 스티븐스 씨는 딕과 어니에게 윙크했고, 그런 다음에 그들은 모두 다 함께 나아갔다.

 카터 패터슨사社의 승합차 한 대가 커루나 로드의 길모퉁이에서 그들을 지나쳤고, 그들이 역을 향해서 방향을 꺾어 직선 도로로 접어들 때 어느 집배원이 멈춰 서서 그들에게 너그러이 미소 지었다.

 정말 탈 듯이 더운 날이 될 듯했다. 태양이 이미 상당히 뜨거웠거니와, 높고 음울한 역사 천장과 메아리치는 바닥이 있는 서늘한 매표소 회랑으로 지나쳐 들어갈 무렵에는 모두 땀이 나기 시작하고 있었기 때문이다.

 역은 색이 바랜 작은 공간으로 번잡한 경우도 매우 드물었는데, 대부분의 런던행 사람들은 직통으로 빅토리아역으로 데려가 주는 또 다른 역•에서 탑승했기 때문이다.

 그럼에도 이렇게 조용하고 방치된 작은 공간에서 시작해서, 크레센도로 차츰 고조되듯 클래펌 환승역으로 이동하고 점차적으로 광범위한 초원을 헤쳐나간 후 바다로 다시 내려가는 여정이 더욱 흥미진진했다.

 스티븐스 씨는 비둘기장 구멍 같은 매표소로 으스대며 가서 안쪽을 들여다보고, 상쾌하고도 사무적인 목소리로 "어른 넷에 아이 하나, 클래펌 환승역이요" 하고 말했다.

 다른 식구들은 작은 무리를 만들어 스티븐스 씨를 기다리며 서로서로 속닥였는데, 그들의 목소리가 몹시 울렸기 때문이었다. 갑자

• 웨스트덜리치역에서 런던 중심부의 빅토리아역으로 가는 직통 열차가 운행했다.

기 어니가 흥분해서 몸을 부르르 떨며 외쳤다. "봐요!" 그곳 벽면에는 음울하고도 빽빽하게 인쇄된 교통 요금표 공고문 위로, 고채도의 색이 들어간 포스터 세 개가 빛나고 있었다. 중앙의 포스터가 어니의 삿대질하는 손가락을 붙들고 있었는데, '보그너 레지스―건강과 햇살을 위하여'라는 문구와 더불어, 샛노란 물가에서 미소 짓는 소녀와 그 뒤편으로 쫙 펼쳐진 남청색 바다가 있었다. 소녀의 머리칼은 바람결에 흩날리고 있었고 작은 흰색 강아지가 그녀의 발치에서 뛰어오르고 있었다.

그들은 그걸 응시하면서 함께 서 있었다. 여느 날이라면 그 그림이 그들을 조롱했을 법도 했지만, 오늘 아침에는 그들 권리의 일부로서 그 그림을 볼 수가 있었다.

"오늘 오후에는 틀림없이 저런 모양새겠다." 딕이 말했다.

"따라오렴!" 스티븐스 씨가 외치며 차표를 과장되게 휘둘렀다. 그리하여 그들은 출입구를 빠져나가 승강장으로 넘어갔다.

검표원의 손이 차표들을 미끄러뜨려 말끔한 묶음으로 만들었고 그가 강력한 펀치를 한 차례 휘둘러 차표들에 V자형의 자국을 뚫는 사이 어니의 시선이 그 손에 못 박힌 듯 고정되었다. 그러더니 그의 눈은 검표원의 얼굴로 이동해 가서 만일 자신이 저 일을 하도록 허락받는다면 절대로 감출 수가 없었을 기쁨이 그 얼굴에서도 나타났는지 살펴보았다. 어니는 남자의 지루해하는 얼굴에 분개했고, 단번에 그를 자신의 행운을 깨닫지 못하는 사람으로 분류했다. 차표를 잘라내는 강렬한 즐거움을 느낀 사람들이 왜 이렇게 적은 것인지 그에게는 불가사의였다.

　출입구를 빠져나가 승강장으로 넘어가며 어니의 즐거움은 최고조에 달했다. 다른 사람들은 철도역에서의 전율을 잃었다고 할지라도, 어니는 여전히 철도역의 그 감질나는 불가사의들에 사로잡혀 있었기 때문이다.

　중요한 것들이란 볼 수 있고 할 수 있는 것이 아니라, 볼 수 없고 할 수 없는 것들이었다. 철도역의 모든 것은 입맛을 돋우되 절대로 채워주지는 않게끔 짜여 있었다. 신비감을 자아내도록 관계자들이 일부러 꾸며둔 듯했다.

　몇 년간 어니는 차표를 내어주는 저 작은 구멍으로 저 남자가 어떻게 통과했는지 궁금해했었다. 그는 아기일 적에 밀어 넣어졌을까, 아니면 다 큰 뒤에 그를 둘러 건물을 지은 것일까?

　어니는 이 안타까운 죄수를 둘러싸고 자신이 만들어둔 낭만적인 이야기를 딕이 산산조각 냈을 때 실망한 나머지 충격을 받았었다. 딕이 어느 날 매우 평범한 쪽문을 가리켰던 것이다. 이로써 철도역은 어니의 평가에서 살짝 점수를 잃고 말았다.

　이렇게 하나의 불가사의가 해결되었음에도 어니에게는 일평생 그 실체가 잡히지 않을 조짐을 보이던 열댓 개의 불가사의가 버티고 있었다. 일반인 출입 금지라고 표시된 문들 뒤에 숨어 있으며, 저 너머 어둑한 후미진 곳들을 보기 위해 어니가 손차양을 하고 창문을 들여다보게 하던 불가사의들 말이다. 승강장 조금 뒤 선로 옆쪽에, 커다랗게 붉은 글자로 위험이라고 쓰여 있는 붉은 벽돌로 된 작은 건물이라든가. 역사 저쪽 끝에 있는 승객은 이 지점 너머로 통행할 수 없습니다라는 굵은 글씨의 표지판이라든가. 어니는 종종 그 표지판에 관해 곰곰이 생각하면서, 그 너머의 아스팔트 길에는 무슨 위험들이 숨겨져 있을지 두려운 마음으로 궁금해하던 끝에 어느 날, 무릎이 덜덜 떨리고 심장이 쿵쾅대는 채로 표지판 너머로 한 발짝을 떼었고 끝내 아버지가 그를 거칠게 뒤로 불러들이기 전까지 그곳에 의기양양하게 서 있었다.

그것은 어니가 종종 침대에서 다시 재생해 본 순간이었다. 철도 관계자들의 본색을 드러내게 한 승리의 순간이었던 것이다. 그들은 사기꾼이었다. 표지판 너머 그에게는 아무 일도 벌어지지 않았다. 그들은 그냥 흥 깨기 전문가들, 자신들이 부지불식간에 줘버린 재미를 못마땅해하는 심술궂은 사람들이라서 거기에 표지판을 붙여놨을 따름이었다.

철도 관계자들은 심술궂은 게 틀림없었는데, 그들은 절대로 뭐가 됐든 해보라고 권하거나 웃으면서 기운을 북돋아 준 적이 없었기 때문이다. 그들은 철도역에 진입하는 입구에서부터 안내문으로 부랑자는 형사처벌을 받는다 어쩐다 하는 말을 하면서 시작했다(참 솔깃하고 괜찮은 시작 아닌가). 그런 뒤에 차표를 보면 승객은 본인 책임 아래 여행하는 것이고 철도 측 사람들은 책임이 없다는 둥, 차표는 오로지 편도용이었다는 둥, 아니면 만약 돌아올 거라면 발권일에 탑승해야 한다는 둥의 말이 적혀 있었다. 창문 밖으로 몸을 내밀거나, 선반에 무거운 짐을 올리는 건 허락되지 않았다. 선로에서 작업 중인 직원들에게 상해를 입힐 가능성이 있는 것은 뭐든지 창문 밖으로 던지지 말아야 한다고도 말했다. 선심 쓰는 차원에서라도 최소한 어떤 종류의 물건들은 맞아도 별로 다치지 않는지 말해줄 법도 한데 말이다.

어니가 보기에 이 사람들이 심술궂게 철도를 만들 때 지극히 우연히 스릴과 재미로 가득하게 만들었는데, 워낙 심술궂은 사람들이니만큼, 그들이 끼얹을 수 있는 온갖 찬물을 끼얹어 그 재미를 망치려고만 드는 것 같았다.

그러나 그들은 망칠 수 없었다! 오히려 더 신나는 재밋거리로만 만들 뿐이었다! 그들이 위험과 이거 하지 마시오와 저거 하지 마시오를 턱턱 붙여놓을수록, 그들이 벌금을 매기고 형사처벌하겠다고 위협할수록, 더더욱 그들은 상대의 발이 근질거리게 하고 심장이 쿵쾅거리게 했다.

스티븐스 가족이 루이슬립 씨 주변에 무리 지어서 그가 짐에 짐표를 붙이는 모습을 지켜볼 동안 이미 열차 신호가 울렸고, 스티븐스 씨는 그들이 승강장에서 너무 먼 곳으로는 헤매어 다니지 않는 편이 현명하겠다고 생각했다. 그들은 베넷 씨가 매표소 근처의 좌석에 앉아 있는 모습을 발견했지만, 다행스럽게도 베넷 씨는 친구 하나를 찾아낸 터라 더는 그들을 위협하지 않았다.

작년에 붙였던 색이 바랜 짐표 위로 새로운 하얀 짐표가 십자형으로 붙자 트렁크는 근사해 보였다. 스티븐스 씨는 과거의 옛 여행 흔적들을 보존하려고 심혈을 기울였다. 그가 하루 이틀 전에 짐을 싼다고 트렁크를 끌어냈을 때 실수로 튕겨 떨어진 짐표 하나는, 접착제로 조심조심 다시 제자리에 붙여놓은 터였다.

언제나 그들은 열차가 굽이를 돌아 시야에 잡히기 약간 전에서야 열차가 다가온다는 걸 느낄 수 있었다. 승강장의 분위기에는 마음이 졸아드는 일종의 기대감이, 보이지는 않아도 다가오는 시장 행진*을 예고하는 것 같은 침묵이 있었다.

마침내 그들은 열차가 바로 길모퉁이를 돌아 다리를 건너오면서 질주하는 소리를 들었다.

"저기 온다!" 스티븐스 씨가 말하며, 자기 새첼 백을 집어 들었다.

딕은 레인코트를 어깨에 휙 걸치고 테니스 라켓들을 집어 들었고, 어니는 팔 아래에 낀 요트를 조금 더 높이 추켜올렸으며, 스티븐스 부인은 아무것도 하지 않았지만 가방을 조금 더 꽉 움켜쥐었다.

약 팔백 미터 정도 떨어진 열차는, 두 집 사이에서 잠자코 나타나는 듯싶었다. 그러다가 열차가 방향을 틀어 그들을 정면으로 바라봤고, 바퀴에서 불꽃이 치직댔다는 점과 열차가 점점 커졌다는 점만 제외하면 매우 가만히 서 있는 듯 보였다. 그러나 이내 열차가 덜컹거리는 소리가 들려왔고, 그 직후 창문에 있는 운전사를 알아 볼 수 있었다.

어니는 전동차 운전사들을 업신여겼다. 금칠을 한 검표원들. 그들

---

* Lord Mayor's Show. 13세기부터 영국 런던에서 매년 열리는 행사로 런던 시장의 취임을 축하하는 퍼레이드.

모양새가 딱 그렇다. 그냥 핸들이나 붙들고는 우쭐해하는 안일한 남자들 말이다. 제대로 된, 진짜 기관차 발판에서 앞뒤로 흔들리며, 검댕이 묻고, 오버올 작업복을 입고, 땀을 뻘뻘 흘리는 남자들을 내놓으라 이거다!

열차가 돌진해 왔다. "저기 빈 객차 하나 있어요!" 객차가 언뜻언뜻 스쳐가기 시작하는 사이 스티븐스 부인이 외쳤다.

"괜찮아요, 괜찮아. 빈 객차는 충분히 더 있잖아." 스티븐스 씨가 말했고, 그 목소리는 아내를 다소 바보처럼 느껴지게 만들었다. 열차 뒤쪽의 객차를 기다리는 것은 언제나 열차가 역사에서 이대로 튀어나갈 것 같다는 두려운 느낌을 준다. 앞쪽 객차들은 너무도 엄청난 속도와 무게로 소용돌이쳐 지나가서 도저히 어떤 것도 그들을 제때 멈춰 세울 수가 없을 듯하다. 스티븐스 씨마저도 그렇게 신중하게 평정을 온통 가장하고 있었음에도, 마침내 열차가 속도를 줄이기 시작할 무렵에는 몸을 틀어서 비어 있는 삼등석 객차 하나와 나란히 달리고자 하는, 심장을 움켜잡는 갈망을 배겨내야만 했다.

드디어 파란색 겉천으로 좌석이 싸인 일련의 빈 객차들(일등석 객차들)이 미끄러지듯 지나갔고(딱 충분히 멀리까지 말이다) 그리하여 그들 앞에 놓인 것은 멈춰 선 일련의 삼등석 객차들이었다.

자리는 충분했는데, 아홉 시 이후의 토요일 아침은 런던 근교에서 런던으로 이동하기에 이상적인 시간인 탓이었다.

"여 있다!" 스티븐스 부인이 외치면서, 앞으로 달려가 객차 손잡이를 움켜쥐었다.

"여기 흡연차가 있어요." 스티븐스 씨가 그녀의 몇 미터 뒤에서 말했다. 그는 아내가 더 조심해 줬으면 싶었다. 아내가 그런 식으로 말하는 건 오직 흥분 상태일 때뿐이었다. 그녀의 첫 번째 단어는 잘려 나가 피 흘리는 사지처럼 원초적이었다. 무딘 손도끼로 그 단어에서 한 음절이 뜯긴 듯했다.

"여기 빈 흡연차가 있어요." 딕이 외쳤다. 스티븐스 씨가 본 객차의 저쪽 구석에는 남자 하나가 있었고, 이에 스티븐스 씨는 두 번째 객차를 찾으려고 우유부단하게 서 있었기 때문이다. 여기저기 퍼져서 각자 객차 문을 열었던 식구들은 이제 딕이 비틀어 연 객차 주위에 다시 다 함께 모여들었다.

어니가 먼저 밀려 들어갔다. 그는 객차 바닥에 요트, 양동이와 삽을 내려놓고서 그 너머로 기어 올라가야만 했다. 다음에는 메리가 뛰어들었고, 그다음엔 딕이었는데, 딕이 멈춰 서서는 스티븐스 부인을 끌어 올리는 동시에 스티븐스 씨는 손가락을 모아 쥐고 그녀를 뒤에서 살포시 밀어주었다.

훌륭했다! 모두 무사히 탑승하다니. 스티븐스 씨는 한 발은 승강장에 또 한 발은 발판에 올린 채로, 짐이 화물칸에 안전하게 들어갈 때까지 남아 있었다. 루이슬립 씨가 다가와서 캡 모자를 만지며 말했다.

"다 됐습니다, 선생님."

"좋습니다. 보름 뒤 토요일 다섯 시에." 스티븐스 씨가 말했다.

"알겠습니다, 선생님."

스티븐스 씨는 미소와 함께 루이슬립 씨에게 이 실링 동전을 건넸다. 식구들 앞에서 '선생님'이라고 불리는 것이 기분이 좋았다. 역무원이 호각을 불었고, 스티븐스 부인은 남편 쪽으로 몸짓했는데, 마치 그가 객차와 승강장 사이로 떨어지지 않게 막으려는 것 같았다. 하지만 그는 가볍게 몸을 휙 날려 들어와서는 문을 쾅 닫았다.
　"다 됐구먼." 그가 말하며, 선반과 좌석에 놓인 손짐과 꾸러미들을 눈으로 훑었다.

7

 열차는 속도를 더했고, 거의 삽시간에 커루나 로드의 끄트머리에 있는 강둑 아래로 이어지는 길 위에서 쿵쿵대었다.
 "여기 왔다!" 스티븐스 씨가 말했고, 이에 여전히 손짐을 분류하고 있었던 식구들은 동네를 마지막으로 구경하려고 창가로 몰려들었다.
 휴스 씨는 자기 집 정원에 있었다, 끄트머리인 이 번지에. 그는 자전거를 뒤집어 두고서 닦느라고 여념이 없었다. 그다음에 보인 집은 사 번지로, 거칠고 헙수룩한 잔디밭과 잡초가 자라난 화단이 딸려 있고 특이한 사람들이 사는 곳이었는데, 그 누구도 그들에 관해서 전혀 알지 못했으며, 몇몇 사람들은 주인들이 영화배우일 거라고 했다.
 육 번지와 팔 번지가 미끄러져 지나갔다. 두 집 모두 정원이 말끔

했지만 스티븐스 씨는 베넷 씨의 석굴을 결코 좋아하지 않았다. 그런 걸 놓으려면 더 큰 정원이 바람직하단 말이다…….

십이 번지에는 해시계가 딸려 있었고, 십사 번지에는 포스터 씨의 단정치 못한 토끼장들이 딸려 있었다…….

이제 열차는 뭘 많이 구경하기에는 너무 빠르게 움직이고 있었고, 모든 시선은 쏜살같이 지나가는 집을 일별하고자 준비하고 있었다. 어니와 딕, 메리는 이 전경을 즐겼는데, 무대의 뒤편을 보는 일이 드물었던 탓이다. 그들은 사소한 세부 사항 하나하나가 지나갈 때마다 소리쳤고, 헤어롤을 꽂은 프레이저 부인이 쓰레기통에 무언가를 던져 넣는 광경을 포착했을 때는 의기양양하게 웃어 젖혔다 그녀는 현관문을 통해 반대편으로 나갈 때면 언제나 머리끝까지 꼭꼭 차려입고 있었기 때문이다. 셰퍼드 씨가 사과나무 그루터기에 있는 제라늄에 물을 주는 모습도 언뜻 보이며 쏜살같이 지나쳐 갔고, 그런 다음에는 침묵이 남았다.

집을 지나칠 무렵에는 아무도 말하지 않았다. 열차에서 집은 기이하리만치 자그맣고 비현실적으로 보였으며, 블라인드가 쳐진 모양에, 텅 빈 빨랫줄과 인적 없는 정원이 더해지니 매우 고요하고 정적이 흘러 보였다.

둑에서 내려다보면 지붕 옆면으로, 작년에 태풍이 지나가고 나서 새 슬레이트를 덧대어 한층 옅은 회색의 네모난 부분이 보였다.

아침 이 시간에 정원은 대부분 집의 그림자 속에 있었지만, 옆길을 통해서 햇빛 한 줄기가 떨어져서 사과나무 옆의 하얀 과꽃 무리를 비춰주었다.

햇빛을 받는 쪽의 벽돌 구조는 색이 바래고 살짝 싸구려로 보였지만, 그림자에 가려진 집 뒤편은 서늘해 보였고, 덩굴식물과 라일락 나무 덕에 상당히 위엄 있어 보였다.

스티븐스 씨는 언제나 여행길의 이 순간에 찌르르한 감정을 느꼈으니, 한 번 열렬히 집을 응시한 다음 돌아서서 구석에 앉았다. 그러나 한 가지에 관해서는 안심했다. 실은 역으로 향하던 도중에 그는 갑자기 자신이 화장실 창문을 닫았는지 의문이 들었고, 죽었다 깨어나도 기억이 나질 않았기 때문이다. 그는 차마 다른 식구들에게 묻지는 않았는데, 그것은 자신에게 할당된 임무 중 하나였으니 그걸 물어보면 웃기지도 않은 소리로 들릴 것 같았다. 어쨌든 다행이었다. 창문은 닫혀 있었으니. 어쩌면 이렇게 자동적으로 이런저런 일을 해냈는지 참으로 대단한 일이었다.

스티븐스 부인은 연중 휴가 주간을 제외하고는 온 가족을 통틀어 그 작은 집에 가장 단단하게 매여 있었으나, 특별히 찌르르한 감정은 느끼지 않았다. 유일하게 신경 쓰는 일은 굴뚝이나 창문에서 연기가 나오지 않는다는 점을 확인하는 것이었는데, 그녀는 혹시나 뜨거운 난로 근처에 행주를 놓았거나 주방 레인지에 잉걸불이 군데군데 남아 있을까 봐 두려워했기 때문이다.

어니야말로 가장 절실했다. 어니는 이 드문 각도에서 집을 보려고 한 달이나 기다렸던 것이다. 그들이 날아가듯이 지나가는 찰나 어니는 지붕 홈통에서 자신의 테니스공을 절박하게 찾아보았다.

그 공은 어느 저녁 땅거미 속에서 어니가 공을 평소보다 높게 공중으로 쳐올렸을 때 기괴하게도 사라져 버렸다. 지붕 둘레의 홈통이 마지막 희망이었지만, 그곳에는 공이 없었다. 공일지도 모를 방울이나 혹 같은 것조차 없었다. 그 역시도 시선을 돌리던 차에 메리가 갑자기 "저기 퍼스가 있어!" 하고 외쳤고 이에 모든 사람이 일제히 마지막으로 창밖을 보느라 고개를 쭉 뺐다.

그렇다! 저기 퍼스가 있었다. 공구실 창고 지붕 위에 앉아, 옆길을 따라 도로를 내려다보며 말이다.

가엾은 우리 퍼스. 그를 함께 데려갈 수가 없어서 유감이었다. 퍼스는 언제나 다과 시간쯤에 집을 한번 둘러보러 들어오곤 했는데, 아마 부엌방 창문의 창살 사이로 비집고 들어가서는 왜 이렇게 주변이 조용한지 궁금해할 터였다.

그들 모두 헤이킨 부인을 찾아보는 일은 잊어버렸고, 이제 열차는 거리의 끄트머리 집을 지나 거의 날아가다시피 하고 있었다. 스티븐스 부인은 머리 위 선반에 샌드위치와 서모스 보온병을 올려두고는 자리를 잡았고, 메리는 책에서 도서 대출 카드를 쓱 빼내어 읽기 시작했으며, 딕은 테니스 라켓들을 뜯어보고 있었고, 스티븐스 씨는 공책에 루이슬립 씨에게 준 이 실링과 차표 값을 메모해 두고 있었다. 어니만이 지나가는 광경에 계속해서 호기심을 느꼈고, 어떻게 다른 식구들은 아랑곳하지 않고 그런 장관을 지나가게 내버려둘 수가 있는지 이해가 가지 않아 그야말로 당혹스러워하고 있었다.

그도 그럴 게, 순수하게 농축된 오락이라는 점에서 그들 집에서 클래펌 환승역으로 가는 여행길은 남은 여행길을 뺨칠 정도였던 것이다.

어니는 후반부 여행길도 어느 정도까지는 즐겼지만 멀찍이 펼쳐진 탁 트인 전원은 너무 천천히 지나갔다. 들판과 언덕진 초원지, 우마차용 길과 문들, 숲과 오두막들에는 단조로운 구석이 있었다. 기껏해야 이따금 소 한 마리가 들판을 가로질러 냅다 날뛰어 가거나 어느 소년이 그들에게 손을 흔들곤 했다. 거기다 고리를 그리며 전신주들 사이를 올라가고 내려가고 올라가고 내려가고 올라가고 올라가는 전신선에 졸음이 쏟아졌다.

그러나 여행길의 이 첫 부분은 달랐다. 뜯어먹을 살점이 훌륭하게도 가득했던 것이다. 모든 것이 너무 가까이 붙어 있어 볼거리의 반절도 눈에 담기 전에 퍼뜩 지나가 버렸다. 백 가지는 되는 매혹적인 것들이 유혹하듯 다가왔다가 옆으로 잡아채이듯 사라졌다. 강둑은 눈 깜짝할 새도 없이 끝나버렸고 그들은 둑 위쪽으로 또 그 너머로 경사져 가는 거대한 벽돌담 사이로 달려가고 있었다. 벽돌담에는 경계 초소 같은 벽감들이 있었다. 담벼락들은 점점 높아졌다. 점점 더 어둑해지더니만 갑자기 열차는 어느 터널로 콰광 소리를 내며 들어갔고, 어니는 그제야 처음으로 객차의 등불이 켜져 있음을 깨달았다. 어둑하고 숯검정 같은 것들이 퍼뜩 지나갔다. 초록색 불빛, 진자 없는 시계처럼 똑딱대고 있던 무언가. 그리고 막 어니가 음울하고 덜 자란 괴물이 된 양 느끼기 시작하던 바로 그때, 그들은 햇빛 속으로 튕겨 나왔고 어니는 마치 신이 된 양 복닥복닥한 사람들과 시장 가판대가 늘어선 배수로가 있는 흙투성이의 길거리들을 내려다보고 있었다. 그러다가 보이는 것들은 수백 개의 굴뚝들이었다. 뚱뚱하고 홀쭉한, 붉고 검은, 주석 굴뚝, 석조 굴뚝, 벽돌 굴뚝⋯⋯. 하나는 소방관처럼 헬멧을 썼고, 다른 하나는 바람결에 구슬프게 돌고 있고, 또 다른 하나는 마치 중국인처럼 작은 모자를 쓴 길고 얇은 녀석이었고.

다시 내려가고! 깊어지고, 요란해지고, 어두워졌다. 튼튼한 벽돌담이 다시 뒤로 물러나더니 옆면을 따라서 뚱뚱한 전선들이 몸을 비틀었다가, 어니가 또 다른 터널로 뛰어들 것을 예상하고 있던 바로 그 찰나에 갑자기 주변이 점점 밝아졌고, 푸른 잔디 두둑이 달려 내려가 담벼락을 단숨에 꿀꺽 삼켜버렸다. 그러더니 잔디 두둑이 땅으로 뛰어들었고 그리하여 그의 앞에 놓인 것은 공터를 빼곡히 채운 영광스럽도록 낡고 녹슨 화물 자동차들이 조각조각 부서져 가는 모습이었으니, 어니가 전혀 예상치 못한 것이었다! 그런 점이 이 여행길의 기쁨이었다.

기차역 안으로. 휙 덜컹거리며 멈추고. 호각 한 번에 다시 나와서, 개중에서도 최고의 부분 안으로!

불가사의한 미답未踏의 무인 지대가 작은 띠를 이루어 철도와 그 너머의 울타리들 사이로 내달리던 그 부분 말이다. 어니의 눈이 거칠게 우거진 풀로 뒤덮인 저 좁다랗고 버림받은 땅에 탐닉했던 것은 거기도 제 나름의 낭만을 품었기 때문이다. 어떤 인간도 거기에 발을 들인 적이 없는 듯했다. 어떤 인간도 감히 자신들의 무방비함을 잔디 속에 묻으려고 고군분투하던 저 유령 같은 유적들 사이로 움직여 본 적이 없던 것이다.

이곳에 있는 것은 색이 바래고 썩어가는 침목 더미와 더불어 맨 꼭대기에 놓인 고장 난 손전등 하나였다. 또 녹슨 볼트들 더미와 돌돌 말린 철사 한 묶음. 그리고 쓰레기가 있었다!

쓰레기에는 천 번을 시도해 본들 짐작할 수 없는 것들이 포함되어 있었다. 오래되고 구겨진 신문 더미야 당연히 있었을 테다. 과일 통조림 깡통도, 곰팡이가 슨 부패한 포대들도. 그것들은 푸딩으로 따지자면 밀가루이자, 소기름이자, 건포도였다.* 그런데 우산살이 다 드러나고 넝마가 된 천의 자투리들이 있는 저 활짝 펼쳐진 낡은 우산은 어떤가? 어떻게, 언제, 그리고 왜 **저런 게** 여기까지 오게 된 건가? 어떤 승객도 열차에서 펼쳐진 우산을 떨구지 않을 터였으며, 거기다 아무리 그래도 누구라도 일단 우산을 접지도 않은 채로 던지지야 않을 터잖은가?

에나멜을 입힌 개수통 속의 저 무시무시한 녹슨 상처는 어쩌다 생긴 건가? 저렇게나 들쭉날쭉한 구멍을 뚫을 물건은 아무도 개수통에 넣지 않았을 텐데 말이다! 그리고 저 반으로 잘린 유아차가 거꾸로 뒤집힌 걸 봐라! 이제는 잊힌 무슨 끔찍한 비극이 유아차를 분해해서, 남은 바퀴 두 개가 공중을 움켜잡는 채로 남겨뒀을 수가 있단

---

* 영국 전통 푸딩에는 버터 대신에 소고기 또는 양고기의 지방을 사용한다. 밀가루, 소기름, 건포도는 영국 전통 푸딩에 꼭 들어가는 재료들이다.

말인가? 어니는 반으로 잘린 아기를 찾아서 두려운 마음으로 잔디밭을 두리번거렸다.

이곳이 마치 영구한 쓰레기장으로 알려져 사용되었다는 듯한 느낌을 주는 커다란 쓰레기 더미들은 없었다. 쓰레기는 전부 작은 단편들로, 일부는 오래되어 잔디에 깊이 박혀 있었고, 일부는 상당히 새것이라 함께 버려진 신문 조각들이 아직 하얀 채였다. 잡다한 것들 가운데 에나멜이 입혀진 개수통과 양동이가 일 순위로 많았고, 모든 것이 이해할 수 없을 정도로 때려 부서진 채로 고장 나 있었다. 그다음 순위를 차지한 건 고양이들로, 물론 살아 있는 것이라 제대로 말하자면 쓰레기가 아니기는 했다. 그러나 고양이들은 쓰레기와 너무도 자연스레 어우러져 모종의 친족 관계를 주장했고, 쓰레기 사이에서 서성거리거나 그 틈바구니에 앉아 있기도 했으며, 가끔은 쓰레기 건너편으로 서로를 바라보기도 했다. 거의 개수통만큼이나 많은 고양이들이 말이다.

한 번은 자전거 고무 타이어를 지나쳤고, 한 번은 축음기의 나팔을 지나쳤으며, 또 한 번은 중절모를 지나쳐 갔으나, 이제 그들은 대여섯 조의 철길이 있는 한층 널찍한 선로에 나와 있었다. 열차들이 휙 스쳐 가거나 줄지은 무개 화차들이 어니의 시야를 가렸기에 아까만큼 상세히 창 밖 풍경을 볼 수가 없었다. 안타까운 일이었는데, 이제는 집들이 너무도 가까워져 사람들이 잠옷을 입고 각자의 침실에 있는 게 보일지도 몰랐기 때문이다. 한 줄의 앙상한 포플러나무들은 새까만 석탄 야적장에서부터 수직으로 솟아난 듯했고, 어느 거리를 올려다보자 모종의 사고가 있었던 게 보였는데 인파와 경찰관 한 명이 있었기 때문이다. 그러나 그것은 눈 깜짝할 새 지나간 터로, 이제 주요한 것은 철도의 불가사의한 표지판들이었다. 선로들 옆의 아기 같은 신호들, 마치 방금 설치된 듯 보이던 삼십 센티미터 높이의 조그만 것들로 당황스러운 숫자들이 붙어 있었다. 하나에는 숫자 8이 커다랗게, 다른 하나는 1분의 1이라는 표시가 있었다.* 어니에게 똑같이 생긴 기둥에 쓰인 다른 숫자들은 엉뚱하게만 보였다.

그의 어머니는 자꾸만 그를 걱정하다가 말다가 해서, 어니 앞쪽을 손으로 더듬어 문을 단속해 보거나 어니의 코트 뒤편을 붙잡기도 했다. 그러나 이런 행동은 사실 어니의 흥을 깨뜨리지 않았고, 오히려 재미를 더해주었는데, 그러니까 위험하고 대담한 느낌을 주었던 탓이다.

그들은 이제 측선 위에 있어서, 고향의 집들처럼 사이사이에 틈이 없는 매우 낡고 짓눌린 집들의 행렬에 치일 듯 가까웠다. 그 집들에는 작은 뒷마당, 밖에 널린 빨래, 비둘기 상자나 토끼장들이 지붕 위에 높이 포개진 헛간들이 있었다. 그에게 보이는 유일한 꽃은 창턱들 위에 있었고 유일한 새는 바깥 담벼락들 위의 작은 나무 새장들 안에 있었다. 아스팔트 마당에서 곧장 자란 외딴 나무 한 그루가 있었지만, 지치고 조로하여 대머리가 된 모양새였다. 그들은 몇몇 그네

---

* '1분의 1(1 in 1)'은 철로의 경사를 나타내는 표식이며, '8'은 기관사들에게 현 위치를 알려주는 표식이다.

주변이 맨땅인 흙투성이의 놀이터를 지났다. 몇몇 소년들이 크리켓을 하고 있었고, 근처의 남자는 등을 대고 반듯이 누워서 신문을 얼굴에 덮고 한쪽 무릎을 올린 채였다. 어니는 집에 올 때쯤 끝나 있을 크리켓 게임에 속이 상했는데, 그도 놀이터에서 테드와 샌디와 좋은 경기들을 펼쳤기 때문이다. 가끔은 누더기를 걸친 작은 남자애들이 와서 주위에서 구경했고, 테드나 샌디나 어니가 "고마워!" 하고 외치면 열성적으로 몰려들어서 공을 다시 던져주었다. 그들은 상당히 배타적인 집단이었다. 그들 모두가 프로 선수가 되는 것을 고려하고 있어 다른 이들이 그들과 함께 공을 치고 던지도록 허락해 주는 경우가 매우 드물었기 때문이다.

이제 나온 것은 긴 행렬을 이룬 알록달록한 포스터들과 선로를 가로지르는 다리 위의 멋들어진 신호소였으나, 식구들은 몸을 뒤척이고 짐을 내리며 창문 밖을 힐끔대고 있었다. 원즈워스 코먼을 지나 이제 환승역과 매우 가까워져 있었기 때문이다.

어니는 어머니를 바라보았다. 그녀는 다소 창백하고 아파 보였기 때문에, 왜 그런지 궁금했다. 그녀는 선반에서 서모스 보온병과 샌드위치 꾸러미를 빼내서 옆에다 지닌 터였고, 그런 다음에 자꾸 그것들을 집어 들어서 팔 아래에 끼웠다가 창문 밖을 힐끔 내다보고서 다시 내려두었다.

아버지는 꽤 중요한 일을 하듯 손가락으로 차표들을 만지작대며, 시계를 힐끔거리고 있었다.

"딱 정시 도착이군." 그가 선언했다.

기차 두 대가 양쪽으로 하나씩 덜컹거리며 지나갔다. 하나는 전차, 다른 하나는 증기기관차였다. 신호가 덜그럭거리며 올라갔다. 기관차가 어디선가 호각을 불고 있었고, 그들은 클래펌 환승역으로 쏜살같이 들어갔다.

8

클래펌 환승역은 침착함을 유지하기만 한다면 완벽히 괜찮은 곳이다.

이 사실을 스티븐스 씨보다 잘 아는 사람은 없었으므로, 열차가 역에 다가서기 시작할 무렵 그의 동작들은 느릿하고 강인하고 신중해졌다.

그는 좌석에 늘어놓은 작은 짐을 검토하고는, 미소 지으며 아내에게 돌아섰다.

"시간은 충분해요." 그가 말했다. "저쪽에서도 트렁크를 꺼내야 하니까."

'그렇지요' 하고 스티븐스 부인은 생각했다. 하지만 저쪽에서 트렁크를 꺼내주지 않는다면 어쩐담!

스티븐스 씨는 동요한 아내를 보았고, 이기적인 남자와는 거리가 멀었음에도 작지만 내밀한 만족감을 느낄 수밖에 없었다. 아내 역시 냉정했더라면 그 자신의 냉정함은 내다 버려지고 쓸모없어졌을 테다. 그는 아내의 창백한 얼굴에 담긴, 입 밖으로 내어지지 않은 질문을 보았다. 그는 아내의 손이 떨리는 것을 보았고, 아내에게 격려와 이해의 미소를 건넸다.

운반차가 그들 객차에서 고작 몇 미터 뒤에 있었고, 그들이 하차하는 바로 그 순간 그들은 역무원이 조심조심 짐을 내려주는 것을 보았다. 이어 짐꾼은 부드럽게 트렁크를 굴려서 짐수레에 거들어 실었다.

"보그너행은 어디죠?" 스티븐스 씨가 문의했다.

"팔 번 승강장입니다." 짐꾼이 답했다.

"짐은 가져다주시고요?"

짐꾼은 고개를 끄덕이고는, 수레를 굴려 갔다.

상황은 터무니없이 쉬웠고, 스티븐스 부인은 클래펌 환승역에서 단 하나의 사고도 없이 이렇게 많은 일이 연거푸 벌어질 수 있다는 것이 믿기 어려울 지경이었다.

그러다 퍼뜩 깨달았는데, 이 상황은 실상 쉽지가 않은 것으로 상황을 쉽게 보이게 한 것은 그녀의 남편 덕이었던 것이다. 그녀는 남편을 따라 승강장을 내려갈 동안 형언할 수 없이 감탄하며 그를 바라보았다. 그는 너무도 조용하고 목적지향적이었다. 클래펌 환승역이 그에게서 신비로운 힘을 뽑아내는 것처럼 보였다.

스티븐스 씨도 자신에 관해 같은 생각을 하고 있었다. 그가 의식하던 이것, 이런 본능적인 힘이 바로 리더십일 거라고 그는 추정했다. 그의 평상시 생활에서는 리더십을 이용할 기회가 거의 주어지지 않았다. 리더십이 드러나기 위해서는 클래펌 환승역이라든가, 파열된 수도관 같은 것이 필요했던 것이다.

그들은 아래 지하철로 이어지는 널찍한 계단에 이르렀고, 스티븐스 부인은 짐을 살짝 더 꽉 움켜쥐었다. 이 년 전에 그녀가 서모스 보온병을 떨궜던 곳이 바로 여기였던 것이다. 그때 보온병은 깨지고 말았는데, 그들이 병을 귀에다 대고 비틀어 굴려봤을 때 병에서 마치 만화경처럼, 미끄러지는 유리 조각들의 희미한 소리가 났다.

하지만 이번에는 괜찮았다. 딕이 그녀를 부축해 계단을 내려갔기 때문이며, 그렇게 그들이 밀려든 부산한 인파 속에서 기다릴 동안 스티븐스 씨가 차표를 사왔다. 사람들이 매표소 앞에 상당히 길게 줄을 서 있던 터라, 처음에는 스티븐스 씨의 표정도 살짝 심각해졌다. 그러나 사람 일이 늘 그렇듯이, 그는 예상했던 것보다 일찍 창구에 도착했고 그가 차표를 받아서 왔을 때 수중에 십 분은 족히 남아 있었다.

지하철 안에는 보통의 길거리에 있는 가게와 같은 진짜배기 과자점이 있었고 어니에게는 잡동사니에 쓸 일 실링이 있었으니만큼, 가게에 들어가 초콜릿 소용돌이를 살 짬도 있었다. 하나에 이 펜스이긴 했지만, 그건 이 근사한 여행을 달콤하게 만들어줬다.

한편 나머지 식구들은 이웃하는 서적 노점으로 갔다. 스티븐스 씨는 열차에서는 읽을거리가 있어야 한다고 신봉하는 주의였고, 이런 면에서 절대로 인색하게 굴지 않았다. 그는 메리를 위해서《레드 매거진》을, 딕을 위해서《더 캡틴》을, 어니를 위해서《칩스》와《더 스카우트》를, 자신을 위해서는《더 타임스》를 샀다. 아내를 위해서는 작은 가정 잡지를 샀다. 그녀는 집에서도 뭔가를 읽는 일이 거의, 아니 절대 없었으니 그녀가 열차에서 잡지에 집중할 위인과는 거리가 멀었다는 걸 그도 알았다. 하지만 그녀가 내내 그를 쳐다보면서 맞은편에 앉아 있는 모습을 보는 게 내키지 않았거니와, 이 특정 잡지는 혹여 거꾸로 든다 해도 어지간해서는 바로 든 것과 똑같아 보이기도 했던 것이다.

그 자신으로 말하자면 버스에서《더 타임스》를 펼치기는 어려웠던 탓에 평소에는 읽지 않았으나, 그는 이 신문의 고요한 위엄과 기차 여행을 한층 느긋하게 만들어 주는 교양적인 느낌이 마음에 들었고, 거기다 종종 매우 흥미로운 읽을거리들을 찾기도 했던 것이다. 그는 대령들에게서 온 서신들을, 또 외교 문제에 관한 길고도 조리 정연한 기획 기사들을 좋아했다. 그 기사들은 그를 들뜨고 굶주리게 해서 언젠가 시간이 났을 때 이것저것에 관해 더 알아보고 싶게끔 했다.

그때 어니가 돌아왔고, 그들은 모두 계단을 올라 팔 번 승강장으로 향했다.

그곳에서는 상당히 대규모의 인파가 기다리고 있었지만, 그 정도는 구월의 첫째 주 토요일에는 예상한 일이었다.

"보그너행은 어디죠?" 스티븐스 씨가 검표원이 차표들에 구멍을 낼 동안에 물었다. 검표원은 고개를 까닥이더니 승강장 팔 번으로 엄지손가락을 휙 움직였다.

"다음 하행 기차죠?"

검표원은 끄덕였다.

그들은 짐꾼 옆에 있던 짐을 무사히 찾았지만, 그들의 트렁크는 다른 짐의 무더기들에 파묻혀서인지 클래펌 환승역에서는 그들이 온 역에서 홀로 있을 때보다 작아 보였다.

"보그너행 열차는 다음 하행 열차 맞죠?" 스티븐스 씨가 짐꾼에게 물었다.

"예, 선생님." 짐꾼이 답했다.

스티븐스 씨는 검표원 한 명의 말에 의존하는 것을 좋아하지 않았고 언제나 가능한 한 많은 공무원들에게서 일치된 의견을 받는 편을 선호했다.

인파는 확실히 거대했다. 작년보다도 훨씬 대규모여서, 스티븐스 씨도 약간 걱정되는 마음이 드는 건 어쩔 수가 없었다. "함께 바짝 붙어 있어라." 그가 나지막한 목소리로 말했다. "뭘 하든지 간에…… 흩어지지 말고." 그는 아내에게 미소를 띠며 "몇몇 사람들은 분명 다른 열차를 탈 거예요" 하고 덧붙였으나 내심으로는 그들이 전부 자기네가 탈 열차를 타려는 걸까 봐 두려웠다.

시시각각 사람들이 더 도착했다. 그들 모두 도저히 하나의 열차에 탈 수는 없었고(열차가 텅 비어 있었다고 해도 말이다) 거기다 그가 알기로 열차는 빅토리아역에서부터 이미 만석일 터였다.

어니는 운 좋게 뒤편에 커다랗고 인상적인 자판기를 둔 자리에 있게 되었고, 그리하여 식구들에게서 떨어지지 않으면서도 한가로이 자판기를 뜯어볼 수가 있었다.

한번은 어떤 남자가 발치에 있는 판지 상자 더미에서 상품을 꺼내 이런 자판기를 다시 채우는 것을 본 바 있었다. 어니는 또 그 남자가 잠긴 비밀 서랍을 열어서 페니 동전들을 봉지 안에다 소나기처럼 쏟아붓는 것을 보기도 했다. 그날부터 쭉 어니는 인간의 힘으로 가능한 일이라면, 언젠가 이런 남자들 중 하나가 되겠다고 결심한 터였다. 어니에게 이 일은 이 세상 일자리 중 제일로 보였다.

어니는 자판기의 좁은 유리창 사이로 어렴풋하게 보이는 포장물들이 쌓여 있는 것을 바라보았다. 손님이 가진 선택지는 캐러멜, 초콜릿, 아몬드와 건포도, 마지팬•과 모둠 견과류였다. 그 아래에는 서랍을 뒤로 미시오. 구매하려는 물품 옆의 슬롯에 페니를 넣고 서랍을 당기시오라는 문구가 있었다. 어니는 이것을 두 번 읽었다. 너무도 딱딱하고도 사무적이었다. 그 아래에 에나멜이 칠해진 판 위로 인쇄된 건 문의 사항 접수처: 윌즈든, 브로드웨이, (주)빅토리아 자판기였다.

어니가 '모둠 견과류'에 관해서 도대체 어떤 문의를 할 수 있을지 막 궁금해하던 차에 인파가 짐꾼을 위해 길을 터주었는데, 그 짐꾼이 이렇게 외치며 도착했던 것이다. "서턴, 크로이던, 도킹, 호셤, 어런

• 아몬드, 설탕, 달걀을 섞은 것으로 과자를 만들거나 케이크 위를 덮는 데 쓴다.

들, 포드, 보그너!"

술렁대며 사람들이 짐을 집어들기 시작했다. 열차는 아직 보이지 않았고, 어니는 그 짐꾼은 열차가 오고 있다는 걸 어떻게 알아냈는지 궁금했다. 그리고 열차가 나타났다! 지금 막 모퉁이를 돌아서! 작은 전차와 나란히 달리면서. 기관차는 길게 씨근덕거리는, 헐떡거리는 한숨들을 내쉬며 들어왔는데, 전차보다 천천히 들어왔던지라 앞쪽 객차들을 한층 명확히 들여다볼 수가 있었다. 세상에! 벌써 사람이 가득했다! 저 객차에는 한쪽이 통째로 차 있었고! 저 객차에는 적어도 열 칸은 차 있었으니! 약간의 자리 싸움이 벌어질 터였다! 스티븐스 씨는 한쪽 팔 아래에 잡지와 잡낭을 끼우고서 오른팔은 자유롭게 놔두었다. 다른 사람들이 밀칠 경우 그도 밀칠 준비가 되어 있었다.

엄청나게 긴 기차였다. 기차는 이어지고 또 이어지면서 천천히 그들을 지나쳤다. 한두 번쯤 그들은 빈 좌석이 있는 객차들을 따라 달리고 싶은 미친 갈망이 들었다. 몇몇 사람들은, 아닌 게 아니라 실제로 이런 짓을 했고 항의하는 군중 사이로 사라졌지만 스티븐스 씨는 아내의 팔에 살포시 손을 올리고 자리를 지켰고, 마침내 열차가 덜덜 떨리는 마지막 신음과 함께 정차했다. 일련의 일등석들이 그들을 위협했을 때 고뇌했던 순간도 있었지만, 일등석들은 살금살금 기어 지나갔고, 그리하여 그들 앞에 정차한 것은 안에 두 명밖에 없는 삼등석 흡연칸이었다. 한 조각의 근사한 행운이었다.

스티븐스 씨는 식구 전원이 함께 들어가 앉게끔 식구들을 문 주위로 견실히 이동시키려 했지만, 어쩌다 보니 다른 두 사람이 그들과 섞여 들었다. 그리하여 딕과 메리가 계단을 기어오른 뒤에 다른 식구들이 승차하려면 기다려야 했고 그렇게 그들은 갈라져 버렸다. 안타까운 일이었지만, 사실 상관은 없었다. 대단한 점은 가족 전원이 같은 객실에 자리를 잡은 것이었다.

그들은 객차 문을 닫았지만, 사람들 한둘이 문을 비틀어 열어서 거칠게 안쪽을 들여다보고는 다시 달려갔다. 스티븐스 씨는 창가로 가서 짐 싣는 모습을 보았다. 잠깐의 기다림 뒤 호각 소리가 났고 그들은 천천히 움직여 나아갔다.

딕과 메리는 끄트머리에 있는 구석 자리를 잡았지만, 두 소녀가 그 옆에 서로 마주 보고 앉으면서 그들을 다른 식구들과 갈라놓았다. 다른 식구들은 객차 중간에 착석했는데, 스티븐스 부인은 어니를 곁에 두고서 기관차를 바라보고 있었고, 스티븐스 씨는 그들의 맞은편에 앉았다.

스티븐스 부인은 동승객들을 살펴보았다. 그녀는 소녀들의 외양이 마음에 들었다. 그들은 잡낭과 튼튼한 산책용 지팡이를 지닌 채였고, 둘 중 누구도 기절하거나 구토하지 않으리라는 확신이 들었다.

객차의 다른 한 구석에는 무슨 해군 같은 남자가 있었다. 수병은 아니고, 파란 재킷과 놋쇠 단추, 거기다 챙 달린 제모 차림의 해군 부류였다.

각반을 찬, 튼튼하고 쾌활해 보이는 노인도 있었는데 십중팔구 농부였고, 그 옆으로는 치아 때문에 입을 딱 다물지 못하던 청년이 있었다.

 유일하게 미심쩍은 사람은 그녀 반대편, 즉 그녀 남편 옆에 있었는데, 아기를 동반한 부은 여성이었다. 전반적으로는 상당히 운 좋은 객실 구성이었다, 아기만 괜찮다면. 산책용 지팡이와 잡낭을 지닌 두 소녀는 아마도 도킹에서 내릴 터였고, 그러면 식구들은 객실 끝으로 옮겨 가서 딕과 메리와 함께 있을 수 있었다.
 딕과 메리는 앞으로 수그려서 객차의 다른 식구들을 내려다보고는 미소 지었다. 다른 식구들도 그들을 뒤돌아보면서 끄덕이고는 미소를 지어 괜찮다고 얼굴로 보여주었다. 그런 뒤 아기를 빼고 그들은 전원 자리를 잡았다.
 부은 여자는 서툴고 어리석은 방식으로 애를 안고 있어서, 아기는 하는 수 없이 스티븐스 씨를 바로 보고 있게 되었다. 그 아이는, 추측하기로는 약 오 분간 눈 한 번 깜짝이지 않고 부단히 그를 바라보고 있었다. 그러더니 앞으로 팔을 내뻗어서 스티븐스 씨의 모자챙을 그러쥐었다.
 스티븐스 씨는 잠깐 동안 눈치채지 못한 체를 했다. 그는 고개를 가만히 두고서 시선은 《더 타임스》의 일 면에 고정했다. 아기는 모자챙을 잡아당기더니 스티븐스 씨의 고개를 약간 옆으로 잡아당기기까지 했다. 이것은 정확히 아기가 희망했던 일이었는데, 그 애가 킥킥대기 시작했기 때문이다. 잡아당기고, 조금 놓아주다가는, 다시 잡아당기면서. 아이 엄마가 신경도 쓰지 않은 채 그대로 앉아 있었다는 점이 가장 미칠 노릇이었다.

마침내 스티븐스 씨는 신경질적으로 모자를 벗어서 머리 위 선반에 올려두었다. 아기가 눈으로 모자를 따라가더니, 소리를 내지르며 통곡하기 시작했다. 여자는 기계적으로 아기를 철썩 때리고는 스티븐스 씨에게서 아기를 돌려 안았고, 스티븐스 씨는 한숨을 내쉬며 《더 타임스》를 펼쳐 들었다.

그들은 아까 지나온 노선을 잠깐 되짚어갔다. 윤기 없는 포플러나무들을 지나, 다리의 신호소 아래로 말이다. 그러고 열차의 노선은 갈라져 나아갔고 여러 개의 작은 교외 철도역들을 뚫고서 매끄럽게 달렸다.

처음에는 발랄하게 떠들던 두 소녀는 뒤로 기대앉아서 잡지를 펼쳤고, 해군 남자는 창문을 차분하게 내다보고 있었으며, 농부와 아기는 잠들어 객차는 고요로 가라앉았다.

딕은 무릎에 잡지를 내려두고 창문을 내다보았다. 처음에는 온통 주택과 공장과 민둥한 작은 정원들이 나왔다가, 점차로 정원들은 커지고 푸릇푸릇해졌고, 이따금 탁 트인 전원이 수줍게 몸을 내밀다가는 다시금 또 다른 주택들 덩어리에 몰려나곤 했다. 가끔 시골풍의 검은나무딸기 산울타리들로 둘러싸인 거의 야생의 벌판이 나오곤 했다. 하지만 대개 미완성인 새 주택들 한 줄이 좁다랗게 단도 끝처럼 그 속에 박혀 있었다. 그러면서 배수로용 도랑이며, 거친 가설 도로, 잔디가 말려 올라가고 드러난 기다란 맨 땅들이 앞쪽으로 펼쳐져 단도 끝을 더욱더 깊이 박았다.

그러나 곧 탁 트인 전원이 한층 강력하게 밀려들기 시작했고, 그리하여 잠깐 동안 딕은 끊김 없는 잔디의 파도 속에서 저 멀리 지평선까지 볼 수 있었다. 그는 한 손으로 턱을 괴고 앉아서, 눈 한 번 깜박하지도 않고서 풍경을 세세하게 눈에 담았다. 그는 흘러가는 전원이 자기 상념의 배경이 되어주는 것이 좋았다.

9

스티븐스 부인은 잡지를 열고 패션 지면에서 훌쩍하고 호리호리한 여자들을 보았다. 그녀는 패션 지면들에 살짝 지쳤는데, 거기서는 그녀 신장의 숙녀들에 대한 제안은 절대로 다루지 않았기 때문이다. 이 지면의 여자들은 하나같이 키가 적어도 백팔십 센티미터는 되었달까, 아니 심지어 더 되었다. 모든 잡지들에서 그랬듯 말이다. 제비꽃을 넣으라고 수선화용 꽃병을 주는 격이었다.[•]

그녀는 약간은 조바심을 내며 책장을 넘겼고 이에 무료 견본^{••}이

• 수선화는 줄기가 이십에서 사십 센티미터로 긴 데 반해 제비꽃은 '앉은뱅이꽃'이라고 불릴 정도로 길이가 짧다.
•• 당시 잡지에는 옷감 재단용의 바느질 견본이 갈색 박엽지로 제공되었다.

나와서 바닥으로 떨어졌다. 그녀는 한쪽 발을 뻗어야지만 좌석 아래에 떨어진 푹신한 그 갈색 박엽지의 묶음을 발로 누를 수가 있었다. 그녀는 '오늘의 메뉴'를 읽었다.

외프 아 라 쿠르테
프티트 크렘 드 페장
타르틀레트 드 폼
프로마주•

소리야 사랑스러웠지만, 왜 가끔은 쌀과 잼을 새롭게 요리하거나 다른 맛의 콘스타치 모양 젤리••를 주지 않았던 걸까?
천천히 잡지가 그녀 무릎 위로 떨어졌고 그녀는 남편을 응시하며 앉아 있었다. 일 년에 딱 한 번 그들은 이렇게 앉았다, 서로를 마주하고 가까이 말이다. 다른 때는 이런 일이 벌어지는 법이 전혀 없었다. 식사 때에 그들은 더욱 멀찍이 떨어져 있었으며 도기류가 사이에 있는 데다가 둘 다 할 일이 많았으므로, 실상 서로가 의식된다는 느낌

• OEufs a la courtet. 프랑스어로 '쿠르테 지방식 달걀 요리'. 즉 마요네즈 및 아스픽 젤리로 만든 달걀 요리를 말한다.
Petites cremes de Faisan. 프랑스어로 '작은 꿩 크림 요리'. 꿩고기를 크림 질감으로 만들어 먹는 요리를 말한다.
Tartelettes de Pommes. 프랑스어로 '작은 사과 타르트'.
Fromage. 프랑스어로 '치즈'.
•• 콘스타치와 우유, 설탕, 향료 등을 넣고 틀에서 모양을 잡아 굳힌 젤리.

을 받는 법은 절대로 없었기 때문이다. 열차 안에서 그들은 매우 가까웠고 뭔가를 읽다가 위로 슬쩍 올려다본다면 서로의 시선을 놓칠 수가 없었다. 지금 그녀는 그가 고개를 신문 위로 수그리고 있었기 때문에 그를 바라볼 수 있었다. 그는 열차의 움직임에 따라서 부드럽게 흔들렸다. 그는 몇 년 전 저녁 눈이 아리기 시작했을 무렵 구한 철테 코안경을 아직도 썼지만, 시력은 그때 이후로 약간 변한 것이 틀림없었는데, 신문을 예전에 들던 것보다 더욱 멀찍이 떨어뜨려 들어야만 했기 때문이다.

그는 세월이 지나도 크게 변하지 않은 터였다. 머리카락이야 물론 숱이 줄어들어 최근에 그는 머리카락을 살린다고 여러 가지를 시도해 보았다. 머리카락은 거의 왼쪽 귀 뒤에서부터, 대부분 남자들이 가르마를 타는 것보다 훨씬 더 옆쪽으로 멀리 가르마를 타서, 남은 기다란 줄기들을 머리를 가로질러 빗어 내렸다. 그의 콧수염은 예전보다도 약간 더 들쑥날쑥해 보였지만, 그건 칠해둔 왁스가 지워졌기 때문이었다. 예전에 그의 콧수염은 아름다우리만치 윤이 돌고, 끄트머리들은 날카로웠다.

그러나 이걸 제외하면 그는 예전의 모습과 몹시도 비슷했다. 그의 얼굴은 여전히 매끄러웠고 혈색이 상당히 좋았고, 쉰 살이 넘어가는 수많은 남편들처럼 살이 찌지도 않았다.

그가 이렇게 자신과 가까이 있었으면서도 신문 때문에 그녀를 의식하지 못하고 있었을 때, 그녀에게 그는 기이할 만치 요원하게 느껴졌다. 어쩐지, 그를 그녀가 수년간 그렇게 가까이 두고서 살았던 남자라고 생각하기가 어려웠다. 만일 그가 갑자기 올려다본다면 그가 안경 너머로 그녀를 유심히 보다가 "보자…… 그쪽은 제 아내, 아니신가요?" 하고 말하는 것이, 그리고 그녀가 "네! 그러는 그쪽은 제 남편 아니신가요?" 하고 답하는 것이 상당히 자연스럽겠다는 느낌이 들었다.

그를 응시하며 그녀는 그런 생각을 했다. 그가 위를 힐끔 볼 경우 재빨리 시선을 피할 태세를 갖추고서 말이다. 그녀는 그가 진실로 행복한지 알았으면 했다. 그는 가끔은 너무도 안절부절못하는 듯했다. 그는 집 안을 서성대다가 창밖을 내다보고는 잠깐 거닐러 나갔다가 돌아와서 정원을 배회하곤 했던 것이다.

그의 심기가 심상치 않을 때 그는 그녀에게 말을 많이 하지 않았고, 그녀는 그에게 다가가서 그의 팔에다 손을 슬쩍 끼워 넣고 그와 대화하기를 희망했다.

그녀는 그를 여전히 심란하게 하는 것이 축구 동호회 때문인지 종종 궁금했다. 그 일은 너무도 오래전에 벌어졌던지라 지금쯤에는 정말 잊어버렸을 것이 마땅했는데도, 어쩐지, 그가 절대로 그 일을 완전히 잊을 수가 없으리라고 생각해 두려웠다. 그가 정말 노인이 되었을 때까지도 그 일은 오래된, 뿌리 깊은 상처처럼 그를 들들 볶으리라고 말이다. 젊은 시절 그는 너무도 실력이 좋은 축구 선수였다. 그들이 연애할 당시 저 위쪽의, 지금은 주택들로 뒤덮인 피아노 공장 뒤편의 옛 부지에서 그가 경기하는 모습을 구경했던 것을 그녀는 기억했다.

그는 골키퍼였고 회색 모직 스웨터를 턱까지 끌어 올리고 캡 모자를 눈 위까지 푹 잡아 내린 모습으로 바짝 경계하면서 거기 서 있었고 그 모습이 멋져 보였다.

그는 결혼하기 일이 년 전에 시드넘 그래스호퍼스를 창립한 열혈 청년 중 하나였고, 그렇게 아득한 나날들을 돌아보면서 스티븐스 부인은 그녀의 신혼생활을 축구 동호회의 부산스러움과 흥분으로부터 떼어놓기는 어렵겠다고 생각했다.

동호회 남자들은 그들에게 신혼여행을 기념해서 멋진 송별회를 해주었고 택시 뒤편에 오래된 축구 공도 매어주었다. 그들은 부부에게 동호회의 이름으로 잉크스탠드도 주었고, 개중 한둘은 개인적으로 조용히 작은 선물도 주었다. 환상적인 시기였다.

스티븐스 씨는 결혼하고 나서도 일이 년 동안 계속 경기를 뛰다가 경기 뛰는 걸 그만두고 총무가 되었다. 그녀 남편의 인생에서 얼마나 행복하고, 바쁘고, 부산스러운 해들이었던지. 그녀의 인생에서도 말이다! 동호회는 창립된 이후로 많이 성장했으며 팀이 두 개, 또 그때쯤에는 가끔 세 팀이 있기도 했다. 저녁마다 스티븐스 씨는 일에 매진했다. 가끔은 상당히 밤늦게까지 여러 팀에 알림 및 공지 엽서들을 보내고, 회의록을 싹 작성하고, 경기를 주선하고, 그 외에도 백여 가지의 일을 하면서 말이다. 그는 종종 아침 배달 편으로 편지 서너 통을 받고서 아침 식사 식탁에서 열어보곤 했다. 가끔은 수줍은 소년들이 동호회에 가입하고 싶어서 그에게 만남을 청하곤 했으며, 그러면 그는 너무도 유쾌하고 친절하게 그들을 대하면서 어깨를 탁탁

쳐주고는 경기를 뛰어본 적이 있느냐고, 또 투지가 강하고 열심히 할 준비가 되었느냐고 묻곤 했다. 가끔 위원회 위원들이 은밀한 대담을 하겠다고 찾아오곤 했고 그러면 그는 그들을 응접실로 데려가서 문을 닫고 기나긴 시간 동안 조용히 또 비밀스레 얘기하곤 했다. 그러면 그녀는 커피를 좀 타고, 그가 부르면 생강 쿠키가 든 주석 통과 함께 커피를 들여가곤 했다. 그녀는 그가 부르기 전까지는 절대로 방에 커피를 들여가지 않았는데, 그들의 이야기가 너무도 비밀스럽고 중요했기 때문이었다.

매주 토요일에 스티븐스 부부는 경기장으로 걸어 내려가서 홈구장에서 경기 중이던 팀을 구경하곤 했다. 구장의 한쪽으로 내려가면 중간쯤에 중요한 사람들이 서 있던 특별한 곳이 있었다. 위원회, 간부들과 더불어 그들의 사모님들이 서 있던 곳으로, 비가 오는 날이면 그들이 밟고 서 있을 수 있도록 널판자들을 내려놓곤 했다. 이 무리는 평범한 군중만큼 시끄럽게 소리치지는 않았다. 가끔 몇 마디의 응원이야 외치곤 했으나 그들은 절대로 폭소를 터뜨리거나 야유를 보내지는 않았다. 하프타임 때 그 무리의 남자들은 함께 모여서 나지막한 목소리들로 이야기를 나누고, 때때로 주장을 불러들이곤 했으며, 그러는 한편 아내들은 약간 거리를 둔 채 함께 담소를 나누며 서 있었다.

가끔 어떤 청년이 자기 여자친구와 함께 이 무리를 지나치면서 나지막한 목소리로, "저기 저 친구 보여? ……저 사람이 스티븐스 총무야" 하고 말하곤 했다. 그러면 스티븐스 씨는 못 들은 척했지만,

약간 다르게 서서 그 여자가 자신을 도두볼 수 있도록 했고, 그러면 스티븐스 부인은 자부심에 마음이 두근거리곤 했다. 경기 뒤에 그들은 다시 길을 내려와 다과를 든다고 집으로 걸어가곤 했고, 가끔 위원회의 일원도 아내를 동반하여 함께 오곤 했다. 그때 딕은 다섯 살 정도의 조그만 녀석이었고, 스티븐스 씨는 그를 자기 친구들에게 보여주고서 그를 들어 올려 "이놈이 언젠가는 다부진 젊은 선수가 될 거라고!" 말하곤 했다. 그러면 그 위원회 위원은 웃으면서 "이넘을 또 키퍼로 만들어야겠구먼, 지 아비처럼!" 하고 말하곤 했다. 멋진 나날들이었다. 충만하고, 바쁜 나날들. 그리고 그런 나날들은 오래도록 지속되었다.

그러나 세월은 축구 동호회에도 제 마수를 상당히 단호하게 뻗칠 수 있는 법이다. 나이 먹은 남자들, 스티븐스 씨의 각별한 친구들이 점차 떨어져 나갔다. 몇몇은 결혼했고 다른 이들은 동네를 떠났으며, 몇몇은 제 열성을 잃어버리고 좀 더 새로운 다른 할 일들을 찾았으니 점차 그들의 자리는 한층 젊은 남자들이 차지했다. 일이 년 전의 소심한 소년들이, 이제는 할 말이 상당히 많은 중요한 젊은 위원회 위원들로 장성해서는 말이다.

그러나 그의 오랜 벗들 가운데 많은 수가 떠났어도, 스티븐스 씨는 여전히 총무로 남았다. 그는 여전히 동호회의 중요 인물이었다. 비록 그 옛날 열의 넘치는 개척자 무리의 중심부가 되는 대신에 약간 고립된달지, 팀의 막내 소년들에게조차 통할 농담을 던지는 쾌활하고 자비로운 전 골키퍼이자 현 총무 대신에 엄격한 아버지가 되기 시작했지만 말이다. 청년들은 그와 함께 웃는 대신에 그를 공경하는 듯했다. 그는 그들과 예전만큼 가까워질 수가 없었다.

그때부터 스티븐스 부인을 걱정시킨 그런 뚱하고 안절부절못하는 심기가 시작되었다. 그는 여전히 동호회 업무로 늦게까지 오래 일했다. 그는 여전히 그의 손가락으로 동호회의 맥을 확고히 짚고 있었지만, 무거운 마음으로 해내는 모양이었다.

그가 가장 걱정스럽고 우울해 보였던 건 다달이 오는 위원회 회의 뒤였다. 그러고는 끝내 아직도 그녀의 기억에도 깊은 상흔으로 남았던 그 저녁이 찾아오고야 말았다.

그는 저녁 식사를 마치고, 그가 매주 팀에 보내는 엽서에 주소를 쓰려고 자리에 앉은 터였으나, 그는 일감을 반쯤만 마친 채 내버려두고서 급작스럽게 일어났고, 모닥불 앞에 섰다.

"총회가 다가오는 목요일에." 그가 말했다. "나 사임하려고요."

그러고는 스티븐스 부인이 뭐라도 말할 거리를 떠올릴 겨를도 없이, 그는 그 끔찍한 울화통에서 흘러나오는 말들을 시작한 터였다. 그가 기나긴 침묵을 고수하는 내내 해방되기를 고투하고 있었던 그 온갖 응어리를 말이다.

"내가 해해연년 동호회를 위해 일해왔다는 이유만으로, 동호회가 시발한 이래로 쭉, 내가 감사 인사는 요구하지도 않고, 개떡 같은 일을 활기차게 한다는 이유만으로, 그놈들이 날 당연시한다니까! 그놈들은 내가 영원히 돌아가는 자동인형이라도 된다고 생각해! 내가 그 일을 하는 걸 **좋**아한다고 생각해! 내가 달리 할 일이 없어서 그 일을 붙잡고 늘어지고 있다고 생각해. 내가 그걸 하며 유세 떠는 걸 좋아한다고 생각해! 내가 계속해서 그 일을 하도록 내버려두는 걸로 우라질 선심을 쓰는 거라고 생각해! 그 바보들은 동호회에서 나만큼이나 이 일에 정통한 놈이 또 없다는 걸 모른다고!"

"그래도, 그래도 증말 사임할 건 아니지요?" 그녀는 웅얼거렸다.

그 말에 그의 눈에 언뜻 희기가 들어왔고, 그녀는 안심되는 마음이었다.

"두고 보자고요." 그가 말했다. "그치들이 나더러 사임하게 놔둘 것 같아? 그치들이 내가 떠나게 놔둘 수 있을 것 같아? 내가 자리를 걷어차면 동호회가 산산이 조각날 거라는 걸 그치들은 너무도 잘 알고 있는데."

"아니다." 그는 한층 조용히 말을 이었다. "어쩌면 나는 사임하진 않을 거야…… 그래도 그놈들한테 까무러칠 정도로 충격을 줄 거라고…… 내가 뭐라도 다른 일을 하기 전에 와당탕퉁탕 엄청난 감사표를 던지면서 나한테 설설 기어오게 할 거라고."

이어진 밤들에 그가 정말 거의 잠들지 못했다는 걸 그녀는 알았다. 저녁이면 그는 총회를 위해서 여느 때보다 더욱 심혈을 기울여 회의록을 작업했고, 두 번은 목요일에 사용할 회의실이 준비됐는지 확인하러 유니콘˙으로 내려가기도 했다. 그는 한층 나이 든 위원들 몇몇에게는 유머 가득한 엽서들을 여럿 써서 게으름 피우지 말고 회

˙ 20세기 초반 영국의 흔한 술집 이름.

의에 얼굴을 비추라고 말하기도 했다.

그녀는 십 년 전, 그 목요일 밤의 생생한 기억을 아직도 품고 있었다. 아이들은 당시에 상당히 어렸던지라, 아버지가 저녁 식사를 거의 하지 못했다는 사실을 눈치채지 못했다.

"내가 집 열쇠 가져가리다." 그가 말했다. "기다린다고 일어나 있지 마요. 이런 회의들이 얼마나 시간을 오래 끄는지 알잖아."

그러더니 그는 코트의 단추를 채우고, 파이프 담배에 불을 붙이고서 바깥의 보슬비 속으로, 커루나 로드 아래로 또 길모퉁이를 돌아 유니콘으로 갔더랬다.

그녀가 그 회의의 전모를 듣기까지는 많은 날이 지나서였다. 그녀는 남편의 입술에서 지독하고 괴기할 만큼 침착하게 뱉어진 파편들을 하루하루 짜맞추었던 것이다.

겉보기에 공식적인 회의는 평온하고도 큰 사건이 없는 식으로 질질 끌듯이 진행되다가 이듬해 간부들 선출 건에 이르렀다.

스티븐스 씨가 일어났을 때 약간의 숨죽인 말소리가 있었지만, 사람들이 "쉿!" 하고 말했고 그는 침묵 속에서 입을 열었다.

그는 동호회와 함께한 그 자신의 경력을 짤막하고 가볍게 건드렸다. 동호회를 창립하려고 그가 손을 보탰던 고무적인 나날들, 그들의 존속을 위한 초기의 투쟁들까지. 그런 다음에는 골키퍼로서 보낸 그의 햇수들, 마지막으로 총무로서의 그의 십 년까지.

"그러나 때가 오기 마련입니다." 그는 말했다. "남자가 스스로 쓸모 있는 날들은 지났다고 느끼는 때가, 자신은 비켜서고 더 젊고 더 활력 있는 남자들에게 횃불을 건네줄 시기가 되었다고 느끼는 때가 말입니다."

한두 번 "안 됩니다!" 하는 웅얼거림이 있었지만 그는 준엄히 말을 이어나갔다…….

"저 역시 고려할 다른 것들이 있습니다. 이 동호회는…… 제가 사랑하기야 하지만 제 삶의 유일한 관심사라기에는 무리가 있습니다. 저한테는 수많은 비밀스러운 취미들이." 그는 미소를 지었다. "제가 시간을 내어주겠다고 오래전에 약속해 두었던 취미들이 있고, 해마다 그것들이 저를 더더욱 강력하게 부르고 있습니다. 제 회사 역시도, 점차 회사에서의 제 직책에 더욱 책임감이 붙어감에 따라 더욱더 집중을 요하는 바입니다. 저는 이 사안에 관해서 굉장히 심사숙고해 보았습니다. 다만 제 자리를 맡아줄 적임자가 아무도 계시지 않다고 느꼈더라면 우리 동호회를 위해서 이 한 몸 전부 희생하겠습니다만, 훌륭하게도 제 후임이 되어줄 수 있는 원기 넘치는 청년들이 많이 계시다고 느끼게 되어 자랑스럽기 그지없습니다."

그가 앉을 때는 바늘 떨어지는 소리까지도 들렸을 정도로 조용했다. 그것은 좋은 연설이었고, 그는 연설을 재빨리 훑어 생각하고는 연설의 어떤 부분도 잊어버리지 않았던 것 같아서 기뻤다. 그는 엄숙하고 진지한 얼굴로 앉아서는, 뺨 속에는 빈정거림을 목구멍 속에는 킥킥거림을 교활하게 숨기고 있었다. 그것은 딱 그들이 원하던 바였다. 저들이 곧추서 앉아서 합심하게 할 무언가 말이다.

그러더니 마침내 가없는 정적으로 느껴진 시간이 지나고, 나이 지굿한 J. P. 해리슨 씨가 일어난 터였다. 회장이자 언제나 총회에서 일년에 한 번씩 의장을 맡았던 조용하고 백발이 성성한 노신사가 말이다. 그가 언제나 이 기니*를 기부하기야 했지만 동호회 일에 관해서는 잘 몰랐고, 스티븐스 씨는 그의 어깨 위에 이런 위기를 얹어주게 되어 미안했다. 그래도 이런다고 그가 피해를 보진 않을 터였다. 그는 입을 뗐다.

그는 이 사태가 동호회에 너무도 슬픈 충격이었노라고 말했고, 스티븐스 씨의 능력(과 충성심)에 관해서 구변 좋게 이야기했는데 그러던 중 갑자기 스티븐스 씨는 의자에서 뻣뻣해져 버렸다. 이 늙은이가 뭐라고 말하던 것인가?

"그러나 그가 동호회를 위하여 온갖 헌신을 해주었는데도, 그더러 다시 출마해 달라고 부당하게 압력을 가한다고 한다면, 우리는 지독히도 옹졸한 짓을 하는 꼴이 될 것입니다. 우리는 그가 불가결하게 필수적이라고 느끼지 않은 한, 이런 조치를 취하지 않을 남자임을 알고 있습니다. 남자의 직업에 대한 의무가 오락에 앞서야만 한다는 것을 우리는 기억해야만 합니다. 여러분 모두가 저와 동참해서 진심으로 그의 지난 봉사에 대한 감사표를 드리고 그의 사임에 대한 심심한 유감을 표해주실 것이라 저는 느끼는 바입니다……."

서늘한 욕지기의 감각이 스티븐스 씨를 그러쥔 터였다. 그의 머리

• 1663년에서 1814년까지 영국에서 주화된 금화의 단위다. 이 기니는 현재 가치로 한화 이십 만원에 준한다.

카락이 곤두서고 있었으며 목덜미에서 소름이 돋았고 입은 갑자기 말랐다. 이상한 비현실감과 더불어 그에게 다른 사람이 말하는 것이 가만히 들렸다. 뒤에 있는 청년, '선발 열한 명'의 부주장이 조 불럭을 총무로 제청하고 있었다. 조 불럭, 회의에서 언제나 할 말이 너무도 많았던 그 젊은 위원회원을 말이다…….

그는 파문과 같은 박수갈채와 한두 번 "옳소! 옳소!" 소리를 들었다…….

다른 누군가가 조 불럭을 재청하고 있었다……. 그는 담배 연기의 안개를 뚫고 거수된 손들의 광경을 보았다…….

그는 뻣뻣이 발을 딛고 일어나는 것을, 그가 총애하는 의사록을 들뜨고 부끄러워서 상기된 채 씩 웃고 있는 청년에게 넘겨주는 것을 의식했다. 그의 총애하는 의사록을, 그 닳은 가죽 책등을, 난로 옆의 탁자에서 장장 십 년간 조용한 저녁을 행복하게 함께한 그의 친구를…… 그의 집 자체의 일부를…….

아이고, 뭐. 세상에 영원한 건 없으니까…….

굼뜨게 웅웅대던 소리의 음조가 갑자기 바뀌었고 밝은 빛이 주변에 소용돌이치는 듯했다. 스티븐스 부인은 퍼뜩 일어나 앉았다. 그녀는 깜빡 잠에 빠졌으나, 열차는 터널에서 달려 나오면서 그녀를 의식의 영역으로 다시 데려온 터였다.

그들은 이제 어느 소읍의 기차역을 통과하여 늙은 말과 짐마차가 서서 기다리고 있던 평평한 건널목 건너편을 지나고 있었다.

그녀의 남편은 여전히 얼굴을 살짝 낮추고서 독서하고 있었는데,

어니가 깔고 앉았던 코안경은 약간 구부러진 채였다. 그가 그 회의에서 집에 온 지 이제 십 년이 지난 터였다. 오랜 세월이었다. 그럼에도 어쩐지 그는, 그날 밤 그녀가 누운 채로 잠들지 않고 그를 기다리던 침실로 들어왔을 때와 기이하리만치 똑같았다.

입 밖으로 나가지 못한 그녀의 질문에 그는 이렇게 말했다. "나 지금 피곤해서요, 플로시. 내일 관련해서 다 말해줄게요." 그리고 그녀는 그가 옆에서 안절부절못하며 뒤척이고, 엎치락뒤치락하는 소리를 듣다가 이윽고 새벽빛이 커튼 사이로 기어들 무렵 까무룩 잠이 들었다.

그러나 그가 그녀에게 그 일에 관해 말해주기 시작한 것은 며칠이 지나서였다. 그것은 저녁 식사 뒤에, 상당히 갑자기, 그가 그녀더러 산책길에 따라오라고 청했던 어느 저녁이었다.

그녀는 보통은 그렇게 늦은 시각에 나가지 않았고 다리도 아프던 차였지만, 그녀는 신발을 신었고 그리하여 그들은 길들을 빙 둘러서 꽤 먼 길을 거닐었다.

그는 반가웠다고, 정말이었다고, 말했다. 그는 정말로 사임하고 싶었다. 그저 사임하는 비통함에 마음이 아팠을 따름이었다. 이로써 그에게 시간도 훨씬 더 주어질 테니 정원도 돌보고 또…… 또 다른 것들도 할 터였다. 그는 자전거 타기를 다시 시작할 터였다. 그가 소년일 적 이래로 들르지 못했던 저 아래 베크넘 쪽에 괜찮은 길과 조용한 도로 들이 많이 있었다. 게다가 그의 일도, 그는 회사에서 상당히 고참이 되어가고 있었으니만큼 회사 일에도 더 시간을 할애해야만 했다.

그는 쾌활하게 말했다. 언뜻언뜻 반항기도 담아서 말이다. 그리고 그녀 역시 쾌활하게 말했다. 그에게 시간이 더 생겼으니만큼 그가 할 수 있던 그 모든 것들에 관해서……. 그러나 그녀는 마음속으로 그를 위로하기를 갈망했는데, 그 무엇도 터치라인에서의 행복한 나날들, 의사록과 팀에 보내는 작은 엽서들과 함께하는 분주한 저녁들의 자리를 절대로 채워주지 못하리라는 것을 알았기 때문이다…….

그녀는 그가 유리 칸막이 뒤편 사무실의 구석 자리에, 그가 언제나 앉던 곳에 여전히 앉아 있는 것도 알았다. 축구 동호회로부터의 자유가, 더욱 중요한 일을 위해서 정말로 필요한 것이기만 했다면야!

그는 볼스 동호회*에 가입했지만 두 번밖에 가지 않았다. 그는 그들이 "꽤 까다로운 족속"이었다고 했다. 그와 어울리기에는 나이도 너무 많았다고. 이에 그녀는 그를 찾아와 "선생님"이라고 부르고 축구 동호회에 가입하겠다고 청하곤 했던 그 수줍은 소년들을 그가 떠올리고 있었다는 것을 알았다…….

그럼에도, 아이들이, 또 정원이, 또 휴가가 있었다…….

쾌활해 보이는 농부가, 구석에서 꾸벅꾸벅 졸면서, 한쪽에서 스티븐스 부인을 거들어 지탱해 주었고, 어니는 다른 편에 쐐기처럼 껴서는, 그녀가 축 늘어져 넘어가지 않도록 제자리에 붙들어 두었다. 그녀의 고개는 한두 번 까닥이다가 가만히 멈췄다. 한 번은 그녀가

---

* Bowl's Club. 옥외의 잔디 위에서 행해지는 볼링의 일종인 론볼스를 즐기는 동호회.

작게 그렁대며 코를 골았고, 이에 스티븐스 씨는 살짝 찡그린 표정으로 올려다보았다.

10

 스티븐스 씨는 아내가 고개를 너무 아래로 수그린 특정 자세가 되면 코를 골 터임을 알았고, 한동안 그녀를 불안하게 지켜보았다. 그는 마침 올려다봤을 때 그의 아내가 예의 작게 그렁거리는 외딴 소리를 내자 두 소녀가 미소를 주고받는 모습을 본 터였기에, 아내가 본격적으로 코를 골기 시작할 경우 한쪽 발을 들어 그녀의 신발 한 짝의 밑창을 두드리려고 태세를 갖추었다.
 그러나 다행스럽게도 아내의 고개는 한쪽으로 살짝 늘어지기 시작했고, 그 자세라면 그녀가 코를 골지 않으리라는 것을 알았다. 그는 잠시 눈을 쉬게 하려고 신문을 내려놓았고 생각에 잠겨서 그녀를 건너다보았다.
 아내는 이 년 전에 휴가용으로 구매한 파란 서지 코트와 치마를 입고 있었고, 밝은 햇빛에 그는 어깨를 가로지르는 부분의 색이 바랬다는 것을 눈치채게 되었다. 그 부분에 그녀는 마음을 썼고 그는 표가 안 난다고 말했지만, 이제는 표가 난다는 것이 그에게도 보였다. 그는 또한, 그녀의 목깃 위에, 또 색이 바랜 부분 위에 떨어진 짧은 흰 머리카락 몇 올도 보았다.

출발하느라 정신이 없었고, 충분히 솔질해 내릴 시간이 없었음은 자명했다. 그는 잘 차려입은 여성들을 보는 것이 좋았고, 가끔은 그의 아내가 조금만 더 단정하기를 바라기도 했다. 그녀는 물론, 키가 작았지만, 그는 종종 키가 작은 여성들도 매우 맵시 좋아 보이는 경우들을 보았다. 그의 눈은 천천히 그녀의 작은 황갈색 모자에서 그녀의 목에 둘린 회색 실크 스카프로, 모직 스웨터에서 그가 언제나 소매가 다소 길다고 생각했던 코트로 움직여 갔다. 그 다음은 넓적다리에 잡지가 놓인 치마로부터, 땅에 도통 닿지를 않았던 갸냘프고 조그만 다리 차례였다. 그는 아내가 언제나 스타킹을 좀 크게 신는 것이 신경 쓰였는데, 양쪽 발목 주위에 있는 물결 무늬의 스타킹 주름이 그의 눈에 띄었기 때문이었다. 표가 날 만큼은 아니었지만, 더 심해질지도 모르겠다고 생각될 만큼. 그는 그녀의 신발을 쳐다보았고 끈과 단추가 달린 부드러운 검은 신발이었다는 게 반가웠다. 그는 그 신발을 신으면 아내가 아파하지 않는다는 걸 알고 있었다. 물론 그가 페이턴트 레더로 된 무도용 구두를 신고 휴가를 간다면 대체 해변에서 어떻게 할지 궁금하기는 했다만 말이다. 왜냐하면 그녀의 신발은 꼭 그런 모양새였다.

그렇기는 해도 그녀는 자갈길과 그루터기 들판들을 건너는 거칠고도 기운찬 산책에는 절대로 나오지 않았기 때문에, 사실 그 신발을 신어도 별 상관은 없었다.

 그는 거기 앉아 남자들의 인생을 명하는 소소한 것들, 사소한 작은 기회들을 숙고했다. 어느 겨울날 밤 그의 옆에서 초과 근무를 하는 톰 해리스가 아니었다면, 만일 톰의 여동생이 연기에 열중해 있지 않았고 톰더러 캠버웰 교회당에서 열리는 자신이 출연하는 뮤지컬 공연 표를 사게 만들지 않았더라면, 이 꾸벅꾸벅 졸고 있는 작달막한 여성을 절대로 만나지 못했을 테다.

 그들이 사무실을 나서려고 코트를 입었을 때 톰이 그에게 다소 지나가는 투로 얘기했더랬다.

 "혹시 뮤지컬 공연에도 가고 그래?" 그가 말했다.

 스티븐스 씨는 가끔 갔노라고 말했다.

 "우리 여동생이 출연하는 공연 표가 두어 장 있거든. 엄청 형편없을 거 같긴 한데, 그래도 내가 표를 사긴 해야 돼서. 금요일 공연인데. 올 마음 있어?"

 "갈 마음 있지." 그가 대답했다.

 그는 문득 궁금해졌다. 만일 그가 "아니, 갈 생각이 안 드는데" 하고 말했더라면, 지금 그의 맞은편에 누가 앉아 있을 텐가? 그의 주위에는 어떤 유의 아이들이 앉아 있을 텐가?

 그날 금요일 저녁에 그들이 언제나 점심을 먹으러 갔던 작은 식당에서 그들은 하이 티*를 들었다. 톰과 그는 꽤 친했다. 그리고 도미

노 게임을 한 판 하고 나자 톰은 고개를 들더니 이렇게 말했다. "아이고, 이런. 아무래도 우리 슬슬 가는 게 좋겠구먼."

그러는 대신에 그들이 이렇게 말했다면 어땠을까. "공연은 가지 말자. 도미노나 하면서 조용한 저녁을 보내자고?"

그러나 운명은 스티븐스 씨를 그날 밤 제 손아귀에 확고히 쥐고 있었고, 그리하여 그들은 코트 단추를 여미고 나가서, 페컴 하이 스트리트를 내려가 캠버웰에 있는 대강당으로 향했다.

세인트 마르코 홀은 커다랗고도, 삭막한 곳이었다. 그곳은 마치 건축가가 별 생각 없이 성당을 짓겠다고 나섰다가, 용기를 잃어서 안전한 설계를 노린 듯한 모양새였다. 야외에 있는 홀쭉한 철제 난간이 전시해 둔 일련의 공고문과 포스터 들은 내림차순으로 낡아가고 있었는데, 그것들이 광고하던 행사가 미래에 있는지 아니면 과거에 있었는지에 따라서 몇 개는 새것이었고, 몇 개는 반쯤 뜯어져 있었다. 휘스트 시합, 무도회, 강연 들까지 있는 걸 보니 인기 있는 장소인 듯했다.

그들의 좌석을 찾기는 쉽지 않았다. 딱딱한 작은 의자들 등판에 번호가 표시되어 있는데 많은 좌석이 실망한 탐색자들에 의해 틀어 돌려진 채 내버려져 있었기 때문이다. 먼저 온 이들이 의자 몇 개를 제자리에서 밀쳐낸 바람에 G열로 시작한 줄이 F열이 되어 있었다. 그들은 두 번 정도 앉았다가, 불안해하며 허둥거리는 직원들에 의해

• 오후 늦게나 이른 저녁에 요리한 음식, 빵, 버터, 케이크를 보통 차와 함께 먹는 것.

다그쳐 내쫓겼다.

그러나 공연은 예상과 달리 괜찮은 작품이었다. 규모 있는 아마추어 오케스트라에다 금관 악기 쪽에 프로 두어 명이(그들이 프로라고 톰이 그에게 말해주었다) 끼어 있었다. 드디어 막이 오르자, 두 청년은 약간 거들먹거리면서 공연을 즐기고자 자리를 잡았고, 어둠 속에서 이따금 서로를 쿡쿡 찔러대었다.

젊은 스티븐스 씨의 인생을 바꾼 그 사건은 공연이 시작되고 오 분에서 십 분이 지난 다음에 일어났다. 운명이 그가 자리에 앉게 놔두고 고소하다는 듯이 바라보고 있다가는 제 손을 그의 어깨 위로 내려놨던 것이다.

공연의 첫 부분은 주로 어느 웃긴 남자와 숙녀에 관한 것이었다. 웃긴 남자는 별로 웃기지 않았으므로, 우유 짜는 소녀들로 구성된 코러스단이 들어오자, 스티븐스 씨는 그 어떤 다른 것보다도 그 웃긴 남자에게 벗어나기 위해 주의를 돌렸다.

이상한 부분은 그가 처음에는 그녀를 보지 못했다는 점이었다. 그곳에는 우유 짜는 소녀가 대략 열댓은 됐고, 개중 절반은 작은 삼발 스툴을 나르고 있었다. 처음에 그들은 모두 춤을 추다가, 스툴을 든 소녀들이 앉아서 우아하게 다리를 꼬는 동안 다른 소녀들은 뒤에 정렬했다. 간간이 합창으로 목소리를 보태어 노래하는 소녀들 앞쪽으로 검은색 삼각형 모자와 무릎까지 오는 분홍색 반바지로 양치기 복장을 한 우스꽝스럽고 뚱뚱한 남자가 춤을 추며 들어와서는 왔다 갔다 걸어갔다. 관중은 그 우스꽝스러운 남자가 들어왔을 때 손뼉을

쳤고, 젊은 스티븐스 씨도 그를 잠깐 동안 지켜보며 사람들이 손뼉 치는 이유를 찾아보려고 했다. 그러나 그는 이유를 찾지 못해 또 한 번 소녀들에게로 관심을 돌렸다.

얼마 전부터 그는 예전보다 더더욱 괜찮은 여자들을 찾아보는 버릇이 생겼다. 그는 한 번도 제 여자를 둬본 적이 없었는데, 그의 이상이 다소 높았기 때문이기도 했으며 약간은 소심했기 때문이기도 했다. 하지만 걸어서 출퇴근하는 길이면 그는 예전보다 더더욱 열렬히, 종종 짜증과 같은 무언가를 품고서, 지나가는 군중을 살펴보았다. 예쁜 여자들이 너무도 적었다. **정말로** 예쁜 여자들이. 그러나 이따금 그가 정해놓은 기준에 거의 달하는 여자가 지나가곤 했으니, 가끔은, 그가 이목을 끌지 않을 수 있었다면, 그는 무심하게 돌아서서 재빨리 뒤로 걸어가, 마치 버스라도 기다리는 듯이 기다렸다가 그 여자가 그의 앞으로 다시 지나가는 모습을 보곤 했다.

가끔씩 다시 보니 실망스러울 때도 있었지만, 또 가끔은 두 번째로 그녀를 보고서는 또다시 볼 확률이 천 분의 일인 탓에 가슴앓이하며 집으로 돌아가기도 했으며, 그가 대담무쌍하게 그녀를 불러세우고 구실을 꾸며내어 말을 걸었더라면 무슨 일이 벌어졌을지 궁금해지기도 했다.

왜냐하면 스티븐스 씨는, 서른 살이었고, 펜지에 있는 자기 셋방에서 다소 외로워지고 있었기 때문이다.

그에게는 물론, 축구 친구들이 있었지만, 개중 대다수는 여자친구가 있었고, 토요일 경기가 끝나면 서둘러 여자친구와 함께 떠나버려, 스티븐스 씨는 외로운 저녁에 혼자 남아 자기 이상형의 그림만 쌓아 올리게 되었다. 그녀는 늘씬하고, 앙증맞고…… 매우 활기가 넘치고 재미로 가득할 터였다. 그녀는 웃다가도 순식간에 살짝 찡그리는 얼굴을 가졌을 것이다. 그녀는 너무 흑발이지도, 너무 금발이지도 않아야 했다. 준수한 금빛 갈색 머리칼이 최고다……. 그녀의 눈은 그가 언뜻 내비치는 위트에 재빠르게 밝아질 것이고, 그녀는 만사에서 웃긴 면을 찾겠지만 그녀 자신이 웃긴 말들을 너무 많이 하려고 들지는 않을 터였다.

그가 지나가는 군중 속을 탐색한 건 그녀를 찾기 위함이었다. 가끔 다가오는 여성의 모습에 심장이 뛰곤 했지만, 지난 열두 달 동안 그의 꿈이 잠깐이라도 화르륵 소생한 것은 오로지 한두 번이었으며, 그런 만남은 사랑스러운 모습의 기억과 어쩔 줄 모르는 며칠간의 공허한 날들만을 그에게 남겨두었다.

그의 눈길은 착석한, 우유 짜는 소녀들을 따라 달려갔다. 괜찮은 소녀들도 개중 몇몇 있긴 한데, 그리 썩…….

톰의 목소리가 어둠 속에서 속삭였다.

"저 애가 내 여동생이야. 끝에서 두 번째로 서 있는 애."

"오, 그래?" 스티븐스 씨가 웅얼거렸다. 그녀는 키가 큼지막한 금발 소녀로, 어떤 면에서는 톰과 다소 닮아 있었다.

"그리고 저게 플로시 퍼킨스, 동생 친구야. 맨 끝에 동생 옆에 있는 작은 애."

회당은 어두웠고, 일 분쯤 뒤 톰이 자기 친구에게 캐러멜 한 알을 건네주었을 때 그는 친구의 손이 떨리고 있었던 걸 눈치채지 못했다. 그는 자기 친구가 손안에 캐러멜을 먹지도 않고 들고 있었다는 것도, 캐러멜을 움켜쥐다 못해 형체를 다 어그러뜨렸다는 것도 눈치채지 못했다.

왜냐하면 스티븐스 씨는 마치 쭈뼛 선 거대한 머리카락 한 가닥처럼 온몸이 덜덜 떨리는 느낌을 갑자기 받았기 때문이다.

그의 눈에 뭔가 문제라도 생긴 건가? 저렇게 황홀한 작은 미의 화신이 내내 저기 있던 것인가, 우유 짜는 여자들이 처음 들어왔을 때부터 쭉?

그녀는 이제 다른 이들과 노래하고 있었다. 그들 모두는 손을 위아래로 휘두르고 고개들을 흔들었다. 그녀는 그들 모두 중에서도 천배는 근사했다. 세상에나! 저 환상적인 작달막한 얼굴을 보라! 온통 흥분으로 밝아져 있는, 친구들에게 웃음을 올려 보내고는 관객을 내려 보며 미소 짓는 얼굴을! 웃긴 남자는 이제 그녀 앞에 서서, 눈알을 부라리고 얼굴을 뒤틀고 있었다. 스티븐스 씨는 행여나 자신이 펄쩍 뛰어올라, "비키라고, 이 멍청아!" 하고 고함을 지를까 봐 의자를 부여잡아야만 했다. 그 뚱뚱한 남자가 비켜났을 때 한순간 그는 혹시나 그 미의 화신이 풍기는 빛이 바랬을까 봐 끔찍한 두려움을 품었다.

하지만 아니었다! 거기에는 그녀가 있었다! 이제는 노래하지 않고, 그저 서서 미소를 지으며 반짝이는 눈을 한 채로…….

"공연 어떤 것 같아?" 톰이 말했다. 이제는 조명이 켜졌고, 몇몇 사람들은 바깥바람을 쏘이자며 나가고 있었으며, 몇몇은 다리를 편다고 일어나고 있었다. 스티븐스 씨는 손을 펼칠 수가 없다는 것을 의식했고 손가락을 구부려서 손톱으로 캐러멜을 긁어내야만 했다.

"상당히 좋은 것 같은데." 스티븐스 씨가 말했고, 자신의 침착한 목소리가 자랑스러웠다.

"공연 일부는 괜찮긴 하더라." 톰이 무심하게 말했다.

스티븐스 씨의 뇌리에 끔찍한 생각이 밀려들었고, 그는 갑자기 한기가 들었다. 그는 친구를 올려다보았다. 그녀는 그의 여동생의 친구였다. 만일 그녀가 톰의 여자라면! 광기 어린 한순간 그는 이 끔찍한 생각이 사실이라면 자신이 톰을 죽여버리리라는 끔찍한 감각과 투쟁하고 으스러뜨려야만 했다.

그러던 그는 공연의 나머지를 의구심 속에서는 절대로 견뎌내지 못하리라는 것을 알았다. 그는 지금 움켜잡고서 매듭을 지어두어야만 했다.

"여동생분도 잘하시더라." 그가 말했다.

톰은 기쁜 모양이었다. "못하진 않더라, 그치?"

우라질! 그 말을 왜 뱉질 못해! 그는 꿀꺽 침을 삼키고서, 무심하게 말했다. 마치 그가 말한 것이 그가 평소에 늘 하던 말이었다는 양 말이다.

"여동생 친구분도 좋더라고."

톰이 이 말을 받아들이는 방식은 놀라웠다. 그는 고개를 돌리지도 않았다. "그러게, 친구분도 뭐 조그마하니 귀여운 여자애라서."

뭐 조그마하니 귀여운 여자애라니! 톰은 눈이 보이지 않는 건가, 그의 눈과 감각은 죽어 있던 건가? 아니면 그 역시도, 억눌러 둔, 퉁명스러운 목소리 뒤에 진짜 생각을 감추고 있던 건가?

"그 친구분 잘 알아?"

"그냥 조금. 이따금 공연장에 오거든. 내 여동생이 저 친구를 연극에 참가시킨 거야."

"네 여동생이랑 또…… 또 저 다른 여자분도 만나보고 싶다. 만나볼 수 있을까…… 공연 이후에?"

"그럼 좋지! 연극이 끝나면 같이 들러보자."

사람들이 신선한 바깥공기를 한숨 마시고 돌아오면서, 길을 따라 비치적대며 자기 좌석으로 향하는 사이에 공연장 불빛이 서서히 가셨다. 대강당은 이제 다시 어두워졌지만, 무아지경과 같은 행복감 속에서조차, 젊은 스티븐스 씨는 후반부 내내 엉덩이를 붙이고 있기가 어려울 것 같았다.

그녀는 무대에 단 한 번 다시 들어왔다. 누군가가 웬 정신 나간 실수로 메이폴 댄서*들의 합창단에 그녀를 넣지 않은 것이다. 그러나 삽시간에 그는 그녀가 결혼식의 마을 사람들이라는 인파 속에 있는 걸 발견했다. 소박한 면직 드레스와 보닛 차림이 아름다웠다.

"따라와." 톰이 말했다. "우리 나가서 뒷길로 돌아가야 해."

고루한 사람들 한둘이 톰과 그가 그들을 밀치고 지나갈 때 꿍얼

• Maypole dance. 봄에 씨를 뿌린 후 한 해의 풍작을 비는 민속춤이다.

거리고 도끼눈을 했다. 그런 뒤에 그들은 옥외에서, 서둘러 어두침침한 길거리를 내려가 무대로 들어가는 뒷길로 가고 있었다. 스티븐스 씨는 무대 뒤에 가 본 적이 한 번도 없었다. 여느 다른 날 같았으면, 이것만으로도 그는 들떴겠지만, 무대 배경의 커다란 널빤지들, 와이셔츠 차림의 땀을 뻘뻘 흘리는 남자들과 뒤죽박죽된 의상이 든 바구니들은 안개 낀 꿈결 속에서 그를 지나쳐 갔다.

그들은 이제 좁은 통로에 있었다. "해리스 양이 어디 있는지 아세요?" 톰은 묻고 있었다.

어느 얼빠진 바보가 한 팔을 올려서 길을 막았다. "저기로 내려가시면 안 돼요. 옷들 갈아입는 중이라."

스티븐스 씨는 기꺼이 그 남자를 쓰러뜨렸을 테지만, 밀리에, 수지에, 케이트까지 고래고래 불러대는 사람들이 뒤에서 밀쳐대며 스티븐스 씨에게 필요한 모든 일을 대신 해주었고, 곧 그들은 군중 속에서 넘실거리며 지나갈 수 있었다. 반쯤 열린 문이 많았고, 스티븐스 씨는 안쪽의 여자들이 보였다. 사람들이 떠들썩하게 밀치고 들어가면서 꺅꺅대는 작은 비명들과 웃음보가 터져나왔다. 여러 방을 들여다보고 나서 톰은 의기양양한 미소를 지으며 그의 친구를 향해 돌아섰다. "여기 있네!" 그가 말했다.

방 안에는 소녀들의 인파가 있었는데, 대개가 무대에서 입었던 의상 차림이었지만 한둘은 실내복 차림이었다. 스티븐스 씨의 머리가 빙빙 돌았다. 그는 이런 광경을 한 번도 맛본 적이 없던 것이다. 관례 같은 것은 웃음의 날갯짓에 불어 날려간 터였고, 모든 이가 서로의 영혼에다 곧장 말들을 쏟아붓고 있었으며 아무도 말을 재고 고르지 않았다. 그들보다 앞서 도착한 다른 청년 한둘은 여자애들의 손을 잡고 있거나 그들의 메이폴 댄스 의상의 리본들을 장난스레 잡아당기고 있었으며, 이 현장 전반에는 묵직하니 고혹적인 분장용 화장품 분의 향취가 깔려 있었다.

"이쪽은 내 친구, 어니 스티븐스야." 그는 톰이 말하는 걸 들었다. 그리고 나서, "내 여동생이야!"라고 외치는 고함소리가 스티븐스 씨의 귀에 들렸고, 어느새 그는 키가 크고, 금발의, 활짝 웃는 여자애와 악수하고 있었다.

스티븐스 씨가 한마디 할 겨를도 없이 누군가가 그의 등에 부딪쳤고 또 다른 청년이 톰 여동생의 손을 쥐었다. 어떤 면에서는 좋은 일이었다. 이제 시선을 돌려 방을 탐색할 수가 있었다. 그의 목구멍에는 이상하게 메마른 느낌이 있었고, 그의 폐 속에는 그가 호흡할 적에 나와주질 않던 공기가 상당히 들어찬 듯했다. 그가 끔찍한 불안감을 품었던 것은 혹시나……. 아니다! 그녀가 저기 있었다! 저쪽 구석에……. 그가 끔찍하게 두려웠던 것은 혹시나 어떤 애정 어린 부모가 그녀를 휙 채어갔을까 봐였는데…… 이제는 괜찮았다! 훌륭할 정도로 괜찮았다! 그럼에도 이 순간이 찾아오고 나니, 그녀가 자신을 마주치지 않고서는 절대로 방을 빠져나갈 수가 없다는 것이 보이니, 그의 심장이 어찌나 방망이질을 하는지 틀림없이 갈빗대를 부러뜨리겠다는 생각마저 들었다. 그녀는 혼자서, 방 중앙을 둘러 소용돌이치며 치밀어 오르던 개울로부터 살짝 후미로 보이는 한구석에 서 있었다. 어떤 인파도 그녀를 에워싸고 있지 않다니 이상했다. 오히려 아주 좋은 상황이었다! 그는 거의 그녀에게 다가갈 뻔했으나 (왜냐하면 이렇게 정신 나간 들뜬 분위기 속에서는 일단 다가가는 게 상당히 자연스러운 일일 터였으므로) 그러다가는 자제하고서 톰의 소매를 잡아당겼다.

"여기!" 그가 방의 분위기와 어우러지는 무모하고도, 경솔한 어조로 외쳤다. "나 저기…… 저기 플로시 씨한테 소개해 줘야지!"

한순간 톰은 그를 놀라서 쳐다보았다. 그러더니 그는 "미안!" 하고 외치고는 그의 친구를 방 건너편으로 안내해 갔다.

그녀는 여전히 소박한 면직 드레스 차림이었으나, 그녀 주위의 요란한 메이폴 댄스 의상 차림보다 한층 더 절묘하게 아름다웠다. 그녀는 보닛을 벗은 터였고, 이에 그녀의 사랑스러운 갈색 머리는 떠밀구는 들뜬 파도들이 되어 이리저리 떨어진 채였다.

그들 주위에 아수라장과 웃음바다가 있어서 천만다행이었다! 조용했다면, 또 혼자였다면 그는 절대로 그렇게 하지 못했을 것임을, 그는 알았다. 그는 이전에는, 일평생 동안, 이런 식으로 말해본 적이 없었고 그 말들은 거의 그 자신의 것이 아닌 듯했다. 그 말들은 그 과열된 분위기로부터 그에게 휘몰아쳐 들어와서 그의 입술에서 쏟아져 나오는 듯싶었다.

"……근사한 분이라고 생각했어요! 개중 그 누구보다도 더 돋보일 정도로 최고라고! 저는, 저는 다른 사람들은 전혀 **보이지도** 않던걸요!"

그녀의 사랑스러운 작은 장미꽃 봉오리 같은 입술이 떨리고 있었고, 그는 한순간 그녀의 덩실대는 눈에 눈물이 고였나 생각했다. 그러나 그가 알기로는, 그 눈들을 그렇게나 반짝이게 했던 건 흥분이었다…….

"제가 한 번도 해본 적이 없거든요, 이전엔." 그녀가 속삭였다.

"한 번도 해본 적이 없다고요, 이전엔! 아니, 그래도…… 그래도 설마 해보셨을 건데!"

"아뇨, 증말로 안 해봤어요!"

"그럼 아주 그냥 경탄해 마지않을 일이었네요!"

스티븐스 씨는 한숨을 지으며 창문을 내다보았다. 그들은 어둑하고 서늘한 전나무숲 옆의 햇살 속에서 빛나고 있는 백악갱을 지나치고 있었다.

이십 년이었다. 그가 애널리에 있는 작은 집까지 그녀를 데려다준 이래로. 그는 그녀가 계속 연기하기를 희망했지만, 그녀는 결코 다시는 열의를 느끼지 못하는 것 같았다. 그녀가 연기를 계속했더라면 그 모든 활기찬 사람들과 계속 연이 닿았을 것이다. 톰의 여동생은 정말로, 아내의 유일한 친구였던 모양이었지만, 그들이 결혼한 직후에 연이 끊겼다. 그는 톰의 여동생이 아내를 자기 친구로 받아주었던 이유가 아내가 그녀를 다 믿어주고, 흠모해 주고, 자기가 하던 걸 아내가 열성적으로 하려 들었기 때문이라는 생각이 들었다.

애석하게도 그녀에게 친구를 찾아내는 재주가 결코 없었다. 그는 몇 번이고 축구 동호회의 남자 회원들이 아내를 동반하고 다과에 오도록 시도해 보았더랬다. 그녀는 들떠서 너무도 명랑하게 얘기하고 웃곤 했기에 그는 유대가 형성되고 있었노라는 확신을 느꼈다. 그러나 어쩐 일인지 그런 모임이 그 이상으로 이어지는 일은 없었다. 친구들이 가고 나면 그의 아내를 다시 만날 일은 좀처럼 없었다.

그러나 그는 무엇을 원했단 말인가? 그를 쥐고 흔드는 방약무인한 여자? 친구들로 집 안을 채우고 그를 침실로 몰아내는 여자, 아니면 언제나 출타해서 아이들과 집안일일랑 내팽개치는 여자? 아니면 징징대고 돈을 더 달라고 투덜거리는 여자?

그는 그들의 작은 가계 운영만으로도 가냘프고도 조그마한 그녀의 심신이 끊어질 지경까지 무리가 갔다는 것을 알았지만, 그렇다고 새끼손가락만 까딱해도 가게 정도는 업신여기며 운영할 능수능란한 여자를 그가 배우자로 맞았겠는가?

포효와 함께 기차 한 대가 그들을 지나쳤고, 그의 아내는 살짝 움찔하면서 잠에서 깨어났다. 한순간 그녀는 혼미해서 주변을 둘러보았다가는, 한순간 남편과 눈을 맞추었고, 그는 그녀에게 미소 지었다.

11

 보그너로 향하는 여행길에 관한 오랜 경험으로 스티븐스 씨는 일단 클래펌 환승역에서 안전하게 벗어나고 나면 객실에 승객들이 조금이라도 추가되는 일은 매우 드물다는 점을 배우게 되었다.
 대개는 오직 한 줌의 사람들만이 서턴과 크로이던에서 기다리고 있었고, 그들 중 그 누구라도 당신이 탄 특정 객차를 고른다면 운이 영 없는 것이었다. 그러나 언제나 승산은 있었으므로, 스티븐스 씨가 주로 알아낸 현명한 예방책이란 이런 역들로 진입할 무렵 창문으로 가서, 창틀에 팔꿈치 양쪽을 얹고, 얼굴에는 기진맥진하고 비참한 표정을 지은 채 내다보는 것이었다. 마치 그가 매우 혼잡한 객실에 서 있었다는 듯이 말이다.
 이것은 언제나 제 목적을 달성해 주었고, 일단 크로이던을 지나고 나면 위험은 가시고 없었는데, 도킹에서는 대개는 타기보다 내리는 사람들이 더 많았던 탓이다.

그는 잠낭을 지닌 소녀들이 박스 힐에서 산책을 하려고 도킹에서 하차하겠거니 예상했으나, 소녀들은 열차가 멈춰 설 무렵에도 아무런 움직임을 취하지 않았다. 그러나 예기치 못하게, 그리고 매우 다행스럽게도, 아기를 동반한 여자가 내렸다. 스티븐스 씨는 그녀가 해군의 아내로, 포츠머스*로 가는 것이었겠거니 판단을 내렸던 터라, 그녀가 내리는 모습에 매우 놀랐다. 그러나 그가 몸을 거의 펴지도 못하던 차에 구세군 군인이 작은 검정 가방을 들고 뛰어 올라탄 터라, 스티븐스 씨는 다시 몸을 오므려야 했다.

그럼에도 상당히 만족스러운 교환이었다. 새로운 승객의 등장은 당연히 벌어질 일이었는데. 그도 그럴 것이 도킹에서 기다리는 승객들은 열차가 만원일 것을 알 테였고, 따라서 마땅히 사람들이 내린 객차들로 향할 터였기 때문이다.

그런데 이제 호샴에서 정말로 놀랄 만한 일이 벌어졌다. 스티븐스 씨는 산책하는 소녀들이 여기서 하차하리라고 거의 확신했고, 그가 옳았다. 그러나 열차가 멈출 무렵, 두 소녀뿐만이 아니라 구세군 군인과 입이 다물어지지 않는 청년, 각반을 찬 남자가 다 함께 무리 지어 나갔고, 그들의 자리를 차지하려고 승차한 사람은 아무도 없었다.

뜻밖의 행운이었다. 호샴은 여행길의 딱 중반 지점이었고 조용하

• 영국 남해안의 작은 도시 포츠머스에는 영국에서 가장 역사가 오래된 해군 기지가 있다.

고 작은 어촌들까지 더 이상 정류장은 없었는데, 스티븐스 씨의 기억으로는 누구라도 거기서 내리거나 탄 적이 없었다. 그렇다는 말은 남은 여행길 동안 오직 그들만 이 객차를 차지할 것이 실질적으로 확실했다는 것이다. 해군 남자라는 예외야 하나 있어도. 그래도 그 사람도 이런 날에는 호감이 가며 시기적절한 승객이었다.

연래 그들은 보그너로 가는 길 내내 복닥복닥하고 불편했으므로, 이렇게 갑자기 상황이 반전되어 행운이 찾아온 것은 꼬박 한 시간의 예기치 못한 기쁨을 휴가에 더해주는 것만 같았다.

왜냐하면 스티븐스 씨는 행복의 총량 중 열차에서 보내는 여행길을 언제나 미심쩍은 변수로 여겼기 때문이다. 물론 최악의 조건에서조차 바다로 향하며 전원을 내달려 간다는 데에서 오는 상쾌한 기분을 희미하게나마 소환해 낼 수도 있었다. 그러나 이와 같은 일이 벌어졌다면, 갑자기 당신의 사지가 다른 사람들의 골반과 팔꿈치에서 오는 저릿한 압박감에서 해방된다면, 당신 주위에 호사스러운 빈자리가 생겨 잡지와 신문은 물론 팔과 다리를 펼칠 수 있게 되면, 그제야 당신은 미심쩍음일랑 의기양양하게 제쳐둘 수가 있는 것이다.

아이를 안은 여자가 앉아 있던 자리이자, 도킹 이래로 그 체구 작은 구세군 군인에 의해 헐겁게 메워졌던 움푹 꺼진 그 자리에 스티븐스 씨가 신문을 던져 넣는 방식에는 사실상 일말의 우쭐거림마저 있었다. 그는 기지개를 켜고 미소 지었다. 그는 앞으로 찾아올 몇 달 사이에 종종 이 순간을 생각할 것임을 알았는데, 이 순간이 마지막까지 남아 있던 그의 걱정거리들을 뒷전으로 미뤄놓고 휴가의 모든 순간들을 온전하게 엮어 그의 앞에 놓는 정확한 전환점이었기 때문이다.

이른 아침과 어제저녁이야, 흥분되기야 했어도, 휴가의 시작에 피치 못하게 걸려 있는 그런 불길한 작은 구름들로 그늘져 있었다. 집을 떠난다는 불안감, 짐에서 오는 부담감, 클래펌 환승역에 관한 괜한 걱정거리들과 좌석에 관한 우려들……. 그것들은 이제 과거의 것이었고, 농담거리였다. 그리하여 그의 앞에는 휴가가 놓여 있었다. 맑고, 근심 없는 하늘 아래에서 햇볕을 쪼이는 휴가가. 보름 뒤 일요일은 아득한 지평선으로 뻗어 나갔고 그 사이는 햇빛이 비치는 낮들과 별빛이 비치는 밤들의 분초로 꽉꽉 들어차 좀처럼 재어볼 수가 없도록 멀었다.

짐을 보그너역에서 시뷰까지 굴려 날라줄 짐꾼을 찾는다는, 유일하게 아직 남아 있는 업무는 그들이 극복해 낸 어려움에 비하면 애들 장난일 터였다. 그렇게 사람들이 호샴역에서 증기를 내뿜으며 나가고 스티븐스 씨가 메리의 옆자리에 미끄러지듯 앉던 순간 스티븐스 씨는 속으로 생각하고 있었다. "휴가는 정말로 **지금부터** 시작하는 거야. 정확히 이 순간에."

스티븐스 부인과 어니도 좌석을 따라 움직인 끝에 딕 옆에 앉게 되었고, 그렇게 식구들이 함께 다시 모여, 마치 한 달은 떨어져 있던 것처럼 서로를 맞이했다.

그들은 객차 안 각자의 위치에서 얻은 여행길의 경험들과 인상들을 주고받았다.

"그 불붙은 건초더미 못 봤어?"

"못 봤어. 어디 있었는데?"

"레더헤드* 막 지나서."

"왜 말 안 해줬어!"

"어떻게 말을 하겠냐. 그 온갖 인파 속에서!"

"불편하지 않으셨어요, 엄마?"

"아니야! 상당히 괜찮았단다. 그렇지, 어니?"

아기와 스티븐스 씨의 모자에 관해서 아무도 언급하지 않았다. 어니마저도 그것은 마땅히 보지 못한 척해야 한다는 것을 본능적으로 알았던 것이다. 그는 단지 아기가 움직일 때마다 아기에게서 풍겨 나오던 강한 나프탈렌 냄새를 언급했을 뿐이었다.

"자 그럼!" 스티븐스 씨가 외치며 양손을 모아 짝 쳤다. "저 샌드위치 들면 어떻겠니!"

"그래요." 어니가 찬성했다.

딕이 벌떡 일어서서 선반에서 그 작은 꾸러미를 빼내는 한편 메리는 서모스 보온병을 아래로 건넸다.

그들은 크라이스츠 호스피털**의 매끈한 경기장을 지나며 널찍한 사우스다운스***로 향하고 있었고, 스티븐스 부인이 꾸러미를 풀어

• 영국 서리의 도시로, 런던에서 남쪽으로 30킬로미터가량 떨어져 있다.

•• 영국 호삼 남쪽에, 레더헤드보다 남쪽에 위치한 기숙사형 사립학교이다.

••• 영국의 남동부 해안 지대를 가로지르는 백악질의 산맥.

서 샌드위치를 내놓을 무렵에는 침묵이 내려앉았다. 각자가 집의 작은 유물을 제 몫으로 가져가는 모습에는 일말의 엄숙함이 있었다. 오랜 시간이 지날 터였으니, 집밥이 그들의 입술을 다시 넘어가기까지 무슨 일이 벌어져 있을지 누가 알겠는가?

가방과 트렁크 들에게는 커루나 로드에서 떠나오는 일이 상당히 자연스러운 듯했는데, 왜냐하면 가방과 트렁크 들은 안절부절못하는 투숙객들로, 짐꾼의 짐수레와 열차 선반 위에서만 살아나며 행복하기 때문이다. 그러나 샌드위치에는 뭔가 다른 구석이 있었다. 그들이 떠나고 지금은 내버려져 홀로 있는 주방 식탁에서 잘린 샌드위치들에는 조금씩 베어 문 한입마다 익숙한 소리들의 속삭임이 담긴 듯했다. 집에 있는 침실로 또 한 번 돌아가는 밤, 옷을 벗을 때 신발 한 짝에서 떨어지는 소량의 모래 줄기에서 들려오는 그런 속삭임 말이다.

딕은 제 몫의 샌드위치를 먹으며 생각했다. 이승에서 일평생을 산들 텅 비고 커튼이 쳐진 집의 느낌을 영영 알지 못하리라는 점이 너무도 기이했다. 사람들이 집에 발을 들이자마자 그런 느낌이 바로 흩어졌으니 말이다.

서모스 보온병에서 코르크가 펑! 하며 나왔고 똬리 튼 훈김이 햇빛을 뚫고서 둥실 떠올랐다.

"근사한 물건이야!" 스티븐스 씨가 중얼거렸고, 어니가 창문에서 돌아서 어떻게 보온이 되는지 묻자, 스티븐스 씨는 이렇게 답했다. "아, 원래 그런 거야." 그는 거짓으로 아는 체를 해서 아이들을 잘못

인도하는 짓은 좋지 않다고 여겼고, 추가 질문들을 면하고자 그는 잡낭을 내려 접이식 알루미늄 컵을 꺼냈다.

그들은 인파가 몰린 객차에서는 필수적이었던 가라앉은 목소리로 더는 얘기하지 않았고, 이제는 집의 다이닝룸에 있는 듯한 딱 그 정도의 목소리로 이야기했다. 호삼에서 승객들이 싹 비워져 상쾌하고도 서늘한 산들바람이 객차를 휩쓸어 통과해 정체된 공기를 불어낸 터였다. 스티븐스 씨는 이 산들바람이 얼굴로, 또 머리카락 사이사이로 불어오는 느낌이 좋았다. 집이라면 이 바람을 외풍으로 여기고 창문을 황급히 잡아당겼겠지만, 이건 상당히 다른 것이었다.

바깥의 전원 풍경은 이제 여느 때보다 훨씬 근사해지고 있었다. 여기저기서 때늦은 수확물을 거두고 있었고, 사람들은 느긋하고, 무르익은 논밭에서 그들에게 손을 흔들었다. 그들은 굉장한 무리를 이룬 갯개미취로 시끌벅적한 정원을, 또 끝물의 붉은 양귀비가 울긋불긋 흩뿌려진 클로버 들판을 지나쳤다. 이따금, 나무들의 작은 빈터들 틈새로 그들은 중후한 저택의 박공지붕과 망루 들을 보았다. 가로퍼진 삼나무들이며 벨벳과 같은 상록수가 이룬 아치들도 스쳐 지나갔다. 가끔 그들은 죽죽 뻗은 가을철 잔디를 낫질하는 남자들을 보기도 했다. 너도밤나무 숲속에서 번득이는 희미한 금빛 줄기들 속에 스티븐스 가족이 숨긴 슬픔일랑 없었는데, 가을이 맨 처음 수줍게 뻗는 손가락은 언제나 휴가의 전조였던 탓이다.

스티븐스 부인이 샌드위치 포장지를 작은 공으로 둥글려서 창문으로 던졌을 때 그들은 풀버러의 습지대에 온 차였다. 여기는 언제나 바다의 기미를 느끼기 시작하는 곳이었다. 작은 어린강이 멀찍한 해안으로 가는 길에 평지 초원을 구불구불 뚫고 갔다. 그 강은 마치 조수간만이 있는 듯 보였는데, 그 진창의 강가 위에 물거품 얼룩이 몇 개 들러붙어 있었기 때문이다. 그들은 강이 굽이치는 경로 중에 몇 번이고 강으로 다가갔다. 그럴 때마다 강은 넓어지고 또 굵어졌고, 한번은 강둑 곁의 하얀 기둥 위에 바다 갈매기가 앉아 있는 모습을 보기도 했다.

이제 그들은 모두 주의를 집중하고 있었다. 보그너에 가까이 다가갈수록 더더욱 익숙한 지형지물이 보여서 흥미진진해졌고, 그러다 갑자기, 거의 동시에 딕과 어니가 외쳤다. "저기 성 있다!" 스티븐스 씨는 앞으로 구부려서 한순간 응시하더니만 말했다. "그래. 저기 있구나!" 어런들성은 잔물결 이는 잔디의 바다로부터 거대한 회색 돌처럼 원경에서 솟아올랐다. 열차가 약간 곡선을 그리더니, 점차로 성은 불룩해지고 솟아오르는 듯했다. 그러다가 그들이 점점 가까워질 무렵, 붉은 지붕의 그 옛 도시가 성 주위로 무리를 이루기 시작했으며 죽 늘어선 안개 낀 나무들이 뒤에 모였다. 열차가 조용히 다리 아래 역사 속으로 미끄러져 들어갈 적에만 그들의 시야에서 성이 사라졌다.

어런들 정류장은 여행길의 또 다른 지표였다. 그것은 노심초사하던 순간이 지나가고 평화가 찾아온다는 표시였다. 그곳에는 사람들의 지껄임과 불안한 외침들 없이, 그저 도시에서 약간 떨어져 있는 전원 역사의 잔잔한 적막과 지나가는 목소리들에 담긴 서식스 지방의 부드러운 진동음*뿐이었다. 모두가 한층 천천히 움직였고, 경비원마저도 이 미묘한 변화를 의식하고 있었다. 다른 역사에서 그는 승강장에 뻣뻣하게 선 채 열차를 긴장된 불안감을 담은 눈빛으로 빤히 쳐다보았으나, 이제 그는 다른 사람이었다. 그는 닭들이 든 나무 상자 옆에 서 있었던 짐꾼에게로 한가로이 건너가서는 한두 마디를 건넨 다음, 나무 상자의 살 틈새로 자신이 든 깃발의 손잡이를 장난스레 찔러 넣기도 했다. 뒤이은 푸드덕거림에 그는 웃음 지었고, 어느 가 객차 창문에서 함께 웃자 경비원은 그를 건너다보고는 미소 지었다. 클래펌 환승역에서 경비원이 승객한테 미소 짓는 광경이라니, 상상이나 하겠는가!

그들은 어런들역이라는 서늘한 쉼터 속에서 얼마간 머물렀다. 너무 조용해서 근처 객차에서 사람들이 얘기하는 것과 측선의 몇몇 무개 화차들에서 음매 하는 소 울음이 들려올 정도였다. 그러더니, 거의 내키지 않는다는 듯이 경비원이 시계를 빼내어 살펴보더니, 깃발을 힘차게 흔들었던 것이, 마치 이렇게 말하려는 듯했다. "자 그럼, 다시 일합시다!"

전원은 이제 더욱 평평해졌다. 무심한 눈에는 그들이 지나온 전원만큼 보기 좋지 않을 수도 있으나, 그럼에도 스티븐스 가족에게는 전원의 거리거리가 추억들로 그득했다. 그들이 지나간 구불구불한 도로의 하얀 집은 작년에는 지붕도 거의 올라가지 않았건만 이제는

• 영어 방언에서 특징적으로 나타나는 r 음을 진동시키는 억양을 말한다.

커튼도 달렸고, 포치에는 개 한 마리가 있었으며 정원에는 풋내기 나무들이 늘어져 있었다. 그들이 서러움을 품고서 바라본 곳에는 작년만 해도 빽빽한 숲이 있었는데 이제는 고사리 속에서 노랗게 빛나는 나무 그루터기들과 새로 땅을 뒤엎어서 진흙탕이 된 우마차용 비포장도로 옆으로 통나무들 더미가 흩뿌려진 맨숭맨숭한 빈터가 있었다.

"아마도 언젠가는" 하고 딕이 말했다. "집들이 들어서겠어요, 클래펌 환승역에서 보그너까지 쭉."

"설마!" 스티븐스 씨가 말했다. "그렇게까지 나빠지기 전에 위에서 뭐든 할 거야."

어니는 위에서 뭘 할지를 물었고, 이에 스티븐스 씨는 다른 식구들에게 윙크를 하면서, 어니와 같은 어린 소년들이 세상에 더 나와서 어른들을 복작복작하게 하는 걸 막을 거라고 했다. 스티븐스 부인도 함께 웃으면서 이 고단한 하루 중에 처음으로 수월하고 행복하게 웃는 자신을 발견했다.

그들이 포드 환승역에 가서 섰던 때는 한 시가 가까이 되어서였다. 열차의 한 부분은 포츠머스로 나아갈 터였으므로 열차는 여기서 갈라져야 했고, 그리하여 그들이 정차해 갈 무렵 그 해군은 안절부절못하며 창문을 내다보았다. 잠시 뒤에 그는 앞으로 수그려서 처음으로 스티븐스 가족에게 말을 걸었다.

"포츠머스로 가는 거 맞죠?" 그가 문의했고, 이에 스티븐스 가족은 열렬히, 그리고 거의 의기양양하게, 입을 모아 답했다. "아뇨! 보그너로 가요!"

그 해군은 재빨리 자신의 작은 검은 가방을 낚아채 집어 들고 문으로 뛰어들었다. 바깥에서 그는 돌아서서 미소 지었다.

"감사합니다. 여쭤보길 잘했네요."

그가 가고 난 뒤에 잠깐 스티븐스 가족은 말이 없었는데, 모두 스스로를 평가하는 점수가 살짝 올라간 터였으면서 동시에 선행을 한 데 따라오는 멋쩍은 무안함을 느끼는 채였다. 침묵을 깬 것은 스티븐스 씨였다.

"그 사람이 그때 물어봐서 다행이네."

"그 아람이 이전에 알아내지 못했으면 어쩔 뻔했어요!" 스티븐스 부인이 경악하며 외쳤다.

어니는 그 해군이 그들에게 물어보지 않았더라면, 그래서 보그너로 계속 갔더라면 무슨 일이 벌어졌을지 물었다.

"알고 보니 애먼 곳에 있게 됐겠지, 물론!" 스티븐스 씨가 답했다.

"벌금도 물게 될까요?" 어니가 물었다.

"사고로 그랬다면 안 물지. 돌아가는 다음 열차를 잡아타게 해줄 거다."

덕분에 철도사에 대한 어니의 평가가 살짝 높아졌지만, 물론 그들이 그런 동정심을 조금이라도 보여주리라고 믿기는 어려웠다. 그 해군을 감옥에다 쾅 하고 처넣는 모습이 더 쉽게 그려졌다.

딕은 한두 사람이 다리를 뻗으려고 기차에서 내리는 것을 보았고, 그와 스티븐스 씨도 조심스레 기어 나와서 그들을 따라 했다.

포드 환승역은 거센 바람이 부는 황량한 장소였는데, 공기만큼은 신선하고 상쾌해서 거의 바다 같기야 했다. 그들은 이제 그들 뒤편에 마치 흐릿한 구름층들처럼 놓여 있던 다운스*를 통과해 있었다. 앞쪽은 평평한 전원 풍경으로, 동떨어진 초원에 풍차 한두 개가 점점이 놓여 있었고 전신주들이 이룬, 곡선으로 길게 펼쳐진 길을 끼고서 철도의 경로를 멀리까지 따라갈 수가 있었다.

딕과 남편이 앞뒤로 거닐던 사이 스티븐스 부인은 그들을 불안하게 지켜보았다. 갑자기 열차가 살짝 덜컥였고 그녀는 외쳤다. "빨리요!"

"알았어요." 스티븐스 씨가 말했다. "그냥 엔진 시동이 걸리는 것뿐이라니까." 그러나 그는 상당히 재빨리 기어들어 왔고, 살짝 창백해 보였다. 확실히 한순간 마치 열차가 출발하는 듯이 보이기는 했던 것이다.

포드 환승역을 떠나자 소지품을 모을 시간이 되었다. 이제 그들은 십오 분만 있으면 보그너에 있을 터였다. 호샴을 지난 이후 식구가 함께 모였을 적 그들을 휩쓸었던 솟구치는 듯한 흥분은 이제는 소진된 터였고, 대신에 조용한 기대감이 찾아온 터였다. 그들은 지형지물을 지나칠 때도 더는 손으로 가리키지 않았고, 얼굴들을 창문에 돌린 채로 구석에 앉아 도착하기를 기다렸다.

그들이 바넘에 있는 건널목 차단기에 다다랐을 때, 스티븐스 씨

• 영국 남부 지방의 구릉 지대.

는 잡낭의 단추를 여미고 모자를 내렸던 한편 스티븐스 부인은 한쪽 팔 아래에 서모스 보온병을 끼웠다. 어니의 삽에 약간의 문제가 있었던 건 그게 요트의 삭구에 얽혔기 때문이었는데, 그리하여 얽힌 게 펴졌을 무렵에는 딕이 창문 밖으로 몸을 기울여서 신호를 준다고 기다리고 있었다.

"다 왔어요!" 그가 말한 뒤 돌아서서 자기 우비와 테니스 라켓들을 집어 들었다.

열차가 찬찬해지기 시작했다. 이에 주택들이 그들 주위를 에워쌌고, 그들은 여행길의 끝을 선언하던 가스탱크들을 지났다. 열차는 승강장 사이를 지그시 달렸다. 다 온 것이다.

어느 짐꾼이 얼빠진 듯이 외쳤다. "보그너역입니다!"

12

 만일 누군가 당신의 눈을 가린 채 보그너역에 데려갔다면, 눈을 뜨는 순간 당신이 해변가에 있다는 것을 알게 될 것이다.
 왜냐하면 모든 좋은 해변 역들과 마찬가지로, 비록 바다가 시야에서 조심스레 숨겨져 있기는 해도, 모든 것이 햇볕에 바래고 건조하며, 널찍한 승강장은 밀려드는 파도에 매일 쓸린 듯 깨끗하고 환하다는 것을 눈치챌 터이기 때문이다.
 런던에서는 시간이 지나면 사물들이 거뭇해지는데, 해변에서는 창백해진다(당연히 사람들을 제외하고). 런던의 흙먼지와 쓰레기는 귀퉁이들로 기어들어 가서 누군가 와서 쓸어내기까지 그곳에 무력하게 머무른다. 해변에서 쓰레기는 귀퉁이들로 달려 들어가서 흥청거리며 빙빙 돌다가 다시 달아난다.

보그너가 당신이 열차에서 발을 내딛자마자 모든 찬란함을 담아서 바다를 드러내 보였다면 형편없는 쇼맨십일 테다. 마치 극장에서 막 뒤편에 무엇이 숨겨져 있을까 궁금해하는 기쁨을 당신이 맛보기도 전에 막을 올려버리는 것과 같을 테니까. 보그너는 영업의 비결을 알고, 가능한 한 오래도록 바다를 제 소맷부리에다 감춰둔다. 보그너는 구불구불한 길거리들과 감질나는 막다른 골목들로 당신을 놀려댄다. 보그너는 당신을 가지고 놀고, 당신을 꾀고 실망시키기를 거듭하고 또 거듭하다가, 종국에 당신이 주택들 사이에 반짝이는 무언가를 보게 되면 말도 못 하게 놀랍고 퍽 감사한 기분이 되는 것이다.

기차는 보그너보다 멀리 갈 수가 없다. 만일 브레이크가 고장 난다면 기관차는 철로의 완충장치를 부수고 뚫고 나가서 간선도로를 달려 내려가 바다로 곤두박질칠 테다. 보그너역은 완벽한 해변 철도역으로, 기관차는 시내로 대담하게 들어와서 들썩이는 제 가슴팍을 해안에 정면으로 둔 채 정차한다. 나중에 다른 기관차가 그 기차 꼬리를 잡아다가, 항의하는 기차를 끌고서 런던으로 다시 데려간다.

그런 연유로 하차하는 승객들이 엄청나게 서두르는 일은 없다. 잠시 객차 안에 머무르며, 좌석 아래를 살펴볼 시간이 되는 것이다. 스티븐스 씨가 찾은 거라고는 아내의 잡지에서 나온 견본이 다였지만, 그것을 지팡이로 곰곰이 찔러본 뒤에 그는 그 값어치가 무시해도 될 만했다고 결정하고는 제자리에 놔두었다. 식구들은 손짐을 집어 들어서 상당히 여유롭게 짐을 실은 승합차 주변의 인파에 합류했다.

그들은 때마침 군침이 돌게 하는 어떤 트렁크가 나오는 것을 보았다. 그 트렁크는 세계 모든 구석구석의 호텔에서 붙은 낭만적이고 몹시도 다채로운 짐표들로 온통 뒤덮여 있었다. 베네치아, 칸, 로마, 마제스틱 호텔, 그랜드 호텔, 메트로폴 호텔…… 몇몇 짐표는 부분적으로 찢겨나갔는데 꼭 마치 그것들은 중요치 않다는 식이었다. 풍파에 시달린 트렁크의 가슴팍을 가로질러서 양방향으로 넓은 파란 선이 칠해져 있어 트렁크는 등기로 부쳐진 거대한 편지와 같은 모양새였다. 스티븐스 가족의 작은 트렁크가 곧바로 그다음에 뒤따라 나온 것은 애석한 일이었다. 그들의 트렁크는 여행에 찌든 모양새를 하려고 용맹하게 시도했지만, 그 무엇도 승강장을 따라 트렁크가 밀려 가던 사이 나던 그 싸구려 양철 소리를 감춰줄 수는 없었다. 색깔 없는 똑같은 짐표 몇 장은 그들을 올려다보며 사죄의 눈물방울들을 머금고 눈을 껌뻑이는 듯싶었다. 왜 허깃 부인은 그 위에다 시뷰라고 적힌 쨍하고 눈길을 끌 만한 짐표를 해두지 않은 것인가? 그건 비용이 거의 들지 않으면서도 그들이 집에 도착할 시에 커루나 로드를 따라 한바탕 야단법석을 일으킬 만한 그런 것일 텐데 말이다.

그러나 질투하고 있을 때도, 장소도 아니었다. 여하간 그런 게 뭐가 중요했단 말인가? 쨍한 짐표에서는 허영과 자만의 냄새가 났고, 그 장대한 트렁크를 가져간 뚱뚱하고 창백한 남자는 지팡이를 짚고서, 통풍이 든 한쪽 다리를 절뚝였다. 스티븐스 씨는 재물의 저주에 대해 숙고한 다음에 짐꾼을 구하려고 돌아섰다.

대기 중인 짐꾼들은 차고 넘쳤으니 스티븐스 씨는 그들을 순시한 이후, 바닷가재처럼 생긴 사람을 골랐다. 식구들은 그들의 손가방을 트렁크 옆에 있는 그의 짐수레에 올려두고 그를 따라서 승강장을 내려가 개찰구로 향했다.

한 무리의 사람들이 출입구 바깥에서 기다리고 있었고, 한 남자가 특히 스티븐스 가족의 눈길을 끌었다. 그는 맨머릿바람이었고, 카키색 반바지에 목깃을 풀어헤친 셔츠, 팔꿈치까지 말아 올린 스웨터 복장이었다. 그의 얼굴과 팔, 헐벗은 무릎이 오크 색깔로 그을어 있었고, 그를 보는 것만으로도 스티븐스 가족은 간절히 발걸음을 서둘러서 인파를 지그시 밀치며 뚫고 나가게 되었다. 잠시 뒤에 그는 또 다른 남자가 정확히 똑같은 모습인 것을 보았고, 이에 그들은 거의 달음박질하기 시작했다.

들것을 지닌 호리호리한 청년이 짐을 떠맡았고, 청년은 시뷰가 어디 있는지는 말해줄 필요도 없다면서 상당히 알랑거렸다. 가족이 발을 내디뎌 널찍한 역사의 마당으로 들어설 무렵 요란한 바닷바람이 그들의 얼굴을 때리고 고개를 수그리게 했다.

"바다가 거칠겠구먼." 스티븐스 씨가 쥐어짜 낼 수 있는 한 가장 평온한 목소리로 말했다.

점심때였기에, 그들이 스테이션 로드에서 길을 틀어서 아케이드로 이어지는 중심가로 접어들 무렵 길거리는 상당히 한산했다. 사방팔방의 많은 것들이 그들을 환영하고 또 부추겼다. 그들이 일 년 전에 이 거리를 마지막으로 걸어 올라갔다는 것을 믿기 어려울 정도로 너무도 생생하게 기억을 휘젓던 것들 말이다. 그들은 바나나 송이들처럼 바깥에 샌드 슈즈들이 걸려 있는 가게와 (사탕 이름이 아예 관통해서 찍혀 있었던지라 아무리 많이 사탕을 빨거나 부러뜨린대도 여전히 사탕 중앙 안에서 '보그너 암석'이라는 글씨가 읽히던) 두툼한 '보그너 암석' 사탕 막대기들이 있는 가게도 지나쳤다. 이곳에는 갓 모아온 해초 침상에서 번들거리는 젖은 생선들이 잠자는 가게가 있었고 삽과 양동이, 새우잡이 그물과 요트가 있는 완구점도 있었다. 완구점에는 해질녘, 걷기는 너무 지쳤지만 신선한 공기를 흠뻑 마셔 마음은 평화롭고 노곤할 때, 얼굴이 불타오르긴 해도 눈이야 시원할 적에 할 만한 실내 게임들이며 판박이도 있었다.

그들은 절대로 밀려 돌아가지지 않던 회전식 가판대 안에 엽서들을 파는 가게를 지나쳤다. 지그재그 모양의 띠로 된 사진들을 내려놓는 작은 접이식 엽서들을 샀던 곳 말이다. 사고*를 담은 둔탁한 꾸러미들과 구스베리 병조림들을 지닌 식료품 잡화상은 이런 반짝이는 경쟁자들 가운데에서는 짠해 보였다.

양철 간판들이 휘둘리며 덜덜댔고, 사람들을 도취시키는 공기의 돌풍들 속에서 차양들이 퍼덕댔다. 서둘러 점심 식사를 하러 되돌아 가는 사람들 몇몇이 지나갔다. 봉두난발을 하고 손에는 젖은 수영복들을 든 구릿빛 피부의 웃는 사람들 말이다. 한 번 이상 스티븐스 씨는 아내에게 돌아서서 말했다. "따라와, 서둘러요!"

메리는 거울 속 자신의 창백한 얼굴을 언뜻 보았고, 그녀의 살갗도 햇볕에 갈색으로 그을린 주변 사람들과 점차 비슷해져 부끄러움 없

---

* sago. 야자나무에서 나오는 쌀알 모양의 흰 전분. 흔히 우유와 섞어 디저트를 만들 때 쓴다.

이 그들 옆에 서게 될 나날들을 행복하게 생각했다.

그들이 하이 스트리트로 접어든 길모퉁이에서 돌풍 한 자락이 스티븐스 씨의 모자를 잡아채더니 그 챙을 튀기며 아케이드 쪽으로 가져갔다. 그는, "어이!" 하고 소리치고, 자전거 한 대를 돌아서 피하며 반대편 인도로 모자를 쫓아갔다. "모자를 쓸 곳이 아니구먼!" 그는 소리내 웃는 식구들에게로 돌아오며 외쳤다. "이 모자가 보그너 땅을 보는 일은 다시는 없을 거다. 우리가 가는 날까지!"

조금 더 멀찍한 곳에 커다란 식료품점이 있었고, 스티븐스 부인은 그 창문 옆에서 미적거렸다.

"괜찮은 감자칩 한 봉지 어때요!" 그녀가 소리쳤다. "점심 식사에 곁들이게!"

"아이고, 이리 와요!" 스티븐스 씨가 고함을 쳤다. "꾸물거리면 안 되지! 허깃 부인이 분명히 감자 몇 개 삶아놨을 거야. 다음번에 사요." 그가 한층 부드럽게 덧붙였고, 그렇게 그들은 다시금 서둘러 나아갔다. 그 무엇보다도 스티븐스 씨는 숙소에 도착해서 그들이 해변에 적절한 옷차림을 하려고 안달복달했다. 이렇게 맨머릿바람에, 목깃을 풀어헤치고, 맨다리를 드러낸 군중 사이에서 그들의 모습은 끔찍이도 부적절했던 것이다. 스티븐스 씨는 모자를 없애고, 넥타이를 빼고, 크리켓 셔츠의 목깃을 풀어헤치고, 하얀 캔버스 슈즈를 신고 싶었다.

스티븐스 가족이 바다가 처음으로 보이는 갈림길이 어디인지 매번 기억하지 못한다는 사실은 보그너를 설계한 이들의 솜씨가 얼마나 정교했는지 보여주었다.

"이 갈림길이라니까요, 내가 확신한다니까." 그들이 하이 스트리트에서 갈라지던 많은 도로 중 하나로 다가가던 사이에 딕이 말했다. 그러나 그 갈림길이 아니었다. 저쪽 끄트머리에서 네모진 주택이 우쭐하게 그들의 시야를 가리고 있었다. 스티븐스 씨는 웃었고, 딕은 말했다.

"틀림없이 이다음 갈림길이네요, 그럼."

"아빠가 보기엔 세 번째 갈림길이라니까그래." 스티븐스 씨가 고집을 부렸다.

"하지만 클래런스 로드가 반쯤 내려가서 휘어지는데요!"

"아니라니까!"

"뭐 거실 거예요!"

그러나 어떤 배당률이 걸리기도 전에, 딕과 어니는 다음 길모퉁이로 서로 경주하듯 달음박질쳤다. 스티븐스 씨는 그들이 멈추고서, 가만히 서서, 나란히, 길을 내려다보면서 태양 때문에 눈에 손갓을 대는 것을 보았다. 그러더니 딕이 돌아서서 외쳤다. "맞춰보세요!"

그러나 다른 식구들도 이제 길모퉁이에 다다른 터였다. 한순간 그들 모두가 함께 서서 내려다보던 도로는 그 어떤 도로와도 다른 모습으로 끝이 나고 있었다. 오직 바닷가에서만 볼 수 있는 모습이었다. 마지막 주택들 사이는 단지 네모진 파란 공간, 나지막한 난간의 선과 은빛의 좁은 띠였다.

"내가 뭐랬어요!" 딕이 외쳤다. "거봐요." 그러나 그의 말들은 바다에서 질주해 올라와 그들을 맞이한 요란한 돌풍 한 자락에 날아가 버렸다.

그들은 그 전망이 그들의 생각을 부드럽게 스밀 만큼만 머물렀다. 상쾌한 공기가 그들의 식욕을 강렬하게 자극하기도 했거니와, 그들 모두 스티븐스 부인이 편지로 허짓 부인에게 점심 식사로 두꺼운 양 갈빗살 오 인분을 준비해달라고 부탁한 것을 보았기 때문이다. 그들 은 하이 스트리트로 되돌아 들어섰다. 갈림길이 세 번만 더 지나면, 세인트 매슈스 로드다!

세인트 매슈스 로드는 보그너에 오십 년 전에 생겼다. 사람들이 여전히 장식적인 석조 손잡이들과 포르티코*들에 사족을 못 쓰는 기조가 남아 있던 시절에 말이다. 홀쭉하고 좁은 주택들이 길 양옆 에 빽빽하게 늘어서 있었는데, 주택 뒷면은 갈색빛의 노란 벽돌로 되 어 있었고, 앞면들은 연회색 석고로 표면에 가공이 되어 있었다. 철 제 난간에서 현관문까지 몇 개의 석조 계단이 이어졌고, 반쯤 파묻 힌 지하실 창문들은 마치 위에 얹힌 주택들의 무게가 그들에게 너 무 버겁다는 양 호소하듯 올려다보고 있었다.

시뷰는 오른손 쪽으로 반쯤 내려가면 있었는데 다른 숙소들과 매 우 비슷했다, 시뷰였다는 점만 빼면. 홀쭉한 데다 높이에 비해 매우 좁다랬으며, 석고가 씌워진 앞면에는 금이 몇 군데 가 있고 석고 조 각들이 깨지는 바람에 헐벗은 곳이 몇 군데 있었다. 아래쪽 창문들

• 특히 대형 건물 입구에 기둥을 받쳐서 만든 현관 지붕.

은 길었지만 꼭대기 층의 창문들은 더 짧았던 것이, 마치 건축업자가 아래쪽에 공간을 너무 많이 할애한 터라 위쪽 창문들은 최선을 다해 밀어 넣어야 했던 것처럼 보였다. 철사 바구니 속의 제라늄 화분 하나가 포르티코에 걸려 있었고, SEAVIEW가 굵은 검은 글씨로 오른 기둥에 칠해져 있었다.

허깃 부인은 해변가 주택 여주인의 에티켓을 완고하게 고수했다. 휴가가 끝날 때면 언제나 그녀는 배웅하러 나와서 그들이 길모퉁이를 돌 때까지 대문에서 손을 흔들었지만, 식구가 도착했을 때는 시야에서 보이지 않도록 매우 신중을 기했다. 그들은 그녀가 격 떨어지는 여주인들처럼 앞쪽 응접실 커튼 사이로 그들을 지켜보는 모습을 단 한 번도 본 적이 없었고, 문을 두드리는 소리에 그녀가 응답하기까지는 언제나 품위 있고, 위엄 있는 간격이 있었다.

스티븐스 씨가 노크했고, 스티븐스 부인은 그의 옆에 있었다. 어니는 꼭대기 계단까지 가서 부모 곁에 끼어 섰지만, 딕은 아래쪽 계단에 서 있었고, 메리는 울타리 문의 바로 안쪽에 있었다. 스티븐스 씨는 오래되고 낯익은 별무늬가 새겨진 반투명 유리 안쪽을 지켜보았다. 복도 저쪽 끄트머리에 정원이 내다보이던 적색·백색·청색의 창문이 보였다. 잠깐의 시간이 지난 뒤에 사람 형상이 부엌에서 나와 문으로 다가왔다.

그런 다음에 문이 열렸고, 허깃 부인이 그들 앞에서 미소 지으며 섰다.

그녀의 인사에는 거짓된 관습이 없었다. "어머나, 이렇게 모두 다시 뵙게 되어서 정말 좋네요. 거기다 이런 날에 말이에요!"

"멋지지 않습니까!" 스티븐스 씨가 말했다. "딱 우리가 원하는 그런 날이니!"

"그렇고말고요! 그리고 스티븐스 부인! 그리고 어니…… 애가 어쩜 다 컸어!"

그녀가 딕과 메리에게 인사하는 데에는 미세한 겸양이 있었다. 따스함이 손실된 것은 아니었으나 딱 일말의 수줍음이 있었달까. 그녀는 이 늘씬한 아가씨가 제 어머니의 품에 안긴 채 왔던 날부터 쭉 봐왔었다. 그리고 여기 수줍음을 타는 상당히 잘생긴 소년을 처음 봤을 때는 그가 태어난 지 여섯 달이 됐을 무렵으로, 조그마한 모직 원피스를 입고서 그녀의 뺨을 살진 손으로 건드리고는 웃었더랬다.

그들은 이제 장성해 있었고, 허깃 부인은 좋은 부모의 아이들에게만 찾아오는, 한층 더 고운 빛깔의 기미를 본능적으로 느꼈다. 그녀는 만일 언젠가 그녀가 스티븐스 가족이라는 손님을 놓치게 된다면 그건 딕과 메리가 더 재밋거리가 있고 다른 젊은 사람들도 오는 더 큰 곳을 바라기 때문이리라는 것을 알았다. 그녀의 우려는 불신도 적개심도 불러일으키지 않았다. 그저 그들에게 이것저것 잘해주려고 더 노력할 뿐, 그녀가 줄 수 있는 모든 안락함을 그들에게 주기 위하여 조금 더 신경 쓸 뿐이었다.

"전부 시장하실 것 같네요!" 그녀가 외쳤다.

"살짝 출출하긴 합니다." 스티븐스 씨가 웃었다. "뭔가 좋은 냄새가 나는걸요!"

"준비 다 됐어요! 자, 부디 들어오세요! 짐은 오고 있는 거죠? 아니, 이제 오네!"

예의 호리호리한 청년이 막 모퉁이를 돈 터로 길 아래로 가방을 굴려 나르고 있었다.

"신경 쓰지 마세요!" 그녀가 말했다. "제가 맡을게요. 그냥 그대로 들 들어가셔서 푹 쉬고 계세요."

그들은 그녀를 지나쳐서 좁고 천장이 높은 복도로 들어갔는데, 보어 전쟁*에서 키치너**의 귀환을 담은 오래된 익숙한 그림이 있었다. 그들은 친숙한 휘우뚱한 현관 외투걸이에다가 옷을 걸고서 응접실로 들어갔다.

식탁은 점심 식사를 들 수 있도록 차려져 있었다. 나무 접시 위의 빵 한 덩이, 버터 그릇 하나, 양념통까지. 신선하지만 다소 굶주린 듯한 장미꽃들이 꽂힌 화병 하나가 식탁보 가운데에 서 있는 중에 나이프와 포크와 말끔하게 접힌 냅킨들이 각 자리 앞에 놓였다.

그들은 함께 서서 말없이 둘러보았다.

모든 것이 그야말로 똑같았다. 벽난로 선반 위 유리 덮개 아래에 있는 오래된 금박을 입힌 시계, 도자기 소상 두 점, 오래된 슈링크 레

• 1899년부터 1902년까지 영국이 남아프리카의 금이나 다이아몬드를 획득하기 위하여 보어인이 건설한 트란스발 공화국과 오렌지 자유국을 침략하여 벌어진 전쟁.
•• 허레이쇼 허버트 키치너는 영국의 군인이다. 보어 전쟁에서는 참모장에 이어 총사령관을 지냈다.

더로 된 안락의자 두 개, 등대로 노를 저어가는 그레이스 달링*의 그림과 과일 더미를 그린 어둑한 유화까지. 일련의 몇 년 간의 추억들을 속삭이는 방에 들어설 무렵 어떤 기이한 느낌이, 슬픔의 기미가 더해져, 당신에게 밀려온다. 벽난로 선반 위에는 약간은 자리에 어울리지 않게, 마치 최근에 거기 놓인 듯한 작은 엽서가 세워져 있었다. 조가비들을 예쁘게 나열해 풀로 붙인 그 엽서는 메리가 여덟 살배기일 적에 만들어서는 그들이 떠나는 날 아침에 몇 번이고 얼굴을 붉히고 눈길을 내리깔며 허짓 부인에게 준 것이었다. 방을 잠깐 둘러보는 동안 스티븐스 부인에게는 어린 남자아이일 적의 딕이 거의 보일 듯했다. 딕은 오래된 가죽 소파 위에 서서 그레이스 달링이 가닿으려고 분투하고 있던 아득한 등대의 창문에서 누가 내다보고 있지는 않은지 보려고 들곤 했다. 그녀는 몇 년 전 굉장한 뇌우로 이 방이 너무도 어두워져서 가스등을 켜야만 했던 적도 기억했다.

   그들 중 누구라도 입을 떼기까지 상당히 긴 시간이 흘렀다. 살짝 열린 창문을 통해서 도로 반대편의 어느 숙소에 있는 축음기의 딸랑거림이 들렸다. 서늘하고 어둑했다. 이 응접실 안은 옥외의 황홀한 신선함을 접한 다음이니만큼 살짝 퀴퀴하기도 했다. 메리는 식탁 옆 의자 하나에 뻣뻣하게 앉았고, 스티븐스 부인은 세차고도 작은 소리로 코를 풀었으며, 스티븐스 씨는 창문으로 서성대며 걸어가서 호주

---

* 1838년 등대지기인 아버지와 함께 난파한 배에서 인명을 구조함으로써 영국의 국민 영웅으로 등극했다.

머니에 양손을 찔러 넣고는 양손을 끄집어내서 뒷짐을 졌다.

끝내 그는 돌아서서 다소 변변찮게 말했다. "그래, 다 왔구먼."

그들은 모든 휴가에 찾아오는 예의 기이하고도 심란한 찰나의 순간에 다다른 터였다. 여행길의 긴장감 서린 흥분이 갑자기 붕괴되고 흐지부지되면서, 뭘 할 것인지, 또 일정을 어떻게 시작할지 궁금해하면서도 모호한 채로 남겨지는 그런 순간 말이다. 일말의 당혹감과 함께 당신은 휴가란 결국 여행의 끝에 붙은 지루한 용두사미가 아닐지 묻게 된다.

당신은 사실, 기어를 바꾸려고 더듬고 있는 것이다. 당신은 한순간 여행길이라는 윙윙대는 저속 기어와 휴가라는 보드랍고 천천히 변하는 고속 기어 사이 중립의 공백 속에서 달리고 있는 것이다. 그리하여 이 목적 없는 통제 불능의 순간에 당신은 양손을 꼼지락거리고, 이리저리 자세를 바꾸고, 스티븐스 씨처럼, 다소 변변찮게 말하기가 쉬워지는 것이다. "그래…… 다 왔구먼."

무의식적으로 휴가를 다시 앞으로 움직이게 한 것은 어니였는데, 어니가 갑자기 돌아서서 문으로 향했기 때문이었다.

"딱 바다로 달려 내려갔다 올 짬이 되네요, 점심 식사 전에!"

스티븐스 씨는 뭘 할 줄 몰라 침체된 순간을 흩뜨릴 기회에 덤벼들었다. 그는 힘차게 창문에서 돌아서서 기분 좋게 어니 어깨를 턱 쳤다.

"아니 그러지 말고! 점심 먹고 나서. 식사가 막 들어오고 있잖니! 그다음에 우리 다 같이 내려가자꾸나."

그들은 이제 다시 시동이 걸렸다! 계단에서 쿠당탕 부딪히는 소리와 현관에서 거세게 몰아쉬는 숨소리에 스티븐스 씨와 딕은 짐꾼이 짐을 나르는 걸 거들어 주었다. 트렁크는 위층으로 끌어 올려 계단참에 놓였고, 식구는 저마다의 손짐을 챙겨 현관 외투걸이 옆에 쌓아 점심 식사 뒤에 각자의 침실로 가지고 올라갈 채비를 해두었다.

이렇게 전반적으로 부산스러운 가운데 새로운 사람 형체가 나타났다. 중년에 가까운 나이의, 땅딸막하고 떡 벌어진 작은 여자로 머리칼은 붉고 행색은 다소 허름했다. 그녀는 주방 계단을 올라와서 훈김을 뿜는 갈빗살 요리와 그레이비소스가 담긴 합을 들고서 복도의 벽을 따라 조심조심 길을 골라 왔다. 그녀는 트렁크가 복도 끝으로 치워질 동안 아무도 눈치채지 못하게 계단 옆의 어두운 구석에서 기다렸고, 드디어 그녀가 나올 틈이 생기고서야 스티븐스 씨는 그녀를 발견하고 유쾌하게 고함을 내질렀다.

"아니, 여기 몰리잖아! 잘 지냈어요, 몰리?"

몰리에게는 곤란한 만남이었다. 벽에 몰려 있는 데다가 각 손에는 묵직한 요리를 하나씩 든 채였으니 말이다. 그녀는 얼굴을 붉히고서 고개를 숙였다가는 작은 웃음을 띠고 올려다보았다.

"매우 잘 지냈습니다. 감사합니다, 스티븐스 씨."

"그거 잘됐구만!"

스티븐스 가족이 시뷰에 처음 왔을 때 몰리는 어린 여자아이였으니, 스티븐스 씨는 아직도 그녀를 다소 아이처럼 대했다. 그녀의 못난 외모는 거의 심각했다. 그녀의 큼지막하고 넙데데한 얼굴, 피둥피

둥한 코와 창백하고 주근깨로 덮인 피부는 신체적인 추함을 사소한 것으로 여기게 하는 그 한결같이 좋은 성품과 참을성이 없다면 볼썽사나웠을 것이다. 땅딸막한 몸에 다부진 정력 발전기라도 있는 듯 새벽부터 밤까지 쉬지 않고 움직였다. 그녀는 절대로 지치지 않는 듯했거니와 절대로 활기찬 미소를 잃지 않았다.

평소에는 그녀는 여주인과 함께 시뷰의 일거리를 나누었으나, 바쁜 때는 그녀가 전부 하는 듯싶었다. 왜냐하면 일거리가 허깃 부인의 연약한 수용력을 넘어설 때면 허깃 부인은 이리저리 달음박질하고, 한쪽 발로 말린 카펫 모서리들을 매만져 내리고, 복도에 서서 뭘 먼저 처리해야 할지 망설이며 발등에 불이 떨어진 상태를 얼버무렸기 때문이다. 한편, 몰리는 거칠게 숨쉬며 꾀죄죄한 행주를 휙휙 휘두르는 것 말고는 아무 소리도 없이 이 침실에서 저 침실로 움직였던 것이다.

그녀는 오로지 일주일에 한 번 이 숙소를 떠나는 듯싶었다. 매주 일요일 오후 두 시에 말이다. 스티븐스 가족은 그녀가 부산하게 대문을 나가서 단호하고 목적이 분명해 보이는 얼굴로 세인트 매슈스 로드를 재빠르게 통통 튀듯 걸어 올라갈 적에 어디로 가는지 궁금해했다. 그녀는 언제나 거의 발꿈치까지 다다랐던 기다란 초록 코트에다, 목깃에는 옅은 색의 모피로 된 띠를 두른 차림이었다. 그녀가 가고 나면 이 주택은 갑자기 텅 빈 것만 같았고, 그녀가 아홉 시에 딱 맞춰 돌아올 때까지 목적을 잃은 채 시간을 흘려보냈다.

매시트포테이토 더미가 이룬 경사들 주위에 놓인 갈빗살들은 장

대해 보였고, 식구는 신나게 음식들을 따라 응접실로 들어가서 각자 식탁에 자리들을 잡았다.

　몰리는 양팔을 한 번 쓱 내밀어서 몰리는 스티븐스 부인의 앞에다가 요리를, 또 그레이비소스 합을 부인의 팔꿈치 곁에 두었다. 순식간에 그녀는 가고 없었고, 식구는 해변에서의 첫 식사를 위해 그들끼리만 있게 되었다.

13

"우리가 유월에 겪었떤 게 한동안 끔찍하게 추운 기간이었단 말이죠. 성령강림절 딱 직후에. 사람들이 오버코트 차림으로 나다녔으니 원. 런던에서도 그런 날씨를 겪었떤가요?"

"네." 스티븐스 씨가 말했다. "저희도 실제로 유월에 한동안 추운 기간을 겪었죠."

"아니, 내 틀림없이 그랬을 거란 생각이 들더라고요." 허짓 부인은 마치 그걸 알려고 몇 주를 기다렸다는 말했다. "전역에서 그랬던 것 같더라고요. 저희 숙소에 칠월에 온 손님들도 그런 날씨를 겪으셨다더라고요, 시드컵에서."

"그러셨대요?"

"네. 그리고 그런 기간이 칠월이 아니고 유월이라 정말 기뻐하시더라고요."

"그러게요. 불행 중 다행인 일이었네요, 그건."

잠깐의 침묵이 흘렀다. 허깃 부인이 막 가지고 들어온 치즈를 제외하면 점심 식사는 끝난 터였다. 스티븐스 씨는 만일 사람들이 서로를 조용히 옆으로 이끌고 가서, 무의식적이지만 그러나 함께 살아가는 사람들을 짜증 나고 거슬리게 하는 그런 사소한 짓들을 조심스럽되 단호히 서로에게 알려줄 수 있더라면 이 세상이 얼마나 행복한 곳이 될지 생각하고 있었다.

그가 허깃 부인을 잠깐 따로 볼 수 있었다면! 그가 조용히 그녀에게 말할 수 있었더라면, '허깃 부인. 부인께서는 우리가 점심 식사를 마치는 동안에 문간에서 미적대면서 얘기하는 거슬리는 버릇이 있으십니다. 부인께서 그게 마땅하며, 친목상으로 해야 할 일이라고 느끼셔서 그러신다는 걸 압니다. 하지만 저희는 그걸 싫어합니다. 그러시면 저희가 전부 끔찍하게 불편해집니다. 저희는 저희끼리 식사하고 싶다고요. 딱 한 마디와 미소 한 번이면 충분합니다. 다른 때는 우리가 친목을 위한 담소를 잔뜩 나누겠지만, 제발, **제발** 문간에서 미적대지만 말아주세요!'

그러면 허깃 부인은 말했을 테다. '말씀해 주셔서 천만다행이네요, 스티븐스 씨! 친목을 위하여 화젯거리들을 떠올리려고 애쓰는 게 제게 얼마나 두려운 일인지 모르실 거예요. 전부들 둘러앉으셔서, 저를 보고 계시는 상황에서요. 저는 그냥 마땅히 해야 할 일이니까 하긴 하지만, 제가 말할 거리를 몇 시간이고 생각한단 말이죠. 그런데 또 막상 그때가 닥치면 그게 전부 가셔버리고, 그러면 제가 빠져나갈 수가 없어진다니까요. 문이 제 손을 그러쥐고서 저를 붙드는 듯해요. 제가 방에서 쉬이 나가게 해줄 상냥한 말을 찾아내려고 분투하는데, 그게 절대로 찾아와 주질 않는단 말이죠……'

"네." 스티븐스 씨가 말했다. "분명히 전역에서 그랬을 거예요, 시드컵에서도 그런 날씨를 겪으셨으면."

"그렇죠."

스티븐스 씨는 허깃 부인의 손이 문 옆면을 천천히 미끄러지듯 오르락내리락하는 것을 지켜보았다.

"지난달에 여그 아래에서 바자회가 이셨지 뭐예요. 지금 열린 게 아니라서 아깝네요. 그랬으면 스티븐스 씨네도 보실 수 이셨을 텐데."

"아이고야, 정말요, 그거 안타까운 일이 됐네요."

"빙원 모금한다고 열린 거라. 조그만한 남자애들이랑 여자애들이 동물들로 변장해 있더라니까요. 그런 재미가 또 없었죠, 그게."

"저희가 놓치다니 아쉽네요."

뒤따른 침묵은 어떤 낮은 소리에 의해 깨졌다. 반쯤은 펑 하는 소리이자, 반쯤은 쿵 하는 소리였다. 어니가 누군가 말하는 틈에 헐렁한 반바지의 맨 윗단추를 풀려고 했지만 타이밍이 좋지 않았던 것이다. 쌀 푸딩은 언제나 더부룩한 느낌을 주었다.

"그러니까요." 허깃 부인이 말했다, 어니의 단추라기보다는 스티븐스 씨에 대한 답변으로. "다들 **정말** 재미있으셨을 텐데."

그녀가 탈출하도록 도와줄 방법은 하나뿐이었고, 스티븐스 씨는 그 방법을 쓰기로 했다. 그는 탁자에서 힘차게 일어나서, 양손을 모아 짝 치고는, 경쾌하게 말했다. "아 뭐, 필시 다른 재미도 상당히 있을 거니까요. 이제 저는 이 갑갑한 런던 옷일랑 벗어버려야겠습니다!"

허깃 부인의 얼굴이 밝아졌고, 문을 붙잡고 있던 그녀의 손이 옆구리로 떨어졌다. 시련은 끝난 것이다. 이렇게 미적대면서 이야기하는 게 필수적인 것은 오로지 손님들이 온 첫날뿐이었다.

"아이고, 재미야 상당히 보시겠죠, 그렇고말고요! 더군다나 다들 즐기는 법도 아시고요!" 그녀는 자신을 방에서 나가게 도와줄 이상적인 말들을 찾아냈다는 것을 화색을 띠면서 깨달았다. 그녀는 문을 확고히 부여잡고, 미소를 지으며 문을 돌아 나가 사라졌다. 문은 닫혔고, 스티븐스 씨는 한숨을 지으며 앉아 치즈를 마저 먹었다.

가족들이 허깃 부인을 귀찮아하는 것은 아니었다. 그들은 그녀를 동정했고, 그녀가 탈출했을 때 다시 가족끼리 있게 되었다는 기쁨보다도 오히려 그녀가 얻어낸 안도감을 느끼고 흐뭇해했다.

"내가 생각하는 건 이거야." 스티븐스 씨가 말했다. "지금 곧장 바다로 걸어 내려가서 해안 거리를 거니는 거야. 그런 다음에는 여기로 곧바로 돌아와서 트렁크를 풀고 다과 시간 전에 모든 걸 제자리에 두는 거지. 그다음에는 우리를 귀찮게 할 건 더는 아무것도 없을 거야. 트렁크는 완전히 잊어도 되지."

식구들은 찬성했다. 그들은 거의 언제나 아버지의 계획 뒤에 놓인 건전한 일리를 존경했다. 거기다 짐을 풀기 전에 바닷가에서 짧게 거닐러 가자는 발상도 훌륭했다.

 짐 풀기는 최고의 순간에도 귀찮은 일이지만, 바다 냄새를 맡기도 전에 말아둔 양말과 속옷들을 가지고 헤매거나 갑갑한 장롱들에다 코트들을 걸고 서랍장에 물건들을 늘어놓는 것은, 자기 자신에게 가하기에는 멍청한 형벌이다.

 그러니 짐을 풀지 않은 채로 놔두고 싶은 악마 같은 유혹도 있었다. 매일매일, 물건을 원할 때마다 트렁크에 손을 쑥 집어넣고, 트렁크가 휴식을 방해하는 악귀가 되도록 내버려두고 싶은 유혹. 오래도록 내버려 둘수록 더더욱 트렁크는 어수선해지고, 더더욱 원하는 것을 찾기 어려워진다.

 최고의 계획은 바다로 내려가서 바다를 혀에 감아 굴릴 만큼만 오래 있다가, 콧구멍에 따끔한 소금기와 길고도 서두르지 않는 저녁 산책에 대한 약속을 품고 돌아와서 트렁크에 뛰어드는 것이었다. 짐 풀기도 기쁜 일로 만들 수가 있는 것이다, 스티븐스 씨의 방법대로만 한다면.

 그들은 응접실에서 함께 나가서, 현관 외투걸이 옆에 둔 그들의 가방을 챙겨서 위층으로 달려갔다. 필요한 것이라고는 트렁크의 뚜껑을 들어올려서 고무신을 꺼내는 것뿐이었는데, 고무신은 의도적으로 맨 위쪽에다가 싸둔 터였다.

 각자의 방에서 몇 분이 지나고서, 그들은 또 한 번 대문 옆에 모였다. 한 시간 전에 온 무리와는 매우 다른 무리가 되어서 말이다. 그들의 창백한 얼굴들만 아니면 그들이 막 도착했다는 걸 절대로 알지 못했을 것이다. 스티븐스 씨는 넥타이를 빼내어 의기양양하게 장롱 속에 던져 넣어둔 터였고, 목깃을 풀어헤치고 스터드˙는 조끼 호주머니에 쏙 넣어둔 터였다. 모자는 경멸하듯이 옷장 맨 꼭대기에 툭 던져 올렸고 고무창이 대어진 하얀 신발을 쏙 신은 터였다. 이 모든 일이 일 분 만에 이루어졌건만, 얼마나 큰 차이를 만들어냈던가! 어찌나 가볍고, 젊은 기분이 들었는지! 그는 펄쩍 뛰어올라 두 발꿈치를 딱 부딪힐 수도 있을 것 같았다.

딕과 메리는 모자들을 내던지고 캔버스 슈즈들을 신은 한편, 어니는 어머니로부터 얼마간의 반대에 부딪히긴 했지만 스타킹을 벗어버렸고 이제 맨다리로 환한 눈을 한 채, 계단에 앉아 기다리고 있었다.

스티븐스 부인만이 왔던 그대로의 차림새로 남았다. 그녀는 헛되이 자신을 다르게 보이도록 할 무언가를 떠올리려고 해보았으나, 그녀의 식구들도 그녀가 걸치거나 벗을 무엇도 떠올려내지 못했다. 어느 해에 그녀는 하얀 샌드 슈즈를 시도해 보았지만 그 신발은 그녀의 발등을 아프게 했고, 거기다 그녀는 모자가 없으면 절대로 마음이 편치가 않았다. 스티븐스 씨가 노란 스웨터를 제안해 보았는데, 그녀도 괜찮은 발상이라고 생각이야 했지만서도 스웨터를 구할 생각은 절대로 하지 않는 듯싶었다. 식구들이 출발하여 세인트 매슈스 로드를 내려갈 무렵, 그녀는 여전히 오른팔을 옆구리에 꼭 붙이

• 필요에 따라 뗐다 붙였다 할 수 있는 장식용 단추. 보석이나 금속 따위로 만들며, 턱시도용의 드레스 셔츠에 많이 사용한다.

고 있었다. 더는 들고 다닐 서모스 보온병이 없다는 걸 단번에 잊기가 어려웠던 것이다.

스티븐스 가족의 혈관에는 틀림없이 먼 선조로부터 물려받은 뱃사람의 피도 흐르고 있을 것이다. 바다가 자유와 권력을 뜻했음을 알았던, 바다를 그 거대한 신선함과 상냥함 그리고 힘 때문에 사랑했던 어느 옛 무역상의 구석이, 그의 먼 후손인 아이들이 해변 산책로의 난간을 꽉 붙잡던 사이에 그들의 목구멍을 죄어들게 하고 그들을 말없이 있게 만든 어떤 오래되고 거친 구석 말이다.

왜냐하면 스티븐스 씨와 그의 아이들은 바다가 어떤 심기든지 간에 바다를 사랑했기 때문이다. 바다가 고요히 썰물 주기에 있으면서 잠결에 잠꼬대할 때도, 또 바다가 잠에서 깨어나 모래사장에 잔물결로 퍼질 때도, 평화로운 저녁의 만조 때 조약돌에 게으르게 철썩이고 있는 동안에도 그들은 바다를 사랑했던 것이다. 그러나 그들은 오늘 모습과 같은 바다를 가장 사랑했다. 방파제를 거칠게 돌아 포효하면서, 부두 아래의 동굴 같은 곳들 속에서 쿵쿵대고 한숨지으며, 방조제에 부닥치고는 그들에게 물보라로 소낙비를 내리는 모습 말이다. 바다가 내는 천 개의 울음소리 하나하나가 다른 음을 지녔고, 모든 소리가 자유를 품고서 제멋대로였다.

이 파도 다음에는 저 파도가 콘크리트 장벽을 후려쳤고, 고통의 신음과 함께 뒤로 가라앉았던 것이 마치 거대한 바다 괴물에 움켜 잡혀서 끌려 내려간 듯했다. 무수한 작은 조약돌에 미동 없이, 석화된 채 있었던 사이 파도 하나하나가 조약돌들에게 다가와 부닥쳤고,

그러면 조약돌들은 펄떡 뛰어 살아나서 장대한 군중의 멀찍하고 아득한 환호성과 같은 소리와 함께 파도를 미친 듯이 쫓아가기 마련이었다.

이따금씩 스티븐스 가족은 얼굴을 돌렸다가 강풍이 지나쳐 갈 적에 양쪽 폐에 한가득 큼지막하게 숨을 들이마셨다. 그러면 강풍은 곧바로 틈바구니로 난입했고 그들은 살갗이 옷에 스칠 때 매끈하고도 서늘한 감각을 느꼈다.

그들은 말하지 않고서 오랜 시간 서 있었고, 스러져 가는 각각의 파도가 스티븐스 씨의 눈에서 저릿하니 자잘한 원장 숫자들의 환영을 쓸어냈다. 한두 번 그는 눈꺼풀을 닫아서 그의 눈이 눈 주위에 형성되고 있던 서늘한 공간들 속에서 떠다니게 했다. 그의 콧구멍들은 서늘했고, 그의 목구멍도 서늘했지만, 이상하게도 그의 몸은 온기로 발개졌다.

마침내 그들은 돌아섰다. 한 명 한 명 그들은 해변 산책로 난간에서 손을 놓았고, 삐뚤거리는 한 줄로 걸어갔는데, 그들의 눈은 여전히 바다 쪽을 내다보는 채였다.

침묵을 깬 것은 딕이었다. 그들이 몇 미터를 간 차에 그는 멈칫하더니만, 돌아보았다.

"엄마는 어딨지?" 그가 말했고, 갑자기 그들은 스티븐스 부인이 더는 그들과 함께 있지 않았다는 것을 의식하게 되었다.

그녀는 분명히 그들과 함께 길을 건너서 해변 산책로로 향했고, 그들이 바다를 구경한다고 처음으로 난간을 붙잡을 때 그녀도 함께 있었던 걸 기억했지만, 이제 그녀는 가고 없었으니, 가족들은 불안에 빠져 주위를 둘러보았다.

사람들은 바람 쪽으로 몸을 구부린 채 앞뒤로 지나가며 꾸준히 흘러가는 인파를 이루었지만, 스티븐스 부인은 마치 지표면에서 사라지기라도 한 양 종적을 감춘 터였다.

"이 사람이 어딜 간 거야?" 스티븐스 씨가 말하면서 짜증이 난 어조 아래에 불안을 숨겼다. 그는 그들이 얼마나 오래도록 거기 서서 바다를 본 건지 도저히 기억이 나질 않았다. 오 분이었을지도 모르고, 삼십 분이었을지도 모른다. 그의 아내가 사라진 지 얼마나 오래되었는지도 감이 잡히지 않았다. 가볍고도 연약한 그녀이기야 했지만, 그녀가 바람에 날아갔더라는 것은 좀처럼 믿기지가 않았다. 만일 그녀가 바람에 날아갔다고 해도, 아무리 그래도 그녀가 날아 지나갈 때 누군가가 외쳤을 테다. 그녀가 설마 바다에 빠졌을 리는 없었다. 그럼에도…… 그는 갑작스러운 한기가 들어 재빨리 눈을 돌렸다. 파도 하나가, 얼마간 거리가 떨어진 곳에서 마치 (그의 두려움에 대한 답변이라는 듯이) 제 물마루 위에 작은 사물을 들어 올려 그더러 보라고 추켜들었다가는 제 뚱한 회색 골 속으로 다시 끌어당겼더랬다. 작고 어두운 사물로, 모자 하나 크기쯤 되며, 색깔은 어렴풋이 파란 것을.

그는 시선을 돌렸고 그의 심장이 미친 듯이 쿵쾅대고 있었다. 욕지기의 무지근한 감각이 그에게 밀려들었다. 그는 인파를 탐색하는 척을 했다. "어머니가 무슨 모자 쓰고 있었니?" 그는 무미건조한 목소리로 메리에게 말했다.

"작고 파란 거요."

그들 모두 속에서 회한에 찬 공황이 거세졌다. 그들은 하루 종일 그녀에게 참을성 없이 굴었더랬다. 그들은 그녀를 재촉했고, 법석을 떨게 했고, 샌드위치가 맛있다고는 한마디도 하지 않았다. 그리하여 마침내 그들이 그녀를 휴가의 기쁨으로 끌어들였어야 마땅한 때에, 그녀가 바다와는 너무도 어울리지 않게 차려입었다는 이유로 그녀를 비평하듯이 쳐다보았고, 그녀를 거의 무시하듯 그들이 흥분하여 해변 산책로로 향할 동안 그녀가 뒤에서 걸어오게 놔두었다. 그들은 하루 종일 그녀에게 끔찍하게 굴었다.

만일 갑자기 어떤 충동이 그녀에게 찾아왔다고 한다면…… 만일 갑자기…… 파도처럼 밀려오는 외로움과 수치심 속에서, 그녀는 더는 그들에게 발목 잡는 사람이 되지 않기로 결심했고…… 아무도 원하지 않는 그녀의 작은 몸뚱이를 바다 속에 익사시키고자 살금살금 조용히 움직여 갔다고 한다면…….

메리는 갑자기 울 것 같은 기분이 되었다. 그들을 둘러싼 것은 잘난 척을 하고 저들끼리 낄낄대는 적대적인 낯선 사람들로, 그녀의 어머니가 어디 있었는지 알지도 못하고 신경 쓰지도 않았다. 만일 그녀가 방심하다가 뒷걸음질 쳐서 도로로 나갔다면? 그녀는 지금쯤이면 몇 킬로미터는 떨어져 있을지도 모른다. 짓이겨진 작은 몸뚱이로, 관광버스 아래 타르 칠이 된 도로를 따라 쿵쿵 부딪히면서. 어니는 거의 이렇게 외칠 뻔했다. "나 스타킹 신을게요…… 신을게…… 신을게요…… 돌아와만 준다면요, 엄마!"

'우리가 무엇을 할 수 있지?' 스티븐스 씨는 생각했다. 그는 이런 식으로 사라지는 사람들에 관해 들어보았다. 때로 다시는 그들의 소식이 들려오는 일이 없기도 했노라고. 만일 저 멀리 있는 그게 정말로 그녀의 모자였다면……. 갑자기 그는 바다에 대한 혐오를, 분노에 찬 증오를 느꼈다. 태양은 두꺼운 회색 구름 아래를 지나친 터였고 파도들은 뚱하고, 화가 나고, 극악무도하게 사악해 보였다. 그들은 경찰서에 가야 할 것이다. 실종자라고 표시된 끔찍한 작은 공고문이 바깥의 알림판에 나타날 터였다. 체격 왜소, 파란 서지 코트 및 치마…… 단추 달린 검은 가죽 신발…… 두발 반백……. 무슨 생각을 하고 있는 것인가! 제대로 생각할 수가 없었다! 그는 정신을 차려야 했다! 그의 생각들은 굼뜨고 꿈과 같아졌다. 그는 휴가를 취소해야 할 거라고 짐작했다. 그리고 커루나 로드로 돌아갈 것이다. 아니다! 그는 더는 집을 견딜 수 없었다. 그녀가 사라지고 없다면 울타리 너머에는 무시무시한 수군거림이, 그리고 그 텅 빈 침실이 있을 터였다. 아니다! 그는 절대로 돌아가지 않을 터였다! 하지만…… 하지만 그들이 무엇을 할 수 있단 말인가! 어디에…….

"저기에 엄마 있다." 딕이 말했다. "보세요."

그는 작은 유리 쉼터를 가리키고 있었다. 몇 미터 떨어져서, 그들이 난간에 기대어 서 있던 곳의 맞은편으로. 거기에 그녀가 있었다. 쉼터의 후미진 곳들 중 하나 뒤편에 서서, 길 건너편을 멍하니 응시하면서. 이따금 회오리바람이 그녀의 모자 아래에서 빠져나온 희끗

희끗한 머리칼 줄기들을 휘젓고 있었다. 그들이 그녀를 눈에서 놓친 이래로 거의 일 분도 지나지 않았건만, 그 시간은 억겁만 같았다.

"저 사람은 저기서 뭐 하는 거야?" 스티븐스 씨가 무뚝뚝하게 말했다.

그는 쉼터로 발을 내디뎌 건너갔다. "이리 와요! 우리가 당신 찾고 있었잖아!"

그녀는 움찔 놀랐고, 돌아서서 미소 지었다. "다들 계속 가는 걸 아예 못 봤지 뭐예요. 바람 부는 데서 빠지려고 여기로 넘어왔어요."

"당신이 익사한 줄 알았다고." 스티븐스 씨가 말했다. 그의 몸은 쿡쿡 쑤셨고, 갑자기 그는 다과를 들고 싶은 허기진 느낌이 들었다. 그는 그녀의 팔을 붙잡고 이끌어가다가, 그녀의 작은 단추 달린 신발을 흘긋 내려다보았다.

"발은 괜찮고요?"

"네, 고마워요. 아주 괜찮아요."

부두의 바람이 가려지는 쪽으로 가자 돌풍은 더는 그들의 생각을 점령하지 않았고, 주변을 둘러볼 여유가 있었다.

태양은 다시 떠오른 터였고, 보그너는 안절부절못하고, 부산스러운 원기로 들끓었다. 만조가 접의자에 앉은 휴가객들을 아직 잠기지 않은 좁다란 조약돌 띠 위의 한덩어리로 몰아간 터였다. 곧 조수가 바뀔 터였고, 바다가 번득이는 모래사장을 되돌려 줄 무렵 사람들은 다시 점차 퍼져나갈 터였다. 현재로서는 그들은 스티븐스 씨가 기르는 강낭콩에 닥쳐온 잎마름병*만큼이나 좁고 기다란 해변에 빽빽하게 들어차 있었다.

덜 모험적인 다른 사람들은 해변 산책로의 좌석을 가득 메우거나, 무리로 셋씩, 둘씩…… 또, 매우 가끔씩은 혼자 걸어 다녔다. 뚱뚱한 여자들, 마른 여자들, 키 큰 남자들, 키 작은 남자들, 커다란 아이들, 쪼그만 아이들이 하나같이 저마다의 기분대로 눈부시게 차려입고 엄청난 인파를 이뤘다.

처음으로 그들과 섞여들 때 어쩔 수 없이 약간의 위화감을 받게 된다. 개중 상당수는 아마도 당신처럼, 이제야 막 도착했을 뿐인데 그럼에도 당신은 햇볕에 익은 베테랑들이 이룬 인파 속에서 유일한 초심자라는 느낌을 받는 것이다. 첫날 모래사장을 방문할 때는 양동이와 삽, 요트나, 심지어는 연도 가져가지 않는 편이 낫다. 단순히 해변을 따라서 거니는 것이, 바다용 걸음걸이를 장착하고 이것저것을 살피는 것이 최고다.

가끔 어떤 무리가 대담하게 연달아 팔짱들을 낀 채로 해변 산책로를 건넜는데, 한둘은 무리에서 밀려 나온 터로 헛되이 뒤편에서 끼어들려고 했다. 쌍쌍도 있었는데, 매우 바짝 붙은 젊은이들이나 변함없는 햇살로 이루어진 좁은 띠를 사이에 끼고서 견고하게 나란히 걷는 노부부들이었다. 이따금 서로의 신경을 긁어댄 가족이 지나갔는데 모두가 천천히 걸으면서, 서로 몇 미터씩 거리를 둔 채 한 명씩 질질 끌려가는 모양이었고, 선두에 선 사람(주로 아버지)은 이따

• 작물의 잎에 누런 반점이나 얼룩무늬가 생기면서 잎이 마르는 병.

금 다른 식구들이 자기 속도를 따라잡기를 참을성 없이 기다리는 모습이었다. 그러면 다른 식구들은 그가 나아갈 때까지 기다리며 더욱 천천히 걸어, 다시 한번 거리를 조정하기 마련이었다. 서로 모르는 사람들도 줄줄이 함께 좌석에 들어차서는, 연인들만큼이나 가깝게 짓눌렸는데도, 전부 앞쪽을 향해 초연하게 바다를 응시하고 있었다. 아기들은 넘어지며 끈적끈적한 해초가 든 양동이들을 뒤엎었고, 나이 든 남자들은 모닝코트와 파나마모자, 흰 신발 차림으로 비틀거리며 지나갔다.

지나가는 무리의 관계를 알아맞히는 것도 재미있었다. 어머니와 아버지는 쉬웠고, 결혼한 딸자식도 쉬웠지만, 이모는 발견하기가 조금 더 까다로웠다. 가끔은 무리 안에 어떤 가족 관계의 구성과도 들어맞기를 거부하던 성인이 한 명씩 끼어 있기 마련이었으니, 어쩌면 먼 친척이라든가, 오래된 친구 같았다. 혹은 외로움을 견디다 못해 자기 몫보다 좀 더 많은 돈을 내고 끼는 것을 허락받은 좀 재미없는 사람일지도 몰랐다.

그러나 대체로는 즐겁고 거리낌 없는 자유의 기조가 있었다. 하인은 없었고, 주인도 없었으며, 점원도 없었고, 지배인도 없었고, 그저 공통된 직업이 '휴가객'이었던 남녀만이 있었다. 꽉 조이는 네모난 구멍에 맞추느라 쓸리고 화끈거리는 곳을 쉬게 하는 둥근 못들과, 무른 성질 혹은 순전한 의지력으로 모양을 바꿔 더는 아프지 않은 못들이 있었다.•

그들의 동료가 누구였는지 아무도 신경 쓰지 않았다. 그들이 미소 지으면 당신도 미소 지었다. 그들이 얘기하면 당신도 얘기했다. 당신 주위의 것에 관해서만 얘기할 뿐, 뒤나 앞에 놓인 것들에 관해 얘기하지 않았다. 저 아이를 부축해 일으켜서 양동이 속으로 해초를 다시 모아준 것은 세금 징수관이었을지도 모른다. 그에게 감사 인사를 한 그 아버지는 일주일 전에 세금을 내지 못해서 법정에 있었을지도 모른다. 그러나 누가 신경을 쓰겠는가? 바다에서 말이다.

그들은 해변 산책로 뒤에 놓여서 그 앞에는 푸릇푸릇한 잔디밭이 펼쳐진 오래된 호텔의 맞은편에 이르렀다. 그때 스티븐스 씨는 멈칫하고서 시계를 보았다.

"자, 그럼!" 그가 말했다. "트렁크를 풀어야지!"

"아이고, 트렁크 귀찮아!" 메리가 외쳤다.

"그러게 말이다. 그래도 후딱 해치워 버리자고."

다시 부두를 지나서 그들은 전력을 다한 바람과 부딪혔다. 이에 그들은 바람에 맞서 수그렸고, 가끔 바람은 갑자기 물러나서 그들을 앞쪽 길에다 거의 내던질 뻔하기도 했다. 세인트 매슈스 로드의 평정 지대로 꺾어 들어갔을 때 그들은 잠시 멈추고는, 서로를 바라보고 웃었다.

"이 무슨 돌풍이람!"

"분명 난파선이 좀 있겠는데."

- "네모난 구멍에 둥근 못(a round peg in a square hole)"이라는 관용구는 상황에 잘 적응하지 못하는 사람을 말한다. 이 관용구를 이용하여 현실에서 적응하느라 고군분투하던 사람들이 휴가에 와서 쓰라린 상처를 쉽게 하는 모습을 표현하고 있다.

"그러게나. 우리 오늘 밤 구조 요청 로켓 좀 찾아봐야겠다."

그들이 응접실로 돌아오자 응접실은 더 작아 보였다. 아마도 그들 모두가 너무나 훨씬 커진 느낌이 들었던 탓이었으리라. 그들은 속이 비고 가벼워진 느낌이 들었고, 그들의 얼굴들은 매끈하고 서늘했으나 그들의 몸들은 온기로 따끔거리고 있었다.

14

스티븐스 부부는 포르티코 너머가 보이는 큼직한 이인실에 묵었다. 그 방에는 전등과 맨발이 닿으면 곳곳이 축축한 커다란 암녹색 카펫이 있었다. 그러나 널찍하니 좋은 방이었고, 몰리가 가끔 현관 문 위쪽의 제라늄들에 물을 주려고 타고 올라오는 기다란 창문도 딸려 있었다.

아이들은 삼 층에 있었는데 딕과 어니는 뒤쪽 정원을 내려다보는 방을 함께 썼고, 메리는 작은 방을 혼자 썼다. 저들 방에는 가스등밖에 없었는데, 몇 년 전 시뷰에 전등이 설치되었을 적에 허깃 부부가 이 층 위로 경비를 쓰는 것은 적합하지 않다고 생각했기 때문이다. 그들이 집 전체에 전등을 놓을 선견지명이 없었다는 점은 대단히 애석한 부분이었다.

종업원인 몰리는 그보다도 더욱 높이 어딘가에서, 가스등마저도 침투하지 않은 일종의 다락방 침실에서 잤고, 숙소가 만원일 때 허깃 부인이 잠을 자던 또 다른 방이 저 위쪽에 있었다. 스티븐스 가족이 잡아둔 방들 이외에 이 층에는 추가로 침실 두 개와 응접실 하나가, 삼 층에는 작은 침실이 하나 있었으나, 지난 몇 년간 이 방들은 꽉 차는 법이 없었다. 구월 동안에는 말이다.

올해 시뷰에 방문한 다른 손님들은 두 명밖에 없었고, 두 손님 모두 이전에 시뷰를 방문한 적이 있었다. 번업 씨는 그 나머지 삼 층 침실을 차지했는데 오륙 년간 늘 시뷰에 정기적으로 방문했던 사람이었다. 스티븐스 가족은 그가 이발사로, 성수기 몇 달 동안 인근 미용실에서 받은 스트레스를 해소하러 내려온 사람이라고 알고 있었다. 그는 자기 방에서 서둘러서 아침을 든 다음 매우 이른 시간에 집을 나섰고, 대개 스티븐스 가족이 잠자리에 든 다음에 돌아왔다.

그는 조용하고 존중할 만한 젊은 친구로, 스티븐스 씨와는 어느 일요일 오후에 딱 한 번 (대문에서) 마주친 적이 있었다. 그는 뒤로 물러서서 미소 짓고는, 정중한 몸짓과 함께 이렇게 말했다. "먼저 가시죠." 스티븐스 씨도 똑같이 했고, 잠깐 멈칫한 뒤에 그들은 둘 다 함께 대문으로 끼어 들어갔다. 이 한 번의 만남 이외에 스티븐스 가족은 번업 씨가 숙소에 있다는 것을 거의 알아채지 못했다. 이른 아침에 그의 조식 쟁반이 올라가느라 달그락거리는 소리와 스티븐스 가족이 여전히 사치스럽게 잠자리에 있는 여덟 시 직전에 대문이 찰카닥대는 소리를 제외한다면 말이다.

다른 방문객은 케네디 암스트롱 양이라는 이름의 여교사였다. 그녀는 작년에도 시뷰를 방문했고, 이번에도 이 층에 있는 침실 겸 응접실로 특별히 개조된 곁방을 차지하고 있었다. 허깃 부인이, 숨죽인 목소리로, 스티븐스 가족에게 말해주기를 케네디 암스트롱 양은 귀족 영애이고 연고도 매우 좋지만, 그녀에게는 살짝 불가사의한 구석이 있노라 했다. 그녀는 조심스레 또 천천히 움직였고, 스티븐스 가족이 그녀를 거의 매일 보았음에도, 그녀의 얼굴을 본 일은 한 번도 없었다. 그녀는 언제나 막 자기 침실 속으로 사라지고 있다거나, 막 욕실 속으로 사라지고 있다거나, 그들로부터 조용히 멀어져 복도를 내려가며 움직이고 있었다. 가끔 그녀는 너무도 불가사의하게 사라졌기에 어니는 그녀에게 벽을 통과해 사라지는 방도가 있는 게 틀림없다고 생각했다.

한두 번 응접실 창문 너머로 그녀가 나가는 모습을 보았을 적에조차, 그들은 그녀의 얼굴을 절대로 보질 못했다. 그녀는 대문으로 신중하게 걸어가서, 꿈결 같은 시선을 앞에다 던진 채로 문을 열었다가 닫고서, 좌우 어느 쪽으로도 한 번 흘긋대는 일 없이 세인트 매슈스 로드를 걸어 올라가곤 했다.

허깃 부인이 그들에게 말하기로, 그녀는 조용하고 상냥한 숙녀로, 매우 숫기가 없는 데다가 또 보고 있기가 다소 애처롭다고 했다.

그러므로 어느 모로 보든 이 숙소는 스티븐스 가족의 체류 동안 온전히 그들 소유였다. 그들은 서비스와 요리까지 포함해서 주당 삼 파운드 십 실링 영 펜스를 지불했고, 양념통값으로 주당 일 실링이라는 소액의 추가금도 더불어 냈다. 아무튼 계단참에서 트렁크를 풀어놓는 것만 보아도 이 집은 그들의 소유처럼 보였다. 스티븐스 씨는 셔츠만 입은 차림으로 트렁크 위편에 서서 물건을 하나씩 꺼내면서 소유주의 이름을 불렀다. 아이들은 자기 방으로 계단을 오르락내리락하며 분주히 뛰어다녔고 스티븐스 부인은 한 번 이상 "쉿!" 하고 외쳐야만 했다.

  딕과 메리는 각자 자신의 작은 가방들을 가져온 터라, 트렁크에 있는 물건 대부분은 다른 식구들 소유였다. 해수욕용 수건과 수영복, 신발 들은 맨 위에 있었고, 그다음에는 모직 코트와 스웨터, 스카프가(한동안 추운 기간을 대비한 현명한 예방책들이) 있었다. 이것들 아래에는 여분의 속옷, 또 양말이 놓여 있었던 한편, 더 깊이 아래쪽에 있던 것은 한층 작은 물건들로, 과일 소금•, 카메라, 옷솔, 그리고 스티븐스 부인의 슬리퍼가 나왔는데, 슬리퍼 한 짝에는 그녀의 치약이 또 다른 짝에는 (손수건에 조심스레 싸여서) 파란색이 들어간 그녀의 선글라스가 들어가 있었다. 마지막으로, 트렁크의 밑바닥에 납작하게 연이 놓여 있었다.

  스티븐스 씨는 일어서서 이마를 훔치고는 살포시 뚜껑을 내렸다. 유리 케이스에 든 박제된 생선이 서 있는 계단참 탁자 아래에는 딱 트렁크가 들어갈 만한 공간이 있었다. 스티븐스 부인은 앞뒤로 뛰어다니면서, 옷장의 널찍한 서랍에 자신과 남편의 물건들을 채워 넣고

• 역사적으로 주로 제산제 등으로 사용되어 온 치료제.

있었다. 어니의 여벌 옷들은 서랍장의 한구석에 특별히 보관되었는데, 위쪽 방에는 딕의 물건들이 들어갈 공간밖에 없었기 때문이다. 그녀는 자기의 화장품들을 커다랗고 대리석 상판이 덮인 세면대의 한쪽에다, 또 그녀 남편의 것들을 반대쪽에다 늘어놓았다.

응접실의 시계가 네 시 반을 희미하게 알리고 있었던 사이에 그들은 임무를 완수한 채 아래층으로 줄지어 내려왔다. 다과 시간 전에 일을 끝마쳐 두자는 스티븐스 씨의 지혜와 강단에 여느 때보다도 더욱 감탄하면서 말이다. 스티븐스 가족에게 있어서 다과는 가족이 함께할 적에는 언제나 거창한 식사였다. 당연히 평소에는 다른 식구들 중 누구도 거의 일곱 시가 되도록 돌아오지 않았기에 어니와 스티븐스 부인만이 다과를 들었으나, 토요일과 일요일에는 대개 케이크가, 그 옆에는 빵과 버터, 마멀레이드와 잼이 있었다. 휴가 동안에도 다과는 꽤 본격적인 식사였다. 여덟 시의 저녁 식사는 상당히 가벼운 요깃거리였으니 말이다.

나무 접시 위에는 신선한, 자르지 않은 코티지 로프•와 커다랗고 아낌없는 (그들이 집에서 들던 유의 것보다 더 노란) 판형 버터가 있었다. 또 잼과 마멀레이드가 매력적인 상표가 붙은 병째 놓여 있었다. 스티븐스 가족이 선호하는 방식이었다. 잼과 마멀레이드가 작은 유리그릇들에 내어지는 건 좋아하지 않았고, 빵이 편으로 썰려 내어지는 것보다 빵을 직접 자르는 걸 선호했던 것이다. 이처럼 작은

• 크기가 약간 다른 둥근 빵 두 개를 위아래로 포개놓은, 식빵 비슷한 모양의 빵.

것들이, 허짓 부인이 기억하여 굳이 말하지 않아도 알아서 해주는 그와 같은 것들이, 어쩔 도리가 없었던 다른 사소한 것들을 보상해주었다.

왜냐하면 딕과 메리는 예전처럼 그들의 친숙한 낡고 작은 침실들로 다시 한번 들어가자 마음이 가라앉았고 의문이 들었다. 어떻게 예전에는 이 방이 그토록 지독하게 우중충하고 끔찍할 정도로 형편없다는 걸 느끼지 못했던 걸까.

더 나은 것들을 향한 갈망이 자라났기 때문이었나? 아니면 이 작은 방들이 정말로 줄어들고 어두워지고 거의 추해지기라도 했던 건가? 그들은 미약하게나마 부채꼴 모양으로 명멸하며 적나라한 노란빛을 보내줄 터였던, 너무 세게 틀어버리면 얇은 파란색으로 새되게 치솟을 터였던, 검게 변한 작은 가스등 받침대를 쳐다보았다. 닳고 닳은 서랍장, 묵직한 인조 대리석 상판 아래에서 제 얇은 다리가 무너질 것 같은 휘우뚱하니 작은 세면대 받침대, 둔중한 자기로 만들어진 물주전자와 대야, 금이 간 칫솔 단지, 그리고 형편없이 작은 회백색 비누 접시까지, 그것들은 매년 한층 대담하게 들이닥치는 세월의 때에 맞서 허짓 부인이 벌인 암울한 고군분투를 시사하는 정도로밖에 깨끗하지 않았다.

레이스 커튼들은 한때 좁은 끈들로 우아하게 고리 모양으로 올려지곤 했건만, 이제 파란색 모조 실크로 된 널찍하고 뻣뻣한 띠들로 뒤로 꽉 끌어당겨져 있었다. 커튼의 해진 가장자리들과 구멍들을 가능한 많이 숨겨줄 만큼 널찍한 띠로 말이다. 이부자리는 깨끗했지만,

크기가 작다 보니 철제 틀 위로 너무도 단단히 잡아 늘여진지라, 이 부자리 사이로 기어들어 가는 것이 거의 불가능한 과업으로 보였다.

창문 걸쇠들은 위쪽으로 구부러져서, 까매진 데다 녹청으로 한 꺼풀 뒤덮여 있었다. 거기다 메리의 방에는 좁다란 한 폭의 리놀륨이 문에서 가장 가까운 가장자리에서 잘려 나와 한 폭의 맨 널판자를 드러내고 있었고, 거기서 해방된 리놀륨은 중앙에 해진 구멍들 아래에 놓였다.

몇 년간 봄철마다 무언가를 새로이 하는 것이 허깃 부인의 야망이자 자부심이었는데, 올해에는 계단의 노란 바탕에 무늬가 들어간 오래된 리놀륨이 화려한 색의 카펫으로 교체되었다. 카펫은 낡고 색이 바랜 난간들을 싸구려 같은 방약무인함을 품고서 노려보고 있었다. 딕과 메리는 이 카펫을 구매하려고 허깃 부인이 어떻게 박박 긁어모아 저축했을지 감히 짐작도 하고 싶지 않았다. 그럼에도 이 싸구려 같고 촌스러운 카펫 색깔은 허깃 부인을 야유하고 비웃으며 그녀의 고군부투에 서린 숭고함을 보잘것없고 거의 우스꽝스러운 것으로 변질시키는 듯했다.

그 카펫이 올해 이 숙소에서 유일하게 새로운 것이었는데, 그 카펫이 부라리는 듯한 범속함은 어쩐지 그 주위의 오래된 것들이 완전히 기가 꺾이게, 또 애쓰는 걸 포기하게 만든 듯했다.

그럼에도 내내 스티븐스 가족은 이런 것들에 주목하지 않으려고 분투했다. 그들은 아파트식 호텔이라고 자칭하던, 꼬마전구들을 내걸고서 도로 건너편까지 라디오 음악을 빵빵 틀어놓던 매력적인 숙소들에 허깃 부인이 대항해 고요히 분투했음을 알았다. 당일치기 관광버스 여행과 방갈로들이 얼마나 허깃 부인의 심장에서 기운을 쪽쪽 빨아내고 있는지 그들은 알았으며, 허깃 부인이 절대로 불평 한마디 내뱉지 않았음을, 그녀는 입술을 앙다물고 결연하게, 문지르기를, 광을 내기를, 요리하기를, 미소 짓기를 계속했음을 알았다. 허깃 부인이 마음속 깊은 곳에서 알고 있는 것을 그들도 알았던 것이다. 활기차고, 여유롭고, 번창하는 듯한 겉치레라도 차리는 것이 그녀의 손님들을 그녀의 숙소에다 붙들어 매어주는 마지막 남은 비실비실한 끈이었다.

그리하여 스티븐스 가족은 작은 응접실로 굶주렸다는 듯 거침없이 들어왔던 것이다. 마치 사과라도 보관했던 듯 희미하게 공기가 시큼한 그곳으로. 허깃 부인이 그들이 짐 풀기를 이렇게 빨리 해치운 데 대해 미소를 지으며 축하해 주었을 때 그들은 웃었고, 자리를 잡고서 두툼하게 썬 맛 좋은 빵과 잼을 들면서, 작년 휴가 이래로 낡은 분홍색 찻주전자에 생긴 고무 주둥이에서 눈길을 떼려고 분투했다.

거기다 어쨌든, 이런 사소한 것들이 뭐가 중요했단 말인가? 그들은 하루 종일 나가 있었고, 먹고 잘 때만 숙소에 돌아왔는데 말이다. 설사 침대들이 살짝 울퉁불퉁하다고 해도 침대보야 깨끗했고, 거기다 신선한 공기라는 보약을 깊이 들이마시고, 바닷물에 씻기고 햇빛과 바람으로 얼얼하던 몸에 울퉁불퉁한 혹 몇 개가 닿는다고 무슨 상관이란 말인가? 설사 가끔 그레이비소스가 살짝 기름지고 쌀 푸딩이 다소 창백해도, 적어도 허깃 부인의 올곧은 양심에서 오는 편안함과 기쁨이 있었다. 부정직한 여주인으로서는 가장 손을 대기에 쉬웠을, 그들의 양고기 엉덩잇살에서 제일 작고 가장 관심을 끌지 않는 토막살 한 점조차도 사라진 적이 없었고, 거기다 시뷰에서 보낸 그 모든 해 동안 단 한 번도, 그들은 그들이 마시고 남은 라임 주스의 양을 비밀리에 표시할 이유를 찾지 못하지 않았는가.

접시가 깨끗하기만 하다면 접시에 금이 하나 간 것을 가지고 조바심 섞인 짜증을 내는 건 멍청한 일이니만큼, 스티븐스 씨는 자기 접시를 흘끔 보는 것 이상은 하지 않고서 그 접시를 편 썰린 빵 한 조각으로 덮었는데, 그걸 또 넉넉하게 두꺼운 층의 잼으로 덮었다.

다과를 하는 동안에는 한 번의 거친 기류가 있었는데, 어니가 이따가 요트를 가지고 내려가서 요트를 띄워 보겠다고 제안했던 탓이다. 딕은 말했다, "뭐! 이런 바다에서! 그거 박살 나서 산산조각이 될 걸." 이 말에 스티븐스 씨의 얼굴 위로 찬성의 기미가 지나갔다. 아침의 유쾌하지 않은 사건이 일어난 지 얼마 되지 않았었고, 스티븐스 씨는 올해 처음 시범 항해를 할 때는 요트에 대한 감정에 편견이 없는 상태이길 원했다. 그는 어니의 제안을 자기 대신에 딕이 뭉개버려서 기꺼웠다. 만일 스티븐스 씨가 몸소 그랬더라면 그건 마치 그가 앙심 서린 뒤끝을 품은 것처럼 보였을 텐데, 실상 그는 요트에 관해서도 어니에 관해서도, 그런 생각은 품질 않았던 것이다.

그는 단지 요트에 관해 말하는 걸, 아니 심지어 그걸 보는 것조차도 피하고 싶었을 따름이다. 적어도 하룻밤이 지날 때까지는.

어니는 그 배가 바다를 항해할 수 있다고 미약하게나마 주장하려다 그만두어 모두가 안심했다.

도착한 날 다과를 끝낸 후의 산책은, 어쩌면 휴가의 모든 일정 중에서도 진심으로 즐기기에 가장 어려운 것일지도 모른다. 여행길의 피로가 나타나기 시작하고 있고, 머리끝부터 발끝까지 집에 있는 것처럼 편안해 보이는 다른 휴가객들 틈바구니에서 여전히 약간 수줍고 어색한 채다. 하지만 첫날 저녁에 크리켓 경기를, 아니면 심지어는 가볍게 공을 주고받으려고 모래사장 위로 내려갔다면 걷게 되기도 전에 뜀박질을 하는 것일 테다. 그리고 스티븐스 씨는 주위의 것들에 관한 흥미가 닳아빠지기 시작하기 전까지는 절대로 망원경을 이용하지 않는 사람이었다.

바다를 본 데서 온 첫 번째의 멋진 감회는 지나고, 캔버스 슈즈를 처음으로 한바탕 신고 다닌 다음에 발바닥이 약간 화끈거리기 시작한 터였다.

그러나 이건 다과 후의 산책이 따분했다고 말하려는 건 아니다. 그저 스티븐스 가족이 즐기기 위해 약간 분투해야 했던 유일한 경우였다는 걸 말하려는 것뿐이다.

그들이 시뷰에서 해안 거리로 걸어 내려갈 동안 스티븐스 씨는 말이 거의 없었다. 그는 얼마 전부터 그들 모두의 마음을 점령하고 있었던 사안에 관한 최종 결정을 내리려고 고투하고 있던 것이다.

보그너에는 해수욕용 오두막이 두 종류 있다. 커다란 초소 같은 모양의 평범한 작은 오두막과 훨씬 널찍하고 앞쪽에는 작은 발코니도 딸린 더 좋은 종류가. 오 년 전에, 스티븐스 씨가 겨울 동안 초과 근무로 십 파운드를 벌었을 적에, 그들은 대담하게 발코니가 딸린 오두막을 잡았다. 그것은 훌륭한 사치였다. 해변에서 땀을 뻘뻘 흘리는 인파에서 벗어나 서늘하고 초연하게 발코니에 앉아 있는 것은 무척 자긍심을 자극하는 구석이 있던 것이다. 그들 모두가 한꺼번에 거기 앉아 있을 수는 없었지만, 그곳은 주변을 어슬렁거리거나 기대어 있거나 들락날락하기에 좋은 장소였으며, 스티븐스 씨가 앉을 차례가 아니었을 적에도 그는 언제나 그 난간에다가 파이프 담배를 두드려 털어낼 수가 있었다.

그러나 더 좋은 오두막은 작은 오두막보다 상당히 비쌌고, 이에 그들은 이듬해에는, 그리고 그 이래로 매해 그 안을 기각해 왔더랬다. 한두 달 전까지는 말이다. 딕과 메리도 이제 휴가 비용을 조금씩 대고 있었고, 문제는 이런 여윳돈을 보다 소소한 유의 사치들에 쓰느냐 아니면 완전히 질러버려서 발코니가 딸린 오두막을 얻느냐였다.

발코니가 딸린 오두막을 얻으면 매주 십오 실링이 더 들 터였고, 삼십 실링을 가지고서는 많은 걸 할 수가 있었다. 아침 식사에 달걀 두 개, 추가 관광버스 여행, 다과에 새우 페이스트[*], 어쩌면 추가 극장행까지. 그러나 이러한 것들이 좋기야 했어도, 이들은 사유 발코니에 앉아 있는 것과 딱히 같은 느낌을 주지는 않았다.

그들은 모든 관점에서 이것을 철저히 검토해 보았더랬고 번번이 누군가가 이렇게 말함으로써 논의는 종결됐다, "나중에 정하자."

---

[*] 새우를 곱게 으깨서 소금 등 조미료를 넣어 빵에 발라먹는 음식.

그러나 이제는 "나중에"란 없었다. 해수욕용 오두막 예약은 언제나 그들이 처음 도착한 날 저녁 산책 중에 했다. 그러니 누구도 말을 꺼내지 않았음에도, 각자가 다른 식구들의 마음속에 무엇이 담겨 있는지를 알았다.

그리하여 스티븐스 씨가 멈춰서 "어쩔까?" 하고 말했을 때, 그들은 그가 무슨 뜻으로 말한 건지를 정확히 알았다. 그들은 해변 산책로 쪽으로 방향을 튼 터였으니 오두막 예약을 주선해 주던 작은 사무실까지는 돌 하나 던지면 닿을 거리 안에 있었다.

"말씀인즉 발코니인지 아닌지라는 거죠?" 메리가 물었다.

"그래."

그들은 이제 멈춘 터였다. 결정을 내리지 않고서는 더 멀리 가봤자 소용이 없었고, 그러니만큼 그들은 난간 옆에서, 그들과 해수욕용 오두막 사무실 사이에 부두만을 두고 미적대었다.

해안 거리는 이제 그렇게 북적거리지 않았지만, 다과를 먹고 나온 사람들이 막 다시 퍼져나오기 시작하고 있었다. 바람은 잔잔한 산들바람으로 줄어든 터였고 바다는 아이들에게 빛나는 모래사장의 띠를 돌려준 터였다. 여기저기서 바다가 오후에 쓸어가서 폐허로 만든 위풍당당한 성들의 자취들을 추적해 낼 수가 있었는데, 성벽은 매끈한 혹이 되었고 해자는 얕은 선이 되었다.

식구 중 그 누구도 선뜻 나서고 싶어하지 않는 듯했다. 그들은 휴가를 성공시키거나 망칠지도 모를 결정의 기로에 있었다. 만일 오두막을 잡았는데 오두막이 성공적이지 않다면, 그들은 방방곡곡에서 그 돈으로 할 수 있던 것들에 시달릴 터였으며, 그렇다고 오두막을 잡지 않는다면 오두막을 얻은 사람들의 그 득의만면한 얼굴들에 딱 그만큼 지긋지긋하게 시달릴지도 몰랐다. 그들은 살금살금 옆을 지나갈 터였다. 면구스러워하며, 불쌍하고, 흔해빠진 사람이 된 기분을 느끼면서…….

종국에 그들을 결심하게 한 것은 딕이었다. 그는 아주 가만히 서 있으면서 바다를 내다보고 있더니만, 갑자기 돌아섰다…….

"안 될 거 있나? 일 년에 한 번뿐이잖아요."

"그래요, 잡자!" 메리가 외쳤다. 그리고 삽시간에 온 식구는 의심의 여지 없이 택할 길은 단 하나밖에는 없음을 알았다.

어니는 들떴다. 그의 요트는 오두막에 밤새도록 위풍당당하게 서 있을 수가 있었다. 마치 마른 부두에 있는 배처럼 말이다. 그것은 더는 시뷰의 계단 아래 찬장에서 무익한 장난감으로 있지 않을 터였다.

스티븐스 부인은 실상 상관하지 않았다, 이렇든 저렇든. 그녀는 해수욕을 하지 않았으니 커다란 오두막이 더 편하다고도 느끼지 않을 터였고, 내심 그녀는 그녀를 둘러싼 들끓는 듯한 생기를 느끼며 해변의 접의자에 앉아 있는 것을 선호했던 것이다. 그녀가 집에서 매일 일하는 동안, 다른 식구들처럼 주위에 사람이 있질 않았으니만큼, 휴가에는 인파 틈바구니에 있는 것이 기분 전환으로 다가왔던 것이다.

"좋았어." 스티븐스 씨가 말했다. "만장일치로 통과됐군."

각자 고개를 더 높이 치켜 올리고 그들은 부두 너머의 사무실로 건너갔다. 그들은 예의 급작스럽게 들뜬 행복감을 느꼈다. 평소 조심스레 살아가는 사람들이 드문 경우에 주변인들이 늘어선 줄 밖으로 대담하게 걸음을 내디딜 적에 찾아오는 예의 급작스러운 자부심을 말이다. 그들은 더는 지나가는 휴가객들을 수줍음과 부러움을 담아 바라보지 않았다. 그들의 결정은 갑자기 그들을 대중의 수준을 훨씬 넘어선 곳으로 승격시켰고, 그들은 발코니도 없는 작고, 흔하고, 싸구려의 쪼그만 오두막에서 나타난 뚱뚱한 대머리 남자를 동정심을, 일말의 경멸마저 담아서 쳐다보았다.

그러나 갑자기 그들의 희망은 귓가에서 와지끈 무너져 내려왔는데, 스티븐스 씨가 사무실의 창구로 갔을 때 그 남자가 고개를 젓는 모습을 보았기 때문이다. 그들은 연중 이 시기에 휴가를 맞은 어마어마한 인파에 비해서 커다란 오두막이 얼마나 적었는지를 잊고 있던 것이다. 그렇게 고개를 젓는 것은 오두막이 다 찼다는 뜻이었고, 갑자기 그들은 오두막이 없으면 이 휴가마저 밉살스러워질 터였음을 알았다. 그들은 한 달 전에 미리 결정을 내린 후 오두막을 예약하겠다고 편지를 쓰지 않은 자신들에게 맹렬한 분노를 느꼈고 오두막 없이 휴가가 가능하리라는 생각을 한 번이라도 한 자신들에게 경악했다. 그들은 아래쪽 해변에 있는 그 밉살스럽고 추악한 쪼그만 오두막들을, 어둑하고도 비좁은 오두막들을 본 다음에 띠처럼 늘어선 나무들 아래로 아득한 일련의 빛나는 지붕들을, 용모가 좋아 보이는 사람들이 흩어져 있는 번득이는 작은 발코니들을 쳐다보았다. 그들은 오두막 하나를 **잡아야만** 했다! 오두막 하나만 잡을 수 있다면, 그들은 누군가에게 나가달라고 뇌물을 주거나, 페니 한 장 남기지 않고 돈을 넘겨주거나, 귀중품이라도 팔 지경이었다!

그들은 스티븐스 씨가 낙담한 표정을 띠고 돌아서는 모습을 보았고, 그런 뒤 그의 입매가 엄숙하게 굳어지는 동시에 갑자기 뒤돌아서서 그가 창구의 남자에게 재빠르고도 열렬하게 말하는 모습을 보았다. 그들은 그 남자가 얘기를 들으면서, 약간의 짜증스러움과 은근한 의심을 품고서 안경 너머로 응시하는 것을 보았다. 그들은 자기 앞에 놓인 장부의 책장들을 반신반의로 넘기는 그 남자와 그 안에 뭐가 쓰여 있는지 보려고 거의 목을 부러뜨리고 있는 스티븐 씨의 모습을 보았다.

그들이 숨도 못 쉬고 지켜보던 동안 그 남자가 스티븐스 씨를 올려다보고 무언가 말했다. 스티븐스 씨가 대여섯 번은 격렬하게 고개를 끄덕였으며, 그들은 스티븐스 씨가 가슴 주머니로 손을 푹 찔러 넣어 지갑을 빼내고서 떨리는 손가락들로 지폐 한 장을 뽑아내는 모습을 보았다. 그러자 갑자기 아이들의 기분은 들뜨다 못해 발이 거의 땅바닥에서 떠 있는 것처럼 느껴졌다. 무슨 일이 벌어진 것이다! 뭔가 좋은 일이! 스티븐스 씨가 돌아서서 그들에게 찬란한 미소를 지었던 것이다.

그가 사물에서 나오자 그들은 그의 주변으로 몰려들었다.

"무슨 일이 벌어진 거예요?"

"오두막이 없었어요?"

"된 거예요?"

193

스티븐스 씨는 "맞춰보렴!" 하고 말해볼까 하는 생각도 했으나, 그런 건 상당히 멍청한 행동이었을 테다.

"괜찮을 거다." 그가 말했다. "지금은 다 찼단다…… 전부 예약이 됐지 뭐냐. 올해에는 오두막 수요가 엄청나다더라. 그런데 어떤 사람들이 화요일에 오두막 하나를 반납한다니까. 화요일 저녁에는 빌 거고…… 그러면 우리가 일곱 시에 열쇠를 가지러 가면 돼."

"우와, 멋지다!"

"어느 거예요?"

"'더 커디'•라고, 끝에서 세 번째 거야."

"우리 가서 봐봐요!"

그들은 해안 거리를 따라 걸어갔고 오두막들의 뒤편에서부터 보기 시작했다. 이름들이 주로 문 위에 쓰여 있었으므로, 그들은 어느 게 그들 오두막이었는지 위치로밖에는 짐작할 수가 없었다. 그러고 나서 그들은 해변으로 내려가서 앞쪽에서 천천히 길을 따라 걸어갔다.

"저기 있다. '더 커디'!" 메리가 숨죽인 목소리로 말했다.

"맞아, 바로 저거야."

다른 오두막들보다도 좋아 보인다고, 그들은 결론을 내렸다. 그 오두막은 다른 것보다 새것 같았고, 발코니도 이웃집 것보다 약간 높았다.

"화요일에 들어가니깐 오 실링을 아끼는 거야." 스티븐스 씨가 말

• The Cuddy. '선실'이라는 뜻.

했다. "우리 관광버스 유람도 추가로 한 번 할 거다. 어른들까지 말이야."

이보다 더 잘 풀릴 수가 없었다. 오 실링을 아끼게 됐을 뿐만이 아니라, 기다려야 한다는 것 덕분에 그들은 오두막을 훨씬 더 즐겁게 될 터였다. 그것은 이제 그들의 것이나 다름없었다. 어느 모로 보든. 그들은 내일 그 옆을 거닐며 그것을 바라보고 자신들이 오두막 주위에 무리 지은 모습을 상상해 볼 터였다. 발코니에 앉아 있는 모습, 난간 위에 수영복을 걸어두는 모습을. 그러고 나서 화요일 밤에 그들은 잠긴 문을 열고 들어갈 터였다. 그렇게 그들은 오두막 안에 들어가자마자 앉아서 달빛 서린 바다를 건너 내다볼 터였고, 악단의 부드러운 음악이 바람결에 실려 희미하게 그들을 찾아올 터였다.

그들은 해변을 따라서 기나긴 길을 거닐었다. 앨드윅을 지나 거의 패검까지. 그들은 막대기 위에다 깡통 하나를 걸었고, 스티븐스 부인이 첫 번째 시도로 깡통을 커다란 돌멩이로 맞춰서 때려눕히자 함성이 치솟았다. 어니는 몸을 구르더니 허공에서 양발을 짝 하고 맞부딪쳤고, 스티븐스 씨가 아내의 등을 토닥이자 그녀는 운 좋게 깡통을 맞춘 것이 황금 같은 휴가의 징조였음을 알았다.

그들이 조용히 해변을 거닐어 돌아올 때는 노을이 지면서, 그들 앞의 그림자들이 모래사장 위로 길게 늘어났다.

15

 어니는 분해하며 미약하게나마 저항했으나 저녁 식사 도중에 곯아떨어졌다.
 그들은 누른 소고기, 차가운 쌀 푸딩, 빵과 버터, 그리고 치즈를 들었는데, 거창한 다과를 먹은 다음이라 요깃거리에 지나지 않았다. 스티븐스 씨의 씁쓸한 에일 맥주 한 상자가 도착했으며, 유서 깊은 호사품 하나가 그들이 산책하던 중 난롯가 구석에 설치된 터였다
 그것은 생 진저비어가 든 커다란 석제 단지였다. 진저비어는 뜨거운 낮에는 맛깔나고 쌀쌀한 저녁에는 몸을 데워주었다. 동전 하나 내지 않아도 꼭지를 열어서 한 잔을 뽑아내는 특별한 만족감도 함께 주었다.
 그들은 올해에는 라임 주스를 포기하기로 결정했는데, 작년 구월

에 그들이 배앓이를 했던 것이 라임 주스 때문이라는 생각이 다소 들었기 때문이다. 그들은 대신에 진저비어를 두 단지 들이기로 결심했는데, 그들이 이따금씩 덮개를 돌려 열어서 막대기 하나로 깊이를 재어보면서 소비를 조절한다면 딱 보름간은 갈 터였다. 어니가 더 작고 더 사악한 소년이었을 적에는, 그는 용케도 (아무도 방 안에 없었을 때) 고개를 비틀어 꼭지에 대고 입을 채우곤 했다. 그러나 그는 더는 이런 짓을 하지 않았다. 그가 마시는 양이 공급을 감당할 만큼 재빨리 삼키지 못했을 적에 뒤따르는 낭비와 불편을 절대로 보상해 주지 못한다는 것을 그는 경험을 통해 배웠던 것이다.

그들은 저녁 식사를 마치기 전에 전등을 켜야만 했다. 휴가의 막바지 날들에는 그들이 자리에 앉기도 전에 전등을 켜야 했겠지만 구월에 휴가를 보낸다는 기쁨들 중 하나는 해변 산책로의 불빛들, 또 부두의 광휘 아래 보내는 그 마지막 어둠의 시간에 있다.

한여름에 햇빛은, 옥외에서 보낸 긴 하루의 끝으로 갈수록 거의 짐덩이가 되는 수가 있다. 잠자리에 드는 시간까지 서쪽 하늘에 고집스레 매달려 있는 그 창백한 백열광은 사람을 거의 분개하게 만들고, 커튼을 쳐본들 침실은 완전히 깜깜해지지 않는다.

그러나 구월의 잠식해 오는 밤들은 낮의 전경에 새로운 장면을 더해준다. 악단의 음악은 광채를 뿜는 보석이 있는 왕관에서 흘러오는 듯싶고, 웅얼거리는 목소리와 해변 산책로를 따라가는 고무신들의 부드러운 타박거림, 유원지의 꼬마전구들과 바닷속 별들의 반짝임은 낮의 요란한 기상에 부드러운 낭만을 가져다준다.

낮의 열기가 내륙으로 끌려가고 바다에서 올라온 서늘한 바닷바람이 그들의 화끈거리는 얼굴에 부채질을 해주는 이때 잠자리에 들기 전의 이 마지막 시간을 보내는 데에 있어 스티븐스 가족은 제각기 자신만의 계획들이 있었다.

딕과 메리는 대개 함께 산책하러 갔다. 그들은 절대로 사전에 이런 산책을 계획하지 않았고, 의도적으로 목적 없이 걸으며 걸음마다 그들에게 찾아온 충동과 상념들에 몸을 맡겼다. 가끔 그들은 그저 해변 산책로 위아래를 돌아다녔고, 가끔은 앉아서 악단 소리에 귀를 기울이거나 화사하게 불을 밝힌 카페에서 커피 한 잔을 들었다. 조수가 썰물이었다면 그들은 모래사장으로 내려가서 부두의 불빛을 받아 불길하게 번득이던 암석과 흐리멍덩한 해초 덩어리들 사이를 거닐곤 했다. 저 아래는 어둡고도 불가사의했다. 다른 때에 그들은 내륙으로 진로를 잡아서 시내를 통해 좁다란 시골길들을 멀리까지 걸어 내려가곤 했다.

저녁 식사가 끝났을 적에, 메리는 코트를 가져왔고 딕은 블레이저 아래에 스웨터를 입으러 올라갔다.

"오늘 저녁에는 오래 안 나가 있을 거예요." 메리가 말했다. "안녕히 주무세요, 엄마. 내 예상에 그때쯤이면 엄마는 잠자리에 들었을 것 같으니까."

"내 예상에도 그럴 것 같구나." 스티븐스 부인이 상당히 열렬하게 말했다.

아무도 이 첫날에는 뭔가를 딱히 더 하고 싶어 하질 않았다. 그들은 전부 아침 일곱 시부터 긴장해서는 끊임없이 나돌아 다닌 터였으니, 저녁 식사가 끝으로 향할 동안 대화는 하품 속에 잠긴 터였다. 어니는 이제 염치 불고하고 잠들어 있었고, 스티븐스 부인도 거의 같은 상태였다.

"나는 바로 올라갈게요." 그녀가 말했다. "이리 오렴, 어니. 잠잘 시간이야."

"나로 말할 것 같으면 반 시간 안으로 올라가리다." 스티븐스 씨가 말하면서 파이프 담배를 빼냈다. 어니는 이 층의 작은 방의 베개에 거의 고개를 박자마자 잠들었다. 스티븐스 부인은 기계적으로 그에게 이불을 덮어준 뒤, 가스 등불을 흐릿하게 돌린 다음 아래층의 커다란 이인용 침실로 내려갔다. 옷을 벗는 것조차도 수고스러웠고, 그녀는 흐뭇한 한숨과 함께 널찍하고 울퉁불퉁한 침대로 기어들어 갔다.

그들은 이 침대의 가운데를 따라서 언제나 베개 받침을 놓았다. 딱히 거리를 두려는 동기 때문이 아니라 침대가 가운데로 상당히 가파르게 경사져 내려간 터라, 그녀와 남편은 골짜기에 심하게 파묻히는 경향이 있었기 때문이다. 베개 받침을 놓는 건 괜찮은 생각이었고, 그들 모두에게 지지대 구실을 해주었다.

오늘 밤에는 침대의 울퉁불퉁한 혹들에 대해 신경을 쓰기에 너무 지쳐 있었지만, 내일 그녀가 잠자리에 들었을 때는 손발로 혹들을 신중하게 주위로 굴려서 그것들을 알맞은 위치로 데려갈 터였다. 다행스럽게도 시뷰의 침대에 있는 혹들은 주위로 움직여져서 다른 형상들로 주물러질 수 있는 유의 것이었고, 제대로 배치되기만 한다면 좀 더 안락해질 수 있었다.

아래의 응접실에서 스티븐스 씨는 천천히 파이프 담배를 채우고 있었다. 그 역시도 저녁 식후 시간에 관한 계획들이 있었다, 그더러 자신만의 조용한 길들을 따라 내려가게 하던 계획들이. 그런 계획들은 완벽히 올바르고도 정당했기에 거기에 비밀스러운 구석일랑 없었으나, 그는 식구들과 이 계획들을 절대로 논하지 않았고 식구들도 절대로 그에게 질문하지 않았다. 그는 하루 중 약간이나마 얼마간의 시간을 온전히 혼자서 가지는 것을 좋아했기에, 어떤 점에서는 이 마지막 시간이 가장 고대되었다.

클래런던 암스는 바다에서 떨어진 약간 내륙에 있어 한쪽으로는 번잡한 하이 스트리트를, 또 다른 쪽으로는 좁다랗고 구식인 샛길을 내다보는 구석 자리에 있었다. 그곳은 현란하지만 편안한 곳으로, 평범한 선술집을 살짝 웃돌면서도 그렇다고 완전히 호텔까지는 아니었다. 그 곳의 특실은 샛길을 면하는 쪽에 있던 데다가, 유혹적인 플러시 천 좌석들이 풍족했고, 파이프 담배 한 대와 맥주 한 잔이 있으면 커다란 창문 벽감 속에서 매우 행복한 시간을 보낼 수가 있었다. 그 장소는 하이 스트리트와 충분히 가까워서 시내의 활기와 부산스러움을 포착하면서도, 딱 충분히 떨어져 있어서 후미진 곳 특유의 휴식이 되는 면을 지니고 있기도 했다. 묵직하니 담배 냄새가 실린 공기가 다소 긴장한 신경을 달래주는 듯했고, 폐점 시간도 스티븐스 씨가 잠자리에 들고자 하는 때와 딱 맞아떨어졌다.

수년 동안 저녁 식후에 클래런던 암스로 거닐어 내려가는 것이 그의 습관이었다. 세인트 매슈스 로드와 하이 스트리트를 지나가서, 해변 산책로를 따라서 돌아오며 마지막으로 바다 공기를 한숨 들이켠 다음에 잠자리에 드는 것이.

그는 절대로 집 근처에서는 유니콘의 특실이라든가, 다른 어떤 현지 선술집에 들어가는 버릇이 없었다. 탐탁지 않아했기 때문이 아니라, 그냥 그는 맥주 한 잔을 저녁 식사와 함께 드는 걸 선호했고, 사무실에서 하루를 보낸 다음이니만큼 탁 트인 공기에서 산책한 다음에 잠자리에 드는 것이 좋았기 때문이다.

그러나 휴가 때는 평소의 습관과 반대로 해보는 것이 너무도 크게 도움이 되는 법이다. 매해 대부분 그는 자신과 동류의 남자 한둘과 면식을 텄다. 끝도 없이 술을 몇 순배씩 돌리면서 정신을 알딸딸하게 만들 욕구는 없었고, 자기 술은 자기가 사고 아무에게도 신세지지 않는 것을 분별 있게 선호했던, 평화로운 담소에 더불어 때때로 친근하고 명랑한 논쟁을 좋아하던 남자들 말이다. 가끔 똑같은 친구들이 또 한 해, 아니면 심지어는 두세 해에 걸쳐 나타나곤 했지만, 집단은 언제나 약간씩 달랐고, 스티븐스 씨만이 휴가철마다 정기적으로 왔다.

작년 구월 클래런던 암스에서는 특히나 유쾌했다. 스티븐스 씨가 도착한 바로 첫날 저녁에 친구 중 네 명이나 왔던 것이다. 마치 무슨 하늘의 뜻에 따라 우정을 나누라고 명받기라도 한 양, 그들은 손잡이 달린 커다란 맥주잔들을 들고 벽감 구석 자리로 흘러 들어가서,

마치 일생일대의 친구처럼 서로를 조용하고 자연스럽게 반겼다. 바텐더가 단조롭게 외치는 "마감 시간입니다, 손님들!"에 이렇게나 스티븐스 씨가 분개했던 적은 이전에는 한 번도 없었다. 저녁마다 그 말은 벽감 구석 자리로 너무도 상스럽게도 끼어들었던지라 넷 모두는 시계를 날카롭게 올려다보고 말하곤 했다. "아무리 그래도 아니잖아요, 아직은!"

그곳에는 몬터규 씨라는 사무 변호사가 있었다. 스티븐스 씨가 평생 안면을 터본 사람 중에 가장 괜찮은 남자 중 하나로, 연중 내내 잔존하는 우정의 기억을 남긴 사람이었다.

그는 사적 생활에서는 거물임이 틀림없었고, 일찍이 스티븐스 씨는 이런 남자를 이렇게나 수월하고 친근한 사이로 만나본 적이 없었다. 그는 마지막 저녁에 스티븐스 씨에게 고덜밍 근처에 있는 자기 집에 방문해 달라고 청했고, 그의 명함은 '영주 저택'이 그의 주소라고 보여주었다. 그는 몇 주 이후에 편지를 통해 스티븐스 씨를 거듭 초대했지만, 그의 집을 방문하고 싶은 스티븐스 씨의 들뜬 욕구와 잠재된 직감이 맞서 싸우다가 결국 그런 욕구를 때려 부수었다.

그것은 세상에서 "제 분수를 아는" 남자의 직감은 아니었고, 그렇다고 속물근성이 부추긴 욕구도 아니었다. 살면서 스티븐스 씨는 몬터규 씨와 정신적인 동류의식을 천천히 발견했을 때만큼의 기쁨과 자긍심을 느꼈던 적이 없었기 때문이다.

그러나 스티븐스 씨가 초대를 거절한 건 바로 이처럼 생각의 교환이 수월하고 마음이 잘 맞았기 때문이었다. 다른 남자 같으면 친구들에게 떠벌리고 다니겠다는 순전한 욕구만으로도 걸음했을 테지만, 스티븐스 씨의 마음에 그런 생각은 스치지 않았다. 그는 세 번이나 답장의 초안을 쓰고 나서야 만족했다. 그는 끝내 업무로 발목이 묶였다는 사연들을 떨쳐버리고, 구실의 기초를 형성하기에 대단히 시의적절하게 도래한 어니의 수두를 열성적으로 부여잡았다.

그런 뒤 그는 몬터규 씨의 편지를 개인 서랍에 집어넣어 두고서, 그가 '영주 저택'에 가서 부끄러움 없이 초대에 화답할 수 있을 때를 기다리고자 했다. 왜냐하면 몬터규 씨와의 만남이 그에게 보여준 것은 그의 내면에도 남자를 '영주 저택'의 주인으로 만드는 기질이 있다는 것이다. 때문이었다. 그것도 기회가 그들의 인생길에 찾아오자마자 말이다. 어떻게 그런 기회가 올 터였는지, 또 언제 올 터였는지 그는 몰랐지만, 그의 안에서 무언가가 그는 커루나 로드에서 인생을 끝내지 않으리라 연중 내내 속삭였더랬다. 그 속삭임은 몬터규 씨와의 우정과 더불어 시작되었던 것이다.

그리고 그곳에는 샌더슨 씨라는 쾌활한 나이 먹은 외판원이, 그날 아침 기차역에 가는 길에 그들을 성가시게 했던 베넷 씨와는 매우 다른 기질의 사람이 있었다. 네 번째는 매우 명랑하고 매우 뚱뚱하고 매우 머리가 벗겨진 남자로 다른 사람들더러 그냥 자신을 "조"라고 불러야 마땅하다고 청한 사람이었다. 그 어떤 네 남자도 그들처럼 이렇게 넓게 갈라진 길들을 통해 클래런던 암스의 벽감 자리 속 좋은 동료애라는 매끄러운 도로로 올 수는 없었을 것이다.

스티븐스 씨는 개중 한둘이 다시 거기 있기를 희망했다. 그들 전원을 기대하는 것은 너무 무리였지만, 그렇다고 하더라도 그들의 자리를 채워줄 매우 흥미로운 새로운 친구들을 아마도 얼마간 찾을지도 몰랐다.

그는 복도로 들어가서 현관 외투걸이에서 그의 튼튼한 산책용 지팡이를 뽑아내었다. 그는 대문에서 멈춰 서서 파이프 담배에 다시 불을 붙였다가 모여드는 암흑 속에서 출발하여 세인트 매슈스 로드를 내려갔다. 기나긴 시간 동안 그는 몬터규 씨가 거기 다시 있을지 의문을 품었다. 가끔은 그가 있기를 희망하면서. 가끔은 그가 없기를 희망하면서⋯⋯.

그리고 당연히 그곳에는 로지가 있었다. 그녀는 거기 있을 게 거의 확실했고, 휘황찬란한 불빛의 하이 스트리트로 꺾어 들어갈 무렵 그는 혼자서 천천히 미소 지었다.

바메이드인 로지는 몬터규 씨의 매력과 거의 소름 끼치도록 대조적인 방식으로 그를 끌어당겼는데, 그럼에도 그녀가 그를 끌어당겼던 건 맞았고, 그는 그것이 좋았다. 상당히 많이 말이다.

그것은 육체적 이끌림은 거의 아니었는데, 로지는 매우 몸집이 크고, 더는 젊지 않았기 때문이다. 그럼에도 그가 부정할 수가 없었던, 실상 부정할 마음이 없었던 것은 그녀가 그의 본성 중 좀 더 말초적인 본능에 호소했다는 점이었다. 그는 자신의 말초적인 본능이 다른 부류의 남자들이 가진 것과는 속성이 다르다는 점에서 만족했으므로, 그는 로지를 향한 자신의 감정에 공포도 수치심도 느끼지 않았다.

그녀가 그를 전율시키고 즐겁게 했던 것은, 어쩐지 무모한 본능에 탐닉하는 데서 오는 수치심과 위험성일랑 없이 그런 본능의 맥이 뛰게 했기 때문이다. 그녀의 대담한 파란 눈은 남녀를 뜨겁게 잇는 모든 것에 관해 엄청나고 거의 두렵기까지 한 지식을 품은 것처럼 보였다. 그 눈은 승부사의 것으로, 자비롭고도 염치없었고, 뉘우침이 없었다. 그런데도 그는 그 눈들의 되바라진 심연을 들여다보면서도 웃을 수 있었는데, 그녀가 그더러 그 자신의 고요한 힘을 의식하게 했기 때문이다.

뾰로통한 입술을 하고 그를 곁눈질하는 그녀의 매력적인 모습에 그는 그녀를 놀리려고 거짓말을 하는 혈기 왕성하고 짓궂은 어린 소년 같은 기분이 되었다. 그가 그녀를 좋아했던 이유는, 그가 일부러 순진한 척하며 단순하게 있는 그대로 이야기할 때면 그녀는 그의 말 한마디도 믿지 않은 채 눈으로 이렇게 답하곤 했기 때문이다. "나한테 그런 속임수 쓰지 마요! 내가 당신을 아는데! 당신은 조용한 사람들 축에 속하잖아요, 맞잖아, 조용하니 부뚜막에 먼저 올라가는 사람들. 당신이 아내랑 아이들과 휴가를 왔다는 얘기를 해! 재밌네! 이제, 해봐요. 그녀가 **정말로** 누구인지 말을 해보라고요!"

그녀는 그에게 사악해진 기분에서 오는 유쾌한 감각을 주었고, 그는 그가 지나온 길에는 붕괴된 가정이 줄줄이라고 교묘하게 암시하던 그녀의 방식이 마음에 들었다. 그는 파인트 맥주를 집어 들고서 이렇게 말하는 표정으로 걸어가곤 했다, "아이고, 참, 로지. 당신한테는 뭘 감춘다고 애써봤자 소용이 없군!"

그가 실제로는 어떤 유의 남자인지 그녀가 알게 되면 그 눈에 담길 경멸을 생각하자 그는 살짝 불편해지기도 했지만, 그래도 그는 그녀의 경멸 또한 그를 향한 경탄을 숨기기 위한 것이리라고 느꼈다. 그녀와 같은 부류의 모든 여성이, 숨길 게 아무것도 없는 단순하고 솔직한 남자에 대해서 필시 비밀스럽게 품을 그런 경탄 말이다.

그렇다. 그는 로지를 좋아했다. 그녀는 휴가에 많은 것을 더해주었다. 식구들이 그에 관해 아무것도 몰랐다는 것도 짜릿했다.

그는 역에서 식구들과 오는 길에 클래런던 암스를 지나쳤지만, 그때 그는 그곳을 거의 힐끔하지도 않았더랬다. 그곳은 백주에는 따분하고 멋없었고 심지어 로지마저도 저녁의 화사한 조명 속에서 보던 것과 썩 똑같아 보이지 않을 터였다.

그러나 이제 그곳에 가까워지자, 그는 갑자기, 예기치 못하게 오늘 밤은 그곳에 가지 않겠다고 결정했다. 그는 매우 지친 느낌이었고, 낮에 받은 정신적인 스트레스가 그를 굼뜨게 만들었다.

로지에게, 또 특히나 그가 만날 차였던 여하의 새로운 친구들에게는, 그가 처음 등장하는 모습이 아주 많은 것을 좌우했다. 새로운 지인들을 처음 만나자마자 그들 사이에서 기지를 한 번 번뜩이는 것만으로도 그는 보름 내내 익살꾼으로서의 입지를 다지게 될 터였지만, 그는 오늘 저녁에는 총기 있는 어떤 것도 떠올리지 못할 터임을 확신했다. 그는 어쩌면 그의 지친 모습 때문에, 지루한 사람이라는 딱지가 붙은 채로 이어질 저녁마다 그가 가장 어울리고 싶을 남자들에게 기피될지도 몰랐다.

그런 위험을 감수할 가치가 없었다. 따라서 그는 그냥 그곳을 걸어 지나가며 로지가 여전히 그곳에 있는지만 확실히 할 터였다.

특실 창문의 아랫부분에는 성에가 끼어 있었고, 테이블에 앉아 있는 사람들은 시야에서 가려져 있을 터였지만, 로지가 서 있던 곳은 살짝 올라가 있었다. 그러니 만일 그녀가 거기 있었다면 그는 길 반대편에서 상당히 쉽게 그녀를 볼 수 있을 터였다.

그는 혹시나 예전에 만난 사람들 중 하나와 면대면으로 마주쳐서 안으로 끌려 들어갈까 봐 문에 다다르기 약간 전에 길을 건넜다. 그는 바로 맞은편에 멈춰 섰다. 잠깐 기다려야 했지만 버스가 출발했고 그의 시야를 터주었다.

모든 것이 변함없이 밝고 활기찼다. 손님들의 그림자가 맥주잔의 윤곽들 가운데에서 앞뒤로 움직였다. 그렇다, 그곳에 로지가 있었다! 그는 바에 서 있는 두 남자의 머리 사이에서 그녀의 모습을 막 포착했다. 로지는 새파란 블라우스 차림이었고 장려한 바의 세간들이 그녀 뒤로 솟아 있었는데 장식적인 칸 하나마다 술병, 담배, 유리잔 들이 꽉 들어찬 와중에, 각 선반 뒤에는 작은 거울들이 있고 적색과 금색으로 장식된 멋들어진 금전 등록기가 있었다. 너무도 보기가 좋고 번득여서 그는 그것이 통째로 천천히 회전하고 비걱대며 갈려 음악을 내보내기 시작하는 모습을 반쯤 기대하기까지 했다.

그는 한동안, 대머리를 한 남자에게 얘기하는 그녀를 지켜보았다. 그러던 그녀는 다른 손님의 시중을 들고자 카운터를 따라 내려가 버렸고 그렇게 그의 시선에서 사라졌다.

그는 그녀가 거기 있을 거라고 사실상 확신했다. 그녀는 거의 클래런던 암스의 일부가 되어 있었고, 그녀가 없는 그곳을 그는 상상할 수가 없었다. 창문 너머로 그녀의 모습을 보자 그날의 마지막 불안까지 사라졌고, 이제 그가 원하던 것은 잠자리에 드는 게 다였다.

그는 길을 건너서, 아케이드를 통해 극장을 지나쳐 모래사장 건너편 저 바깥 멀리까지 바다가 술렁거리고 있던 해안 거리로 내려갔다. 악단이 연주하고 있었지만, 그는 악단의 활기찬 행진곡에 보조를 맞추는 것 이상으로 멈칫하지는 않았다. 그가 악단으로부터 멀어질 무렵 인적은 점점 뜸해졌다. 신선한 밤공기가 그의 몸을 긴장시켰지만, 그의 정신은 나른하게 하는 듯했다. 달은 아직 뜨지 않은 터였고, 해변 산책로의 섬광을 쬐고 나서 세인트 매슈스 로드에 오니 매우 어두웠다. 시뷰를 익히 알기야 했지만, 그는 시뷰에 이르기 전 한 번은 시뷰에 도착했다고 생각하고 멈추기도 했다.

메리의 코트가 현관에 걸려 있었으니 아이들은 돌아와서 잠자리에 들러 올라간 터였다. 그는 응접실로 들어가서 그가 저녁 식사를 할 때 따둔 병에 남은 에일 맥주를 조금 마시고서 몇 분간 앉아서 파이프 담배를 마저 피웠다.

이따금 지나가는 몇 명의 휴가객들이 웃고 떠들었지만, 그들의 목소리가 잦아들 무렵에는 사방이 너무도 고요해졌기에 그는 귓가에서 종소리 같은 망연한 잔물결 소리를 포착할 수가 있었다.

어제저녁 이 시간에 그는 집의 응접실에서 파이프 담배를 피우고 있었다. 믿기 힘들었다. 일주일 전의 일이 한 달은 된 것 같았다. 그는 아침 이래로 지나간 것들을 되새겨 보았고, 하루라는 기간에 어쯤 이렇게 많은 일이 벌어질 수 있었는지 혀를 내둘렀다. 짐꾼 루이 슬립 씨, 외판원 베넷 씨, 열차 안의 사람들, 그들은 반쯤 잊혀 부예진 과거의 사람 형상들만 같았다. 심지어 커루나 로드마저도 아득한 기억 속의 장소만 같았다.

하지만 그는 시간은 시계의 바늘에서나 균등하게 움직인다는 것을 알았다. 사람들에게 시간은 미적대면서 거의 뚝 멈추어 있는가 하면, 재빨리 내달리고, 절벽을 뛰어넘듯 훌쩍 사라지거나, 다시금 미적댈 수 있는 것이다. 그가 약간의 슬픔을 품고서 알았던 것은, 시간이 종국에는 늘 따라잡는다는 것이다. 오늘 시간은 마치 안개 속의 기관차처럼 더듬듯이 이동했지만, 이제 휴가는 시시각각 속도를 더해갈 터였고, 이 나날들은 작은 도로변 기차역들처럼 번득여 지나갈 터였다. 보름만 있으면 그는 마지막 저녁에 이 방에 앉아서, 휴가의 첫날 밤이 어쩜 이토록 어제 같은지를 생각하고 있을 터였다. 허비된 시간에 대한 회한에 가득 차서 말이다…….

그러나 그런 식으로 생각하는 건 바보 같았다. 시와 분으로 생각하는 것이 훨씬 나았다. 모든 순간이 그 나름의 흥밋거리로 꽉꽉 들어차 있는 몇백 시간이자 몇천 분이다.

날씨도 훌륭했다. 예보에 따르면 이런 날씨가 지속될 터였단다.

이번 휴가가 그들 가족이 지금껏 가져본 것 중에 최고의 휴가가 될 거라고 무언가가 그에게 말해주었다.

그는 맥주를 다 마시고, 벽난로 선반 위에 파이프 담배를 놓아둔 다음에 방 안의 몇 가지를 정돈했다. 그런 다음 그는 문으로 가서 불을 껐다.

  달은 이제 떠올랐으니, 복도에 있는 채색된 창문의 붉은 부분을 통해서 만월 상태로 빛나고 있었다. 그것은 간밤에 그가 보았던 대로의 달을, 집에서 봤던 크리스털 팰리스 위에서 빛나던 달을 떠올리게 했다. 그가 조용히 침대로 올라갈 무렵, 그는 커루나 로드에 있는 조용한 작은 집과 더불어, 해가 지고 뒤따라온 냉기로 쪼그라든 계단 널판자가 가끔씩 고요한 가운데 쩨적대는 소리를 내던 것을 떠올렸다.

16

 외딴 작은 딩기에 탄 어부 두 명이 일요일 새벽에 보그너에 뜨는 일출을 목도한 유일한 사람들이었다. 암색 저지를 입은 작은 사람 형상 둘로, 매끄러운 진녹색 바다 위 황혼을 뚫고 보트를 홱 움직이면서 말이다. 그들이 딩기를 달려서 해변으로 올릴 때 으드득 소리가 고요한 해안을 따라 메아리쳤고, 이윽고 그들은 딩기가 썰물로 빠져나가는 조류에 닿지 않도록 끌어당겼다. 그들은 어깨에 바구니들을 둘러메고서 인적 없는 해변 산책로로 올라갔고, 그들의 숨결은 서리 맺힌 작은 구름들이 되어 걸렸다.
 보그너는 토요일의 태양 속에서 길고도 정신없는 낮을 보낸 뒤에 선잠을 자며 놓여 있었다. 온 해안 도로에 있는 그 어떤 창문의 커튼 한 장 깜박이지 않던 사이에 어부들은 고무장화를 신은 발로 부드럽게 쿵쿵거리며 지나갔다. 그들 뒤편에서 검고도 삭막하게 서 있던 부두는 마치 앞다리가 바다에 고정된 거대한 괴물의 뼈대만 같았다. 별들의 빛이 바래가고 있었고, 저 멀찍이 해안을 따라 반쯤은 바다에서 또 반쯤은 언덕진 초원지의 경사진 팔뚝에서부터 오던 것은 매우 섬세한 호박색의 미광으로, 소소한 구름 가닥들로 자국이 나 있었다.

어부들은 태생이 냉소적이지 않은데, 그렇지 않았다면 잠을 자며 줄줄이 늘어선 연회색 숙소들의 광경에 이 외딴 두 남자의 입술이 비틀렸을지도 모를 일이었다. 저 치들은 두 시간 후 낮이 저물어갈 지경에야 침대에서 뛰어나와 블라인드를 걷고 마치 해도 바다에서 갓 뛰어나온 양 바깥 좀 보라고 외칠 거라며 비웃었을지도 모른다.

외딴 경찰관 한 명이 해변 산책로의 난간에 기대어, 암석들이 내려와 바다를 만나는, 멀찍이 떨어진 비치 헤드*의 검은 어깨 위로 태양의 끄트머리가 솟는 모습을 지켜보았다. 이내 그는 천천히 등을 돌렸는데, 마치 그것이 어떤 위해도 가하지 않으리라는 점에 만족한 듯했다. 그는 하품을 하고, 시계를 꺼내 들었다.

바다가 광채를 발하기 시작했고, 오버올 차림의 조그마한 사람들의 형상이 해변 산책로를 따라 움직이기 시작했다. 소규모의 가정부 부대가 여전히 위층에서 잠을 자던 사람들을 위해서 쓰레기를 치우고 이곳을 정리하려고 온 것이었다.

---

* 영국 이스트서식스에 있는 백악질의 곶.

야외 음악당 주변의 잔디밭은 구겨진 공연 식순과 빈 담뱃갑, 사탕 봉지 들로 얼룩덜룩해져 있었고, 강도를 더해가는 햇빛이 의자 아래 있는 숙녀용 우산 하나를 드러내 보였다. 해변의 한층 높은 지대에는 병 몇 개, 바나나 껍질 몇 개, 때때로 반쯤 먹은 번 빵이 놓여 있었다.

오버올 차림의 작은 사람 형상들이 조용히 앞뒤로 움직여, 쓰레기를 모아 수레에 쿵쿵 털어 넣었다. 한 사람이 우산을 찾아서 그것을 미심쩍게 쳐다보고는 한쪽에다 두었다. 그는 그것을 동료에게 가리켰고 잠시 멈췄다가는 말했다. "누구 우산이네."

제복 차림의 남자가 열쇠 몇 개를 짤랑대며 재빨리 해변 산책로를 내려왔고, 잠긴 문을 연 다음에 부두로 나아갔다.

우유 배달부의 짐수레가 해안 거리로 방향을 틀어서는 야외 음악당 쪽으로 길을 따라 덜덜거리며 갔다. 이 소음에 사람들은 몸을 돌려 등을 대고서 만족스럽게 한숨지은 다음, 반대편 쪽을 베고 다시 잠들었다.

태양이 원기를 더해갔고, 태양을 위협하던 작은 구름들을 몰아내었다. 수상 비행기 한 대가 해안선을 따라서 웅웅거렸는데, 맑은 하늘의 자그만 물고기만큼이나 투명했다. 보그녀가 천천히 뒤척이고서 눈을 비볐다.

만약 그 어부들이 냉소적이었다면 예상했을 사람들의 행동을 스티븐스 씨가 그대로 했을 때는 거의 여덟 시가 다 된 시각이었다. 그의 잠은 점차로 옅어져, 모호한 의식 속에서 무언가가 그에게 아침

이 눈부실 정도로 청명했다는 것을 말해주었다. 마침내 그는 몸을 강하게 뒤척인 다음에 눈을 떴다. 스티븐스 부인은 베개 받침대 너머 물결 모양의 영토에서 여전히 잠들어 있었다. 그는 그녀를 깨우지 않고서 침대에서 부드럽게 굴러 나와서는, 까치발을 들어 창문으로 걸어간 뒤 블라인드를 올렸다.

도로는 아침 햇살 속에서 이글거리고 있었다. 그는 살포시 창문을 밀어 올리고 잠옷 차림으로 밖으로 몸을 빼내어 공기를 마셨다. 그의 얼굴은 아직도 어제 때려대던 바람으로 화끈했고 오늘의 태양은 그의 피부를 그가 사무실에 복귀했을 시에 선망의 대상이 될 멋들어진 그윽한 갈색으로 한 발짝 더 데려다 줄 터였다. 그는 기분 좋게 배가 고팠다. 그는 노래를 부르고 싶었지만, 자제하고서 힘차게 돌아서서 면도를 하러 욕실로 갔다.

다리를 앞으로 내딛었을 때 그는 약간의 충격을 받았는데, 다리를 구부릴 때마다 날카롭고도 뻣뻣한 통증이 다리 뒤편으로 쏜살같이 올라왔기 때문이다.

그는 움직임을 멈추었고, 놋쇠로 된 침대 손잡이에 한 손을 내려놓고야 기억했다. 물론 캔버스 슈즈 때문이었다. 작년에도 지금처럼 뻣뻣한 느낌을 받았던 것을 그는 순간 잊고 있었다. 이 신발에는 굽이 없어서, 오랜만에 신고 걸으면 언제나 뒷다리 근육이 땅겼던 것이다. 차츰 곧 사라질 약간의 건강한 뻣뻣함일 따름이었지만, 처음 그 느낌을 받았을 때 확실히 그는 겁을 먹었다. 류머티즘과 요통이 그의 뇌리를 쏜살같이 스쳐갔던 것이다. 휴가철에 발병하기에는 잔인

한 것들이 아닐 수 없었다. 그는 매우 안도한 채로 욕실로 들어갔다.

　식구들이 아침 식사를 들러 자리에 앉을 무렵 지나가는 사람들은 벌써 바다를 향해 가고 있었다. 반대편 주택의 소녀는 석조 난간 위에서 일광욕을 하면서, 햇볕에 탄 기다란 다리 한 짝을 앞뒤로 흔들고 있었다. 여러 창문으로 아침 식사를 하느라 식탁에 둘러 모인 사람들의 머리가 여럿 보였다.

　휴가 중 구름 한 점 없는 날이 시작될 때는 특유의 느낌이 있다. 마치 옥상 위편에서 보이지 않는 손들이 기대감에 싹싹 맞비벼지고 있는 듯한 흥분한 바스락거림이, 양동이와 삽, 잡지와 해수욕 수건을 그러모으는 인파에게서 나오는 듯한 웅웅대는 술렁거림이 말이다. 하나같이 서두를 필요 없다고 스스로를 안심시키려고 애쓰면서도, 역시 그들을 숙소의 그늘 속에 붙잡아 두는 사소하고 자질구레한 것들로부터 자유로워지려고 광적으로 애쓰는 인파에게서 말이다.

　이따금 세인트 매슈스 로드의 주택들 중 하나로부터 어떤 단체가 나타나곤 했다. 그들은 한 명씩 대문으로 나와서 바깥에서 무리로 모이기 마련이었고, 대개 누군가가 뭔가를 가지러 다시 달려가곤 했으며, 그런 다음에는 그들은 해변 산책로를 향해서 떼로 움직이기 시작하곤 했다. 그러는 앞쪽의 사람들은 대화에 계속 끼려고 거의 뒤로 걸어가다시피 했다.

　아침 식사가 끝난 직후에, 스티븐스 가족들도 나갈 채비를 하러 흩어졌다. 그들은 무척 일찍 출발하자는 주의는 아니었는데, 그러면 최고의 아침도 너무 길어질 수 있기 때문이다. 평소대로, 스티븐스 부인이 시내로 올라가서 주문을 넣는 한편, 나머지 식구는 곧장 모래사장으로 내려가는 것으로 정리가 되었다. 스티븐스 부인은 열한 시쯤, 그들이 해수욕을 끝냈을 무렵에 번 빵 한 봉지를 들고 그들과 합류할 터였다.

허깃 부인은 크리켓 스텀프 기둥들과 작고 비실비실한 배트 한 대를 한 아름 안고서 지하실 계단을 올라왔다. 그것들은 일이 년 전에 어떤 다른 숙박객들이 놔두고 간 것으로, 스티븐스 가족은 휴가 동안에 그것들을 자유롭게 사용했다. 그로써 그들은 도구를 직접 가져오는 수고를 면했으며 모래사장에서는 어떤 낡은 배트라도 쓸 만했다.

"공 챙겼지?" 스티븐스 씨가 말했다.

"여기 있어요." 어니가 외쳤다.

"이리 오렴, 그럼!"

허깃 부인은 미소를 띠고 그들이 나가는 모습을 지켜보았고, 그런 다음 응접실로 들어가서 아침 식사거리들을 쟁반에 모아다가 지하실 계단을 내려갔다.

스티븐스 부인이 나머지 식구들과 반대 방향으로 틀어서 약간의 거리를 나아간 차에 스티븐스 씨가 조용히 그녀를 불렀다. "당신 포트 와인 잊지 말고요."

그녀는 망설이다가, 반쯤 미소 지으며 말했다. "그럴까요?"

"당연하죠." 스티븐스 씨가 말했다.

"끔찍하게 비싼걸요."

"아니 안 비싸. 사요." 그는 고개를 한 번 까닥이며 돌아서서 다른 식구들을 따라 해변으로 향했다.

"예전에 있던 거기에 있을 거죠?" 스티븐스 부인이 되불렀다.

"그래요. 거기에. 야외 음악당 앞에요."

스티븐스 부인이 다른 쪽으로 걸어갈 무렵에 그녀는 가방을 거의 소녀처럼 휘두르고 있었다. 몇 년 전에 그녀는 몸이 그다지 좋지 않았고, 의사는 그녀가 과로로 살짝 지친 거라고 말했다. 혈액이 묽어서 피로회복제가 그녀에게 도움이 될 거라면서 그는 포트 와인 한 병을 추천했다.

그녀가 식료품 잡화점에서 그 와인을 주문했을 적에는 앞뒤 가리지 않고 방종한 기분이 들었으나, 나중에 자신이 그걸 얼마나 잘 마실 수가 있는지 알게 되자 그녀는 득의양양해졌다. 저녁 식후의 한 잔, 목구멍을 따라 스미는 맛있는 온기, 그녀의 혈관에서 마치 성취감이 고동치는 듯한 그 이후의 감각. 그것은 근사하고도 여운이 남는 경험이었고, 그 이래로 스티븐스 씨는 그녀더러 휴가마다 한 병을 마시라고 고집을 부렸다. 다른 식구들이 저녁 산책에 나설 동안 그녀는 안락의자에 뒤로 기대앉아서 그녀의 잔을 들곤 했는데, 그건 약이었으니만큼 양심에 한 점 거리낌이 없었고, 포트 와인이었으니만큼 즐기기도 했다. 그녀는 너무도 조금씩 홀짝거렸던지라 그녀의 아래쪽 부위로는 정녕 아무것도 도달하지 못하는 느낌이었으나, 그녀의 목구멍과 혀로는 따스하게 스미는 느낌이었다.

그녀는 세인트 매슈스 로드가 하이 스트리트에 합류하는 곳에서 잠깐 멈추어서 가방에서 장보기 목록을 꺼내 들었다. 피클 병, 설탕, 쌀 사백오십 그램, 양고기 목살 구백 그램, 양파. 목록을 읽어내리고 어느 가게들로 먼저 갈지 결정하는 것은 그녀에게 기쁨을 주었다. 오늘이 일요일이니만큼 그녀가 모든 것을 구하진 못할 터였지만, 몇몇 가게가 아침 한두 시간 정도는 문을 열었다. 그녀는 장보기를 즐겼고, 다른 여자들보다 장을 보는 데에 훨씬 기나긴 시간을 쏟았다. 그런데도 그녀는 앞으로 끼어드는 사람들에 결코 개의치 않았다. 가끔 그들이 장보기 예절 규칙들을 지독히도 남용했을 적에조차 말이다.

그녀는 가게 안에서 미적거리는 걸 좋아했고, 해변에서 장을 보는 것은 집 근처에서 장을 보는 것보다도 나았는데 사람들이 한층 쾌활하고 훨씬 더 사근사근했기 때문이다. 그녀는 한 번 이상 누군가가 뒷걸음질하고는 "먼저 가세요" 하고 말하는 바람에, 너무도 놀란 나머지 자신이 구하던 것을 완전히 잊어버리고서 몸을 뒤로 사리고 웅얼거릴 수밖에 없었다. "아뇨! 그쪽이야말로! 그쪽이 먼저 가세요!"

다른 식구들이 해변 산책로에 다다랐을 무렵 멋들어지게 펼쳐진 모래사장이 그들을 반겨주었고 그들은 물때를 너무도 잘 맞춘 것이 반가웠다. 아침에 모래사장에서 시간을 가지고 오후에 빈둥거리는 게 훨씬 나았다. 이제 사람들이 모든 길에서 해안 거리로 흘러 내려오며 그들이 제일 좋아하는 곳으로 가려고 사방팔방으로 서두르고 있던 한편, 이미 해변에 도착한 다른 이들은 접의자들을 펼치며 의도적으로 의자들을 엉키도록 하며 친구들을 웃게 하고 있었다. 여기저기서 아이들은 성을 짓는 데 착수한 터라 몇몇은 아무도 손을 대서는 안 되는 총안 흉벽에 말없이 혼자서 공을 들이고 있었으며, 다른 이들은 신디케이트 조직들을 형성해서 망루와 해자가 딸린 방대한 노르만 양식의 요새를 짓는 데 함께 몰두하고 있었다. 네커치프를 한 지쳐 보이는 남자는 돈벌이를 염두에 두고 장식적인 모래 궁전을 건설하면서, 흠뻑 젖은 뒤집힌 캡 모자에 사람들더러 페니 동전을 집어 던져달라고 하소연하듯이 외치고 있었다. 튼튼한 당나귀 한 조는 벌써 근무를 시작한 터라 탑승객 대기 명단이 있었다. 온갖 곳에서 사람들은 확실하게 구름 한 점 없을 햇살 가득한 낮을 맞으려 자리 잡고 있었다.

스티븐스 가족은 그들을 둘러싼 것들에는 거의 주의를 기울이지 않았다. 그들은 꾸준하게 해변 산책로를 따라서 서쪽 야외 음악당을 향해 계속 걸어갔는데, 그 앞에다가, 한 폭의 모래사장 위에, 그들은 해마다 말뚝을 박듯 소유권을 점했던 것이다.

그러나 그들이 그쪽으로 다가갈 무렵에, 메리에게 한 가지 영감이 떠올랐다.

"더 커디 앞에서 괜찮은 곳을 찾아보는 건 어때요? 화요일에 우리가 그 오두막을 가지게 될 때를 대비해서 그래두면 훨씬 좋을 거예요."

"그래. 그거 상당히 괜찮은 생각이겠구나." 스티븐스 씨가 동의하면서, 왜 그런 생각을 떠올리지 못했을까 의문을 품었다.

그들은 예전 장소에서 백 미터 정도 지나쳐서 더 커디에 이르렀고 그 앞의 공간이 거의 비어 있는 것을 발견했다. 보그너의 모래사장은 매우 편리하게도 방파제들에 의해 소형 운동장들로 나뉘어 있어, 공을 멈춰 세우는 목재 장벽들 덕에 뜀박질을 상당히 면할 수 있었다. 그것들은 또한 각 무리를 분명한 구역 안에다 한정하는 기능도 했으므로, 이기적인 사람들이 공간을 너무 많이 차지하는 것을 방지해 주었다.

처음에 그들은 더 커디 앞에서 살짝 불안해했는데, 제때가 오기 전에 무언가를 손아귀에 넣어버렸다는 느낌이 들었던 것이다. 그러나 오두막을 슬쩍 곁눈질해 봤을 때 어느 노부인과 노신사가 그 발코니 위에서 꾸벅꾸벅 졸고 있는 것밖에는 보이지 않았고, 곧 그들에게 더는 신경 쓰지도 않게 되었다. 스티븐스 가족은 노인 두 명이 안쓰러웠는데, 그들의 시간이 거의 다 끝났기 때문이었으며, 앞쪽 모래사장에 자리를 잡고 있는 사람들이 화요일 밤이 되면 그들 자리에 있게 되리라는 것을 그들이 모르는 것이 반가웠다. 그들이 이 사실을 알았다면 분개해서, 휴가의 마지막 날을 망쳐버렸을지도 몰랐다. 그러나 당연히, 그들은 이 사실을 도저히 알 리가 없었던 것이다.

딕은 방파제 아래에 크리켓 스텀프 기둥들을 두었고 메리는 수영복과 수건 들을 해가 들어 건조해진 조약돌 더미 위에다 함께 포개두었다. 그들은 간단하게 캐치볼로 시작을 했다. 눈을 익숙하게 하고자 널찍한 원으로 둘러서서 서로에게, 가끔은 뜬공을, 가끔은 낮은 직구를 던지면서 말이다. 때때로 스티븐스 씨는 원래대로의 방향으로 계속 공을 던지는 대신, 재빨리 공이 온 길로 되돌아 홱 던져서 다른 식구들이 방심하지 않게끔 했다. 가끔 아이들 중 하나가 공을 놓쳐서 모래사장을 따라 바다 쪽으로 공을 쫓아가야 했을 때면, 스티븐스 씨는 골반에 양손을 얹고 주변을 두리번거리곤 했다.

그는 찬란하게 행복한 기분, 남학생만큼이나 젊고도 가벼운 기분이었다. 자신 주위의 모든 것이 이루 말할 수 없이 너무도 신선하고도 깨끗했다. 구릿빛으로 그을린 얼굴들, 풀어헤친 셔츠들, 맨다리들, 파란 하늘까지. 이따금 쾌속정이 물보라의 연무 속에서 웅웅대며 지나가곤 했고, 암색의 작은 노 젓는 배들이 게으르게 앞뒤로 헤매며 떠갔다. 연 하나가 머리 위에서 바스락거리다가 한두 번 그들을 향해 장난스럽게 급강하했다가는 다시 솟아올라서 표류하는 갈매기들에게 겁을 주었다. 작은 남자아이를 동반한 남자가 새우잡이 그물을 가지고 서둘러 바다로 내려갔다.

스티븐스 씨는 공기를 깊게 한 모금 쭉 들이켜면서, 아래쪽 갈비뼈를 짜내어 오존*이 폐부의 가장 아래쪽 부분까지 스며들도록 했다. 이런 것들은 인생의 온갖 고통, 온갖 실망, 온갖 치욕을 정당화시켜 주던 순간들이었다.

"조심하세요!" 딕이 외쳤고, 스티븐스 씨는 공이 솟구쳐 내려오던 사이에 딱 제때 공을 거두어들였다. 그는 몸을 뒤로 틀어서 공을 공중에 드높이 내던졌는데, 어느 노신사가 멈춰 서서 그 공이 날아가는 걸 경탄하며 구경하는 모습을 보게 되어 매우 흡족했다. 그는 언

• 당시에는 오존이 강장제 효과가 있으며 신선한 공기에 들어 있다고 잘못 여겨졌기에, 오존이 신선한 공기의 대명사로 사용되었다.

221

제나 투구에 능했더랬고, 그의 젊은 시절 기술은 하나도 녹슬지 않은 터였다.

한참 뒤에 그들은 스텀프 기둥들을 설치했고, 스티븐스 씨와 어니는 딕과 메리와 팀을 나눠 시합을 했다. 딕은 최고의 타자였고, 무모하게 자기 스텀프를 내버리기 전에는 득점을 많이 올렸다. 딕은 스티븐스 씨의 느린 볼링을 모래사장 곳곳으로 쳐냈지만 스티븐스 씨는 짜증이 났다기보다는 흡족했고, 아주 조금 자랑스럽기도 했다. 왜냐하면 딕이 갑자기 더 커 보였고, 풀어헤친 크리켓 셔츠와 말아 올린 소매 차림으로 평소와는 완전히 달라 보였기 때문이다. 마치 작년 이맘때 그의 모습처럼, 다시 즐거운 남학생으로 말이다.

그도 그럴 게 스티븐스 씨는 딕에 관해서 불안감을 느꼈던 것이다. 거의 일 년 전에, 그가 학교를 졸업하고 일을 시작했을 때부터 쭉 말이다. 그는 아들에게 런던 루드게이트 힐 근처의 문구도매점인 메이플소프사에서 일류 일자리를 찾아주었다. 그는 그 일자리를 얻기 위해서 인맥을 동원했고, 매우 뿌듯했다. 딕 역시도, 세상에서 입지를 다지고 자기가 먹고살 돈을 번다는 가망에 기쁜 듯싶었다. 그러나 조금 뒤에 아들 내면에 어떤 변화가 일어난 듯싶었다. 그는 결코 떠들썩한 친구가 못 되었으나 언제나 조용한 선의의 장난기로 가득했고, 벨베데르 칼리지에서는 경기에 아주 능했다. 마지막 학년 때 그는 크리켓팀의 주장이자 축구팀의 부주장이었고, 교장인 바버 씨는 스티븐스 씨에게 딕이 학교에서 매우 좋은 영향력을 주는 학생이었다고 말했으며 그를 잃게 되어 유감스러워했다. 그는 육상에도 능했고, 체육대회에서 최고 수훈 선수상도 탔다. 그때는 스티븐스 부부에게 자랑스러운 한 해였다.

딕은 작년 휴가를 보내고 나서 곧 메이플소프사와 일을 시작했고, 스티븐스 씨는 그의 첫 출근날에 함께 가주었다. 그때조차도 딕은 약간 변한 듯싶었다. 그의 뻣뻣한 중절모는 그의 철사 같은 갈색 머리칼 위에 쉬이 얹히지 않았고 그의 새로운 파란 서지 시티 슈트는 다소 꽉 조여 보였기에 그를 옹색하고 말라 보이게 했다. 학창 시절에 그는 언제나 오래된 느슨한 블레이저와 헐렁한 플란넬 바지 차림으로 돌아다녔더랬다.

그러고 나서, 한 주 두 주가 서로를 뒤따라 겨울로 접어들던 가운데, 스티븐스 씨는 아들이 끔찍하게 불행했으며, 그걸 숨기려고 매우 다부지게 분투하고 있었음을 알았다.

그는 혹시 딕이 사무실에서 멍청한 짓을 한 걸까 봐 불안했지만, 조심스럽게 문의해 보니 증명되기로는 아들이 매우 공을 들이고 성심을 다했다는 것이었다. 조금 느리고 가끔은 멍하기야 했어도 말이다.

그러나 점차로 그는 자리를 잡아가는 듯 보였고, 썩 그렇게 불행해 보이지 않았다. 그러나 딕은 매우 조용했고, 종종 피곤하고 창백해 보였다.

그의 업무 시간이 길기는 했다, 물론. 아홉 시에서 종종 여섯 시를 훌쩍 넘겨서까지 일했으니. 거기다 토요일에도 어떤 경기를 뛰기에는 너무 늦게까지 붙들려 있었다. 그는 학교 체육대회 중 졸업생 경주에 출전하기로 했고, 저녁 식사 전에 봄철 저녁의 땅거미 속에서 달리기를 하러 가곤 했다. 그는 그때 나아진 것 같았고, 몸을 닦아낸 다음 옛 학교 블레이저 차림으로 저녁 식사를 들러 앉았을 적에는 그의 옛날 모습이 언뜻 보였다. 그러나 그는 경주에서 썩 두각을 나타내지는 못했다.

딕은 그의 옛 학교 친구들과 계속 연을 유지하는 데 열중하는 것 같지는 않았으나, 다만 가끔 토요일에 꽤 일찍 퇴근하게 되면 플란넬 바지로 갈아입고 학교 운동장으로 내려가서 경기를 관전하곤 했다. 그러나 이것마저도 그는 점차 뜸해지게 내버려두었다. 그는 저녁이면 조용히 독서했고, 가끔은 혼자서 기나긴 산책을 하러 갔다.

그러나 이제 그는 다시 그의 예전 모습을 찾아 강인하고 때맞춘 타구들로 공을 몰고, 스텀프 사이로 재빨리 내달리고 있었다. 그의 머리칼이 눈 위에서 바람에 날릴 때 그는 고개를 뒤로 쳐들었는데 그 방식은 언제나, 어떤 이유에서인지, 스티븐스 씨가 그를 자랑스러워하게 만들었다. 그의 뺨은 발그레하고 눈은 맑았으며, 시종일관 웃고 있었고, 공을 몰고자 배트를 가져다 내릴 적에만 근엄한 표정이 되었다.

이닝이 끝났고, 그들은 경사진 조약돌로 된 작은 두둑 위에서 일렬로 누워 대자로 뻗었다. 태양이 완벽한 하늘에서 활활 내리쬐고 있었지만, 서늘한 바닷바람이 계속해서 열기 띤 그들 얼굴에 부채질을 해 주었다. 그들 주변으로는 해변의 노곤하고도 행복한 소리들이 들려왔다.

기나긴 시간 동안 개중 누구도 말하지 않다가, 딕의 목소리가 들려왔는데, 그는 거의 꿈속에서 말하고 있는 것 같았다.
"세상에. 이러고 있는 거 근사하지 않아요?"
그의 양팔은 조약돌을 가로질러 쭉 뻗어 있었고, 그의 양손 손가락들 사이로 자갈들의 작은 줄기가 흐르고 있었다.

17

 사전에 이것저것을 준비해 두는 걸 좋아하는 사람들은 휴가에 지독한 민폐를 자처하게 될 수가 있으나 그건 대체로 그들이 그 일에 어떻게 접근하는지에 따라 좌우된다.
 스티븐스 씨는 이것저것을 준비해 두는 걸 좋아했지만, 준비란 매우 신중하게 행해져야 함을 알았고, 자기 계획을 전반적으로 반대하는데도 밀어붙이는 일은 절대 없었다.
 그가 사람들을 쥐고 흔들며 무대를 운영하는 걸 즐겼던 것은 아니었고, 그는 단지 휴가의 모든 시간을 제대로 즐기려 한다면 어떤 전반적인 골자는 갖고 있는 게 얼마나 필수적이었는지 알았던 것이었다.
 그의 제일가는 발상들 중 하나는 격일마다 어떤 정해둔 프로그램을 두면서, 사이사이의 날들은 모든 이들이 각자 좋아하는 걸 하도록 완전히 자유 시간으로 놔둔다는 것이었다. 그것은 여러 관점에서 현명한 계획이었다. 휴가철 오후마다 모래사장에서 자주 벌어지는 사소한 옥신각신은 언제나 더위 때문만은 아니었다. 그런 다툼은 너무 오래 붙어 있어서 서로의 신경을 긁어버리는 사람들에게 더 종종 일어났던 것이다.

그래서 스티븐스 씨는 계획이 정해지지 않은 날들에는 식구들이 각자 흩어지는 것을 장려하고자 할 수 있는 모든 것을 했다. 그것은 식사 시간의 기쁨을 엄청나게 더해주었는데, 각자가 묘사할 다른 경험들을, 또 주고받을 새로운 생각들을 가지고 돌아왔기 때문이다. 그들은 물론, 모두가 혼자서 나가지는 않았는데, 아니도, 스티븐스 부인도 실상 혼자 있는 것을 즐기지 않았기 때문이다. 그러나 그들은 확실히 흩어졌고, 가족끼리 함께 무언가를 하지 않았다.

그것은 스티븐스 씨에게도 매우 잘 맞았는데, 그도 그럴 게 그가 휴가 때 언제나 즐겼던 한 가지는 혼자서 한나절 동안 기나긴 산책을 나가는 것이었기 때문이다.

그는 양질의 생각을, 그를 방해할 거라고는 아무것도 없이 양질의, 연결된 생각을 품는 걸 좋아했고, 거의 항상 그는 자기 자신을 한층 확고히 부여잡고, 미래에 대한 확신을 경신하고서 이 외로운 산책에서 돌아왔다.

스티븐스 씨가 이튿날에 대한 자신의 의사를 발표한 것은 화요일 저녁의 일이었다. 그는 더 커디의 작은 발코니에 스티븐스 부인과 함께 앉아 있었는데, 그 오두막은 한 시간 앞서 마침내 그들의 것이 된 터였다. 딕과 어니는, 오두막 아래의 모래사장에서, 오후에 지은 성에 바다가 오지 못하도록 맞서며, 파도 하나하나가 한층 더 게걸스럽게 성으로 돌진하던 사이 성벽들을 열렬하게 보강하고 있었다. 딕은 이제 오래된 회색 축구 반바지 한 벌과 풀어헤친 셔츠 차림이었고, 스티븐스 부부는 그를 지켜보는 동안 너무도 짧은 시간 안에 그의 내면에서 벌어진 그 변화에 경이로워했다. 그의 눈 아래에서 어두운 원들은 사라지고 없었고 그의 뺨은 홍조를 띠었다. 그들은 휴가가 그에게 너무도 환상적으로 도움이 되고 있어서 매우 기꺼웠다. 어니에 관해서는 그들은 아주 크게 신경 쓰지는 않았다. 그는 언제나 어린 망아지만큼이나 강인하고 건장했고, 어떤 휴가도 그의 빛나는 붉은 얼굴에다가 뭘 많이 더할 수가 없었기 때문이다. 잡지에 삼매경인 메리는 근처 해변에 앉아서 방파제에 등을 대고 있었다.

태양이 바래가고 있었고, 모래사장은 금빛의 어둠을 모아가기 시작하고 있었다. 사람들은 악단을 구경하러 해변 산책로에 모이고 있었고, 나른한 저녁의 평화가 해안에 내린 터였다.

"내일 나 산책하러 갈게요." 스티븐스 씨가 말했다. "그래도 괜찮겠죠, 그쵸?"

스티븐스 부인은 비가 오지 않기를 희망하노라 말했다. 오후 중에 그들이 도착한 이래 처음으로 태양에 구름이 꼈기 때문이다.

"내 생각에는 맑을 것 같은데." 스티븐스 씨가 하늘을 흘긋 둘러보면서 말했다. "비옷은 가져갈게요, 그래도. 꼼짝없이 비를 맞고 싶진 않으니까. 딱 저기 언덕진 초원지 위에서 말이야."

아닌 게 아니라 그날 밤에 비가 내리기는 했지만, 그것은 그들이 휴가철에 반겼던 유의 비였다. 그들이 저녁 식사를 들려고 시뷰로 걸어 돌아갈 무렵, 열기를 품은 커다란 빗방울이 먼지투성이의 인도를 점찍고, 마치 마른 종이에 떨어지는 모래처럼 바싹 마른 잎사귀들에 빗방울이 후두둑 들이붓기 시작했다. 밤이 되자 빗발이 거세졌고, 그들은 침대 속에 안락하게 누워서 꾸준히 떨어지는 빗소리를 들으면서, 그들에게는 상관이 없는 동안 내린 모든 빗방울을 반겼다. 그러나 아침은 또 한 번 맑고 청명했으며 모든 것이 또 하루의 햇살 쨍쨍한 낮을 위해 서늘하고 싱그러운 채였다.

스티븐스 씨는 튼튼한 워킹 부츠를 신고 내려와서, 현관 외투걸이에다 지도를 올려둔 다음에 아침 식사를 하러 들어갔고, 아홉 시가 지나고서는 곧이어 언덕진 초원지에 있는 마을을 향해 버스가 발차하는 곳으로 성큼성큼 올라가고 있었다.

버스들은 스티븐스 씨더러 초기 나날들에 그랬던 것보다 더 먼 들로 가는 것을 가능케 해주었는데, 그 버스들은 지도에 암갈색으로 표시된 전원 속으로 그를 곧장 데려다주었기 때문이다. 그는 어떤 애로사항도 없이 페트워스 지역 버스의 위층에 있는 앞좌석 하나를 잡았고, 초반에 몇몇 간이역에서 멈춰 서던 버스는 꾸준하게 달려가며 주택들을 등지기 시작했다.

비를 맞은 전원은 가을 채비에 박차를 가했고, 길옆의 두둑은 서늘한 흙냄새를 풍겼다. 신선한 아침 공기가 그의 얼굴에 불어오고 귓가에서 파닥이기 시작하자 스티븐스 씨는 오 일 전에, 마지막으로

버스를 탔던 것을 생각했다. 휴가 전 마지막 저녁의 일을 마치고 집에 돌아오느라 말이다. 그는 교통체증을, 자동차 경적의 뒤범벅과 쉴 새 없이 흘러가는 가게 창문들을 생각했다. 그때와 지금은 얼마나 다른 모습이었나!

가끔 버스는 불룩해진 건초 수레 옆으로 끼어 들어가려 속도를 낮췄고, 수레는 그들을 위해 오그린 채 제 건초로 홀쭉한 산울타리에 기다란 자국을 내며 지나가곤 했다. 때때로 운전사가 할 수 있던 것이라고는 좁다란 도로들에서 급격하게 커브를 돌아 가는 게 고작이었고, 그럴 때마다 스티븐스 씨는 만일 버스가 반대 방향으로 오는 차를 마주쳤더라면 어떻게 했을지 의문에 빠지게 되었다. 버스는 한두 번 정도만 멈추어서, 바구니 하나와 아이 한 명을 안은 시골 여자를, 아니면 혼자 다니는 별 특징 없는 남자를 태웠다.

스티븐스 씨는 무릎에 지도를 놓은 채 앉았는데, 멀찍한 교회 첨탑들을 집어내고 무리를 이루는 주택들의 이름을 짓는 걸 좋아했기 때문이다. 그는 개울들이 시야에 들어오기 전에 버스가 건너게 될 개울들을 지도에서 찾는 것을 좋아했다. 그는 지도에 애정을 느꼈고, 지도를 잘 읽는 법도 배웠었다. 지도가 그에게 매력적으로 다가왔던 이유는 지도가 그의 상상력을 끝없이 기쁘게 할 뿐만 아니라 몇 세기에 걸쳐 낭만적 우연의 연속으로 지어진 한 고장의 그림을 보여주었기 때문이었다.

널찍하고 쇄석이 깔린 도로들이 여전히 꺾이고 비틀려서 선사시대 나그네들의 목적 없는 길들을 따라갔다. 그들은 마른 지 오래인

습지들을 둘러서 여전히 우회했고, 어느 옛 봉건시대 남작이 자신의 성스러운 초원을 건너려는 초기의 사람들에게 빗장을 지르고서 돌아가라고 명했던 곳에서 돌연히 또 순순히 방향을 꺾었다.

 버스는 풀이 자란 옛 운하도 건넜는데, 보나파르트*가 상륙했다면 비밀스럽게 해안을 따라서 병력을 실어 나르려고 오래전에 지어진 것이었다. 어느 들판에 있는 몇몇 남자들이 간밤의 비로 거의 스러진 터였던 모닥불에서 한 줄기의 연기를 살살 구슬려 내고 있었다. 돼지 한 마리가 농가 안마당에서 심장이 터져라 먹따는 소리를 내고 있었고, 이에 스티븐스 씨는 반대편으로 고개를 돌렸다. 이렇게 사랑스러운 가을날 아침에 고통에 관해 생각하자니 마음이 아팠던 것이다. 그는 평화롭고 싶었다.

 언덕진 초원지 기슭에 아늑히 자리를 잡은 작은 마을의 외곽에서 그는 내렸다. 그리고 그가 작년에도, 재작년에도 따라갔던 길을 골라서 가시나무들의 좁다란 대로를 통과하고는 급히 회색 담벼락이 둘린 교회의 뒤편으로 갔다. 그는 옛날 우마차 길과 마주쳤는데, 그 길은 양들과 비로 인해 백악층까지 너무도 깊이 닳은지라 처음에 그 길의 두둑은 가슴 높이까지 올라올 정도였다. 그 길을 따라 그는 가파르게 위쪽을 향했고, 곧 그는 마을의 붉은 지붕들을 내려다볼 수가 있었다.

• 나폴레옹 보나파르트. 프랑스의 군인, 제일통령, 황제. 프랑스 황제에 즉위 후 영국 상륙 작전을 계획했으나, 1805년 프랑스 함대가 트라팔가르 해전에서 영국 해군에 격파되어서 상륙은 실행되지 않았다.

그러더니 길은 점차 얕아졌고, 길이 탁 트인 언덕진 초원지로 나올 무렵 그는 그 가장자리를 올라가서 탱탱한 뗏장 위를 걸었다.

그는 여기서 더없이 혼자였다. 양 몇 마리가 풀을 한 번에 이삼 센티미터씩 차분하게 뜯어먹으며 길을 가고 있었지만, 눈에 보이는 거리 이내에 인간은 없었다.

그가 언덕진 초원지에 애정을 느꼈던 것은 그것들이 쉽고도 매끄럽게 과거와 조우하도록 그를 데려가 주었기 때문이다. 숲들은 자라나고 죽었고, 목초지는 산울타리가 둘리고 잘리고 변화했고, 도시들과 마을들은 흥하고 쇠했다. 하루도 거르지 않고 오래된 널판자들을 비틀어 들어 올리는 망치 소리가 들렸다. 하지만 그 밑에 백악이 번들거리는 이 철사 같은 뗏장은 로마 군단의 발에 두텁지도 푹신하지도 않았던 그대로 그의 발에 닿았다. 그들 역시도 첫 번째 언덕의 어깨에 다다랐을 때 바다를 일별했을 테고, 천 년이 또 지나는 사이에도 언덕진 초원지는 여전히 꼭 같은 모습으로 거의 영속할 것을 알았다.

로마군 야영지 추정지라고 스티븐스 씨의 지도에 쓰여 있었고, 그는 정확히 두 길이 교차하는 것으로 그 장소를 알아볼 수가 있었다. 그는 잔디 속에서 그것의 희미한 산등성이를 따라갈 수가 있었고, 그는 어니의 모래성을 바다가 덮었다가 사라진 뒤에 남은, 예의 똑같은 부드러운 윤곽들을 생각했다. 그저 순간과 몇 년 사이의 차이일 뿐.

정말로 쉴 때가 아니었지만, 날이 너무도 눈부셨고 경관이 너무도 멋졌던지라 그는 야영지의 담벼락에 몇 분간 기대에서 멀찍한 바다의 얇은 띠를 바라보았다.

그는 해변을 따라 있을 인파를 생각했다. 그들은 아침 이 시간에는 개미 떼처럼 득시글거리고 있을 것이다. 야외 음악당 주위에 무리를 이루고, 접의자들에서 어깨를 비비고, 다과 가판대 주위에서 들끓고, 쾌속정을 탄다고 대기 줄을 서며 말이다. 그러나 그는 이곳에서 그 모든 것 바로 위편에 혼자 있었다. 그는 소음과 흙먼지 쌓인 해변 산책로를, 그리고 이 고적함을 생각했다.

그는 그날 저녁 다시 돌아가 인파와 함께하리라 생각하니 반가웠다. 불빛 아래 길을 걸으며, 사람 소리에 둘러싸인 채 말이다. 그는 모든 곳에서 몇 킬로미터는 떨어진 외딴곳에서 살고 싶지 않았다. 그러나 그는 인파로부터 마음을 떼어놓을 수 있다고 생각하는 게, 자연과의 합의가 있어 그가 앉아서 자연을 벗 삼아 침묵 속에서 파이프 담배 한 대를 피우도록 허해주었노라고 느끼는 게 좋았다.

그는 일어나서 나아갔는데, 이제는 오솔길에서 딱 떨어져서 자연 그대로의 흙을 건너서였다. 그가 지도에서 본 바에 따르면 삼 킬로미터 정도 더 가면 그는 그를 계곡 속으로 또 숲을 관통해서 안내하는 길과 마주칠 터였다.

그는 풍파에 시달린 작은 나무를 지나쳤는데, 그 나무는 한 남자의 앞에서 뒤집힌 우산과 함께 바람에 날리는 남자의 형상으로 구부려진 채였다. 이에 그의 생각들은 번뜩였고 현재의 것들에서 멀어져 원즈워스에 있는 부모님의 초라한 작은 집 뒤쪽 아버지가 쓰던 마당 담벼락에서 그가 굴러떨어졌던 일로 향했다. 이 구부러진 작은 나무가 그가 떨어진 일과 극미하게라도 연관이 있었던 건 아니었다. 그가 작년에 그 생각을 하던 사이 이 나무를 지나쳤으며, 지금, 그가 그 나무를 보자마자, 그의 생각들이 으레 하는 식으로 번뜩여 돌아왔기 때문이었다.

어떻게 그가 그렇게 이른 나이에 담벼락에 올라가게 되었는지, 그는 절대로 알지 못했다. 그러나 그가 텅 빈 페인트 깡통들 사이 틈바구니로 떨어질 때 들린 달그락거림은 그의 인생에서 최초의 구체적인 기억이 되었다.

그것은 그가 매해 산책할 때 탐닉하는, 이어진 상념들의 시발점이 된 터였다. 그는 그 지점에서 시작해 삶을 요약하며 또 한 해를 살아갈 준비를 했다.

'JNO.* 스티븐스, 건축업자 겸 도장업자'가 아버지의 직업을 드러내는 전부였다. 마당 안으로 이어지던 문 위의 연파랑 표지판에 색이 바랜 금색 글씨로 칠해져서 말이다.

그의 아버지는 전시실이 딸린, 제대로 된 가게를 한 번도 가져본 적이 없었다. 아버지의 봉사가 필요한 사람들은 현관문으로 와야 했고, 그러면 아버지는 복도에서 그들을 면담하곤 했다. 몇몇 사람들은 실수로 샛문을 통해 들어가서 방치된 채로 작은 마당을 빙 둘러 헤맸고 그러다 보면 스티븐스 씨의 어머니가 주방 창문을 통해 그들을 발견했다.

• '존(John)'의 약자.

스티븐스 씨의 어린 시절 일체가 그 어수선하고 뒤죽박죽이 된 작은 건축업자의 마당을 중심으로 돌아간 듯싶었다. 이후에 그 마당은 길 건너편의 공립 학교와 합병되었지만, 그의 가장 초기의 기억들은 하나하나 전부, 페인트 깡통들 틈바구니로 그가 떨어진 일처럼, 아버지가 집 뒤편 담벼락으로 두른 조그마한 공간에 모아둔 혼미하게 뒤범벅된 쓰레기와 더불어 시작되었다.

수조에서 나온 부구판浮球瓣들과 뒤틀린 길쭉길쭉한 납 파이프, 집 바닥 아래에 숨겨진 채 놓여서 배관공들이나 어떻게 찾을지를 아는 기이하고 모호한 것들이 있었다.

한층 작은 물품들은 가장이 그들의 쓸모를 다시 찾은 시기에 따라서 들어왔다가 나가기도 했지만, 커다란 것들은 가끔은 마당으로 흘러 들어온 후 대부분 그대로 남았다.

제멋대로 자라난 덩굴 식물로 무성해진 문이 달린 녹슬고 오래된 주방용 레인지, 몇 년 전에 배수구가 잎사귀로 막힌 이래로 영구히 적갈색의 물로 가득 찬 아주 낡은 욕조, 봄철에 잔디가 움트며 뚫고 나온 썩어가는 널판자들의 더미, 철문, 수레바퀴, 그리고 판• 동상이 있었다.

이 쓰레기 아래에서 한때 자라났던 정원은 제 미약한 탈출의 시도들을 절대로 멈추지 않아서, 봄철마다 정원은 제 위에 놓인 것들의

• 그리스 신화에 나오는 목신牧神. 상반신은 사람의 모습이고 다리와 꼬리는 염소 모양이며 이마에 뿔이 있다.

금과 틈을 뚫고 창백한 초록색의 빨판들을 밀어내곤 했다.

일 년에 한 번 가장은 대청소를 했고, 어딘가에서 수레가 와서 쓸모없는 폐물을 가져갔다. 그러나 스티븐스 옹은 쓰레기를 비축해 두는 것을 사랑했고 개중 어떤 것이라도 사라지는 일은 그의 심장을 거의 미어지게 했다. 그는 마당이 너무도 질식할 지경이라서 새로운 쓰레기를 들일 수 없을 때만 물건을 보내주었는데, 그래도 종종, 마지막 순간에 그는 회한에 가득 차서, 사라지는 수레를 쫓아 달려가곤 했다. 그러고는 장식적인 철제 부품 한 점이라든지 검댕이 묻은 굴뚝 고깔 하나를 가지고 의기양양하게 돌아오곤 하여 그것을 제 마당 옛 구석에다 다정하게 돌려놓고는 또 한 해 동안 썩어가게 하곤 했다.

그래도 모든 것이 적절한 때에 가는 듯했건만, 욕조와 주방용 레인지, 판 동상만은 예외였다.

그 동상은 작은 마당을 점령했다. 작고 녹슨 것들 사이에서 연회색의 거인으로. 아이일 적에 그가 잠을 잤던 뒤쪽 침실에서 스티븐스 씨는 그 뿔이 난 이마를 내려다보고 그 피리의 끝머리와 그 교차되고, 굽이 갈라진 발을 바로 볼 수가 있었다.

그것은 몇 년 전에 브릭스턴에 있는 커다란 집의 정원에서 온 것으로, 어떻게 또 왜 온 것인지 스티븐스 씨는 절대로 알지 못했다. 그것은 마당에 있는 것 중에서 아버지가 못마땅해하는 유일한 물건이었다. 이에 그는 종종 그걸 거저 주려고 시도했지만, 그가 그걸 원했던 만큼보다 조금이라도 더 원하는 사람은 아무도 없었다. 그리하여 그 동상은 스티븐스 씨의 어린 시절 내내 마당에 앉아 있으면서, 반응

없는 화장실 좌석들과 현관 비치용 흙긁개들에다가 가없이 피리를 불고 있었다.

그는 종종 결국 그 판 동상이 어떻게 되었는지 궁금해했다. 그는 몇 년 전에 버스를 타고 옛날 집을 지나쳤고, 마당이 있었던 자리에 생긴 커다란 차고를 보았다. 그가 청년이 되고, 그 옛날 집을 두고 온 지 십 년은 되었을 때에야, 그는 복스홀 브리지 로드의 중고품 가게에서 나온 기름투성이의 책에서 판에 얽힌 신비로운 이야기를 찾아냈다. 날이 길어지며 창가의 햇빛에 의지해 간신히 책을 읽을 여력이 났던 어느 저녁에 그 이야기를 읽었고, 마당의 그 동상을 다시 소환해 내고서, 처음으로 그 의미의 아름다움을 이해했다.

학교에 관한 그의 기억은 기이하리만치 남은 것이 거의 없었다. 몇 개의 단단하고 불친절한 벤치, 매주 다 같이 바닥을 문질러 닦던 날이면 나던 석탄산의 냄새, 선생님이었던 퍼킨스 씨와 붉은 눈꺼풀이 달리고 속눈썹 없는 그의 눈, 꽉 조이고 반들반들한 바지를 입은 그의 안짱다리에 대한 어슴푸레한 기억, 담벼락이 높게 둘러싸인 아스팔트 운동장 속 몇 번의 아득한 외침. 이윽고 스티븐스 씨의 학창 시절의 기억은 바래서 스며든 것은 헌 힐, 벨베데르 로드의 커다란 사각형 집으로 스며들었다. 그곳은 그가 아들들을 보낸 벨베데르 칼리지*였다.

그는 고개를 살짝 더 높이 쳐들고 미소 지었고, 지팡이로 엉겅퀴 머리들을 갈겼다.

그가 열넷이 되기 전에 학창 시절은 과거지사가 되었다. 그때부터

237

그는 아버지를 거들었고, 아버지가 위쪽에서 작업할 동안 사다리 맨 아래에서, 균형을 잡느라고 아래쪽 가로대에 한쪽 발을 올리고 있던 시간들을 그는 떠올렸다.

그것이 그의 유년 시절의 가장 또렷한 기억이었다. 아버지 장화에 달린 원형의 고무 굽들과 그 "아아 – 래쪽, 얘야!"라는 말이 아버지에게서 들린 다음에, 그의 옆쪽 땅바닥으로 녹슨 홈통 장치 한 조각이 텀벙 떨어지던 것 말이다.

그는 계곡으로 이어지는 길에 다다른 차에 잠깐 멈추었다. 구십 미터 정도만 더 걸으면 그는 나무 그늘 속에 있게 될 터였고, 그는 탁 트인 언덕진 초원지를 등지는 게 아쉬웠다.

판 동상을 발견한 것처럼, 사소하고 우연한 일들로 그는 자신의 행로에 찾아왔던 것보다 훨씬 많은 것을 이해하고자 하는 자신의 동경을 깨닫게 되었다. 장막을 들추고 그 너머에서 거의 겁먹을 만한 심연을 드러내는 듯했던 사소한 우연한 것들로부터 말이다. 그는 자신이 앞으로 내딛고 뒤로 내빼지 않으며, 계속해 더듬고 탐색하며 저 너머 또 다른 장막을 탐사하려는 본능을 언제나 품은 것이 기꺼웠다.

힘센 사내 구함이라고 투박하게 쓰인 공고문이 언제나 사내를 해변에서 보내는 보름간의 휴가라는 한가로운 자유로, 앞쪽에다 발코니가 딸린 오두막에 앉아 있는 식구들에게로, 열두 번 더 값을 지불하

• 영국에서 칼리지란, 열여섯 살까지 의무 교육을 마친 후 대학 입시 준비나 전문적인 훈련을 받기 위해 가는 이 년제 교육기관을 말한다.

면 그의 것이 될 터였던 집으로 데려다주는 것은 아니었다.

삼 년간은 잡역부, 삼 년간은 포장 담당자, 스물세 살에 사무직이 되기까지. 그는 창고 현관에서 마지막으로 검은 소매를 내리고 육체 노동에 작별을 고했던 그 저녁을 기억했다. 그리고 셔츠 두 장과 빳빳한 커프스 네 쌍을 사서 집으로 걸어온 길을. 잭슨 앤 티드마시라는 회사의 포장 담당자들이 창고에서 사무실로 승격되는 일은 매우 적었고, 스물셋의 나이에는 더더욱 적었다.

그의 급여는 한 발짝 한 발짝 늘어왔더랬다, 찬찬하지만 매우 확실하게. 일주일에 이 파운드에서, 이 파운드 십 실링에서, 삼 파운드로. 저축 은행에 든 십 파운드가, 십오 파운드로, 이십으로, 그가 더 큰 셋방을 얻은 날로. 자신의 자전거를 처음 탄 일, 플로시를 만난 일과 결혼한 일, 신혼집을 커루나 로드에 얻은 일까지. 모든 것을 찬찬하지만 매우 확실하게 쌓아 올리면서 말이다.

그는 보그너에서 처음으로 혼자 한나절 산책을 했던 기억에 다다랐는데, 그때는 한 해 동안 이런저런 일이 벌어지고 있어 그의 생각은 흥분과 기대로 뒤죽박죽이었다.

그는 위신과 권위가 한창 올라가고 있었던 축구 동호회의 총무직의 두 번째 임기를 시작할 참이었다. 은행 출신의 두 남자가 가입한 터였고 더 좋은 동호회와의 새 경기들이 주선된 터였다. 그는 자신이 돌아가는 토요일에 있을 회기의 시작을 까치발을 하고 기다리고 있었다. 그는 첫 번째 시합에 참석한다고 휴가에서 하루를 쓰기도 했으니 당시 그의 우선순위가 무엇이었는지 알만했다.

그러나 언덕진 초원지를 처음 거닐었던 그때 훨씬 더 굉장한 것이 그의 생각을 점령하고 있었다. 여름철에 그의 사무실에서 벌어진 일 말이다. 그는 서른일곱에 부하 직원을 넷 둔 채 사무실의 배후인 커다란 창고에서 영향력을 미치던 송장과장이었다.

그와 똑같은 지위의 다른 직원들이 둘 있었는데, 그들은 굽은 어깨와 망설이듯 소심한 눈을 한 나이 지긋한 남자 둘이었다. 그는 그들을 바라보고, 지켜보고서, 공이 그의 발치에 있었음을 전율하며 깨달았다.

총무는 개인 사무실에 앉아 있었는데 환갑이 가까워 십 년 안에 은퇴가 확실했다. 스티븐스 씨는 서른일곱이니 필요하다면 십이 년간 기다릴 수도 있었겠지만, 그 자리는 이제 그보다는 더 빨리 올 터였다. 일 년에 오백 파운드를 받고, 전용 사무실을 가지고, 임원들과 매일같이 담소하는, 사십 명의 부하 직원을 통솔하는 그런 사람이 한때는 잡역부였다니!

십오 년 전에 그 첫 번째 산책을 마치고 귀가하는 길에는 장려한 노을이 있었다. 그쪽으로 내딛는 모든 걸음이 총무직과 칼리지 로드의 큰 집 중 하나로 그를 더 가까이 데려갔다. 그는 그게 정확히 어떤 종류의 집일지 알았다. 두꺼운 호랑가시나무 산울타리 틈새로 조용한 관목들과 매끄러운 숨겨진 잔디밭이 엿보이는 곳 말이다.

그는 그날 저녁에 매년 이 산책을 되풀이하자고 결심하게 했던 영바람을 품고 집에 다다랐다. 과거를 요약하자고, 그를 이런 찬란한 미래의 지금까지 데려왔던 것들을 모으고 이월하자고, 지난 십이 개월의 유효한 사건들을 더하자고, 그리고 상승하는 자신감을 품고서 미래를 탐사하자고 말이다.

그가 자신이 대단한 사람이라 생각한 것은 아니었다. 그건 자신의 단점을 극복하고, 고대하던 지위를 줄 만한 능력이 있다고 스스로에게 납득시키려는 투쟁이었다. 축구 동호회는 그가 희망하던 능력을 갖고 있음을 확인해 주었다. 그가 리더십에 대한 직관과 구성원들에 대한 이해가 결여되어 있었다면 그가 회의에서 일어났을 때에 그렇게 갈채를 보내지 않을 터였다.

이런 힘을 건전한 취미의 이익을 위하여 사용하는 건 열렬한 만족감을 주었으나, 그가 곧 자신의 재능을 최대치로, 인생의 실질적이고 중요한 사안에서 사용할 수 있게 되리라는 점을 알게 되는 건 훨씬 더 커다란 기쁨을 주었다. 그의 현재 사무직 직책은 거의 기회를 주지 않았지만…… 총무직이라면…… 그거라면 무한하게 다른 일이다…….

그는 축구 동호회에서 자신의 사임으로 이어진 그 소란이 사무실에서 벌어진 일과 뭔가 관련이 있었던가 종종 의문을 품었다.

축구와 관련된 소란이 그가 처음 생각했던 것보다 그를 훨씬 더 깊게 흔들었더랬다. 끔찍히 부당했다. 그는 마치 낡아빠진 도구라도 되었다는 양 무정하게 내쳐졌던 것이다. 그 사건은 그의 자신감과 영혼을 강타했으며, 그는 쓸쓸함과 자기 연민에 빠지지 않도록 끔찍한 고투를 겪어야 했다. 그것은 대단히 중요한 시기에 그의 일에 어쩌면 영향을 주었을지도 몰랐으나, 그는 두 개의 참사가 정말로 연관이 있었다고는 절대로 믿지 않을 터였다.

그가 총무직에 지원했을 적에 임원들은 그에게 온갖 예의상의 언행을 보였더랬다.

"우리가 어느 면에 있어서도 불만족스럽다는 말이 아닐세, 스티븐스 씨. 반대로, 자네는 우리 직원 중에서 가장 소중하게 여겨지는 구성원 중 한 명이야. 그러나 우리로서도 앞날을 봐야 하지 않겠나. 우리는 매우 심한 경쟁을 직면해야만 해. 우리는 새로운 시장을 찾아야만 하고, 월지 씨는 소매업에서 매우 방대한 경험이 있어. 확신하는데 자네도 월지 씨가 함께 일하기에 매우 훌륭한 사람이라고 여기게 될 거네, 그의 부하로서."

채찍질처럼 파고든 것은 그 마지막 말이었다. "부하로서."

걷잡을 수 없는 한순간 그는 도전장을 던져버리고 사직할까 싶은 마음이 들었으나, 그는 축구 동호회에서 벌어진 일을 기억했고⋯⋯ 이것은 그의 생계였던 것이다, 한낱 취미가 아니라. "죄송합니다. 제가⋯⋯."

⋯⋯그리하여 임원은 다시금, 무슨 사소한 일상적인 사안에 관해서 얘기하고 있었다⋯⋯.

그의 부츠가 튼튼해서 다행이었다. 나무 아래의 풀이 비로 함빡 젖어 있었다. 그러나 여기 아래 그늘 속에서 있는 양치식물은 근사했다. 태양은 언제나 양치식물의 섬세한 레이스를 말려버리는 듯싶었다.

그는 이제 계곡을 통과했고, 이내 여정의 정점을 표시했던 산등성이로 나와 있었다. 전망은 훌륭했다. 전원은 그의 시선이 닿을 수 있는 곳까지 북쪽으로 멀리 뻗어나가, 페트워스와 미드허스트의 옛 도시들이 아득한 나무들 틈바구니에 파고든 모습이었다. 여기저기서 태양은 평원을 가로질러 감긴 좁은 강 위에서 반짝였다.

지난 몇 년 동안 그는 그의 인생에 닥친 쌍둥이 같은 재난이 떠올랐을 때쯤 이 산등성이로 나오려고 계획해 두었다. 왜냐하면 앞쪽에 놓인 전망이 제 양팔을 뻗어내어, 눈썹을 올리고는, 그에게 웃음기 섞인 목소리로 말하는 듯했기 때문이다. "그런 게 정말로 중요한가?"

그가 불명예스럽게 축구 동호회의 총무직과 잭슨 앤 티드마시의 총무직을 잃은 것은 아니었다. 전자는 부당하게 어쩌면 질투 때문에 잃었고 그는 애써 그 일을 잊고, 씁쓸한 생각일랑 품고 있지 않아야만 했다. 후자는 어떤 남자도 자기가 가진 기회의 한계 너머로 자신을 몰아붙일 수는 없기 때문에 잃었다. 그는 잡역부로 시작했고, 그것이 시작이자 끝이었던 것이다.

플로시와 결혼해 커루나 로드에 신혼집을 얻었을 적에, 그는 그가 지금 재난을 겪을 때마다 자신을 구해줄 피난처를 짓고 있는 것임을 거의 생각하지 못했다.

총무가 되지 못하리라는 것을, 그가 아마도 결코 잔디밭과 관목들이 딸린 칼리지 로드의 큰 집을 갖지 못하리라는 것을 알고서 사무실에서 돌아온 밤만큼이나 그의 집이 그렇게 친숙해 보였던 적이 없었고, 그의 정원이 그렇게 편안해 보였던 적이 없었다.

그는 앞방 커튼 사이로 불이 깜빡이는 것을 보았고, 현관에는 벨베데르 칼리지의 노란색 줄무늬가 그어진 딕의 파란색 캡 모자가 걸려 있었다.

그는 그에게 주어진 기회를 최대치까지 활용했고, 그는 자기 자식들을 위해서 분투하여 얻어낸 양질의 기회들이 자랑스러웠다.

그는 일이 미터 앞쪽에 우드먼스 암스가 있는 도로로 안내해 줄 길을 마주쳤다. 그는 작년에 그 여관 바깥에서 점심 식사를 할 적에, 손잡이 달린 커다란 맥주잔 입가에 앉아 그를 성가시게 했던 말벌들이 우기 덕에 못 오게 되었다고 생각하니 안도가 되었다.

그는 싱글턴에서 네 시 버스를 맞춰 탈 터였고, 집으로 걸어가는 차에 그는 언제나 그러했듯이 미래를 탐사하면서 뜻밖의 커다란 행운이 찾아올 적에 그가 해야 할 일들을 계획할 터였다.

왜냐하면 그는 이 도로에 수레바퀴 자국들이 있다는 것만큼이나 확실하게, 언젠가는 무슨 일이 벌어질 것을, 무언가가 찾아와 그가 과거에 고군분투했던 일을 보상해 줄 것을 알았기 때문이다.

18

 식구들에게 스티븐스 씨 혼자 하루 동안 산책하러 길을 떠나는 모습이 기꺼웠다고 말하는 건 부당할 터였다. 그들이 즐겼던 건 그의 부재가 아니었다, 그가 돌아왔을 때 그의 내면에서 생긴 차이점이었지.
 문제는, 휴가의 처음 며칠 동안 그는 언제나 상황이 활기차게 흘러가게 한답시고 살짝 지나칠 정도로 안달복달했다는 점이었다. 그는 부자연스러울 정도로 활달하게 굴었다. 양손을 모아 짝 치고는, "자 그럼!"이라고 너무 자주 외쳤다.
 그런 행동은 전부, 너무나 뻔하게 선의에서 우러나온 것이었기에 식구들로서도 도저히 미워할 수가 없었다. 그들이 떠들썩해지면 스티븐스 씨는 조용해져서, 마치 그 분위기를 망칠 어떤 것도 하기가 두렵다는 듯이 한쪽으로 비켜서곤 했기 때문이었다. 그는 마치 까치발로 멀어지는 듯했다. 집에 있는 다이닝룸의 오랫동안 완고하게 멈춰 있던 시계를 고친 다음 까치발을 하고 뒤로 물러났던 것과 같이 말이다.

올해에 그는 심지어 더 애를 썼는데 딕과 메리는 그럴 필요가 없다는 것을 알고 있었다. 그들은 휴가는 가만 놔두기만 한다면 무사히 흘러가리라는 것을 완벽하게 알았다. 그저 나이가 들수록 자연스럽게 휴가 분위기에 푹 젖어드는 데 시간이 더 걸리는 것뿐이었다. 스티븐스 씨는 이를 잊는 모양이었다. 그는 여전히 오 년 전에, 아이들이 도착하자마자 곧장 머리부터 휴가에 뛰어들었을 적의 휴가를 자신의 기준으로 삼는 듯싶었다. 여러 번, 딕과 메리가 말 없이 생각에 잠기고플 때면, 그들은 그가 불안하고 당황스러워하는 표정으로 그들을 바라보는 모습을 포착했는데, 마치 보그너가 제 장악력을 잃고 있으며, 올해는 그들을 실망시켰을까 봐 두려워하는 듯했다.

그러나 그가 하루 동안 산책을 다녀오면 이런 것은 전부 사라질 터였다. 그는, 언제나 그러했듯이, 완전히 다른 기분으로 돌아올 터였다. 한층 조용하고 보다 자연스러운 기분으로. 그는 주동자이자 조직자라기보다는 그들 중 하나로서 모든 일에 참여할 터였고, 휴가는 즐거이 자리가 잡힐 터였다.

그가 산책을 가는 모습에 그들이 기뻤던 것은 이런 그 하나 때문뿐이었다. 그들은 그가 함께 더 커디에서의 첫 해수욕을 즐기지 못한다는 게 진정 아쉬웠다. 딕과 어니는 그들의 아버지가, 작은 오두막들의 비좁은 공간에서는 어김없이 그랬듯이, 팔꿈치 피부가 까지지 않고 셔츠를 벗을 수 있다는 데 얼마나 즐거워했을지, 또 그가 노란색 테두리가 둘린 파란색 수영복을 입고서 오두막 내부에서 발코니로 나서는 모습이 얼마나 위풍당당해 보였을지도 생각했다.

아침이 너무 무더웠던지라 그들에게는 수건이 필요하지도 않았다. 반 시간 정도 그들은 헤엄쳤고, 물장구를 쳤고, 떠다녔고, 맑고 미지근한 물 속에서 뒹굴었다. 그런 다음에 그들은 햇빛에 나가 드러누워서 소금기가 몸에 말라붙도록 두었다.

열한 시가 지나고 금방 스티븐스 부인이 마카룬 한 봉지를 들고서 도착했는데, 그녀는 아이들이 오직 수영복만 입고서 해변에 대자로 뻗어 있는 모습을 보게 되어 충격을 받았다. 그녀는 아이들에게 감기 걸려 죽을 수도 있겠다고 했더니 아이들은 포복절도했다.

메리는 그들 가슴과 등의 진홍색 반점들에 문지를 올리브 오일 한 병을 가지고 내려왔는데, 열심히 살갗을 태운들 며칠 후 피부가 고통스럽게 벗겨진다면 아무 소용이 없었기 때문이다. 소량의 오일은 피부가 갈라지는 것을 예방해 주었고, 모든 이가 휴가를 보낸 다음 갖고 싶어 하는 그런 풍부하고 그윽한 갈색 피부가 되도록 거들어 주었다.

스티븐스 씨가 바로 위쪽 언덕진 초원지에서 바람이 자유롭게 불어대는데도 날이 따뜻하다고 여기고 있는 동안, 다른 가족들은 아래쪽 해변에서 땡볕이라고, 크리켓을 하기에도 너무 뜨겁다고, 심지어 모래성을 짓기에도 너무 뜨겁다고 여겼다. 그들 주위의 모든 이가 드러누운 듯했고, 웅웅대는 쾌속정 소리와 연무가 낀 멀찍한 바다 속에서 서로를 향해 외치는 해수욕객의 소리가 침묵을 깨는 유일한 소리들이었다.

사람들은 그늘의 모든 작은 틈 안에 바짝 밀어 붙여져 있거나, 신문 아래에 괴기하게 대자로 뻗어 있었다. 근처의 어느 노신사는 힘없이 바나나를 빨고 있었던 한편, 얼굴이 붉은 그의 아내는 그의 옆에서 방파제에 몸을 받친 채로 슬그머니 코르셋을 헐겁게 했다.

"인도 여름* 인가, 어째 날씨가 그리되려는갑다." 나이 먹은 선원이 배 끄트머리에 걸터앉아 말했다.

그러나 스티븐스 가족은 더 커디의 그늘 안에서 사치스레 앉아 있었다. 문은 활짝 열어 지나가는 잔잔한 바닷바람이라도 모두 잡아챌 수 있게 해둔 채로 말이다. 거기에 앉아서 마카룬을 아작이면서, 운이 덜한 다른 사람들이 뙤약볕 폭염에 시달리는 모습을 지켜보고 있자니 아주 괜찮았다. 더 커디는 제값을 했다. 제값의 열 배는 했다.

"우리가 이렇게 여기 앉아 있다고 상상이나 해봤니!" 스티븐스 부인이 말했다.

그러나 아침의 가장 좋은 부분은 그 말미였다. 이글거리는 모래사장에 있다가 보니 땅거미가 진 듯 어둑해 보이는 시뷰의 그늘진 응접실로 돌아가는 것, 책꽂이 곁의 모퉁이에 있는 석제 단지의 꼭지

• Indian Summer. 늦가을에 드물게 덥고 건조한 날씨가 이어지는 현상을 부르는 말.

를 돌려서, 맑고 서늘한 진저비어가 그들의 잔들을 천천히 채우는 걸 지켜보는 일 말이다.

그들은 즉각 음료의 반절을 들이켰고 (마카룬은 갈증을 유발하기 때문이다) 다시 잔을 채우고서 식사할 때 마시려고 식탁에 두었다.

바다에서의 기나긴 해수욕은 태양과 공기와 더불어 옷 따위는 개의치 않는 득의만면하고도 관대한 감각을 그들의 육체에 주었다. 옷의 힘 속에서 몸을 움츠리게 하는 듯한 비참한 겨울날의 감각과는 너무도 완전히 다른 감각을 말이다.

그들은 안락의자에 앉아 몸을 젖히고는 해수욕을 한 후라 뻣뻣하고 지친 채로 정찬이 도착하기를 기다렸다. 길 건너편의 숙소에서 축음기 소리가 들려왔고, 한바탕씩 터지는 웃음소리가 그들에게 계속해서 건너왔다. '더 시커모어스'에 있는 사람들은 꽤나 쾌활해보였다. 보아하니, 청년 셋에다가 아가씨 셋이서, 노인들일랑 전혀 없이…….

식사가 끝난 뒤 곧장, 딕은 블레이저를 입고, 혼자서 산책을 나서겠노라 말했다.

"다과 먹으러는 돌아올게요." 그가 말했다.

다른 이들은 약간 놀랐다. 딕은 이전에는 이런 식으로 나선 적이 한 번도 없던 것이다. 가끔 그는 어니, 아니면 메리와 함께 길게 소요하러 갔더랬지만, 뭔가를 사러 가게에 뛰어 올라가기 위해서가 아니라면 혼자서 나가는 법은 없었다.

"아빠는 다섯 시경에 들어오실 거다." 딕이 방에서 나가는 사이에 스티븐스 부인이 말했다.

"알았어요. 그때까지는 올게요."

"어느 쪽으로 가는 거니?"

"해변 따라서 갈까 하는데요."

그는 응접실 창문을 지나치며 그들에게 손을 흔들고서 미소를 지었다. 보그너에 도착한 이래 쭉 혼자 있고 싶다는 욕구는 점점 강해지고 있었다. 그는 한두 가지를 깊이 생각하고 싶었고, 혼자가 아니고서야 명료한 추론이 찾아오지 않을 터였음을 알았던 것이다.

모래사장과 해변 산책로는 드물게도 한산했는데, 사람들 대부분이 각자의 침실에서 잠깐 눈을 붙이는 것을 오후를 보내는 가장 서늘하고 가장 바람직한 방식으로 결정한 터였기 때문이다. 그러나 신선한 남풍이 조수가 차오르면서 함께 불어왔고, 딕이 모래사장을 따라 걷는 동안 그의 얼굴에 불어대었다.

그는 마지막 외진 집들을, 그런 다음에는 마지막 해수욕용 오두막들을 지나쳐서 앨드윅과 패검 사이에 뻗은 해안에 도달했는데, 그곳은 구월에도 조용하고 사람이 없었다. 왜냐하면 바닷가 뒤로 커다란 사유 저택들이 이쪽을 따라 놓여 있었고, 그 저택들의 정원이 해변까지 이어져 내려왔던 탓이다.

휴가객들의 무리들이 점점 흩어져 가던 차에 이내 그는 더없이 혼자가 되었다. 그는 한때 잠식하는 바다로부터 어느 정원을 보호했던 깨진 콘크리트 덩어리 근처에서 있을 만한 곳을 발견했고, 그 그늘 속에 드러누웠다.

딕은 왜 혼자 나와야만 한다는 충동이 들었는지를 아주 미약하게 이해했다. 그저 알고 있는 건 하나였다. 지난 일 년간의 어두운 시간이 찾아올 때, 고뇌의 안개 속에서 공황에 빠져 어둠을 더듬고 있을 그때, 예의 똑같은 생각이 그를 구제해주었다는 것이었다. "기다렸다가 다시 보그너로 가서, 해변을 따라 나가서, 바다를 마주 보고서 생각을 해보자."

그리하여 여기 그가 있었다, 수없이 자신을 그려본 딱 그대로 앉아서. 그는 이제 안개들이 걷힐지, 그의 이해를 도와줄 차분하고 무심한 경지로 올라갈 수 있을지 궁금해하고 있었다.

그것은 작년 이 해안에 그가 있었던 이래로 그에게 벌어졌던 무언가이자, 그에게 깊은 불행을, 때로는 절망을 초래했던 무언가이면서 숙고하고 명확하게 규정하기는 매우 어려운 무언가였다.

그는 응당 행복해야 마땅했다. 그것이 당황스럽게도 이 모든 일의 근원이었다. 이모저모 다 따져봐도 그는 작년보다 훨씬 행복해야 마땅했다.

작년에 그는 아직 학생이었고, 아버지에게 손을 벌렸으나 그 어떤 쓸모 있는 일을 함으로써 답례 하지도 못했다. 이제 그는 매일 런던에 갔다. 그는 돈을 벌고 있었고, 가계에 보탬이 되고 있었고, 자신을 부양하고 있었고, 세상에서 쓸모 있는 일을 하고 있었다.

물론, 일주일에 삼십 실링이 대단한 건 아니기야 했지만, 일 년 전의 용돈에 비하면 거금이었다. 그가 입고 있던 회색 플란넬 바지는 그가 직접 번 돈으로 산 것이었고, 그의 모자, 집에 있는 그의 오버

코트는 그의 손으로 직접 벌어들인 돈에서 나왔더랬다. 그는 더 커디의 임대료를 내는 데에도 보탬이 되고 있었으니, 그에게 작년 구월 이래로 일어난 일 덕분에 온 가족이 형편이 나아졌다. 그는 만족하고, 상당히 흡족해야 마땅하지 않은가? 이성은 말했다. "그래, 분명히, 그렇지."

몇 달 동안 그는 이 기이한 불행과 통렬하게도 싸워왔다. 어느 겨울철 저녁에 그가 직장에서 집으로 오던 사이 그를 포위한 그것에, 그 이래로 줄곧 끊임없이 그를 붙잡고 늘어졌던 그것에. 그는 불행의 원인을 이해하려 노력해서, 더 잘 싸우고, 어쩌면, 언젠가는, 그의 마음에서 딱 그것을 몰아내 버릴 수 있었으면 싶었다.

작년 이래로 무슨 일이 벌어졌던가? 그는 학교를 졸업했고, 런던에서 일을 시작했다. 그게 다였다. 문구 도매점인 메이플소프사로 가서. 메이플소프사의 사무직원이 되어. 그렇게 십 개월을…… 지낸 다음에 이 휴가를 온 것이었으니. 다시 보그너에서, 다시 그의 오래된 헐렁한 플란넬 바지와 학교 블레이저를 입은 차림으로.

블레이저는 어쩐지 그 모든 것에 대한 열쇠를 쥐고 있었다. 학교 크리켓팀의 주장으로서 플란넬 바지 위에 입었던 그 블레이저, 작년 유월에 체육대회에서 최고 수훈 선수상을 받으러 올라갔을 적에 그의 가벼운 운동복 위에 입었던 그 블레이저 말이다.

지역 신문에서 오려낸 스크랩 기사가 그의 고향집 화장대 서랍에 놓여 있었다. 그가 한 번도 본 적이 없는, 그가 알지도 못하던 어떤 사람이 그에 관해서 그런 말을 썼다고 생각하니 전율이 일었다.

> 벨베데르 칼리지 체육대회
>
> 스티븐스 I. 최고 수훈 선수상 수상
>
> ……장래 유망한 젊은 선수에게서
> 우리는 다시 소식이 들려오기를 고대할 것이며……

작년의 휴가는 그의 인생에 있던 황금빛의 장을 닫았다. 완전한 성취의 흥분에 차오른 채 벨베데르 칼리지를 막 졸업했던 때였다. 그도 그럴 것이, 그가 바랐던 모든 것을 이뤘던 것이다. 크리켓 주장이었고 최고 수훈 선수상까지 받았고 말이다. 작년 여름휴가의 그 망할 놈은 이 블레이저를 입고서 거드럭거리며 돌아다녔다. 과거에 이뤘던 업적들을 꿈꾸듯 되새기고 동시에 런던에서 찾아올 그의 업무에 대한 기대감으로 긴장한 채 말이다. 메이플소프사는 엄청나게 웅장하게 들렸고, 그 일자리를 구해준 아버지의 거대한 자부심은 그의 흥분을 더욱 고조시킬 뿐이었다.

"평생 탄탄대로다, 우리 아들, 번듯하니 건실한 직업을 잡았으니."

그것이 이 상황의 역설이었다. 아버지는 그것을 너무도 멋진 일자리라고 생각했던 것이다. "평생 탄탄대로다. 평생 탄탄대로다!" 자랑스러운 말들이 인정사정없는 우롱 속에서 메아리쳐서 돌아왔다.

아버지에게 말할 수만 있었더라면…… 아니, 아버지가 깨닫고서 그에게 이렇게 말해주기만 했더라면, "여 봐라, 요 녀석아. 이게 일류의 일자리는 아니다. 상당히 이류 회사야, 사실은. 그래도 내가 너한테 해줄 수 있는 건 이게 정말 최선이다." 그랬더라면 얼마나 달라졌을 텐가! 그는 이렇게 말했을 테다. "알겠어요, 아빠. 고마워요. 내가 최대한 되는 대로 맞붙어 보고, 나중에 더 좋은 자리를 얻으려고 최선을 다해볼게요."

그렇게 했을 수도 있으리라, 아버지만 그의 편에 있었더라면.

그러나 상황은 달랐다. 어쩔 수가 없었다. 그의 아버지는 그 일자리에 자부심이 있었고, 아들이 그 일자리를 낮추보았고, 싫어했다는 것을 알면 가슴이 미어질 터였다. 메이플소프사, 그 흙먼지 낀 황량함, 그 평범함, 그 너저분한 옆길이 주는 망신살. 처음 몇 주의 어리둥절함이 썰물처럼 빠져나가며 딕이 점차 분명하게 깨닫게 된 것들이다. 그는 실망감을 그야말로 완전히 혼자서 간직해야 했는데, 그의 어머니는 절대로 이해하지 못했을 테며 이를 이해해 줄 친구도 없었기 때문이었다. 환멸의 충격 속에서 그는 학창 시절로 움츠러들어 기억 속으로부터, 벨베데레 칼리지로부터, 안전과 용기를 구했고 심지어 그곳에조차 단단한 땅이 놓여 있지 않았음을 알아보게 되었다.

그냥 커다란 못생긴 개조된 사택에, 황량한 맨 창문에, 사내애들이 짓밟아서 흙이 드러난 닳아빠진 정원까지. 그가 다시 눈을 돌렸을 때 남아 있던 것은 그것이 전부였다. 소년다운 낭만의 환상은 벗겨져 나갔고, 한심하고 가식적인 위장의 뼈대가 그에게 씩 웃고는 말했다. "이제 알겠지."

그가 이전에는 전혀 몰랐다는 것이 믿어지지 않을 정도였다!

그가 속아 넘어간 방식에 대항해 들끓는 분노가 자라났다. 매일, 우회적으로, 남학생들에게 벨베데르 칼리지는 이 땅의 가장 훌륭한 학교들과 어깨를 나란히 하고 섰다는 암시를 받았다. 그저 그들이 소년들이라, 어리고 쉽게 외부의 영향을 받았기 때문에 말이다.

학교 선생님들이 정직하기만 했더라면, 바버 씨가 이렇게 말하기만 했더라면, "여 봐라, 얘들아, 벨베데르 칼리지는 연식이 십오 년밖에 되지 않아. 내가 직접 학교를 창립했단다. 다른 학교들 같은 전통도 하나도 없지. 그냥 조그마한 곳일 뿐이야. 그래도 우리 학교가 교육비를 많이 청구하지는 않고, 우리도 할 수 있는 최선을 다한단다. 이런 사정이라 우리가 미안하구나, 이 칼리지가 너희들을 자랑스럽게 만들어 줄 수가 없어서. 이 칼리지를 자랑스럽게 만드는 건 너희에게 달려 있단다."

그렇다면 그는 칼리지를 옹호하고, 칼리지를 위해 일하려고 얼마나 주먹을 다잡고 착수했을 것인가!

"좋았어. 우리가 아주 제대로 죽을힘을 다해서 이 칼리지를 일류만큼 좋게 만들어 보자고!"

그러나 그게 애석한 지점이었다. 벨베데르 칼리지는 자기기만이라는 저속한 작은 담요에 감싸여 있었다. 그곳은 정말로 그곳이 훌륭한 곳이라고 생각했던 것이다. 학교 선생님들은 졸업생들이 그곳을 자랑스러워하고, 대단히 감사하게 생각하는 게 마땅하다고 정말로 생각했던 것이다! 그 모든 것의 가망 없는 무익함이여!

그가 거기서 요구한 것은 많은 게 아니었다. 다만 그 학교가 그에게 몇 개의 남을 만한 자랑스러운 추억거리들을, 그가 붙잡고 늘어질 수 있었던 위엄을, 그 앞에 놓인 허물어진 길을 직면할 용기를 줄 강인하고 이해심 있는 손을 내어줄 수 있었기를 바란 것이었으니……

자갈이 으드득대는 소리가 그의 생각에 난입했다. 그의 시선은 부정기 화물선의 연무가 낀 윤곽에, 바로 저 밖의 수평선에 있었으므로, 그는 지나가던 무리가 거의 그에게 맞붙었을 때까지 보지 못했다.

파이프 담배를 피우는 훌쩍한 남자와 두 소년들. 형제는 아니라고, 딕은 생각했다. 그냥 친구들로, 열여덟 정도의 소년들이었으니. 그들은 헐렁한 반바지와 호주머니에 문장이 있는 줄무늬 블레이저를 입고 있었으며 둘 다 똑같은 색깔의 넥타이를 매고 있었는데, 무슨 졸업생 넥타이 같은 것이었다.

그가 그 소규모 무리를 눈으로 좇던 차에 그들은 나무 몇 개 뒤쪽에서 해안이 굽이지는 곳을 둘러 지나갔고, 갑자기 그는 격심하게 외로워졌다. 벨베데르 칼리지의 졸업생 중에서 그가 친구로 원했던 사람은 없었던 것이다.

그는 자기 블레이저를 흘긋 내려다보았다. 호주머니에는 그저 B. C. 두 글자가 새겨져 있었다. B. C., 즉 벨베데르 칼리지가, 명확한 초록색 실로 누벼져 있었다. 그 배지는 그가 크리켓팀에 들어갔을 때 받은 것으로 판지 조각이 덧대어져 있었으며, 원하는 대로 아무 블레이

저에나 꿰매어 착용하는 것이었다.*

자랑스러운 줄무늬 블레이저에다, 문장, 어쩌면 졸업생 넥타이도 딸려 있어야 한다고 벨베데르 칼리지에게 부탁했더라면 너무 과한 요구였을까?

그러나 그는 그런 게 중요치 않음을 알았다, 사실. 넥타이가 있었다고 한들 그 넥타이를 절대로 매지 않았으리라는 걸 그는 알았던 것이다. 버틀러는 그걸 매었을 테다, 아버지의 담배가게에서 근무하면서. 또 치즈먼도 맬 터였다, 삼촌의 가구 승합차를 몰면서. 그들은 그걸 자랑스러워하지, 그가 창피해하듯 창피해하지 않을 터였다.

그들이 옛 학교를 자랑스러워하는 건 충실하고 충성했기 때문일까? 아니면 단지 미미하게라도 그로부터 사회적으로 출세했다는 느낌을 뽑아내려고 했을 텐가?

그는 자신이 창피해할 권리가 없음을 전적으로 잘 알았다. 그가 버틀러, 아니면 치즈먼보다 더 나아야 할 이유는 없었다. 그네들 아버지들이 그의 아버지보다 형편이 더 나았을 것이다. 그는 토요일이면 학교 운동장으로 내려가서, 버틀러와 치즈먼과 함께 서서 외쳐야 마땅했다, "힘내라, 칼리지!" "우리 칼리지 최고!"

"자기 옛 학교를 나쁘게 말하는 남자는 벌레만도 못 하다." 어떤 주교가 그렇게 말했더랬다. 어느 신문에서 읽은 그 말을 읽고 그는 스스로가 천하리만치 비열하게 느껴졌다.

---

* 벨베데르 칼리지의 머리글자를 딴 것.

그는 자기 직장이 창피했고, 옛 학교가 창피했는데, 직장과 학교는 아버지 인생의 자랑스러운 업적들이었다. 그는 불충했다. 그 점이 그가 불행한 까닭의 핵심이었다. 고독한 외톨이가 되지 않으려면 그는 마음속에서 비밀리에 경멸했던 것을, 아류이며 딱히 좋은 게 아니라고 알았던 것을 평생토록 자랑스러워하는 행세를 해야만 했다.

그것이 충성의 의미였을까? 모든 타고난 자부심을 익사시켜 버리고, 그가 이바지하도록 정해진 그 애처롭고 소소한 기준을 우러러볼 수 있는 수준으로까지 자신을 으스러뜨리는 것이? 더욱 자랑스러운 기준이 그의 것이 되어야 마땅하다는 것을 그가 의심의 여지없이 알았는데도 말이다?

자기 지위보다 스스로가 우월하다고 느끼는 것이, 그의 눈에 차지 않은 사람들과 엮이는 것보다 외로움을 선호하는 것이, 사람으로서 수치스러운 일이었나?

하얀 해마들이 제 뒤에 바닷바람을 업고서 몰려드는 바다를 얼룩덜룩하게 하고 있었고, 딕이 누워서 그것들을 지켜보는 동안 새로운 빛살 하나가 그의 위쪽으로 끼어들었다.

갑자기 그의 생각이 상당히 또렷해지기 시작했다. 그의 생각은 더는 자기 연민의 소용돌이 주위로 부진하게 회오리를 일으키지 않았다. 몇 주 전에 그가 어느 신문 기사에서 "자기 연민"이라는 그런 말 마디들을 읽었을 적에, 그것들은 신체적 기형에 대한 모욕의 잔인함을 담아서 그를 얼얼하게 한 터였다. 그러나 이제 갑자기 그것들은 다른 의미를 띠었다. 그는 이상하게 흥분이 됐고, 그는 더는 해변 위에 무기력하게 누워 있을 수가 없었다. 일어나서 계속 걸어가다 보니까 일련의 방갈로들이 그의 시야에 들어왔고, 그런 다음에 그는 돌아서서 걸어 돌아갔다. 보그녀를 시야에 넣고서 그는 다시 돌았고, 이런 갑작스러운 한 줄기의 희망을 주었던 이삼 킬로미터의 외로운 해변을 그는 성큼성큼 걸으며 오르락내리락했다.

매 순간 희망이 더욱 명료해졌다. 새로운 흥분과 더불어 그는 자신이 얼마나 건강한지 새삼 자각했고 두 가지는 함께 섞여 들었다. 휴가는 겨우 시작된 차였던 것이다! 오 일, 칠 일, 십 일의 눈부신 나날들이 앞에 있었으니! 하지만 이 생각이 설치고 다니도록 두면 안 되었다……. 생각들을 간단명료하게 유지해야만 했다!

얼마나 멍청한 놈이었단 말인가! 그가 너무도 비참하고, 비열한 기분이 되었던 것도 무리가 아니었다! 그는 그래도 쌌다…….

그는 이 충성이라는 사안에 관해서 잘못된 개념을 품고 있던 것이다. 충성이란 아류의 것에 수동적으로 굽실거리는 것을 뜻하지 않았다. 그것은 그와 연결된 것들을 한층 고급의 수준으로 끌어올리겠다는 엄청난 결의를 의미했다.

벨베데르 칼리지에 대한 그의 분노는 녹아들어 자부심도 수치심도 아닌 무언가가 되었다. 모호한 소유감, 수호감, 의무감 말이다. 그는 더는 바버 씨에게, 또 바버 씨가 자기 학생들에게 주입하려 했던 그 헛된 자부심을 업신여기는 마음이 들지 않았다. 그것이 바버 씨의 유일한 길, 옳은 길이었던 것이다. 갑자기 딕은 그 뒤에 참을성 있는 존귀함이 놓여 있었음을 알았…….

그가 무언가를 해서 벨베데르 칼리지의 가짜 자부심을 번듯한 현실로 바꿀 수 있다면! 학교를 드높이 알리고 학교의 전통을 건설한 것은 학생들이었던 것이다…….

모호한 기억들이 서로의 위로 굴러떨어져 오면서, 거칠게 밀치고 재빨리 움직여 명확한 윤곽을 형상화하고 그를 격려했다. 위대한 변호사도 제 아버지의 작은 귀금속 가게에서 삶을 시작했다. 각료들은 방적공에, 기관사들이었더랬다. 어느 유명한 의사는 노동자의 오두막에서 삶을 시작했다. 그가 신문에서 읽었던 자투리 기사들이 퍼뜩 소생했다. 그것들이 당시에는 그에게 어떤 메시지도 가져다주지 않았다니 믿기 어려울 정도였다!

부정기 화물선은 이제 연돌과 부진한 연기 한 줄기로밖에 보이지 않았다. 그는 오래도록 그것을 바라보면서 섰다.

그는 성급하거나, 멍청한 짓은 하지 않을 터였다. 그는 메이플소프 사를 경멸하여 일을 날림으로 해치우지 않을 터였다. 그는 떠날 준비가 될 때까지 그 일을 고수할 터였다.

『남학생을 위한 직업 안내서』, 대체 어떻게 그는 그 서적상 창문을 백 번은 넘게 지나치면서도 들어가서 그 책을 살 욕구는 품지 않았던 것인가?

그는 집에 가자마자 바로 그것을 구해다가, 조용히 탐독하고서 자기 길을 고를 터였다. 그는 침실에다 탁자를 마련해, 겨울철 저녁 동안에 공부할 터였다. 여름철에는 책을 가지고 나가서 놀이터의 나무 아래에서 읽을 터였다. 벌써부터 그의 손가락들이 그 책들의 하얀 책장들을 자르고* 싶어서 근질거리고 있었다.

열일곱이라. 그에게는 앞으로 몇 년에 몇 년이 있었다! 언젠가 그는 벨베데르 칼리지로 내려가서 상을 나눠주거나, 그가 기증한 신축 별관개회식을 열 터였고, 그는 자신이 학생 때는 얼마나 가망 없는 놈이었는지를 말해줄 터였다. 모든 성공한 남자들은 그랬잖은가.

그는 제때 빠져나올 수 있는 토요일에 나타나서, 학생들을 응원해 줄 터였다……. 이번 휴가가 이 무슨 멋진 일을 해준 것인가……! 그의 마음을 맑게 해주고 그의 갈 길을 설정해 주다니…… 앞으로 남은 휴가의 멋진 열흘간, 집에 도착하자마자 계획을 시작할수 있도록 매일 단련할 것이다. 메이플소프사는 더는 불길한 검은 먹구름처럼 앞에 놓여 있지 않았다.

그는 이제 벨베데르 칼리지의 저속함이, 메이플소프사의 평범함이, 지난겨울을 그토록 어두운 쓸쓸함으로 잠기게 했던 이런 것들이, 이제는 그의 성공에 대한 장려책들이 되었다는 것을 알았다. 더욱 자랑스러운 학교라면, 더욱 행복한 직장이라면, 그는 안주해서 우쭐한 자기만족에 빠졌을지도 모르고 그는 거기서 절대로 올라서지 않았을 테다. 전부 그를 위해서 설정된 것이었다. 그를 시험하려고. 그리고 이제 그는 이겨낸 것이다…….

다과를 들러 돌아갈 때였다. 그는 돌아서서 유감스러운 한숨을 지

---

* 옛날 제본법으로 인해 서적의 책장이 붙어서 제본되었던 사정상, 책을 읽으려면 서로 붙은 책장을 갈라야 했다.

으며 보그너의 아득한 집들을 면했다. 그는 이 고요한 해안의 일편을, 또 그것이 자신을 위해 해준 모든 것을 절대로 잊지 않을 터였다.

   가는 길에 그는 깨진 담벼락 아래에서 그가 쉬고 있었을 적에 그를 지나갔던 소규모 무리를 지나쳤다. 그는 그들 옆을 바투 지나갔고 두 소년은 그에게 친근하게 미소 지었다. 딕은 미소를 돌려주었고, 다과 시간에 맞추기 위해서 발걸음을 서둘렀다.

19

 "거의 믿기 어려울 거다." 스티븐스 씨가 빵 조각을 또 하나 자르면서 말했다. "한 번은 내가 삼 킬로미터 정도를 걸었던 게 틀림없는데 사람 한 명도 보이질 않았다니까. 심지어 주택 하나도 보이질 않았어요. 그런데 다들 잉글랜드가 인구 과밀이라고들 하다니!" 그는 잼을 향해 손을 뻗었고, 사치스럽게 잼 한 덩이를 그의 접시 옆쪽에 떨구었다.
 스티븐스 부인은 그 말을 믿을 준비가 더없이 되어 있었다. 그녀는 남편이 말한 모든 것을 믿었지만, 그림이 그려지지를 않았다. 그녀는 누군가를, 어딘가를, 아니 적어도 주택 한 채라도 보이지 않은 채로 굽이감아 갈 수 있는 곳은 상상이 되지 않았다. 설사 그녀가 그런 상황에 처한들 그녀는 자신이 소리를 지를 터임을 확실히 알았으나,

그녀는 그렇게 섬뜩한 빈터들로 뛰어든 남편의 그 대담한 태도에 경탄하기도 했다.

"필시 근사했겠어요. 피곤하진 않고요?"

"장담컨대 내일 뻑적지근할 것 같아요."

"점심은 잘 챙겨 먹었고요?"

"오, 그냥 빵이랑 치즈, 또 맥주로…… 건강한 양질의 음식으로, 그것도 많이 먹었지요."

"햇볕을 보통 받은 게 아니신데요!" 메리가 말했다.

확실히 그랬다. 그는 자리에 앉다가 벽난로 위에 걸린 거울 속 그의 얼굴을 보았는데, 마치 그의 크리켓 셔츠 목 부분에서 튀어나온 잘 익은 바닷가재처럼 보였다.

"코에 제 콜드크림을 좀 바르시는 게 낫겠어요." 메리가 제안했고, 이에 모두가 웃었는데, 대단히 재미있었기 때문이 아니라 그들이 유난히 즐겁게 다과를 들고 있었기 때문이다. 이 다과는 그들이 도착한 이래로 단연코 가장 활기찬 식사였으며, 물론 그들이 각기 다른 방식으로 보낸 하루에서 기인한 것이었다. 스티븐스 부인은 아침에 벌어진 별난 사건으로 말을 시작했다. 그녀는 프티뵈르 비스킷•을 이백 그램 주문했고 남자 직원이 비스킷을 무게에 달아서 봉지에 담는 것을 보았다고 확신했다. 그러나 그녀가 돌아올 적에 봉지를 열어보니 그게 말린 살구로 가득 찬 걸 발견했던 것이다.

• 프랑스에서 만들어져 유명해진 쇼트브레드의 일종.

"어쩌다 그런 일이 벌어졌는지 짐작도 안 간다니까요." 그녀가 선언했다. "그 사람이 내 봉지를 다른 봉지 옆에 두고, 계산서를 쓸 적에 거기서 눈을 뗐던 게 틀림없어요. 그런 다음에는 잘못된 봉지를 집어준 거지. 내가 그걸 다시 가져갔을 때 그 남자 직원은 정찬 중이었는데, 그래도 가게 사람들이 바꿔주긴 하더라고요. 내가 거기 얼굴이 알려진 것도 아니었는데도 말이야."

"요술쟁이였던 게 분명해요." 딕이 말했다. "비스킷은 누가 가져갔을까?"

메리는 더 커디에서의 첫날 아침에 즐긴 해수욕의 사치스러움에 관해 들려주었고, 너무도 매혹적으로 정경을 그린 덕분에 스티븐스 씨는 바로 그날 저녁 식사 전에 재빨리 멱을 감고 오겠다고 선언했다. 어니는 초록색 캡 모자와 연한 적갈색 머리칼의 친구 하나를 찾아냈다고 했고 딕은 앨드윅 너머로 나가자 해안이 얼마나 훌륭했는지를, 또 그날 오후에 얼마나 괜찮은 산책을 했던지를 묘사했다. 매우 성공적인 하루였더랬다.

"그러고 나니까 어쩜 그렇게 식욕이 돋는지." 스티븐스 씨가 빵과 잼을 세 조각째 먹는 도중에 선언했다. "사무실에서는 차 한 잔에 비스킷을 하나 이상 곁들이는 법이 없는데 말이야." 그는 지도로 자신이 거의 이십오 킬로미터를 걸었다는 것을 계산했는데, 버스가 오는 시간보다 일찍 도착하는 바람에 길을 따라서 적어도 일이 킬로미터는 더 걸은 후 버스가 그를 따라잡았기 때문이다.

다과가 끝나갈 무렵, 스티븐스 부인은 남편에게 저녁 식사 전에는

265

해수욕을 하지 말라고 설득했다. 몸이 지쳤을 때 해수욕은 좋을 게 못 되었고, 쉬이 오한을 야기한다는 것이었다. 스티븐스 씨는 처음에는 아내의 제안에 콧방귀를 뀌었지만, 내심 상당히 반가웠기에, 그의 위엄이 허하자마자 의견을 굽혔다. 다른 가족들이 해수욕을 다 마친 마당에 혼자서 물에 들어가는 것은 확실히 조금 따분할 터였으므로, 그 대신 그는 방으로 올라가서, 묵직한 워킹 부츠를 벗고, 욕조 끄트머리에 몇 분간 앉아서 따스한 물속에서 양발을 담그고 대롱거렸다. 그런 다음에 그는 한층 가벼운 양말과 캔버스 슈즈를 신고, 갓 칠한 페인트처럼 쌩쌩한 기분으로 내려왔다. 그는 계단참에서 돌아설 때 막 케네디 암스트롱 양을 포착했다. 그저 그녀의 등을, 그런 다음에는 그녀가 문을 닫는 사이에 비친 그녀의 얇고도 창백한 손마디를 말이다. 그녀가 너무도 내성적이고 수줍었던 것이 얼마나 안타까운 일이었는지.

그렇게 과격한 하루를 보내고 나니 슬슬 내려가서 악단의 연주를 듣자는 것이 만장일치로 표결되었다. 그들은 돈을 내고 울타리를 친 장소로 들어가기로 결정했는데, 더 커디의 발코니에서도 악단 연주를 상당히 잘 들을 수야 있었지만 악단을 구경하는 기쁨은 얻지 못했고, 하여간에 정말로 악단의 연주를 즐기려면 악단을 봐야 했다.

그들은 너무도 좋은 때에 도착했기에 두 번째 열에 있는 편안한 접의자들을 얻었다. 멋지고 잔잔한 저녁이었으니, 무척 따스해서 스티븐스 씨는 혹시 몰라 입어 둔 모직 옷 위의 코트를 열었다. 바다는 딱 찬물때였으나 너무도 매끈하고 고요했던지라 해변 산책로를 건너다 보며 딱 그들 아래쪽에서 가만한 물을 발견하니 묘한 기분이 들었다. 그들은 의자에서 뒤로 기대어서, 잔디에 발을 얹은 다음 악단원들이 도착하는 것을 지켜보았다.

악단원들이 두셋씩 와서, 야외 음악당으로 통하는 계단을 올라가서 각자의 악기를 제자리에 마련해 두고, 의자와 악보 받침대를 신중하게 놓는 것을 보자니 흥미로웠다. 그것은 군악단이었고, 단원들은 평범한 유의 단원들보다도 훨씬 말쑥해 보였다. 작년의 악단은 군악단이 아니었고, 단원들 몇몇은 길게 칠떡칠떡한 콧수염을 지니고 있었는데, 그러다 보니 마치 낮 동안에는 다른 걸 하다 온 듯한 외양이었던 것이다. 그것이 모든 것의 상쾌함을 망쳤더랬다.

한 명 한 명씩 군인들은 야외 음악당에서 연주할 준비를 마치고 내려와서, 담뱃불을 켜고, 주위에 서서 기다렸다. 두 명의 잘생긴 젊은 악단원들이 옆걸음해 난간 쪽으로 건너가 반대편의 소녀 두 명과 얘기하고 웃기 시작했다. 메리는 부러움에 그들을 지켜보았다. 두 명의 여자애들은 키가 컸고, 한 명은 흑발에, 다른 한 명은 금발로, 둘 다 가벼운 여름 드레스를 입고 진한 갈색 팔뚝을 가진 모습이 매력적이고도 흥미로웠다. 팔뚝을 그렇게 아름다운 색깔로 태우다니 그들은 보그너에서 상당 시간 있던 게 틀림없었다. 메리는 자기 팔뚝을 내려다보았건만, 여전히 붉어진 것 이상은 되지 않았다. 그녀는 자기를 기준으로 한쪽에 있는 아버지의 무릎, 회색 플란넬 바지와 캔버스 슈즈를 흘긋 바라보았다. 반대쪽으로, 파란 서지로 덮인 어머니의 작은 넓적다리와 더불어 그 위에 올라간 핸드백을 흘긋 바라보았고, 그러자 갑자기 그녀는 수감자가 되어 에워싸인 기분이 들었다. 그런 식으로 생각하다니 배은망덕하고 비열한 짓거리였기는 하나, 어쩔 수가 없었다. 저쪽의 소녀들은 너무도 자유롭고, 멋지고, 또 편안해 보였다. 그들이 어떻게 악단원들을 알게 되었는지 궁금했고, 뭔가 말도 안 되고 모호한 이유로 그들이 오랜 친구들이거나, 친척들이었기를 희망했다.

어떤 남자가 프로그램을 들고 왔다. 스티븐스 씨는 두 개를 사서, 다른 식구들에게 살짝 과장된 동작으로 하나를 전해주었다. 딕과 메리는 아버지의 그런 구석을 좋아했다. 아버지는 늘 그들이 보러 갔던 모든 공연의 프로그램을 두 개씩 샀고, 그러면 연주자들이 더 가깝게 느껴졌다. 프로그램을 하나만 사면 그냥 군중 중 하나로, 저쪽에서 묵인해 주는 덕에 공연을 듣는 느낌이 들었으나, 프로그램 두 개면 악단에게 영향력 있고 가치 있는 후원을 해준다는 감각을 주었던 것이다.

"좋았어!" 스티븐스 씨가 말했다. "「시인과 농부」•(그는 집의 축음기로 들어본 곡들을 특히나 즐겼다.)" "「푸른 도나우강」••, 그건 아빠가 옛날부터 특히 좋아하는 중독성 있는 곡이지, 그리고 「미카도」 선곡에다가……."

• 오스트리아 작곡가 프란츠 폰 주페의 곡들을 사용하여 1900년에 만들어진 오페레타. 특히 서곡으로 유명하다.
•• 1866년 오스트리아 작곡가 요한 슈트라우스 2세가 작곡한 왈츠.

프로그램은 흥미로웠는데, 끝맺음은 「포푸리」라는 곡으로, 어니가 특히 좋아했다. 메들리 중간에 이따금씩 신나게, 또 갑작스레 어니가 집에서 휘파람으로 불던 곡조가 나타났기 때문이다. 그것을 악단이 진짜로 연주해 주는 걸 들음으로써, 반복할 때마다 번번이 옆길로 새고는 했던 자신의 휘파람 버전을 바로잡을 기회가 어니에게 주어진 것이었다.

"아빠는 사실 군악단이 좋더라." 스티븐스 씨가 말했다. "언제나 살짝 활력 있는 곡들을 연주하니까."

"길버트와 설리번* 것도 있어요?" 스티븐스 부인이 문의했는데, 그녀는 코트를 입으러 올라갔을 적에 안경을 침대에 두고 왔던 것이다.

"있지요. 「미카도」."

"그거 멋지네요."

갑자기 어떤 술렁거림이 대기 중인 악단원들을 훑고 갔다. 그들은 담배를 마지막으로 힘껏 한두 모금 빨아들인 다음, 꽁초를 잔디에 대고 눌렀다. 돌아보던 스티븐스 가족은 술렁거림의 이유를 알게 되었다. 군악장이 도착한 터로 둥그렇게 둘러 모인 의자들 바로 바깥에 서서 어떤 숙녀 및 신사와 대화 중이었던 것이다. 준수하고 군인처럼 보이는 남자가, 사나운 철회색의 콧수염을 달고, 몰로 장식된 길고 검은 코트에, 붉은 띠 차림으로. 어니는 그에게서 눈을 뗄 수가

• 영국 빅토리아 시대에 극작가 W. S. 길버트와 작곡가 아서 설리번이 협업한 이름으로, 둘이서 열네 편의 희가극을 선보였다. 「미카도」를 위시한 작품들로 알려져 있다.

없었다. 갑자기 자판기에서 소낙비처럼 떨어지는 페니 동전을 작은 검은 봉지에 쓸어 담았던 그 남자들은 기름진 중절모들을 쓰고서 보잘것없는 일을 하는, 땀 흘리며 막노동하는 조그만 짐승들이 되었다. 왜 이전에는 군악장이 되는 것이 그가 할 유일한 일이었다는 것을 전혀 깨닫지 못했던 것일까? 집에 있는 군인들 모형 중에도 군악장이 있었고 여태 그것을 장군으로 사용했지만, 이제야 어니는 살아 있는 군악장의 장관과 낭만을 보게 되었던 것이다.

악단원들은 제자리들로 무리 지어 올라가고, 바쁘게 악보 받침대들과 좌석들을 조정하고 있는 중 그들 중 한 사람이 첫 번째 곡의 악보를 돌렸다. 그러나 이 모든 일을 벌이기 위해 군악장은 그저 나타나서, 그 모든 것에 등을 지고 서 있기만 하면 되었다. 그 권력이란!

일이 분 뒤에 군악장은 자기 시계를 흘긋 바라보았고, 자신과 대화하고 있었던 숙녀 및 신사에게 말쑥하게 경례를 붙인 다음에, 의자 사이의 통로를 통해서 걸어갔다. 어떤 숙녀가 박수를 쳤고, 그는 그녀에게 의젓하고 깍듯하게 목인사를 하고 계단을 올라갔다. 그는 오른편으로 본인에게 가장 가까운 악단원에게 한마디를 했지만, 스티븐스 가족은 그가 무슨 말을 한 건지 딱히 포착할 수가 없었다. 이어 그는 앞쪽의 받침대를 톡톡 두드렸고 지휘봉을 엄지와 검지로 확고하게, 그러나 가볍게 들어 올렸다. 이에 매우 부드럽게 악단은 연주하기 시작했다…….

스티븐스 가족은 눈을 반쯤 감고서 자리를 잡았다. 바다는 방파제에 대고 어리마리 찰싹대고 있었고, 부드러운 바닷바람이 제 온화

한 웅얼거림을 멀쩍한 느릅나무들의 바스락거림으로 바꾸었다. 그들은 저녁 기차가 역에서 칙칙폭폭 나오는 소리를, 해변 산책로 위에서 웅얼대는 목소리를, 또 발이 타박거리는 소리를 들었지만, 악단의 음악은 이런 다른 소리를 모아서 제 교향곡 속으로 엮는 듯했다.

이 계획되지 않은 저녁이, 휴가가 끝나고 오랜 뒤에도 개중에서 가장 행복한 시간으로 두드러지게 기억되었다니 기이한 일이었다. 스티븐스 씨는 상쾌한 산책 이후에 어딘가 불안하고, 만족스럽지 못할 저녁을 보낼 마음의 준비를 해두었다. 그러나 의자에 쭉 뻗어 누워 있는 지금, 그는 그에게 스며든 이 절묘한 나른함이 깨질까 봐 거의 꼼짝하지도 않았다. 그는 모든 근육을 이완시켰고, 다리의 건강한 근육통 외에는 자기 몸을 거의 의식하지도 않고 있었다. 집에서는 거의 언제나, 이마나 눈에 어떤 사소한 통증이 있었다. 목구멍 어딘가 힘줄이 아린다든지 가슴을 가로질러 일말의 조이는 느낌을 받는다든지, 어딘가에 류머티즘의 찌릿한 통증이 느껴진다든지. 당연히 걱정할 건 아니었지만, 그의 신체가 약간의 사려와 보살핌을 요구한다는 것을 그에게 딱 일깨워 줄 만큼은 되었다. 그러나 여기, 해변에서는 달랐다. 마음은 평화롭게 사색하고 있고, 몸은 친숙한 외피가 되어 공기만큼이나 가볍고 시원했다.

스티븐스 부인은 비록 곡 작품과 그 작곡가들의 이름을 잘 아는 건 아니었어도, 음악에 매우 애정을 느꼈다. 그녀는 어쩌면 식구 중 그 누구보다도 한층 민감한 귀를 가지고 있었고, 악단에 의해 연주되는 두 번째 곡 작품이 그들 집에 있는 「운명」 음반의 뒷면에 있는,

그리고 단 한 번, 「운명」으로 잘못 생각하여 틀었던 그 곡이었다는 것을 제일 먼저 쉬이 알아차렸다.

제일 좋아하는 음반들의 뒷면에 있는 곡들은 언제나 부당한 취급을 받는다. 그들은 덩치를 키우려고 더해진 덤으로 간주되고, 우연히 어느 오케스트라에 의해 연주되어 존엄하게 다뤄질 경우에만 진가를 발휘하게 된다. 이것이 딱 들어맞는 예시였다. 왜냐하면 그 곡의 연주가 끝났을 적에, 온 가족들이 집에 돌아가면 그 곡을 틀고, 「운명」은 한동안 쉬게 해주자고 결심했기 때문이다.

스티븐스 부인은 부드럽고 흘러가는 유의 음악을 좋아했고, 그리하여 「푸른 도나우강」이 그녀의 귓가에 살포시 찾아올 동안, 그녀는 의자에 살짝 더 깊이 파고들어서, 신발에 대고 미소를 지으며 뒤로 몸을 기댔다. 그녀는 한쪽 발의 발꿈치를 다른 발의 발끝 위에 받쳐서, 그녀가 그 광택을 더 잘 즐길 수 있도록 했다. 집에서 그녀의 많은 일체의 업무 중에서도, 그녀의 신발을 닦는 것은 그녀가 창피해 하던 유일한 업무였다. 그녀는 부엌방에서 비밀스럽게 신발을 닦았지, 절대로 정원에서는 닦지 않았는데, 어떤 지인이 지나가는 열차에서 그녀를 볼까 봐 두려워서였다. 만일 외판원이 예기치 못하게 뒷문에 도착하기라도 했다면 그녀는 화급하게 신발을 싱크대 아래에 숨기곤 했다.

그러나 보그너에서는 약간의 추가금을 내면 그들 신발을 대신 닦아주었다. 휴가 중 스티븐스 부인에게 이보다 커다란 기쁨을, 또 약간의 여윳돈으로 살 수 있는 행복을 더 예리하게 감각하게 하는 것은 없었다.
　각 연주가 끝날 무렵, 사람들은 흩뿌려진 박수갈채를 한 차례 보내고, 서로를 돌아보며 얘기하거나 다리를 뻗으려 일어나곤 했다. 그러나 여러 번 악단이 멈추었을 때 딕은 완전히 가만히, 또 말없이 의자에 남아 있었다.
　이 새로이 번득이는 영감은 그에게 순전하고 갑작스레 찾아온 것이었다. 어떻게 또 어디서 이 영감이 찾아왔는지 그는 분간할 수가 없었다. 그는 아닌 게 아니라, 집에 돌아가서 『남학생을 위한 직업 안내서』를 구할 때까지 앞날에 관해 더는 생각하지 말자고 그날 오후에 마음을 정했더랬다. 그는 명료하고 편견 없는 마음으로 그것을 탐독하면서, 그의 타고난 욕구들을 조금도 채워주지 못하는 길을 배제하고, 정말로 그를 끌어당긴 서너 길로 가짓수를 줄이고 싶었던 것이다. 이것들을 그는 더더욱 탐구하여 이윽고 다른 길로부터 점차 하나의 길이 떨어져 치솟아서, 그의 상상력에 불을 붙이고, 그를 성공으로 데려가 주기를 고대했다. 그는 그 책의 어딘가 그곳에는 그의 야망을 포착해 주고 그에게 커다란 성취를 가져다줄 길이 놓여 있었노라 확신했다. 그는 기꺼이 집으로 돌아갈 때까지 기다릴 것이었고, 그걸 휴가 동안에 고대하는 것을 즐기자고 결심했었으니, 그의 앞에다 이런 새로운 영감을 번쩍이며 이렇게 말한 것은 그의 의식적인 노력이 아니었던 것이다. "여기 있잖아! 이게 유일한 길이란 걸 알잖아. 왜 이전에는 한 번도 보질 못했던 거야!"
　그는 양손을 뒤통수에 깍지 낀 채 뒤로 기대어 있었고, 그의 시선은 중앙 녹지 너머 일련의 작은 집들, 이 해변을 따라 제일 먼저 자리 잡은 건물들 축에 필시 속했을 작은 구세계 주택들에 놓여 있었다. 그 뒤로 솟아오른 것은 처음 도착한 작은 건물들에다 "신포도"라고 말했고 모욕적으로 그네들 머리 위를 보고자 추구했던 훌쩍한 회색 건물들이었다.

그의 눈은 꿈결처럼 그것들의 곧고도 강인한 벽들을, 장식의 소소한 세부 사항들을 담았다. 그러자 그는 갑자기 시원스럽고 하얀 대저택들 가운데 있었다. 그가 전원을 산책할 적에 아득한 구릉에 올라가 본, 햇빛 속에서 빛나고, 달빛 속에서 반짝이는 것들 말이다. 그는 그 대저택들을 형성한 거장의 손놀림들, 놀치는 나무들의 구름들 가운데에서 저들의 자리들을 고른 열성적인 지성들 가운데 머물렀고, 그러자 불현듯, 전광석화로, 그것이 찾아왔다.

그는 건축을 할 것이다. 끝도 없이, 나무처럼 뻣뻣하게 순종하며 정해진 계획을 따르는 역할이 아니라 그는 구상자, 건축가가 될 터였다…….

건축가! 그가 혼자서 살며시 중얼거릴 동안 그 단어가 숨겨뒀던 음악을 드러내었다. 그러자 그의 눈앞에서 모든 다른 길이 일그러지면서 평면적이고 고무적이지 않은 음산함으로 접어들었다.

그는 자신이 할 수 있음을 알았다. 그는 그림과 설계에 애정을 느꼈으니까. 학교에서, 미술 선생님이 나무로 된 상자들과 원뿔들을 쌓아두고 그들보고 스케치를 하게 했을 때, 남학생들 중에서 유일하게 그만이 잡기 어려운 각도들에 통달하고 음영을 줘서 사물들을 소생시키고자 하는 욕구를 느꼈더랬다.

그는 인내와 공부가 있으면, 초보 단계에서 고투하는 부분은 성취해 낼 수 있음을 알았기에, 그 부분은 제쳐두었다. 왜냐하면 그의 마음은 지나가는 구름들 속에서 흔들리는 우아한 탑들 가운데로 저를 따라오라고, 그가 메이플소프사로 가는 길에 시티*에서 지나친 위대한 건물들의 장대한 힘을, 줄줄이 늘어선 나무들에게서 솟아나는 전원의 대저택들이 가진 섬세한 우아함을 보라고 들떠서 그에게 외치고 있었기 때문이다.

건축은 용기를 가진다는 것을 뜻했다. 자기 자신에 대한 깊은 신뢰를, 구상에 대해서는 만용을, 세부적인 부분에 대해서는 가장 조심스러운 손길을 가진다는 것을 뜻했다. 웅장한 석조 산들은 한 명의 뇌에서 나온 영감에서 솟아나서, 태어나지도 않은 아득한 눈들에게 영감을 주고자 영구히 서 있었던 것이다.

"보시다시피 사방으로 근사한 전망을 감상하실 수 있을 것이고, 산비탈에서 자라난 듯할 집의 모습이 보이실 겁니다······."

그는, 손에는 설계도를 들고, 그가 집을 지어줄 참이던 남자 옆에 서 있었다. 사무실에서 그는, 뇌리에서 떨어진 홀연한 씨앗들을 모형에다 던져 넣고 있었다. 그는 거친 트위드 차림으로 옆에 서서는 인부들이 첫 뗏장의 띠들을 잘라서 말아 올리는 모습을 지켜보고 있었다. 그가 지켜보던 사이 집이 자라났는데, 삼십 센티미터씩 자라

---

* 영국 런던의 중심 지구이자 금융가를 말한다.

다 보면 어느 날 집은 살아 숨 쉬기 시작할 터였다…….

음악이 멈췄다는 것이 점차 분명해졌다. 중간 휴식 시간인 것인지, 악단원 중 몇몇이 잔디밭에 서 있었기 때문이다. 그는 주변을 둘러서 사람들을 바라보았다. 그들은 주위에 서 있으면서, 목적 없이 담소를 나누며, 시간을 때우려고 시시한 얘기나 지껄이고 있었다. 그들에게는 아무 일도 벌어지지 않았더랬다. 그들은 한 시간 전에 도착했을 때와 아주 똑같았다……. 그들은 언제나 똑같을 터였다……. 아무 일도 그들에게 영영 벌어지지 않을 터였다. 이 모든 따분한 수감자 중에서 오로지 그만이 좁은 문을 보았고, 빛나는 하늘을 일별했던 것이다.

기쁘게도 그는 이렇게 불현듯이 찾아온 영감이 악단의 음악과 더불어 스러지지 않았음을 깨달았다. 그것은 한층 덜한 영감들이 그러듯이 악단원들의 악기들과 함께 와르르 무너지지 않았던 것이다. 그는 이것이 한낱 덧없는 백일몽이 아니었음을 알았다.

어쩌면 음악이 멈춰서 좋은 일이었는지도 몰랐다. 음악은 허황된 공상 속으로 그를 너무 멀리 이끌어 갔을지도 몰랐고, 무엇보다도 그는 침착하고, 실재적이어야 할 터였다.

그는 시내 가게 중 한 군데에서 무슨 책이라도 찾으리라고 확신했다. 모래사장에서도 읽을 수 있는, 그냥 시작할 만한 초보적인 책을. 그것조차도 흥분으로 가득 차 있을 터였다. 비록 그것이 건물의 토대와 각기 다른 석재의 강도에 관해서만 얘기했다고 할지라도. 이 계획에 진지하게 착수하기 전에 그는 집에 도착할 때까지 기다릴 터였다. 그는 반쯤 잠에 든 것처럼 뒤로 기대어 앉아 있었으나, 무언가가 그에게 일어나서 해변 산책로를 따라 성큼성큼 걸으면서, 모든 이를 제치고, 누구에게도 제쳐지지 않고서, 아무도 없는 부두에 올라가, 돌아보아도 바다밖에 보이지 않았던 맨 끄트머리에 있는 작은 플랫폼으로 향하라고 촉구하고 있었다.

"아빠는 좋은 옛날 곡조들이 늘 마음에 들더라." 스티븐스 씨가 말했다.

"저도 그래요." 딕이 말했다. 그는 악단이 방금 무슨 좋은 옛날 곡조들을 연주하고 있었는지 궁금했다.

"시계가 일곱 시를 쳤으니" 하고 스티븐스 씨가 말했다. "우리는 딱 「미카도」를 들을 수 있겠고 그런 다음에는 다시 달려가야 하겠다."

"오, 마지막까지 쭉 있어요, 우리." 메리가 항의했다. "그냥 저녁 식사가 차가워지는 것뿐이잖아요."

"「포푸리」는 끝까지 있어야 나오는데!" 어니가 외쳤다.

그러나 스티븐스 부인은 평소에는 하인을 두지 않다가 잠시 누군가가 자기 시중을 들 때면 그 우위에 지나치게 취하는 몇몇 사람들 같지 않았다.

"늦으면 온당한 일이 아니야." 그녀가 말했다. "몰리도 치우고 설거지를 해야지만 잠자리에 들잖니."

그런고로, 「미카도」가 잦아들었을 때 스티븐스 가족은 슬프게 일어나서, 의자들 사이의 좁은 폭의 잔디를 줄지어 내려온 뒤 서 있는 군중들 사이로 살살 길을 조금씩 비집고 갔다. 그것은 근사한 막간이었다. 그것은 그 해가 무르익을수록 겨울철의 많은 저녁들에 스며들어 남을 터였다. 그러니 그들이 해변 산책로에 다다르자 서둘렀던 건, 단지 그들이 저녁 식사에 늦어서가 아니라, 그 감질나는 음악이 다시 시작되기 전에 음악이 들리는 범위에서 벗어나고 싶어서였다.

20

 땀을 흘리는 영사자가 작고 어두운 상자 속에서 손으로 기계를 작동시켰던 영사기의 초창기에는, 처음 몇 장의 사진들은 화면상에 눈에 띄게 미적대다가 셔터들이 그것을 넘기기 전에 잠깐 꼼짝하지 않고 남아 있곤 했다. 휙—휙—휙—

 그러나 점차로 영사자가 속도를 내면서 당신은 각 사진 사이의 어두운 간격을 더는 의식하지 못하고, 그것들이 지나가는 그 신속함은 당신을 달래어, 또렷하고도 매끈하니, 천천히 움직이고 있다는 속임수에 빠지게 했다.

 휴가는 으레 그런 식이다. 첫날들은 거의 끝도 없이 남아 있다. 태양은 저녁을 향해 갈수록 언덕진 초원지의 우묵한 곳에 자리를 잡고 고집 세게 밤에 벋선다. 일요일, 월요일, 화요일, 당신은 몇 주에 몇 주간은 바다에 있었던 것처럼 느껴진다…….

그러나 점차로, 가차 없이, 시간은 속도를 붙인다. 당신은 밤이면 너무도 푹 잠들어서, 깜빡여 건너가며 또 다른 날의 사진을 드러내는 그 암흑을 거의 눈치채지 못한다. 시간들은 달음박질로 지나가, 저지하기가 불가능하다…….

목요일에 스티븐스 가족은 그루터기만 남은 들판으로 연을 가지고 나가서 빽빽한 잔디밭 한구석에 있는 나무들 아래에 드러눕고는, 그들 위쪽으로 높은 곳에서 종이 꼬리가 바스락거리는 소리를 듣고 있었다. 오후에는 망원경을 더 커디의 발코니 기둥들 중 하나에다 단단히 묶어서, 망원경을 쉬이 휘둘러서 수평선 전체를 드러낼 수 있도록 했다. 그들은 셀시 빌의 곶에 있는 사람들을 분간해 냈고, 구명정 위에 있는 이름까지도 가까스로 볼 수가 있었다. 그들은 저 멀찍이 작은 배에 있는 어부가 암색의 콧수염을 지녔다는 걸 보았고, 해변 산책로를 따라 거의 팔백 미터는 떨어진 포스터에서 악단이 연주할 시간까지 읽었다.

다과 시간이 가까워지자 스티븐스 씨가 망원경을 풀어서 렌즈를 조심조심 닦으며 "값을 하고도 남는군" 하고 중얼거렸다…….

익을 듯이 뜨거운 뙤약볕 속에서 기나긴 시간 동안 크리켓을 치는 것, 팔뚝들과 얼굴들이 분홍색에서 다홍색으로, 또 다홍색에서 인도인의 갈색으로 변하는 것, 바다로 청량하게 풍덩 뛰어드는 것, 바닷바람 속으로 발가락만 딱 삐죽 위로 나와 있는 채로 잔잔하게 수면 위에 둥둥 떠 있는 것, 양발은 쭉 뻗은 채로 서늘한 케이크 가게

들 안에서 느긋하게 앉아 있는 것, 바람에 난타당하며 부두를 거닐고 고요한 저녁에 노을 속으로 소요하는 것. 이 모든 것이 피에로의 피아노가 딸랑대는 소리, 군악장의 지휘봉, 갈매기들의 울음과 모두 함께 섞이고, 그늘에서 보낸 나른한 시간들로 매끈하게 연결되었는다. 삼일 밤 연속으로 그들은 저녁을 든 후 오두막 발코니로 내려가 달빛 속에 앉아 있었다. 그때면 그들은 나지막한 목소리로 말하곤 했고, 시선은 바다 건너편의 반짝이는 길에 가 있는 채였다. 저녁의 소리들은 가을 이슬에 식은 바람의 숨결들에 얹혀 그들 주위로 회오리쳤고, 침묵의 단편들 속에서 그들은 바다가 속삭이는 소리와 스티븐스 씨의 입술이 푸르스름한 담배 연기를 작게 한 모금씩 내뿜으려고 열릴 적에 희미하고 규칙적으로 빼끔거리는 소리를 듣곤 했다.

그러나 토요일의 새벽은 납빛 하늘과 꾸준한 보슬비 속으로 스며들어 왔다. 난간들이 축축하던 사이에 스티븐스 가족은 아침 식사를 하러 다소 무거운 몸을 이끌고 내려왔고, 응접실에서는 그들이 오래전에 창문을 통해 흩뜨렸다고 생각했던 그 퀴퀴함이 살짝 재발하고 있었다. 시간은 한두 시간 동안 날아가는 채로 있었고, 가족들은 꼼지락대며 앞으로 또 뒤로, 창문으로 왔다 갔다 하면서, 세인트 매슈스 로드 위의 둔한 회색 하늘의 띠를 다시, 또다시 찾아보았다.

몇몇은 그림잡지 책장들을 만지작거리며, 속이 상해서 자신의 책장과 교환하고 싶어 했고 또 다른 몇몇은 자신의 책장을 그대로 갖고 싶어 했다. 스티븐스 씨는 탁자에 앉아서 회계 장부를 작성하면서, 계속해서 은화와 동전이 이룬 작은 더미를 세더니 생각에 잠겨 보이다가 다시 그의 온 호주머니들을 뒤져서 딕과 메리를 걱정시켰다.

스티븐스 부인은 딕이 철조망을 통과하려다가 걸려 생긴 블레이저의 올 나간 곳을 수선했고, 어니는 복도의 채색된 창문 옆에서 잠시 느긋한 시간을 보냈다. 채색된 창문은 처음에는 황량한 뒤쪽 정원을 마치 사치스러운 달빛으로 목욕을 한 것처럼 파랗게 보이게 했고, 그런 다음에 어니가 계단을 몇 걸음 올라가자 그가 언젠가 보았던, 로마의 화재에 관한 영화에서와 같이 번쩍번쩍한 붉은색으로 물들였다.

그러나 갑자기 점심 식사가 끝나갈 무렵, 태양이 구름을 뚫고 나왔고, 양념통에 담긴 식초가 환해져서 와인처럼 빛났다. 이에 들뜬 그들은 벌떡 일어나, 위층에서 두꺼운 부츠를 꺼내다가 바구니 하나를 들고 나가서 시내를 통과해서 산울타리와 꼬이고 방치된 들판 구석들로 나갔다. 그곳에서 그들은 서리되지 않은 블랙베리를 찾았다. 그들은 바구니 하나를 거의 가득 채운 채로 돌아왔는데, 블랙베리는 아침에 내린 비로 여전히 번들거리는 채였다. 블랙베리 파이에 크림, 그리고 반죽이 꺼지지 않도록 중앙에 놓인 달걀 컵을 상상했다.

토요일 밤, 스티븐스 씨가 파이프 담배를 두드려 털어내고는 잠자리로 향하기 전 가장 좋아하는 의자에 기대앉을 무렵, 휴가의 반절이 갔다는 사실이 애석한 한숨과 함께 그에게 찾아왔다. 사라진 속도는 체감상으로는 삽시간이었고 전광석화 같았는데, 커루나 로드에서 보낸 그들의 마지막 아침은 거의 일 년 전의 일 같았지만, 그들이 도착한 저녁에 바로 이 똑같은 의자에 앉아서, 그의 앞에 놓인 끊김 없는 휴가를 생각했던 이래 지나간 시간은 거의 하루 같지도 않았기 때문이다.

그럼에도, 아직 한 주가 통째로 있었다. 일요일부터, 월요일과, 화요일, 수요일과, 목요일. 그들이 짐 쌀 생각을 해야 할 때까지 적어도 오 일이 통째로 있었다는 말이다. 그러나 그가 남은 나날들을 바라보는 동안에조차, 며칠 전에는 오로지 바다와 언덕진 초원만이 놓였던 곳에서 누더기가 된 송장 원장들 더미가 어렴풋이 나타났다. 그가 눈을 깜빡이고, 고개를 한 번 흔들어줘야지만 그 입맛 떨어지는 환영이 흐릿해졌다. 그는 우울한 기분이 그를 사로잡도록 두고 있었다. 무의미한 짓이었건만…….

워링턴사에서 온 그 주문서! 왜 그는 그 금수 같은 것을 잊을 수가 없었던 건가? 그것은 휴가 바로 전날 저녁에 떠나려고 막 일을 정리하고 있었던 차에 도착했다. 그는 그걸 아침에 처리되게끔 로저스 씨의 책상 위에 놓았다고 거의 확신했다. 바닥으로 팔락팔락 떨어져서 청소부가 쓸어가버리지 않도록 핀도 꽂아 두었다. 그러나 그가 돌아오면 처리하려고 책상에 넣어둘 다른 서류들 곁에, 압지철 위에 놓아두었던 기억도 그만큼이나 확실했다. 그가 그 주문서를 압지철에 넣고 닫아버렸다면? 주문서는 그의 책상에, 아무도 신경 쓰지 못한 채 놓여 있을지도 몰랐다. 큰 주문인데 말이다. 그리고 워링턴사 쪽은 요란스레 항의할 법한 딱 그런 사람들이었던 것이다. 집에 가는 길 버스에서 그 생각이 떠올랐지만, 그걸 걱정하기에 그 당시 그의 생각은 너무 휴가로 가득 차 있었다. 그리하여 이제 그 빌어먹을 것이 계속해서 침범을, 다시, 또다시 하고 있었던 게, 그가 그날 아침에 해수욕을 하려고 옷을 벗고 있을 때조차 그랬다. 그는 그저 확실하게 해두기 위하여 로저스 씨에게 한 줄 편지라도 써 보냈어야 마땅했지만 이제는 너무 늦은 뒤였다. 워링턴사 쪽에서는 지난주 초에 전화상으로 씩씩대면서, 아마도 본인들 이용 건을 전부 취소하고 있었을 테다. 그렇다는 말은 그의 이름에 감점 요인이 붙었다는 것을, 어쩌면 더 나쁜 무언가를 의미할 터였다. 다시금 그는 그 생각을 떨쳐내고자 고개를 저었다. 당연히 그는 그것을 로저스의 책상에 두었다. 아마도 완전히 괜찮을 것이었다. 그런데도 여기서 그는 아무것도 아닌 걸 두고서 죽을 만큼 걱정을 하고 있던 것이다.

그리고 이제 그는 정원에 관해 생각하고 있었다. 불리반트 부인에게 대문을 지켜봐달라고, 계속 닫혀 있는지 단속해달라고 부탁했더라면 좋았을 것을. 한번은 어느 대형견이 정원을 엉망으로 긁어놓았다. 그는 대문에 관한 항목을 만들어서 다음 해들을 위해서 행군 명령에 적어둘 터였다.

다음 해들? 당연히 다음 해들은 있을 터였다. 그런데 이런 기이하고 심란한 생각이 계속해서 그를 걱정시켰던 것은 무엇 때문이었나? 그는 작은 응접실을 둘러보았고 시뷰에 있는 모든 것이 언제나 그대로라고 믿고자 백 번째로 시도했다. 그는 생각 뒤편 어딘가에 있던 것은 딕과 메리였음을 알았다. 딕과 메리, 그들이 입 밖으로 내지 않은 말들, 올해 시뷰에서 일어난 사소한 것들에 대한 그들의 인내심을 의식했던 것이다. 이전에는 한 번도 일어나지 않던 일들, 딕과 메리만 아니라면 그들이 여전히 눈감아줄 수도 있었던 일들 말이다.

그들은 절대로, 지난 해들에는, 탁자에 둘러앉아 영영 오지 않을 것 같은 식사를 기다린 적이 없었다. 거기다 목요일의 갈빗살은 거의 날고기였다. 그들이 음식을 주방으로 돌려보낸 적은 이번이 처음이었고, 이에 허깃 부인이 날고기 가장자리들을 다시 구워서 갈빗살을 도로 가져왔을 때 그녀의 손은 바들바들 떨리고 있었다. 그녀는 문간에 서서 사과를 하느라 거의 정신이 나가고 있었고, 스티븐스 부부는 "정말 괜찮아요"라고 너무도 여러 번 말했던지라 그들이 눈을 딱 감고 말 한마디 없이 날고기를 삼켰더라면 하고 바라기 시작했을 정도였다. 허깃 부인답지 않았다. 그녀는 이전에는 언제나 시간을 엄수했고, 음식 솜씨도 좋았던 것이다.

정말로 그 눈에 오한이 들어서 그런 걸까? 삼 년 전에, 스티븐스 가족이 처음 그것을 눈치챘을 적에 그녀가 말했기로는, 그녀가 매서운 삼월 바람 때문에 그 눈에 오한이 걸렸다는 것이다. 하지만 그건 삼 년 전이었는데, 눈은 여전히 빨갛고, 오므라져 있었다. 식사 때에 그녀가 그들에게 뭐라도 들여올 때마다 그녀가 문밖에서 멈춰 잠시 가만히 서 있다가 손잡이를 돌리던 게 들렸으므로, 그들은 그녀가 블라우스 안에 상비한 손수건으로 그 눈을 훔치고 있었다는 것을 알았다.

이걸로 혐오감을 느낀다는 것은 끔찍하게도 비열하고 잔인했지만, 스티븐스 씨는 다른 식구들도 그와 마찬가지였음을 알았다. 그는 어니가 허깃 부인의 눈을 몰래 또 어쩐지 민망한 기미로 올려다보는 모습을 포착했고, 가끔은 딕과 메리가 배가 주린데도, 허깃 부인이 방을 떠나기 전까지는 거의 먹기 싫다는 투로 뭉그적거리면서 음식을 먹었다는 생각이 들기도 했다.

그것은 이따금씩 눈물 한 방울이 흘러나오던 기이한, 충혈된 눈일 뿐이었다. 스티븐스 씨는 스스로에 대한 분노로 뜨거워졌다. 여성이 아프다는 이유로, 슬그머니 내빼고 그녀를 내버려두고 싶어 하는 건 비열한 짓이었다. 그것이 이 상황의 문제이자 딱한 지점이었다. 그녀는 아팠고, 아픈 걸 그들로부터 감추려고 분투하고 있었다. 그래도 그녀는 걱정할 필요가 없었다, 그들은 반드시 그녀 곁에 있을 터였으니까. 그들은 그녀를 저버리지 않을 터였다.

그는 일어나서 파이프 담배를 두드려 털어냈고, 불을 탁 끄고 힘차게 방을 떠났다.

복도는 매우 어두웠는데, 이지러지는 달이 아직 뜨지 않았던 탓이었다. 복도 창문 중 어느 부분이 파랬고 어느 부분이 빨갰는지 거의 분간이 되지 않았다. 사뿐사뿐 그는 위층으로 길을 더듬어 올라갔다.

휴가는 후반부가 최고였다.

당연히 최고였다.

21

일요일 아침은 토요일 밤에 스티븐스 씨를 에워쌌던 우울함을 완전히 걷어내 주었다. 일요일은 보그너에 관광버스 함대가 무리지어 오는 날이다. 당일치기 여행에 오른 사람들을 꽉꽉 채워서 말이다. 그들이 모래사장을 북적거리게 하고 해변 산책로까지 범람하기는 해도, 대신 장기 휴가객들에게 우월감과 소유감이라는 매우 편안한 감각을 선사해주었다.

당신은 비교적 창백한 얼굴들, 살짝 꾀죄죄하고 여행에 찌든 외양과 횐담비처럼 열심히 탐색하며 앞뒤로 휙휙 던지는 시선으로, 당일치기 사람들을 분간할 수가 있다. 갈색 피부, 느릿하고도 한가로운 거동, 풀어헤친 옷들에, 당일치기 여행자들을 지켜보면서 관대한 재미를 보이는 사람들은 분명히 고정 휴가객들이다. 그들은 너그럽고,

해변에서 자기들이 늘 가던 곳들을 끈적끈적해진 교외용 옷차림을 하고서 바나나를 잔뜩 든 불평 많은 단체들이 차지한 걸 보게 될 때도 절대로 분개하는 법이 없는데, 해 질 녘이 되어갈 무렵 이런 단체들은 저들의 관광버스로 다시 기어들어 갈 것임을 상당히 잘 알기 때문이다. 땅거미가 내리기 전 마지막 관광버스들의 저속 기어에서 나오는 징징거리는 소리들이 런던 로드를 올라가며 잦아들고, 고정 휴가객이 서늘하고 근심 없는 저녁을 조용하게 누리도록 남겨둘 것을 안다.

열한 시 즈음 스티븐스 가족이 더 커디에 도착했을 때 그들이 늘 가던 한 폭의 모래사장이 웬 자전거 타기 동호회의 회원들로 점령된 것을 발견했는데, 그들은 하나같이 여자고 남자고 간에 니커보커스와 단정치 못하게 구겨진 스타킹 복장이었다. 그들은 상당히 평범한 사람들이었고, 테니스공으로 시끄럽게 축구을 하고 있었다.

더 커디의 문을 최대 범위까지 열고 나니 스티븐스 가족 모두가 그 경계 안에 앉을 수 있었다. 개중 둘은 안쪽에 꽤 뒤로 앉아야 했고, 또 둘은 발코니에 앉았으며 어니는 요트 옆의 땅바닥에 앉아서도 만족해했다.

"우리가 도대체 이런 오두막 없이 어떻게 했는지 생각이 안 나네." 스티븐스 씨가 파이프 담배의 불을 붙이고서 호젓한 상태에서 법석을 떠는 인파를 내다보며 말했다.

"우리가 저 담벼락 아래쪽으로 따라서 앉고 그랬던 거 기억 안 나세요?" 메리가 말했다. "더운 날엔 무시무시했잖아요, 저 인파 속에서……."

"그럼. 당연히 기억나지." 스티븐스 씨가 그의 안경 너머로 그 자리를 기묘하게 보면서 답했다. "저 사람들 정말 얼마나 더워들 보이냐. 모래사장에서 지글지글 나오는 저 열기를 좀 봐라."

스티븐스 부인은 이 안식일에는 아침의 장 보기에서 해방되어 그들과 더불어 곧장 내려온 터였고, 정오가 되어갈 즈음 자기 의자를 해변으로 옮겨 다른 식구들이 문을 닫고서 번갈아 수영복으로 갈아 입을 수 있도록 해야 했다. 어쩌다 그녀 곁에 있게 된 것은 알좀약 냄새가 나던 튼튼한 숙녀로, 의심의 여지 없이 당일치기 여행에 오른 사람이었다. 그러나 스티븐스 부인은 휴가용 옷에 나방이 들지 않게 조치를 취한 사람들을 이해했다. 알좀약은 구식이었고, 땀을 흘리면 상당히 강한 냄새가 났지만, 최신식의 방책들 중 무엇도 사실 그만큼 효과적이진 못했던 것이다.

바로 이 일요일 아침에 해수욕 도중에, 신나는 일이 메리에게 벌어지기 시작한 했다.

식구들은 해수욕을 하러 들어갈 때면 언제나 갈라졌는데, 그들은 고리를 형성해서 위아래로 깐닥거리는, 다소 애 같은 생각은 좋지 않다고 여겼기 때문이다.

딕과 메리는 주로 가능한 한 힘껏 달려 나갔는데, 앞으로 껑충거리며 나아가면 마침내 점점 깊어지는 바다가 그들의 다리를 걸어 머리부터 바다로 던져 넣어주었다.

어니의 방식은 일단 물로 뛰어 들어가서, 비틀어 한 바퀴 돈 다음에 뒤로 떨어지는 것이었다. 하지만 스티븐스 씨는 차분한 경향이 있었다. 그는 상당히 엄숙하게 걸어 내려가서, 그가 조간에서 읽었던 '해수욕 정보'에 따라서 물가에서 멈춰서 깊은숨을 세 번 들이켰다. 이것을 해두고서, 그는 조금 길을 헤치고 나아가서 잠깐 멈춰서 그의 이마를 적셔 머리로 갑자기 피가 몰리는 것을 방지했다. 바닷물이 골반까지 올라 찬 지점에 다다르자, 그는 앞으로 넘어져서, 양쪽 뺨을 불룩하게 부풀렸고, 한쪽 발을 조약돌에 접촉시키고는 조심스럽고도 비밀스럽게 그를 보조하는 채로 나아갔다.

그는 한 번도 능숙하게 수영을 해본 적이 없었기에, 바다에서는 남의 시선이 살짝 의식되었다. 만일 수영의 막바지에 그가 매우 얕은 물에 있다고 한다면, 그는 무릎을 수면 아래에 구부린 채로 일어나서, 구경꾼들에게 수심이 실제로 깊었던 것보다 훨씬 깊었다는 인상을 주고는 했다. 둥둥 떠다니는 것이 그의 특기였고 그는 대부분의 시간 동안 떠 있었다.

특히 이날 아침에, 수영을 잘하는 메리는 막 넓은 원을 다 돈 터였고, 발을 디디고 일어서던 차에 누군가의 고개가 수면 아래의 그녀 무릎과 충돌했다. 그 충돌에 메리는 뒤집혔다. 이에 그녀는 뒤로 넘어져서 다시 헤엄쳤고, 어느새 자신과 나란히 있게 된 범인은, 기침을 하고 퉤퉤거리며 일어난 터였다.

"미안해요!" 범인이 말하며 메리의 얼굴에 제 얼굴을 바짝 대고 웃었다.

"괜찮아요." 메리가 말했다. "상어인가 뭔가 싶었어요."

그 다른 소녀는 다시금 웃었다. 여유롭고도 즐거운 웃음이었고, 이에 둘은 바닷속에서 가슴 높이로 함께 일어섰다. 소녀의 얼굴은 메리에게 막연히 낯이 익었는데 그러다가 기분 좋은 전율과 함께, 메리는 소녀를 기억해냈다. 그 사람은 악단을 보러 간 그날 저녁에 메리의 흥미를 끌었던 훌쩍한 금발의 소녀였던 것이다. 한 친구와 함께 서서 난간 건너로 군인들에게 말을 걸었던 그 소녀 말이다. 메리는 그날 저녁에 그녀를 지켜보면서, 그녀를 부러워하면서도 그녀를 좋아했더랬다. 여러 번 메리는 그녀에 관해서 생각하면서, 그녀가 누구일지 궁금해하고 그녀를 다시 시야에 담을 수 있기를 상당히 희망하고 있었는데, 여기서 그들이 면대면으로 만났던 것이다. 그것은 당혹스러웠지만, 기이하게도 흥미진진했다. 왜냐하면 이 소녀는 메리가 고향에서 알던 부류의 소녀와 너무 달랐으니까 말이다. 그녀는 너무도 온전하게 자유롭고, 소년답고, 여유로웠다. 그녀는 그날 저녁에 그 잘생긴 두 군인들과 웃고 농담하며 서 있을 동안 많은 시선들이 그녀를 향했다는 걸 알았음이 틀림없었는데도 상당히 자연스러웠더랬고, 대부분의 소녀들이 그러했을 법하듯이 으스대지도 않았더랬다…….

"일요일에 여기는 어쩜 이렇게 끔찍하게 인파가 몰리는지." 소녀가 말했다. "이런 지독한 관광버스 사람들 때문에 말이야."

"그러게나 말이야." 기분 좋게 놀라고 추켜세워진 메리가 말했다. 그 소녀는 메리가 그런 지독한 관광버스 사람들 중 하나가 아니었음을 한눈에 알아맞힌 것이다. "그래도, 다들 저녁에는 빠지니까."

"오래 있어?" 그 소녀가 물었다.

"일주일 더."

"나도 마찬가지야, 운도 지지리 없지. 난 한 달은 더 있어도 끄떡없겠는데, 안 그래?"

"나도 끄떡없을 것 같은걸!"

그들은 나란히, 상당히 자연스럽게, 마치 오랜 친구들이었다는 양 해변을 향해 헤치며 걷고 있었다. 메리의 심장은 마치 메리가 힘차게 달리고 있던 것처럼 쿵쾅대고 있었다. 메리는 각별히 행복하고 들뜬 기분이 되었다.

"햇볕 쬐면서 몸 말릴래?" 소녀가 물었다.

"좋지!" 메리가 말했다.

그들은 인파가 몰린 모래사장 위에서 한 곳을 찾아내어서 나란히 누웠다. 딕은 얼마간의 거리 밖에서 헤엄쳐 지나가고 있었으니, 그의 어두운 대걸레 같은 머리카락이 팔을 저을 때마다 리듬에 맞춰 더불어 올라왔다가 사라지는 채였다. 그리고 때때로, 파도타기를 하며 해수욕을 하는 무리들 틈새로, 메리는 아버지 수영복의 노란 테두리를 스치듯 보았다.

메리는 가족들이 그녀가 새로 찾은, 이렇게 유쾌한 친구와 있는 모습을 보지 않아서 기뻤지만, 가족들이 보았더라면 왜 낯부끄러운 마음이 들 터였는지 좀처럼 알 수 없기는 했다. 스티븐스 가족은 보그녀에서는 상당히 가족끼리만 베돌았는데, 딱히 낯선 사람들에 한 수줍음 때문이라기보다는 가족들 서로의 기저에 깔린 막연한 수줍음 때문이었다.

　아이들일 적에 딕과 메리는 종종 근처에서 노는 다른 아이들과 어울렸지만, 그들이 나이를 먹던 사이 그들은 이러한 우연한 지인들로부터 점차로 철수해서 전적으로 가족이라는 범위 안에서 휴가를 보냈다. 함께 어울리자는 낯선 사람들의 접근으로부터 몸을 사리는 것이 그들의 습관이 되었는데, 다만 그들은 언제나 남모르게 유감스러운 상심을 느끼긴 했다. 스티븐스 씨도 다른 식구들만큼이나 서툴렀는데, 식구들과 걸어갈 적에 그가 클래런던 암스의 저녁 친구들 중 한 명을 지나친다면, 그는 자기 식구를 소개하는 낯부끄러운 상황을 피하려고 가장 터무니없는 예방책을 취할 터였기 때문이다. 그는 미약한 끄덕임과 죄책감 서린 미소를 띠고서 살살 지나갈 터였다.

　상당히 많은 시간을 함께 지내는 가족들은 모두 이런 측면에서 스티븐스 가족과 비슷하다. 그들은 무의식적으로 두 개의 개별적인 성품을 개발해 내는데, 하나는 가족에게 쓰는 용, 다른 하나는 낯선 사람들과 쓰는 용이다. 가족용 성품은 그들의 타고난 자아 아래에 억제되어 있고, 낯선 사람들에게 드러나는 성품은 의기양양하고 인위적으로 방방 떠 있는 경향이 있다. 따라서 그들은 우연의 힘으로 그들이 낯선 사람들과 가족 앞에서 한 번에 자신들을 드러내야 할 때면 편치 못하고 낯부끄러워지고, 그러니 그들은 그런 상황을 피하려고 가장 비이성적인 수고까지 감행하게 된다.

　지난 몇 년간의 휴가 중에 여러 번, 메리는 인파가 몰린 모래사장과 해변 산책로에서 본능적으로 친구로 두고 싶은 유형의 소녀들을,

그러나 절대로 안면을 틀 엄두를 내지 못한 소녀들을 아쉬운 마음으로 뽑아 보았다. 그녀는 휴가 중에 그들이 나타나진 않나 주시했고, 몇 차례 그런 소녀들을 보기도 했지만, 이런 비슷한 상황은 한 번도 벌어진 적이 없었다. 메리는 이런 소녀와 면대면으로 마주하고 또 말해본 적이 한 번도 없었다. 살면서 처음으로 그녀는 운명의 기괴한 손을 의식하게 되었다. 그녀는 심란했고 모호하게 겁을 먹었으면서도 극심하게 들떴다.

종종 그녀는 겉모습이 마음에 들었던 소녀들 주위에 상상 속의 그림들을 그려 보았다. 낭만과 모험으로 뒷배경을 채워 두었다. 하지만 끝에 가서는 그들은 실제로는 지루하고 평범한 소녀들이었고, 그저 용모로 그녀의 마음을 끌었을 뿐이라는 생각으로 친구에 대한 자신의 허기를 달랬다.

메리는 고개를 수줍게 돌려서 그녀 옆의 소녀를 흘긋 훔쳐보았다. 소녀는 눈을 감은 채 누워 있었고, 소녀의 양손은 고개 아래에 있고, 소녀의 갈색 팔다리에는 몇 개의 빛나는 해수 방울들이 매달린 채였다.

그들이 여기에서 아무 말도 하지 않고 나란히 자신감을 가진 채 서로의 곁에 마음 편히 누워 있을 수 있다는 것은 거의 믿기가 어려웠다. 이 소녀가 메리가 가장 낭만적인 꿈속에서 그렸던 모든 것, 또 그 이상의 무언가였다는 것도 거의 믿을 수가 없었다. 소녀는 황혼 속에서, 우아한 여름 드레스 차림으로 메리의 관심을 처음 포착했을 때보다, 이렇게 밝은 태양 속에서, 가벼운 수영복 차림으로 있을 때

더더욱 매력적이었다.

그러나 훨씬 더 기분이 들뜨게 하는 것은 소녀를 둘러싼 이 기이하고 자석 같은 매력이었다. 메리는 이 소녀의 매력적이고, 말괄량이 같은 얼굴 아래 머릿속은 다소 얄팍하고, 공상이 오락가락하리라 상상했다. 남자들에게 호감을 사는 데에 너무 여념이 없어서 다른 소녀들에게 큰 흥미를 찾지 못하는 소녀 말이다. 하지만 소녀에게는 메리가 감히 희망했던 것보다도 훨씬 깊고 준수한 것이 있었다. 메리는 말하고 싶은 충동이 들었다. 빠르게 말하고, 그녀 마음 한 톨까지도 위트 있고 재미있게끔 안간힘을 쓰고 싶었다. 왜냐하면 메리는 의심의 여지 없이 간절히 친구로 삼고 싶은 소녀를 드디어 찾았기 때문이다.

그녀는 성 요한 회관 무도회에 갔던 베티 포슨을 살짝 연상시켰지만, 그렇게 비교하기만 해도 가엾은 베티는 쪼그라들고 힘없는 작은 허깨비가 되게 되었다. 이 소녀는 베티보다 훨씬 키가 컸고, 옆모습도 훨씬 멋졌으므로 베티는 이 소녀의 활력 옆에서는 죽은 거나 진배없었고, 흘끗 보는 소녀의 시선에 담긴 대담하고도 웃음기 섞인 솔직담백함 옆에서 베티는 소심하고 흐리멍덩한 눈의 소인이나 진배없었으며, 이런 대초원의 야생마 옆에서는 보잘것없는 작은 이륜경마차 조랑말이나 진배없었다.

"야! 찜통더위네!" 소녀가 중얼거렸다.

소녀는 하늘에 대고, 활활 불타는 태양에다 말했고, 메리는 그 소녀가 고개를 돌려서 그걸 메리에게 말한 경우보다 그러는 편이 좋았다. 메리는 왜 자신이 "야"라는 말을 실없는 단어라고 생각했었는지 의문이 들었다. 그 말은 당연히 **실없기는** 했다, 몇몇 사람들이 말했던 대로라면. 베티는 그걸 실없게 만들었을 테다. 메이지 존슨은 상대가 그냥 웃음을 터뜨릴 수밖에 없게끔 그걸 말했을 테다.

"야! 정말 찜통더위네!" 메리는 그녀 역시도 그 말을 하고 그 말들에 활기찬 생기를 입힐 수 있다는 걸 알았다. 그녀가 휴가를 끝내고 돌아간 첫날 저녁에 마담 뤼퐁네의 지하실 부엌에서 다들 차 한잔씩들 두고 둘러 모였을 때 메리는 그렇게 말할 터였다. 소녀들은 그녀에게 날씨가 어땠는지 물을 게 분명했다.

"그러게!"가 메리가 답할 수 있는 전부였고, 그녀 역시도 태양으로부터 감은 눈을 떼지 않고서 말했다.

"혼자 여기 머무는 거야?" 소녀가 물었다.

"가족이랑 같이." 메리가 말했다. 한순간 그녀는 "운도 지지리 없지!" 하고 덧붙이는 걸 생각해 보았으나 그런 소리는 멍청하고 다소 못되게 들리리라는 걸 알았다. 그녀는 본능적으로, 그러면 이 소녀의 평가에서 그녀의 점수가 낮아지리라는 것 역시도 알았다. 그것은 몇몇 사람들의 시선에서는 그녀의 점수를 올려주었을 테지만, 그녀가 알기로 이 소녀에게 있어서만큼은 아니었다. 메리는 심지어, 딱 그때 상당히 접근한 채로 헤엄쳐 지나가고 있던 딕을 가리킬까도 생각해 보았으나, 무언가가 이 우정을 완전히 혼자 간직하라고 충고했다.

갑자기 그 소녀는 굴러 넘어와 옆구리를 대고서 휘둥그런 회색 눈으로 메리를 빤히 바라보면서 누웠다. 메리도 그 시선을 돌려주었고, 이에 상당히 즉흥적으로 그들은 웃었다. 그녀는 이 소녀를 속속들이 알았다. 그들 사이에는 오싹한 유대가 있었다. 그녀는 흥분으로 맥동하고 있었다. 사진들이 그녀의 뇌리에 번뜩이며 스쳤다. 그들의 우정이 확고하게 굳어지면 그들이 함께할 것들의 사진들 말이다.

"엄마랑 아빠랑만?"

"남동생 둘도 같이."

"내 친구는 돌아갔거든." 소녀가 말했고, 이에 몇 분의 일 초만큼 메리는 상처받은 기분이 되었다. 비이성적이나, 몹시도 상처받은 기분이……

"너는 혼자 머무는 거야?" 메리가 물었다.

"그냥 우리 이모랑, 이모부랑만. 그분들이 여기 사시거든. 내가 내려와서 휴가철에 머물다 가는 식이라. 그냥 평범한 하숙집에 묵어야 한대도 난 여기 올 거지만. 저녁에는 뭐 해?"

"나? 오, 난…… 뭐…… 대개 우리끼리 산책하고 뭐, 그런 식이랄까."

"가족들이랑?" 이번에는 소녀의 눈 뒤편에 우롱하는 기색의 그림자가 쏜살같이 스쳤다. 메리는 방어하려고 고투하는 자신을 느꼈다.

"언제나 그렇진 않고. 가끔은 딕, 우리 남동생이랑 같이 가. 재미있어, 밤에 해변 산책로를 따라서 걸으면."

"뭐 하러 남동생은 데려가고 싶어 하는 건데?"

그 소녀의 되바라지고 웃음기 어린 눈에는 너무도 완전히 무장 해제시키는 것이 있어서 메리는 아무것도 말할 수가 없었다. 그녀는 그냥 웃었다…….

그러나 그녀의 웃음 아래에는 떠들썩한 생각들이 있었다. 이상하게 공황을 닮은 무언가가 그녀더러 달아나라고 외치고 있었다. 상당히 다른 무언가가 그녀를 조롱하고 속삭이고 있었다. '소심하고 하찮은 촌년 같으니라고!'

"나 봐봐." 소녀가 말을 계속했다. "오늘 밤에 나 따라와. 얼마나 재미있는지 넌 모를걸!"

도전장이 내던져진 터였다. 아무려면, 아무리 그래도 그 제안을 그대로 두고, 친구를 잃는다는 게 가당키나 했는가, 무섭다는 이유로? 밤중의, 그 해변 산책로를. 휘황찬란한 등불들…… 불가사의한, 몰아닥치는 매혹을 품은 어두운 후미들…… 가슴 뛰는 인생을…….

"빠져나가는 건 말도 안 되는 일이야. 알잖아…… 가족들이……."

"그렇게 자신을 속박하고만 있을 건 아니지, 응? 왜 네가 그래야 하는데? 왜 너라고 재미 좀 보면 안 되는데?"

소녀의 눈은 여전히 메리의 눈에 가닿아 있었다. 그 눈들은 더는 그녀를 조롱하지 않는 무언가를 담고 있었다. 용기, 삶, 대담한 모험을 촉구했던 무언가를…….

"옛날 친구를 만났다고 간단하게 둘러대도 되잖아."

거기에 얼마나 굉장한 매혹이 있었단 말인가. 모든 말마디 속에. 그럼에도 이 무슨 감질나는, 가망 없는 무력함이었단 말인가! 가족들은 어떤 친구냐고 물어볼 터였다. 소녀는 마치 메리가 가족이 모르는 친구들이 수십 명은 있을 것처럼 말했다! 가족들은 그 친구가 매기였는지, 폴리였는지 물을 터였고, 어느 쪽도 아니었다는 걸 발견하고서는 놀라고 의심하는 기색으로 메리를 멍청히 쳐다볼 터였다.

"일하는 곳 있지, 찍어보자면?"

"응."

"그럼, 같이 일하던 여자애라도 만났다고 해. 그러면 믿을 만하지 않겠어?"

"하지만 그건, 그건 거짓말이잖아!" 메리가 헉했고, 그 말들이 그녀의 입을 나가자마자 그녀는 그 멍청함, 그 유치함에 혀라도 깨물 수 있었다.

"거짓말이라니! 당연히 아니지. 거짓말이란 단지 문제에서 발뺌하려고 말하는 것일 뿐이야. 이건 문제가 아닌걸."

메리의 마음은 결정되었다. 설사 애로 사항이 백 배는 되었을지라도 이제 그녀를 굽히지는 못했을 테다. 그걸로 충분히 괜찮았다, 마담 뤼퐁네에 다니던 여자애로.

"무슨 이름을 대야 할까?"

"제시카 마셜."

"알겠어. 그게 네 진짜 이름?"

"그럼."

"내 이름은 메리야. 메리 스티븐스."

소녀는 끄덕였고, 그녀를 생각에 잠겨 바라보고는 미소 지었다.

"걱정할 필요 없어." 그녀가 말했다. "나 아무나랑 사귀는 그런 사람 아니거든."

"그런 걱정은 안 하고 있는걸!" 메리가 웃었다.

"잘됐네! 근데 진심이야. 나 잔심부름꾼이나 건들고 다니는 그런 사람은 아니라서."

그들은 둘 다 웃었고, 소녀는 손을 메리의 손목 위에 떨궜다가, 손목을 쥐고서 눌렀다.

"아홉 시에 나올 수 있겠어?"

"그 시간이면 될 거야."

"알겠어. 아홉 시. 부두 옆의 과자점에서."

"오른편에 있는 입구에서 말이지?"

"응."

"알겠어."

그들은 일어났고, 소녀는 그녀에게 미소를 내려 보냈다. 그녀는 메리보다 머리통 하나는 더 커서, 남자애만큼이나 컸다…….

"잘 가, 그럼. 아홉 시에." 그러고는 소녀는 손을 흔들면서 그녀의 해수욕용 오두막 쪽으로 해변을 올라갔다.

22

다른 식구들이 해수욕을 마치고 돌아와, 더 커디의 닫힌 문 뒤쪽에서 옷을 입고 있던 차에 메리가 바다에서 천천히 올라왔다.
"누구였니?" 스티븐스 부인이 접의자에서 열렬히 앞으로 목을 빼며 물었다.
"아, 그냥 친구요." 메리가 말했다.
그녀는 오두막 계단 위에 앉아서 천천히 해수욕용 신발의 끈들을 풀었다. 그녀는 다른 이들이 재빠르게 옷을 입기를 바랐다. 어둑해진 오두막 속에서라면, 모래사장의 섬광에서 벗어나서라면, 생각하기가 한층 쉬울 터였다. 그녀는 식구들이 자기를 보았다는 걸 알았는데, 그녀가 소녀와 함께 일어났을 적에 그녀는 더 커디 쪽을 흘긋 바라보았고 인파 틈새로 아버지와 어머니가 고개들을 가까이 모은 채 궁금한 눈빛으로 응시하는 광경이 언뜻 포착되었기 때문이다.

그러나 그런 건 이제 거의 중요하지 않았다. 작은 어려움들은 더욱 커다란 어려움들의 화재 속에서 너무도 빨리 녹아버리기 마련이니까. 그녀가 낯선 소녀를 만났다는 단순한 사실, 가족에게 낯선 사람과 얘기하는 모습을 보였다는 단순한 낯부끄러움은 다른 모든 것을 무색하게 했던 엄청나고 복잡한 문제와 비교하면 이제 아무것도 아니었다.

메리의 뇌는 그 어떤 논리적이고 이성적인 생각이 떠오르기에는 한참 들떠 있었고, 단 하나의 강력한 충동만이 그녀를 그러쥐었다. 벌떡 일어나 서둘러 떠나서 그 소녀를 찾아 그날 밤 부둣가에서 그녀를 만날 수가 없다고 말하려는 충동 말이다. 왜냐하면 어떤 기이하고 섬뜩한 방식으로 그 소녀는 그날 저녁이 품은 듯했던 모든 낭만과 모험을 가져가 버려, 메리에게는 그날 저녁에 도사린 위험들, 그 당혹스러운 어려움 외에는 아무것도 남지 않았기 때문이다.

그녀가 도대체 어떻게 가족에게 말할 수가 있었단 말인가? 그 매력적인 소녀 옆 햇볕 속에서 메리가 누워 있었을 적에 모든 것이 너무도 턱없이 수월하고 자연스러워 보였더랬다. 그녀가 어느 여자 친구를 만났으며 그녀와 산책을 나설 거라는 한 마디만으로. "안녕, 늦게는 안 올게요"라는 건성의 말만으로.

그러나 지금 그녀가 신발 끈을 잡아당기면서 앉아 있을 무렵, 그녀의 아버지와 어머니가 무언가 짐작할 것이며, 무언가가 벌어지리라고 압도적인 확신하기 시작했다. 그들은 그녀를 막으려 들지 않을 터였다. 그녀의 아버지는 그녀가 어디서 읽었던 아버지들처럼 그녀를 침실에 가둬두지 않을 터였다. 그는 그저 둥근 회색 눈으로 그녀를 보고는 말할 터였다. "아. 그래라." 그렇게 조용하게, 가차 없이, 그녀와 가족 사이에 간극이 벌어질 터였다. 절대로 메워지지 않을 의구심과 의심의 간극이. 그리고 상황은 절대로 다시는 완전히 예전과 같지 않을 터였다…… 절대로…….

가족과 보낸 모든 조용한 저녁에 얽힌 기분 좋은 기억들이 부드럽게 일어나서 그녀를 놀려댔다. 해변 산책로를 따라서 함께 거닐던, 잔잔하고 근심 없는 저녁들 말이다. 그녀는 어떻게 단 한 번이라도 그런 저녁들을 지루하다고 생각하고, 그늘 속에서 깔깔대는 소녀, 소년들의 무리를 분하고, 부러워하는 눈으로 바라볼 수가 있었던가? 그 시간들은 너무도 편안하고, 행복한 저녁들이었건만…….

그리고 그녀의 두려움 아래에는 아린 실망감이 놓여 있었다. 이 소녀와 가진 우정의 첫 순간들은 거의 참기 어려운 흥분으로 고동쳤고, 이제 그것은 갑자기 실망스럽고 위험한 샛길로 붙잡지 못하도록 꿈틀거리며 빠져나간 터였다. 그들이 만나서, 그냥 함께 해안을 따라서 조용한 산책에 나서기로 약속해 뒀을 수만 있더라면! 그들이 어딘가에 둘끼리만 같이 앉아서, 더해가는 땅거미 속에서 이야기하며, 조용히 또 확고하게 우정과 서로에 대한 이해를 쌓아갔을 수만 있더라면! 이 소녀가 낭만과 모험의 대담한 기상을 모두 가져가 버렸을지라도, 메리의 소녀에 대한 경탄과 우정에 대한 갈망은 매 순간 더 깊어졌기 때문이다. 메리는 단 한 번도 다른 인간의 우정을 얻고 싶어서 이렇게 날뛰는 투지를 느껴본 적이 없었는데, 그도 그럴 것이 그녀 안쪽 깊숙한 곳에서 의심의 여지 없이, 평생 가는 보물 같은 우정이 손을 뻗으면 잡히도록 가까이 있음을 알았기 때문이다. 그녀의 인생을 바꾸고 그녀를 꿈도 꾸지 못한 행복으로 데려가 줄 우정이…….

"너 엄청 창백하다! 몸 좀 문질러 닦아라, 아가. 그리고 수건 좀 몸에다 둘러. 다들 언제까지 저 안에 있을 거람!"

메리는 다시 현실로 돌아왔다. 인파가 몰린 해변으로…… 어머니의 불안한 목소리로…….

"전 괜찮아요, 엄마!"

"안 추운 거 확실하니?"

"어떻게 춥겠어요, 이런 날에!"

더 커디의 문이 몇 센티미터 열렸고, 맨팔이 나타나더니 젖은 수영복이 발코니에 질척한 철벅 소리를 내며 떨어졌다.

"오래 있지 마요." 스티븐스 부인이 외쳤다. "메리가 기다리고 있으니까."

"시계침 반쯤 째깍할 새도 안 걸릴 거예요." 안에서 벽에 막힌 목소리가 흘러 나왔다.

스티븐스 씨가 말한, 반쯤 째깍할 새는 실은 오 분가량이었지만, 그는 어니의 작은 학교 모자를 쓰고서는 뒤에 깔깔거리는 아들들을 달고 오두막에서 튀어나옴으로써 그것을 벌충했다. 메리는 그들을 보고 미소 지었고, 거의 죄책감 어린 모습으로 그들을 지나쳐서 오두막으로 들어갔다.

 그녀는 천천히 옷을 입으면서, 가끔씩 멈칫하고, 옷을 손에 쥔 채 작은 벤치에 뻣뻣하게 기대앉기도 했다. 오두막 안쪽에서는 따스한 나무 냄새가 났다. 뒤쪽의 작은 반투명 천창이 작은 방을 연노란색 미광으로 범람시켰다. 그녀는 몸을 구부렸고 천천히 또 생각에 잠겨서 발가락 사이에서 모래를 비벼 떨어뜨렸다.

 두려워하는 게, 아니 심지어 창피해하는 게 다소 터무니없지 않았나? 몇백 명의 여자애들이 매일 밤 나가서 해변 산책로의 신나는 분위기를 즐겼다. 상당히 점잖고 건강한 여자애들이, 그저 남자애들을 만나고 그들과 약간의 농담을 나누는 재미를 즐기면서 말이다. 그런다고 세상에 무슨 해가 될 게 있었단 말인가?

 활기찬 소리가 어둑해진 오두막의 틈들을 통하여 기어 들어왔다. 새되고 들떠서 짤막하게 한바탕씩 짖는 개, 느긋하게 척 하고 노걸이에 노를 괴는 소리, 담소와 웃음의 홀연한 단편들. 점차로 그녀의 우울은 바래졌고, 그러다가 상당히 갑자기 그녀의 공포와 예감은 붕붕 뜬 확신의 홍수 속에 휩쓸렸다. 밤중의 해변 산책로, 그것의 짜릿짜릿한 흥분, 자유! 발걸음이 빨라지고, 느려지다가, 미적대다가, 멈추고! 어둑하고 신비로운 그림자의 조각들에서 나오는 조용한 목소리들! 그녀의 숨결은 가빠졌고, 그녀의 심장은 그녀의 위축된 마음이 숨은 문들을 쿵쾅대며 분발하라고, 제 자부심과 용기를 주장하라고 재촉하는 듯했다. 그녀가 가장 좋은 꽃무늬 드레스를 가져왔다는 게, 그녀의 뺨이 구릿빛으로 타 있었고, 그녀의 눈이 맑았다는 게

천재일우였다! 하마터면 그녀는 그 드레스를 집에다 두고서, 작년의 파란색 드레스만 가져올 뻔했는데, 평범한 경우라면 그 드레스는 그녀가 식구들과 함께할 만한 그 어떤 행사에서도 충분히 입을 만했을 테이기야 했다.

또 다른 생각이 찾아와서 그녀를 거들고 안심시켰다. 그녀의 아버지와 어머니가 다 알 필요는 없을 터였다. 그녀는 딕에게 속을 터놓을 터였다. 딕은 그 재미를 상당히 즐길 터였다. 그들은 딱 평소대로, 그들의 저녁 산책을 위해 나갈 터였다. 그들은 세인트 매슈스 로드의 길모퉁이에서 서로를 떠나서 어느 확정된 시간에 다시 만나기로 정할 터였다. 딕은 혼자 돌아다니는 산책을 가도 상당히 행복해할 터였다…….

"얼른 오렴, 메리! 번 먹고 싶으면!"

번? 그래, 당연하다. 그들은 아침 해수욕 다음에는 언제나 번을 먹었으니까.

"지금 가요." 그녀가 스타킹을 들고 허둥지둥하면서 외쳤다.

번이 어떻게 된 것인가? 그것은 그녀의 입속에서 말랑한 접착제 덩어리처럼 느껴졌고, 번의 작은 조각을 삼킨 뒤에 그녀는 나머지 빵을 오두막의 계단에 놓고 남겨두었다.

"푸석하니?" 스티븐스 씨가 물었다.

"조금 그러네요."

아버지는 안경 너머로 반쯤 먹은 번을 쳐다보고는 못마땅한 기미를 담아서 아내를 돌아보았다.

"이런 날씨에는 빵이 푸석해질 거라고 내가 그랬잖아요. 일요일에 먹을 번은 토요일에 사 올 필요가 전혀 없다니까. 오늘도 연 제과점이 충분히 있는데."

"네, 다음부터는 기억할게요." 스티븐스 부인이 말했다. "확실히 바보 같은 짓이었네요." 그러고는 그녀는 자기가 먹던 번에서 넓적다리로 떨어진 신선하지 않은 빵 부스러기를 죄책감 서린 몸짓으로 털어내었다.

23

 오후 동안 예기치 못한 또 다른 일이 벌어졌는데, 이번에는 가족 전체가 관여된 것으로, 각자의 특정한 관점들에 따른 다른 방식들로 살짝 서로를 속상하게 했다.
 오후에 그들은 크리켓 경기를 한 판 하고 있었고, 딕이 공을 날려 버릴 심산이었던 터라 스티븐스 씨는 극적으로 공을 잡아낼 요량으로 얼마간의 거리를 두고 물러난 터였다. 어니가 투구하고 있었고 메리는 위킷 뒤편에 있던 차에 딕이 공을 하늘로 솟구쳐 보냈다. 어니는 외쳤다. "저기 있다, 아빠. 잡으세요!" 그러나 놀랍게도 스티븐스 씨는 그가 수비를 보던 곳에서 사라진 터였고, 공은 노란색 해변용 파자마를 입은 소녀 옆의 모래사장에 피해 없이 튕겼다.
 이번 일이 더더욱 놀라웠던 건 스티븐스 씨는 언제나 매우 조심해서 그 어떤 경기에 참여할 때도 규칙을 준수했기 때문이다. 그는 이닝 도중에 아무렇지도 않게 다른 데로 빗어나 버리는 일은 꿈도 꾸지 않을 터였다.

그러나 수수께끼는, 아니 적어도 수수께끼의 일부는 재빨리 풀렸다. 모래사장을 흘긋 둘러보니 스티븐스 씨가 방파제 옆에 서서 눈에 띄게 연회색 플란넬 정장을 차려입은, 어느 극도로 살이 찌고 얼굴이 붉은 신사와 대화 중이었기 때문이다. 그는 커다랗고 매우 하얀 파나마모자를 쓰고 있었고 등나무 지팡이를 들고 있었다. 웬 부드러운 재질의 널찍한 붉은 혁대가 그의 허리에 둘려 있었고 말쑥한 갈색과 흰색의, 가죽 및 캔버스 천으로 된 신발은 뾰족했으며 그의 육중한 몸에는 전혀 어울리지 않게 작았다.

그는 스티븐스 씨와 전혀 닮지 않았고, 그들의 아버지가 주로 친구로 삼던 남자들의 유형과 완전히 달랐기에 아이들은 호기심과 불가사의에 빠져 빤히 그를 바라보았다. 크리켓 시합은 갑자기 멈추었고, 그들은 둘러서 기다리면서, 궁금해하지 않는 체를 하면서도 그들의 아버지가 서 있던 곳을 곁눈질로 몰래 흘긋거렸다. 튼튼한 그 남자는 모자를 눈 위까지 푹 썼던지라 그들은 큼지막한 붉은 이중 턱과 널찍하고 뚱뚱한 코끝밖에는 볼 수가 없었다. 그는 모자를 산책용 지팡이의 구부러진 손잡이로 고정시키고 있었고, 그가 무릎을 뒤로 뻗어 버틴 채로 다리를 모으고 서 있을 동안 그의 옷은 뒤에서 펄럭거렸고 그를 폭풍을 의기양양하게 가르고 나아가는 옛 전함의 선수상처럼 보이게 했다.

대화는 짤막하게나마 얼마간 계속되었다. 아이들에게 뚱뚱한 남자의 요란한 목소리가 들렸지만, 말들은 바람결에 날아가 버렸다. 그들의 아버지는 다소 당혹스러워하면서도 불편해하는 듯 보였던 것이, 거의 뭔가 찔리는 데가 있는 어린 소년 같았다. 그는 바지를 당겨 올렸고, 셔츠를 밀어 넣고서 한두 번 길 잃은 얇은 머리카락 몇 가닥을 매만졌다.

끝내 그 뚱뚱한 남자는 거대한 한 손을 내밀었고, 스티븐스 씨는 기운 없이 그것을 쥐었으며 그 뚱뚱한 남자는 마치 붙잡힌 풍선처럼 방방 흔들리는 채로 해변을 따라서 힘차게 자리를 떴다.

그런 뒤에 스티븐스 씨는 돌아서, 천천히 아이들에게 다가갔다. 마치 그가 생각에 깊이 빠져 있었다는 듯이 그는 고개를 숙이고 있었지만, 갑자기 그는 상황을 기억해 낸 듯했다. 이어서 그는 미약한 미소를 띠고 올려다보고는 "계속하자" 외친 후 크리켓을 한다고 서 있던 자리로 돌아갔다.

그러나 아무렇지도 않게 굴려는 그의 시도는 아이들을 속이지 못했다. 그들은 본능적으로 무슨 일이 벌어졌다는 것을 알았고, 무슨 일인지 알고 싶어서 속이 타들어 가고 있었지만 일단 경기를 재개했다.

그러나 경기에서는 이미 활기가 빠져나간 터였다. 그들은 정신이 팔린 채로 경기에 임했고, 어니가 볼링하는 회기의 막바지에 스티븐스 씨가 자기 차례를 맡으러 올라오자, 딕은 이 긴장감을 더는 견딜 수가 없었다.

"누구였어요, 아빠?"

"저분은" 하고 스티븐스 씨가 중요하다는 듯 말했다. "몽고메리 씨였다."

"몽고메리 씨가 누군데요?"

"회사의 매우 중요한 고객님이셔."

딕은 갑작스러운 안도감을 느꼈다. 불안한 한순간 그는 이 모르는 사람이 아버지 회사의 상무 이사로 보그너까지 내려와서 아버지를 해고했던 것으로 상상했던 것이다.

"사업을 매우 크게 하시는 분인데" 하고 스티븐스 씨가 말을 이었다. "그분이 내일 앨드웍 로드에 있는 자택으로 우리 모두를 다과에 초대하셨어."

그는 멈칫하고 각 가족 구성원을 차례로 쳐다보면서, 그들이 이 소식을 어떻게 받아들일지 궁금해했다. 더 커디 발코니에서부터 이 일체의 사태를 지켜보았던 스티븐스 부인은 무슨 일이었는지 들으러 내려온 터였고, 다소 어색한 침묵을 깬 것은 그녀였다.

"정말 상냥하기도 하시지! 혹시 사모님도 계시나요, 몽……?"

"……고메리 씨한테? 오, 그럼. 사모님께서도 댁에 계실 거라고 하셨어요."

아이들에게 첫 번째로 울컥 든 감정은 당연히 짜증이었으나 그들은 아버지를 위해서 그런 기색을 감추었다. 그들은 그 다과에 참석해야 할 터임을 알았는데, 거절한다는 것은 회사에서 그들의 아버지가 곤란해질 수도 있다는 뜻이었기 때문이다. 아버지의 회사에서 그렇게 중요한 고객님의 초대를 거절하는 것은 매우 위험할 터였다. 그러나 휴가의 첫 번째 주가 지난 터였고, 가속해 가는 매시간이 더욱 소중해지고 있었다. 그들이 내일 하고 싶었던 일들이 수십 가지가 있었는데, 이 멍청한 초대로 하루가 통째로 망쳐질 터였다. 아침에는 그걸 가지고 안달복달하느라고, 이른 오후에는 준비하고, 신발에 윤을 내고, 빌어먹을 목깃 달린 셔츠와 넥타이와 덥고 꽉 죄는 옷들을 입느라고 쓸 터였고, 적어도 저녁 일부가 지나간 다음에야 그들은 숙소로 돌아와 편한 옷을 다시 입게 될 터였다. 왜…… 왜 이런 약 오르는 일들이 나타나서 그들의 소중한 날들을 망쳤단 말인가? 그들이 무엇을 했기에 이런 업보를 받아야 마땅했단 말인가? 그럼에도, 안달복달해봤자 소용없었다. 어쩔 수 없는 일이었다. 그들 나름대로 최선을 다해 일을 꾸려나가야 할 터였다.

그러나 스티븐스 씨는 현명하게 소맷부리에 무언가를 감춰둔 터였다. 그는 식구들이 이 초대에 관해 어떻게 느낄지 정확히 알았고, 그가 깜짝 선물을 드러내기 전에 최악의 부분을 건너가고 싶었다.

"그분이 운전기사에다, 차를 보내서 우리를 데리러 오겠단다." 그는 선언했다. "그리고 이후에는 운전기사가 다시 차로 데려다줄 거란다!"

"설마, 증말로요!" 스티븐스 부인이 놀라 숨을 삼켰지만, 그녀의 남편은 진득이 고개를 끄덕였다. "어머나, 참으로 상냥하시네요!"

그 소식은 스티븐스 부인과, 어니, 메리에게 전기가 통하는 듯한 효과를 냈다. 스티븐스 부인은 개인 소유 자동차에 타본 적이 두 번밖에 없었는데, 한 번은 시아주버니 소유의 작고 시끄러운 차였고,

한 번은 그녀 삼촌의 장례식에서였다. 자동차가 시뷰에 다가와 대문 밖에 정차한 채, 타륜에는 운전기사를 두고서 부릉대는 장관이라니! 그녀는 자기를 위해서는 물론이거니와 허짓 부인을 위해서도 기뻤다. 세인트 매슈스 로드의 다른 여주인들도 이 장면을 목격할 것이 분명했고, 설사 한둘밖에 보지 못했다고 하더라도 그 소식은 재빠르게 퍼질 터였다. 특히나 그것이 웅장한 자동차일 가능성이 컸으니만큼 말이다.

메리조차도 더 시커모어스에 있는 허세 가득한 소년 소녀들이 이 장면을 보게 되겠다는 희망에 굴하지 않을 수 없었다. 그걸로 그들을 조용하게 하고 이어지는 날들 동안 그들은 한층 흥미가 돋고 존경심을 보이는 눈빛으로 쳐다보리라는 확신이 들었던 것이다.

어니는 당연히 흥분했지만, 딕에게 그 소식은 그의 짜증을 억누르는 데에 딱히 도움이 되지 않았다. 그의 내면에 있는 확고한 독립심은, 언제나 잘난 체하는 듯이 들리는 그 어떤 것에도 들고 일어날 준비가 되어 있었다. 그는 차라리 걸어갈 터였고(거기까지 갈 때도 돌아올 때도 말이다), 줄 것이라고는 다과를 제공하신 데에 대한 "감사합니다"라는 단 한마디의 인사만 할 것이었다. 그는 몽고메리 씨에게 반감을 품었다. 먼곳에서 척 보아도 그는 천박한 인간 같았다. 딕은 아버지를 우스꽝스럽고, 작고, 불편해 보이게 만들었던 남자의 그 기이하고 유쾌하지 못한 태도에 분개했다. 단연코 그는 차라리 걸어갈 터였다…….

스티븐스 씨는 계속 말을 이어갔다. 그는 자신이 이 물의에 책임이 있었음을 알았고 이 행사를 가능한 한 흥미롭게 만들기 위해서라면 힘 닿는 데까지 모든 것을 하고자 작심한 상태였다.

"그분이 본인 소유의 저택을 새로 막 지으셔서 우리가 그분이 처음 맞는 손님인 거야."

"그 사람 엄청 부자예요?" 어니가 물었다.

"부자라고! 아빠가 딱 생각하기에는 분명 부자란다! 그분은 엄청나게 규모가 큰 도매 사탕 제조업자이셔."

"무슨 종류 사탕이요?" 어니가 경외심에 차고 숨죽인 목소리로 물었다.

"대개 버터가 들어간 사탕류, 그리고 설탕을 끓여 만든 사탕류랄까. 초콜릿 쪽으로 많이 하시는 것 같지는 않아. 어니도 분명히 가게에서 봤겠지? '몽고메리제 버터너트'? 유리 단지에 들어 있고, 빨갛고 하얀 상표가 붙어 있는."

어니는 휘둥그레 뜬 눈으로 아버지를 응시했다. 그는 오로지 못 믿겠다는 듯 "이야!"라는 말을 웅얼거릴 뿐이었다. 그는 사로잡혔고, 황홀경에 빠졌다. 그 뚱뚱한 남자가 과일맛 모둠 알사탕들 속에서 무릎까지 파묻혀 헤치며 걷는 광경들, 그가 해변에 게으르게 대자로 퍼질러져서 '버터너트'를 가지고 물수제비를 뜨는 광경들이 그의 눈앞에서 떠다녔다.

"아빠 생각에 그 사람이 거기 사탕을 좀 놔둘까요, 내일?"

스티븐스 씨는 웃었다. "그분도 휴일에는 사탕이라면 신물이 나실 것 같은데."

아무리 애를 써본들 어니는 과자점에서 몽고메리제 특유의 유리 단지를 본 적이 있는지 기억할 수 없었지만, 다음에 그가 시내에 있을 때에는 바늘 하나 남기지 말고 샅샅이 뒤져서 그 병들을 찾아내자고 결심했다.

다른 식구들도 어니에게서 열의를 조금씩 옮겨 받기 시작했다. 어쨌든 그들은 상황을 최선을 다해 활용하는 편이 좋을지도 몰랐다. 그들은 자동차 색깔과 제조사에 내기를 걸었다. 메리는 롤스로이스일 거라고 확신했지만, 어니는 커다란 뷰익일 거라고 주장했다. 딕은 샛노란 다임러를 생각했다. 여하간, 상당히 재미있을지도 몰랐다.

스티븐스 부인은 그곳이 새집이니만큼 집 안을 두루 소개받을 수 있기를 희망했다. 그녀는 커튼 관련으로 새로운 발상을 얻는 데에 언제나 열성적이었거니와, 그녀로서는 부엌에 뭐라도 큰 변화를 주는 것을 절대로 기대할 수는 없을지라도, 뭔가를 보온하고 보냉하기 위해 사람들이 요새 들이던 멋진 발명품들을 구경하는 데 큰 흥미가 있었다.

스티븐스 씨 자신의 개인적인 감정은 매우 뒤섞여 있었다. 그가 이런 예기치 못한 뜻밖의 운명에 짜증이 나고 분개하는 마음이 드는 것은 자연스러웠는데, 어떤 남자도 일터의 분위기가 휴가에 불쑥 끼어드는 걸 좋아하지 않기 때문이다. 몽고메리 씨의 출현은 그에게 상당한 충격을 주었다. 그는 너무도 완전히 허를 찔렸고, 그의 꾀죄죄한 크리켓 셔츠와 오래된 플란넬 바지, 정갈하지 못한 머리칼로 너무도 끔찍한 부랑자 같은 기분이 되었다. 마치 그가 그런 꼴로 넋을 잃고 사무실로 간 듯했는데, 그가 방파제 옆에서 몽고메리 씨와 얘기하며 서 있던 동안 그는 마치 사무실이, 제 모든 퀴퀴한 파일들과 황량한 구석 자리들과 더불어, 갑자기 그를 급습하여 덮은 것처럼 느껴졌기 때문이다. 그는 해변 산책로 담벼락에서 문 하나가 열려서, 임원들 중 한 명이 걸어나와서 "아이고, 몽고메리 씨! 따라 들어오세요!" 하고 말하는 광경을 보더라도 거의 놀라지 않았을 테다.

몽고메리 씨네 집으로 가는 내일의 여정은, 커다란 자동차의 안락과 중요성 속에서조차, 그의 일터로 가는 여정과 같을 터였다. 그는 자신이 시계를 들여다보고 있다가, 시계가 여섯 시를 칠 때에 합법적으로 집으로 돌아갈 자격이 된다고 느끼리라는 확신이 들었다.

그러나 거기에는 다른 면도 있었다, 매우 중요한 면이. 몽고메리 씨는 회사에서 가장 굵직하면서도 가장 소중히 생각되는 고객들 중 한 명이었다. 그가 다달이 상자를 주문하는 양은 규칙적이고 상당했던 한편, 크리스마스 직전에 그가 주문한 양도 아닌 게 아니라 매우 컸다. 임원들은 예외 없이 그가 사무실에 방문했을 적에 대단히 예우를 갖춰 그를 대했고, 언제나 그를 몸소 문까지 안내했으며 그가 출발할 시에는 고개 숙여 배웅했다. 그는 너무도 요인要人이었던지라 스티븐스 씨를 아예 의식하지 못하는 경우가 종종 있었으나, 가끔 그가 어쩌다가 점심 식사 이후에, 특히나 붉은 얼굴을 하고 기다란 시가 담배를 물고서 방문할 때면 그는 스티븐스 씨에게 까닥이고 미소를 주곤 했다. 한번은 심지어 그가 스티븐스 씨에게 안부를 묻기까지 했다.

그렇다면 일단 몽고메리 씨가 길을 멈춰서 그에게 얘기를 걸었다는 것 자체가 기분 좋은 찬사였으며, 그가 일가족 전원을 다과에 초대했다는 것은 더더욱 커다란 찬사였다.

둘째로, 만일 다과회가 잘 흘러가고 몽고메리 씨에게 우호적인 인상을 남겨둔다면 스티븐스 씨에게 이는 사무실에서 상당한 이점으로 작용할지도 몰랐다. 방문 시 아마도 임원들 중 하나에게 그 모임을 언급할 것이고, 그러면 임원들에게 스티븐스 씨는 더 높게 평가받을 터였다. 이 중요한 고객이 그를 좋게 생각한 나머지 다과회에까지 초대했기 때문만이 아니라, 그가 자기 휴가의 일부를 희생해 가면서까지 귀중한 업무적 관계를 공고히 하기 위해 무언가를 했기 때문이었다. 그것은 그의 이름에 호평을 남겨줄 터였다.

그렇다. 확실히 그 다과회에 이득이 되는 면이 없지는 않았다. 다과회가 잘 흘러가기만 한다면 말이다. 딕과 메리는 그를 자랑스럽게 해줄 테다. 둘 다 말쑥해 보일 것이고, 둘 다 외양도 좋았고 행동거지도 상냥했다. 그의 아내도 열심히 노력하여 몽고메리 부인에게 케이크다 집 안이다 뭐다 하며 잔뜩 추켜세워줄 터였음을 확신했다. 어니만이 유일하게 미심쩍은 변수였으니, 스티븐스 씨는 어니가 꼼지락거리거나 사탕에 관해 무슨 끔찍한 말을 하지 않기를 희망할 수밖에는 없었다. 그러나 어쨌든, 그는 어렸고, 심지어는 그 웃긴 태도로 몽고메리 부부를 재미있게 해줄지도 모를 일이었다.

그는 벌써 불안해지는 자신을 발견했고, 당분간은 크리켓 시합에 몸담아 그걸 잊으려고 노력했다. 그러나 아무리 그들이 용을 써본들, 그들 모두 몽고메리 씨와 그의 자동차와 운전기사의 그림자가 경기장 위를 맴돌면서 공을 보는 그들의 시야를 침침하게 했음을 알고 있었다.

다과를 들러 돌아가는 길이 길어졌던 건 그들이 시내를 통과해 지나쳐서 제과점의 창문 안쪽으로 '몽고메리제 버터너트'를 찾아보게 되었기 때문이다. 그러나 그들은 하나도 찾지를 못했고, 스티븐스 씨는 몽고메리 씨가 아마도 활동 반경을 런던을 위시한 대도시들로 제한했던 거라고 의견을 냈다. 어니는 실망했지만, 딕은 그들만의 작은 보그너가 이 불쾌하고 뚱뚱한 남자의 '버터너트'를 무시했다는 것이 기뻤다. 그들은 여전히 몽고메리 씨와 그의 운전기사와 그의 '버터너트'를 논하면서 다과를 들러 시뷰의 대문을 줄지어 통과했다.

메리 입장에서 몽고메리 씨는 유쾌한 기분 전환이자 남아 있는 불확실성 속에서 견딜 수 없어지던 낮에 대한 안식으로 찾아왔다. 점심 이후에 또 오후 동안 줄곧 그녀는 딕에게 속을 터놓을 기회를 엿보았다. 딕과 저녁 산책을 함께 나가 헤어졌다가 다시 만날 장소를 주선해 두면 될 것 같았다. 그러나 어찌 된 일인지 그런 기회는 결코 찾아오질 않았다. 점심 식사 때에는 아버지에게 사실을 털어놓을 용기를 느낀 순간도 있었다. 마침 스티븐스 씨가 그 소녀에 관해서 질문 하나를 했고, 그리하여 메리가 그들이 한때 마담 뤼퐁네에서 함께 일했더라는 이야기를 그에게 할 동안, 그녀의 혀끝에는 그들이 그날 저녁에 산책을 하러 만날 예정이라는 말이 매달려 있었다. 그들이 다시 만나는 게 완벽하게 자연스럽고 합당해 보였지만, 그녀가 그 말들을 만들고 있던 동안에조차 그 대화는 다른 무언가로 틀어져 버렸고 그녀의 기회는 사라져 버렸다.

그리고 이제 그들은 다과 테이블 앞에 있었다. 산책을 가기까지는 몇 시간밖에 남아 있지 않고, 아직 아무것도 주선된 게 없는 채로. 대화의 주제는 계속해서 몽고메리 씨에게로 되돌아갔다. 그래서 그녀는 기계적으로 그 대화에 끼면서, 다른 식구들이 웃을 때 웃으면서도, 그러는 내내 다가오는 저녁에 관해 생각하고 있었다. 이제 선택지는 오로지 한 가지밖에 없었다. 다과를 들고 나서 즉시 그녀는 방으로 올라가서, 딕을 불러낼 구실을 만들 터였고, 그 구실이란…… 갑자기 그녀의 꼬리에 꼬리를 무는 생각이 뚝 끊겼다…….

다과는 끝났고 스티븐스 씨는 의자를 뒤로 밀어두고 양다리를 쫙 뻗은 터였다.

"이렇게 하면 어때! 우리 오늘 밤에 피에로 공연을 보러 가는 거야, 저녁 식사 뒤에."

죄책감 서린 비밀을 품은 사람들 위를 맴돌던 처벌의 악마라도 있었단 말인가? 기만이라는 여린 조직에 제 손가락을 푹 찍어서 조직들을 찢어발길 기회만을 기다리고 있던? 아니면 그녀의 아버지가 진실을 추정했고, 그녀를 좌절시키려고, 어쩌면 그녀를 구제하려고 이런 일을 했던 것일 수도 있었을까? 그러나 아버지를 바라보던 메리는 그의 눈 뒤에서 어떤 그림자도 보지 못했다. 그저 자식들과 아내에게 행복한 저녁을 제공하는 데에 대한 기쁨의 미소밖에는…….

말하던 목소리는 거의 그녀의 목소리처럼 들리지 않았다. 그 목소리는 너무도 먹먹했고 기이하게 들렸다.

"죄송해요, 아빠. 제가 오늘 밤 제시카랑 산책을 나가기로 오늘 아침에 정해서요……."

벽난로 선반 위에 놓인 금박을 입힌 시계가, 유리장 아래에서, 가늘디가는 금속성의 소리를 째깍째깍 내면서 침묵을 물리치려고 전력을 다했다. 메리는 자신에게 내려앉는 시선을 느꼈다. 궁금증이 서린, 꿰뚫는 듯한 네 쌍의 눈을…….

"너무나 죄송해요. 제가 미처 아빠가…… 아빠가 오늘 저녁에 뭔가를 생각해 두신 줄은 모르고."

아이스크림 행상인이 창문 옆을 터덜터덜 걸어가면서 불협화음을 내며 자전거 종을 쨍그랑거렸다. 길 건너편의 더 시커모어스 축음기에서 희미하게 딸랑거리는 듯한 소리가 들려왔고, 메리는 의자에서 구부정하니 앉아 있었다. 아버지가 말했을 때, 그 목소리의 침착한 자연스러움은 거의 비현실적으로 들렸다.

"오. 오, 뭐, 다른 날 밤에 가도 전혀 문제없단다."

"끔찍할 만큼 죄송해요, 아빠……."

"바보 같은 소리 하지 말렴! 왜 너라고 친구랑 나가면 안 되겠니? 괜찮은 기분 전환이 될 거다. 아빠가 생각에도 매우 괜찮은 여자애로 보이더구나."

메리는 답할 수가 없었다. 그녀는 그저 고개를 들어 그에게 미소 지을 수밖에 없었다. 그녀는 그 감사함을 말로 다 할 수가 없었다.

그녀는 자리를 빠져나갈 수 있게 되자마자 방으로 달려 올라가서,

서랍장에서 가장 좋은 드레스를 끄집어내고 침대 위에 펼쳐두었다. 그녀는 그것을 그날 일찍이 한 번 꺼내 보았다. 점심 식사 직후 메리는 그 드레스를 꺼내서 그저 한 번 털어보았으나, 그녀의 죄책감은 그 드레스를 다시 제 은신처에 넣어두게 했다. 이제 그녀는 그걸 놓아둔 자리에 두었고, 그 아래 방바닥에다가 가장 좋은 신발과 스타킹을 내놓았다. 메리가 아래층에 다시 내려올 적에 방문을 열어둔 채였다. 이제는 숨길 죄책감이 없었던 것이다. 드레스는 누구나 볼 수 있게 놓여 있었고, 모든 흥분과 숨 가쁜 모험을 담은 저녁은 양팔을 벌린 채로 그녀 앞에 놓여 있었다. 그녀는 아버지가 그녀를 믿어준 것을 절대로 잊지 않을 터였다. 그는 그녀의 자신감을 높여주었고, 그녀에게 새로운 자부심을 주었다. 그는, 아내를 향해 눈을 찡긋하면서, 예쁜 여자애들 둘이니만큼 어두워지고 나면 보그너에서는 조심해야 한다고 말했고, 그의 목소리에 담긴 무언가가 위험을 우려하는 마음은 품고 있지 않다는 것을 보여주었다. 저녁은 한층 가벼워진 듯했고, 그녀의 음울한 작은 침실마저도 떠돌아다니는 햇빛 줄기를 잡아챘다.

  다과와 저녁 식사 사이의 시간은 재빠른 속도로 지나갔다. 아들들은 스티븐스 씨와 더불어 모래사장을 따라서 산책에 나섰던 한편 메리와 스티븐스 부인은 보그너 시내로 걸어서 헤이킨 부인에게 가져갈 선물을 찾으러 갔다. 그들은 주중에 헤이킨 부인에게 알록달록한 엽서 두 장을 보냈더랬다. 부두가 담긴 것과 방갈로 중 하나가 담기고 더 커다를 십자로 표시해 둔 것을. 헤이킨 부인은 템스 둑의 사진으로 답장을 보냈고, 조는 상당히 잘 있으며 아침이면 아름답게 지저귀고 있었노라고 말했다. 씨앗은 줄어들고 있었지만, 얼추 휴가 시간만큼은 버텨줄 터라고.

도시의 문장과 **보그너 기념품**이라는 글자가 새겨진 자기 한 점을 그녀에게 가져가는 것이 그들의 연례 관습이었다. 그들은 매해 다른 자기들과 어울리는 한 점을 구하려고 애를 썼고, 현재까지 그녀에게 달걀 컵 두 잔과 촛대 하나, 버터 그릇 하나, 재떨이 하나, 크림 단지 하나를 주었더랬다. 올해 그들은 자기로 된 토스트꽂이가 기분 좋은 깜짝 선물이 될 거라고 생각했고, 상당히 오래 찾아다닌 끝에 런던 로드에서 조금 벗어난 가게에서 하나를 찾았다. 그 가게는 일요일이라 닫혀 있었지만 그들은 이튿날 아침에 맨 먼저 그 꽂이를 구해오기로 결심했다.

그들이 시뷰로 걸어 돌아오던 사이에 땅거미가 지고 있었다. 기나긴 햇살이 비치는 낮 동안 내내 메리가 때로는 격심한 갈망을 품고서, 다른 때는 가슴 졸아드는 공포를 품고서, 기다리고 있었던 그 땅거미가 말이다.

24

 저녁 식사는 차가운 음식이었으니만큼 금방 끝났지만, 진저비어 단지가 약간의 불안과 지연을 야기하기는 했다. 진저비어 단지는 바닥이 날 징후를 보이기 시작했고, 상당히 구슬리고 쥐어짜고 기울인 다음에야 그들의 잔이 채워졌다. 그러나 그 단지는 맡은 일을 매우 잘해줬고 적절한만큼 버텨 주었다. 내일 아침이면 두 번째 단지가 올 예정이었던 터다.
 그 지연이 메리를 노심초사하게 했던 이유는 그녀가 식사를 마칠 때까지는 드레스를 갈아입지 않기로 결심했기 때문이었다. 그녀의 모험을 가족들의 눈앞에서 과시하는 것은 바보짓일 터였는데, 비밀을 유지할 필요성은 행복하게도 완전히 흩어졌음에도 그녀가 가장 좋은 꽃무늬 드레스 차림으로 저녁 식사에 자리하는 건 그녀의 아버지, 어머니에게 내미는 도전장같이 보일 터였다. 그러면 그들은 도전장을 받아 자비롭게 내어준 처음의 충동적 결정을 재검토할 터였고, 심지어는 불편해하며 그 결정을 재고할지도 몰랐다. 그녀는 흥분을 감추려고 노력했고, 그녀의 부모님이 저녁 일정에 관해서 말했을 때 가급적 자연스럽게 얘기했다.

그녀 침실의 명멸하는 가스등 불빛 속에서 옷을 차려입자니 이상했다. 그것은 시뷰에서 한 번도 해본 적이 없던 일이었는데, 평소라면 저녁 식후에는 그냥 방에 달려 올라가서 어둠 속에서 코트나 모자를 찾아 더듬을 뿐이었던 탓이다. 그녀는 성 요한 회관의 목요무도회에 가려고 커루나 로드에 있는 그녀의 방에서 옷을 차려입던 겨울철 저녁들을 떠올렸는데, 다만 이곳의 불빛이 너무도 끔찍하게 형편없었고 그녀의 거울로부터 너무 멀찍이 떨어져 있었다는 점만이 달랐다.

한 줄기의 노을빛이 길 반대편의 주택들 뒤편으로 희미해져 가고 있었지만, 주택 정면들은 매우 어두웠고 여기저기 창문들에서 불빛들이 명멸했다. 그녀는 커튼이 쳐진 저런 창문들 뒤편에서 저녁을 위해 옷을 차려입는 다른 여자애들을 상상해 보았다. 그런 상상은 그녀에게 용기를 주었고, 계속해서 슬며시 기어들어 오고 있었던 외로움을 떨치도록 도왔다. 그녀는 립스틱을 발랐다가 문질러 닦아내기로 결정했다. 불필요했달까, 건강하고 태양에 그을린 얼굴에는 다소 어울리지 않았다. 시간은 아홉 시 십 분 전이었다. 그녀는 모자를 당겨 썼고, 거무칙칙한 거울을 흘긋 본 다음에, 조명도 더 낮고 덜

변색된 거울이 있는 어머니의 방으로 살그머니 내려갔다.

어머니의 화장대 위에는 반쯤 빈 작은 콜드크림 통이 서 있었고, 옆으로는 모기용 로션 한 병과 윤이 도는 바늘들로 곤두서 있는, 일부만 짜인 양말 한 짝이 있었다. 그녀는 자기 모습을 마지막으로 흘긋 보고, 불빛을 탁 끄고서, 어둠 속에서 한순간 서 있었다. 그녀는 돌아올 때까지 다시 자기 모습을 보지 않을 터였다. 그녀는 자기 방의 가스등을 켜고서 거울 앞에서 얼굴을 다시 보기 전까지 무슨 일이 벌어질지 궁금했다. 어둠은 부드러워지기 시작했고, 창문은 유령 같은 회색으로 모습을 드러냈다. 맞은편의 주택들은 희미해지는 노을의 잔해를 배경으로 검은 윤곽으로 떠올랐다. 그녀는 부드럽게 살며시 움직여서 문으로, 또 아래층의 현관으로 갔다.

세인트 매슈스 로드는 지는 태양과 떠오르는 달 사이에서 묵직한 흑색을 더해가고 있었지만, 저 멀찍이 끄트머리에서는 해변 산책로를 따라서 명멸하는 불빛이 보였다. 그녀는 이런 친근한 불빛들을 보통 즐겼지만, 머린 퍼레이드가(街)로 나온 지금은 그 불빛들로부터 몸을 사려서 거리의 멀찍한 쪽에 있는 도보를 따라 발걸음을 서둘렀다. 선명한 꽃무늬 드레스를 입은 그녀는 여기서조차 끔찍하게도 눈에 띄는 기분이 들었다. 사람들이 지나가다가 멈추어 그녀를 돌아보고 있는 것 같은 그런 불편한 느낌이 들었다.

부두로 통하는 입구가 언제나 사람이 몰리는 곳이었던 건 그 휘황찬란한 불빛들과 유혹적인 자동 오락기들 때문이었다. 저녁에 그곳은 보그너의 중심지가 되었고, 메리가 불안해하며 그곳에 가까워질 무렵 거기에는 거대한 인파가 있는 듯 보였다. 그녀는 그들이 좀 더 조용한 만남의 장소를 정해두지 않았던 것이 얼마나 안타까운 일이었는지 생각했고, 일말의 낭패감과 함께 자신이 이토록 북적거리는 중에 자기 친구를 찾기나 할지 의문이 들었다. 그녀가 길을 건너기 시작할 때 시내에서는 시계가 울리고 있었다. 인파는 사실 멀찍이서 보였던 것처럼 거대하지는 않았고, 메리가 흘긋 둘러보니 친구는 아직 오지 않은 터였다.

그녀는 서로를 알아볼지 의문을 품기 시작했다. 그녀는 이 시간이 오래 걸리지 않기를 희망했다. 그녀가 서 있던 곳은 너무도 현란하고, 무방비했던 것이다…….

두 소년이 어둠에서 나와서 불빛들이 이룬 원으로 들어왔다. 허리선이 쫙 들어간 딱 붙는 파란색 블레이저에다, 포대 자루 같은 회색 플란넬 바지 차림의 소년들이. 그들은 그녀를, 천천하고도 되바라지게 머리부터 발끝까지 빤히 쳐다보았고, 떠나가는 동안에도 어깨너머로 그녀를 흘긋 넘겨다보고서 수군거리며 웃었다. 메리는 뺨에 피가 몰리는 것을, 어두워진 밤길을 따라 황급히 집에 가고 싶다는 급작스러운 충동을 느꼈다. 이전에도 남자애들이 그녀를 종종 보기야 했다. 하지만 수줍게, 그녀를 기쁘게 한 방식으로였지, 결코 이런 뻔뻔하고 무례한 태도는 본 적이 없었다. 그녀는 남자애들에게 화가 난 게 아니라 그녀 자신에게 화가 났다. 그녀가 이런 상황을 자청한 것 아니었나? 이러려고 온 것 아니었나? 이 불빛들만 이렇게 현란하지 않았더라면…… 이렇게 일분일초가 영원같이 이어지지만 않았더라면…….

기이한 감각이 그녀에게 스며들기 시작했다. 기이하고 겁을 주는 비현실감 말이다. 아케이드가, 천천히 지나가는 인파가 멀찍하고, 꿈결 같아졌다. 발걸음 소리와 자동 오락기의 철커덩 소리는 공허한 메아리가 되었다. 그녀의 양발은 더는 보도 위를 꾹 밟고 있지 않았다. 보도는 부어오른 듯했고, 그녀의 발을 위로 밀어 올리고 있었다. 실신할 것 같지도 어쩔한 느낌도 아니었다. 그건 그저 가시질 않는 기이함 때문이었다. 그녀는 절박하게, 그에 맞서 싸웠다. 그녀의 심장이 쿵쾅대고 있었다. 광기에 사로잡혔던 것일까, 아니면 그녀의 기억력이 떨어지고 있었던 걸까? 오로지 홈통 옆에서, 빛의 고리 바깥에서 신문을 파는 반백이 된 작은 남자만이 그녀가 알던 세상에서 남은 것이었다. 그녀는 그를 응시하면서, 그의 평온하고도 주름진 얼굴을 통하여, 일 분 전의 친근한 옛 세계를 다시 끌어내리려고 했다. 그때 그 사람도 역시 점차 바뀌었다. 그 사람도 이 흐릿해진, 끔찍한 비현실로 건너가 합류했다.

그녀는 깊은숨을 들이쉬고서 고개를 숙였다. '괜찮아' 그녀가 속삭였다. '보그너잖아! 우리 사랑스러운 보그너. 걱정하지 마. 네가 보그너를 알잖아!' '네가 말야!' 누구의 혀였나, 말을 만들어내고 있던 것은? '메리지, 당연히, 메리 스티븐스!' 그러던 그녀는 공포 속에서 분투하고 있었다. '메리 스티븐스가 대체 누구지? 너지, 당연히, 그리고 너는 가족과 함께 시뷰에 머물고 있어. 시뷰. 세인트 매슈스 로드에서 반쯤 올라가서 오른편에 있는 그곳에. 그걸 기억해! 아무쪼록 기억하란 말이야!' 그러나 그것은 더는 메리 스티븐스가 아니었다. 그것은 휘황찬란한 색깔이 들어간 드레스를 입은 끔찍하게도 정체를 알 수 없는 기이한 소녀로, 눈이 부시도록 현란한 빛 속에 혼자 서서 비현실적이고 공허한 소리들에 둘러싸여 있던 것이다.

일 분 안에 그녀는 길을 더듬어 시뷰로 향할 터였다. 세인트 매슈스 로드에서 반쯤 올라가서 오른편에 있는 그곳으로. 그들은 그녀가 누구인지 궁금해할 터였다. 그녀는 자신이 메리 스티븐스라고 호소하고, 그들더러 믿어달라고 간청할 터였다. 다만…… 다만, 물론, 거기 메리 스티븐스가 있지 않는 한 말이다…….

그녀는 자신을 지나치는 어느 나이 든 남자를 백일몽에 잠긴 듯 의식했다. 그는 아까의 소년들처럼 수치심도 없이 되바라진 태도로 허기를 담은 시선으로, 반쯤 미소를 띤 채, 메리를 쳐다보고 있었다. 그녀는 자신이 돌아서서, 아케이드를 걸어 올라가 어느 문 닫힌 어느 어두운 가게를 마주하고 서 있는 것을 느꼈다. 그림자가 진 창문을 복닥복닥하게 한 건 화장품과 장식품들, 구슬 달린 핸드백들, 작은 달력들이었고 거기 선반 위에는 일련의 작은 도자기 몇 점이, 그 위에 문장과 **보그너 기념품**이라는 글씨를 단 채 서 있었다.

그녀는 작은 도자기 몇 점을 응시했고, 침착해지기 시작했다. 괜찮지 않았나? 그녀는 바로 그날 오후에, 시내의 가게 앞에서 어머니와 함께 서서 이런 식으로 작은 도자기 몇 점을 보지 않았던가? 당연히 괜찮았다. 그리고 그들은 내일 도자기로 된 토스트꽂이를 살 것이었다. 헤이킨 부인을 위해서. 그저 흥분 때문에, 긴장과 불안 때문에, 그녀가 너무도 괴상한 기분이 들었던 것이었다. 그녀는 감사한 마음으로 현란한 빛에서 어둑해진 창문으로 시선을 옮겼다. 장신구와 구슬 달린 핸드백 들이 그녀를 거들어주고 있었다. 모든 것이 다 평소대로 돌아오고 있었다, 부드럽고도 활기차게 현실적으로…….

그녀의 허리에 팔 하나가 쓱 감기는 바람에 그녀는 펄쩍 뛰어 올랐다.

"늦어서 미안해!"

"안녕!" 메리가 말했다. "너, 너 안 늦었는데 뭐."

"세상에, 이 무슨 깜짝 놀라게 예쁜 드레스야!"

"마음에 들어?" 메리가 화색을 띠며 말했다.

"마음에 들지! 이렇게 귀여운데! 아니 내가 대체 무슨 수를 써야 그 모습에 비길 수 있을지 감도 안 오는데!"

메리가 웃었다. "네가 걱정할 필요는 없어 보이는데!"

그녀의 친구는 단순한 하얀색 드레스, 빛나는 가죽 재질의 작은 빨간 혁대 차림을 하고 있었다. 그 모습은 요란한 색깔이 들어간 포스터와 자동 오락기 옆에서 대단히 신선하고도 멋져 보였고, 그녀의 친구가 그 드레스를 입고 악단의 난간 옆에 있던 모습을 처음 봤던 그 저녁을 생각하니 메리는 전율이 일었다. 그녀가 그날 저녁에 얼마나 아쉬운 동경과 부러움에 빠져, 아버지와 어머니 사이의 좌석에서 그 소녀를 바라보고 앉아 있었는지, 그녀가 그런 유의 소녀들일랑 단 한 명도 몰랐기 때문에 얼마나 안절부절못하고 의기소침한 기분이었는지 기억하니, 그녀는 전율이 일었다. 그녀가 그날 저녁에 의자에 앉아서 깜빡 졸았다 한들 이렇게나 멋진 일을 꿈이나 꿀 수가 있었을까? 소녀의 손은 그녀의 팔에 가볍게 얹혀 있었고, 소녀의 눈은 그녀를 내려다보며 웃고 있었다. 그 한 소녀의 눈이 말이다. 보그너의 하고많은 여러 소녀들 중에서도……. 메리가 백 년을 살았대도 그녀는 절대로 이 순간에 경탄하기를 멈추지 않을 터였고, 동화가 아름답게 실현된 일로 귀하게 여길 터였다…….

"우리 길 따라서 거닐어 볼래?"

"좋아."

25

 그들은 아케이드 밖으로, 사탕과 사람들의 따스한 냄새로부터 떨어져서 해변 산책로의 탁 트인 공기로 들어섰다. 바닷바람은 상쾌했지만, 남쪽에서 왔던지라 부드러움을 함께 실어 날랐다. 메리는 이제 다시 환상적으로 좋은 기분이 되었다. 겁을 주던 비현실적인 기분은 친구의 도착과 더불어 자취를 감췄고 보그너는 다시금 선량하고 오랜, 친근한 모습이 된 터였다. 보그너는 놀라서 눈썹을 추켜올리지도 않았고, 그녀의 모험이 너무 대담하다고 그녀에게서 찔끔찔끔 몸을 빼지도 않았다. 보그너는 언제나 그러했듯이 그녀를 환영했고, 나른한 저녁의 삶으로 부드럽게 끌어들였다.
 평소처럼 그들 앞뒤로 지나가는 군중들은 뙤약볕 속에서 보낸 하루 뒤에 게으르게 또 목적 없이 어슬렁어슬렁 걸어가고 있었다. 관광버스 사람들은 떠난 뒤라 해변 산책로는 적법한 소유주들의 손아귀에 있었다. 아이들 몇몇이 인파 틈바구니에서 재빨리 휙휙 비켜갔고 강아지 몇 마리가 지나가는 사람들의 다리와 섞였다.

조금 나아간 뒤에 소녀는 메리의 팔을 잡고서 미소를 띠고 그녀를 흘긋 내려다보았다.

"나 봐봐." 그녀가 말했다. "뭐라고 부르면 될까?"

"보통 다들 메리라고 불러."

"좋아, 넌 이제 나한테 메리야. 내 이름은 제시카인데, 너무 뻣뻣하게 격 차리는 느낌이라. 대부분의 사람은 날 빌리라고 불러."

"나도 널 빌리라고 부를까?"

"응. 좋지."

그들은 침묵 속에서 계속 걸어갔고, 빌리는 앞뒤로 여유롭게 또 행복하게 흘긋거리는 채였다. 메리는 그녀 옆에 바투 걸으면서, 빌리처럼 굴겠다고 다짐하고는, 고개를 추켜올리고 두려움도 부끄러움도 없이 휘둘러보고 있었다. 그러자 정말 두렵지 않다는 걸 깨달아 행복했고 놀라웠다. 인파는 너무도 친근하고 쾌활했으니, 그녀는 재미와 모험을 향한 상쾌한 욕구 말고는 무엇도 느껴지지 않았다.

소년들이 무리 지어 지나가면서, 손들을 포대 자루 같은 플란넬 바지의 호주머니에 넣고 한가로이 걷고, 느럭느럭 돌멩이들과 종이 쪼가리들을 차고, 웃고, 시끄럽게 떠들고, 가끔은 속삭였다. 이 소녀들이 지나가면 모두가 뒤돌아서서 바라보았다. 가끔 어느 소년이 "좋은 저녁이에요"라든가 "안녕하세요!" 말하곤 했고 그러면 빌리는 친근한 말 한마디와 미소로 답하곤 했다. 가끔 그들은 침묵 속에서, 눈에 진실된 경탄을 담아 그들을 바라보던 남자애들을 지나쳤는데, 그도 그럴 것이 이때를 위하여 하나같이 차려입은 여자애들의 인파 틈바구니에서조차, 빌리와 그녀의 친구에게는 일말의 분명한 차이가 존재했기 때문이다. 빌리는 지나가던 소녀들 대부분보다 훨씬 컸는데, 그 훌쩍한 키는 우아하고도 침착한 느낌을 주었다. 메리는 남자애들이 다른 소녀들에게 하던 것처럼 대담하고도 경박하게 그들에게 다가오지 못했다는 것을 눈치챌 수밖에는 없었다. 빌리를 대하는 그들 행동거지는 다소 수줍었고, 빌리가 언제나 친근한 미소를 돌려주었어도 빌리의 어망은 축 늘어진 캡 모자와 포대 자루 같은 바지 차림의 송사리들은 쑥 뽑아내도록 만들어졌다는 것을 상당히 명백하게 보여주었던 것이다.

  그들은 서쪽 야외 음악당에 다다라서 한동안 난간 옆에서 귀를 기울였다. 현란한 불빛들과 발을 질질 끄는 인파에게서 한순간 돌아서서, 푹신하니 푸릇푸릇한 잔디밭과 조용히 접의자에 뒤로 드러누운 사람들이 있는, 울타리 둘린 어둑해진 장소의 서늘한 평온함을 들여다보자니 기분이 좋았다. 그러나 그들이 거기 서서 귀를 기울이던 동안 무슨 일이 일어났다. 메리는 근처에서 쭈뼛쭈뼛 다가들던 외딴 남자를 의식했던 것이다. 그녀는 창백하니 흐릿한 그의 얼굴 형체가 골똘히 그들 쪽으로 돌아보는 것을 보았고, 그러자 점차 약간의 공포가 엄습했다. 그 고요한 응시에는 뭔가 기괴한 구석이, 뭔가 상당히 불길하고, 사악한 구석이 있었다.

그러나 빌리는 그 남자에게 매우 날카롭게 등을 돌리고서는 메리와 아무렇지도 않게 악단원에 관한 대화를 시작함으로써 재빨리 그녀를 안심시켰다.

"남자애들이 괜찮아, 개중 몇몇은." 그녀가 말했다. "군악장 오른편에 있는 저 둘 보여, 플루트 연주하는? 쟤네들이 형제야. 우리가 지난주에 쟤네들이랑 좀 재밌게 놀았거든. 근데 시골 사내애들이라서 그런지 한 시간쯤 뒤에는 끔찍하게도 따분해지는 거 있지. 얼른 이리 와." 그녀가 마지막 말 두 마디를 너무도 불쑥 내뱉었던지라 메리는 상당히 놀랐다.

"혼자 나온 남자들을 조심해, 저 남자처럼." 그들이 걸어나갈 동안 그녀가 메리에게 선언했다. "혼자 나온 남자들한테는 종종 기묘한 구석이 있거든. 언제나 같이 있는 남자애들을 노려. 친구가 있으면 괜찮은 놈들이라는 걸 알 수 있잖아."

그들은 해변 산책로의 끝에 거의 다다랐고, 돌아가려는 생각을 하고 있던 차에 빌리가 메리를 살포시, 그러나 의미심장하게 쿡 찔렀다. 그들은 여기 오니 주된 인파에서는 떨어져 있었다. 메리는 친구를 재빨리 흘긋 올려다보고서, 그녀가 조금 떨어진 곳의 좌석을 흩어져서 한가로이 걷는 사람들 사이로 골똘히 쳐다보고 있는 걸 보았다. 그것은 딱 해변 산책로가 끝나는 곳, 해안 거리가 나무 몇 그루 옆의 길로 좁아 드는 곳이었다. 두 남자가 거기에, 나란히 앉아 있었다.

"너무 열심히 쳐다보진 마." 빌리가 속삭였다.

그들은 좌석에 나란히 다가갔고, 메리는 그녀의 친구가 준 신호를 이해할 만큼은 곁눈질해 볼 수가 있었다. 두 명의 잘 차려입은 남자들이 거기 앉아 있었는데, 헐렁한 반바지와 말쑥하고 보드라운 펠트 모자 차림으로 그들이 지나치고 있었던 포대 자루 같은 바지와 꽉 조이는 재킷을 입은 남자애들과는 매우 달랐다.

두 남자는 소녀들이 지나가는 동안 어떤 신호도 주지 않았다. 아닌 게 아니라, 그들은 아예 여자애들을 거의 의식하는 것 같지도 않았다. 사실 그들은 조용히 계속해서 서로를 보며 얘기했기 때문이다. 그러나 메리는 마음을 뒤흔드는 흥분을 품고서, 그녀가 멀어져 갈 무렵 그 남자들의 시선이 그녀에게 내려앉는 것을 느꼈고, 그 남자들이 얘기를 멈추고 그들을 지켜보고 있었다는 것을 느꼈다…….

두 소녀는 뒤를 흘끔거리지도 않았고 속도를 늦추지도 않았다. 그들은 해변 산책로 너머로, 나무 사이의 좁은 길로 들어갔다. 그들은 구십 미터 정도를 더 가서 좌석에 앉은 남자들의 시야에서 한참 벗어났을 때서야 빌리는 멈춰서 자기 친구를 내려다보았다.

"어떻게 생각해?" 그녀가 물었다. "마음에 들어?"

"그런 것 같은데." 메리가 속삭였다. "괜찮은 사람들 같아 보여."

그녀는 들뜬 마음이 허락할 법한 한도까지만, 그 남자들도, 빌리와 자신의 외양을 마음에 들어 했을지 궁금해하고 있었다. 그녀는 사실 그들을 많이 보질 못했는데 그들의 모자챙이 그들의 얼굴을 그늘지게 했던 탓이다. 그녀는 다만 그들의 옷과, 그들이 신사라고 확신하게 만든, 그들이 두른 여유로운 분위기로만 그들을 판단했던 것이다…….

빌리는 두 남자의 감정에 관해서는 의구심을 품지 않은 모양이었다. 그녀는 잠시 고심해 보더니만 말했다. "우리 딱 우리가 왔던 대로 그냥 다시 거닐어 갈 거야. 우리가 그 사람들을 상당한 거리만큼 지나치기 전까지는 그 사람들을 보거나 멈추지 마. 그런 다음에는 난간으로 올라가서 바다를 볼 거야. 그러면 그 사람들이 올라올 거고, 그러면 우리도 마음을 정할 수 있겠지."

어느 커플이 팔짱을 끼고 지나쳤지만, 그들은 서성대는 여자애들에게는 전혀 주목하지 않았다.

빌리는 한 손을 올려서 이마에서 머리카락을 뒤로 빗어넘긴 다음, 메리의 팔을 굳게 잡았다. 해변 산책로는 숨겨져 있었으니, 그들이 어둑하고 바람결에 구부러진 나무들을 떠났을 때서야 산책로가 다시금 시야에 들어왔다. 소녀들이 그 남자들을 지나치고 나서 그 남자들이 가버렸더라면 슬픈 용두사미가 되었을 터이니, 좌석 둘레의 그늘로부터 제멋대로 뻗은 예의 네 짝의 다리를 보자 메리의 심장은 달음박질하기 시작했다. 빌리가 그녀와 함께 있지 않았더라면 그녀는 절대로 그 남자들을 다시 지나칠 수 없었겠지만, 그녀는 친구의 느긋한 무관심으로부터 용기를 얻어서 할 수 있는 한 차분하게 걸어갔다. 두 남자는 여자애들이 반대편으로 이동했을 무렵에도 여전히 대화에 열중해 있는 듯했지만, 메리는 이전보다도 더욱 열렬하게 자신들을 따라오며 탐색하는 눈들을 느꼈다. 서늘하고도 분간하는 듯한 눈들을…….

그들이 필시 삼십 미터 정도 갔다 싶을 때 빌리가 살포시 자기 친구를 난간 쪽으로 밀었다. "이러면 될 거야." 그녀는 속삭였고, 그런 다음에 보통의 무관심한 목소리로 사소한 것들을 얘기하기 시작했다.

"멋진 밤이지 않아? 저 바깥에 있는 저건 배일 게 분명해. 객실의 불빛들 보여? 틀림없이 커다란 배니깐 저렇게 많은……"

메리는 빌리의 자제력에 경이로웠다. 그녀는 어떻게 행동해야 할지 완전히 이해하고 지식도 갖추고 있는 듯했다. 그런 모습에는 고무적인 구석이 있었고 대담함과 용기가 있었다. 그러나 메리 자신은 거의 한마디도 쥐어짜 낼 수가 없었다. 그녀는 어깨너머로 그 좌석을 넘겨다보고 싶은 압도적인 매혹에 분투해야만 했…….

바다는 모래사장을 가로질러서 제 어둑한 행로를 더듬어 가고 있었다. 이지러지는 달이 구름들 뒤편에서 쉬고 있어 검은 수평선의 한 조각이 변색된 금빛으로 희미하게 얼룩져 있었다. 그들은 난간 옆에서 억겁은 기다리는 듯했고, 점차로 메리는 그렇게 있다는 데서 오는 수모를, 그녀 자신에 대한, 또 그 남자들에 대한 분노를 느꼈다. 그들은 그저 그들을 가지고 놀고 있었던 것일까? 이때까지만 해도 빌리가 실수했을 수 있다는 생각이 들지는 않았다. 그러나 빌리의 목소리에서 불안의 흔적이 느껴졌고, 그 목소리의 대수롭지 않은 듯한 태평스러움이 껄끄럽고 인조적인 어조를 띠기 시작했다.

그러더니만 그 일이 벌어졌다. 딱 메리가 모든 희망을 단념한 차에. 빌리는 유원지와 크레이지 카*에 관해 지껄이고 있었는데 갑자기 빌리의 목소리가 멎었고, 메리는 빌리가 다급하게 살짝 찌르는 것을 느꼈다. "그 사람들 이리로 온다." 그녀가 속삭였다.

뒤편으로 발걸음 소리가 들렸다. 영원처럼 지속되는 듯하던, 어슬렁거리면서도 태평스러운 발걸음들이. 메리의 심장이 목구멍 어딘가에서 쿵쿵 뛰고 있었다. 그녀는 그 긴장감에 거의 소리를 지를 지경이었다. 그러더니, 자비롭게도, 조용하며 유쾌한 목소리가 끼어들어서 이 참을 수 없는 침묵을 딱 부러뜨렸다…….

"기다리게 해서 미안합니다." 목소리가 말했다. "저희가 긴요하게 얘기할 거리가 있어서요. 이제는 자유니까, 마음대로 부리시죠."

메리는 분노를 느끼기에도, 수치를 느끼기에도 너무도 당황했다. 그것은 너무도 완전히 예기치 못한 것이었으니, 그 희롱에는 너무도 완전하게 그러해도 마땅한 무언가가 있었으면서도, 그 기분 좋은 목소리에는 그 말들의 모든 무례함을 앗아간 무언가가 있었다. 벌컥 분통을 터뜨린 쪽은 빌리였다. 메리는 친구의 상기된 뺨이 보였다. 그녀는 결연히 똑바로 선 터로 마치 그 남자가 그녀 얼굴을 치기라도 했다는 듯이 난간에 등을 돌리고서 서 있었다.

"어떻게 감히……! 당신 누군데……!"

"바보같이 굴지 말고요." 매끄럽고도 친근한 목소리가 찾아왔다.

"우리 가만 안 놔두면…… 나…….."

"……경찰에라도 신고하려고요?"

• 놀이기구 범퍼카를 말하고 있다.

"그래! 경찰에 신고할 거야!"

그 남자는 우스꽝스럽게 공포에 질린 척하며 양팔을 올렸다.

"쏘지 마세요." 그는 호소했다. "우리 넘기지 마세요! 그러면 마지막 지푸라기를 얹는 꼴이 될 거예요. 우릴 봐요! 보그너에는 예쁘게 생긴 여자애 하나 없다고 막 생각하던 가엾은 두 남자잖아요."

"그러면 무슨 뜻인데요, 그따위로 말하다니!" 빌리의 목소리에는 여전히 화내려는 노력이 깃들어 있었지만, 메리는 진짜 분노의 모든 자취가 달아나 버렸음을 알았다.

"미안해요." 남자가 말했다. "내가 완전 바보예요. 그런 뜻이 아니었는데, 정말……."

그 말들이 말해진 방식에는 너무도 마음을 누그러뜨리는 구석이 있었기에 그들은 깨닫기도 전에 넷이서 하나같이 웃어젖히고 있었다.

메리는 아무 말도 하지 않았다. 그녀는 그냥 옆에 서 있을 뿐이었다. 얼굴을 바다 쪽으로 반쯤 틀고서 말이다. 이지러지는 달이 구름의 막을 뚫고서 밀치듯 나아갔으나, 그것은 어느 다른 세계의 달인 것만 같아 보였다. 메리가 수줍게 한 번씩 흘긋거릴 때마다 그녀는 빌리의 지식에 관해 더욱 경탄하게 되었는데, 그녀 옆에는 그녀가 그날 밤 보던 중에 단연코 가장 잘생긴 남자 둘이 서 있었기 때문이다.

말을 건넨 남자는 키가 크고 금발이었고, 그의 친구는 키가 더 작고 더 어렸던지라 거의 소년티를 벗지도 않은 정도였다. 기이한 방식으로 그들은 빌리와 자신의 남자 버전 같았다. 왜냐하면 키가 크고 금발인 사람은 딱 봐도 그 옆의 수줍은 어두운 머리칼의 소년의 주동자인 듯싶었으니까 말이다. 그 소년은 어떤 면에서 다소 딕을 닮았는데, 다만 어깨가 살짝 더 넓고 얼굴은 더 둥글긴 했다. 이제는 그가 쓴 모자의 접어젖힌 챙 아래에서 그의 눈이 보였다. 어두운색의 친근한 눈이, 게다가 그가 거기 서서 미소 짓고 있을 동안 일렬로 늘어선 하얀 치아를 보여주던 커다랗고 온후한 입이.

그러나 메리의 온몸이 오싹할 만큼 흥분하게 한 쪽은 주동자 쪽이었다. 신체적으로 육중한 남자는 아니었는데도 그에게는 너무도 어마어마하게 강인한 구석이 있던 것이다. 그의 거친 갈색 정장은 너무도 완벽하게 그와 어울렸고, 그의 얼굴에는 어떤 강인한 생김새가 있었으나 그 안에는 일말의 거친 기미도 없었다. 어쩌면 개중에서도 가장 그녀를 장악한 것은 그의 목소리였다. 그 목소리에 어린 음악은 일찍이 그녀가 좀처럼 들어본 적이 없었다. 어디서도, 심지어 무대 위에서도 말이다. 그리고 그의 말들이 가볍고도 경솔하게 말해지던 동안에도, 그 아래에는 강인한 진심이 자리해 있었다.

그녀는 이렇게 이런 일이 벌어진 건지 절대로 완전히 알지를 못했는데, 어쩌면 너무도 수월하고 자연스러웠기 때문이었다. 그런데 저기 빌리는 옆에 그 소년을 두고 앞에서 길을 따라 거닐고 있었고, 여기 그녀는 몇 미터 뒤편에서, 이 눈부신 남자 옆에서 거닐고 있었다. 그녀는 반대의 경우가 될 거라고, 그녀가 소년과 함께 걷게 될 거라고 확신했는데, 그도 그럴 게 빌리와 이 키 큰 남자는 서로를 위해 만들어진 듯했기 때문이다. 어쩌면 바로 그 닮은꼴인 점으로 인해 이런 다른 결과가 초래된 것인지도 몰랐다. 분명히 소년이 더욱 빌리에게 경탄할 것이다……. 그러나 그런 상황이 어떻게 벌어졌는지, 또 왜 벌어졌는지가 뭐가 중요했단 말인가? 상황은 벌어졌던 것이다. 그냥 벌어졌단 말이다…….

"우리 반대 방향으로 가요. 우리 무슨 여학생들처럼 길을 따라 걷고 있네요!"

그것은 그가 그녀에게 처음으로 말한 것이었거나, 적어도, 그녀의 얼떨떨한 뇌에 알아듣게끔 다가온 그의 첫 단어들이었다. 이에 그녀는 마치 무슨 웅장한 권능이 손을 뻗어 제 새끼손가락으로 그녀를 휘릭 돌렸다는 양 그와 더불어 방향을 틀었다.

그는 그녀의 팔을 잡으려고 시도하지 않았고, 그는 그저 딕이 그러했을 법한 대로 그녀 옆에서 걸었다. 딱 한 번, 세 명의 소란스러운 소년들이 다가왔을 때, 그는 마치 그녀를 보호하기 위해서라는 양 그녀의 어깨에 살포시 한 손을 올렸고, 이에 소년들은 팔짱들을 끼고 한 줄로 늘어서 있더니만 분산되어서 말없이 양쪽으로 지나갔다.

그는 가볍게 농담을 던지는 식으로 이것저것에 관해 말했고, 그가 자기 친구와 앉아 있었던 그 좌석으로 그들이 다다랐을 때, 그는 잠시 멈추고 그 좌석을 쳐다보고서는 작은 웃음을 내었다.

"내가 이 좌석을 사서 기념품으로 가지고 있어야겠어요!"

그는 메리더러 앉으라고 웃으면서 몸짓했고, 그가 그녀 옆에 착석하고 나서야 그가 한 말에 담겼던 깊은 의미가 진동하고 번뜩이며 그녀를 일순간 상당히 숨 가쁘게 남겨두었다…….

인생의 황금 같은 시간은 기억이 꼭 붙들 수 있는 예리한 윤곽을 남기지 않는다. 읊조린 말들도, 작은 몸짓이며 생각도 남지 않으니, 깊은 감사함만이 시간에 흔들리지 않고 계속해서 머무른다.

팻이 그의 이름이었다. 팻 매켄지는 시내의 극장에서 일주일간 공연을 하고 있던 배우였다. 그는 런던에서 연기하는 편을 선호했지만, 여름철이면 언제나 단편적인 해변 순회를 즐겼다. 그러면 일을 중단하지 않으면서도 휴가가 주어졌던 것이다. 그는 헤이스팅스에서 그날 오후에 막 도착한 터였고, 그들은 내일 밤 극장에서 막을 열었다. 끔찍한 연극이라고, 그는 비꼬는 투의 작은 미소를 띠고 말했다. 그래도 오락거리로서 형편없지는 않았다. 「진홍색 대검」이라고 칭해지는 스릴러였다.

그는 메리에게서 조금 떨어져서 앉았지만, 그녀를 향한 채 좌석 뒤편을 따라서 그녀의 어깨 뒤쪽으로 한 팔을 뻗고는 살짝 그녀 쪽으로 기대고 있었다.

한참 동안 메리는 앉은 채 거의 말하지도 않고, 거의 듣지도 않으며 그저 생각했다. 약간 슬픈 투로. '잠깐만 있으면 꿈에서 깨게 될 거야.'

꿈일 수밖에 없었다. 꿈이 아닌 그녀의 인생에서는 아무도 그녀에게 이런 식으로 말한 적이 없었다. 그의 희롱하는, 농을 던지는 목소리는 가고 없었다. 그는 치열하고도 진지하게 그녀에게 말하고 있었다. 바보 같은 놀림이나 아첨은 한마디도 없이, 그저 그 자신, 그의 인생, 그의 예술, 무대에 관해서만. 그러면서도 자만심이나 자긍심을 드러낼 만한 말은 절대 한마디도 없이 말이다. 그가 자기 인생에 대해 말하는 건 그녀의 공감과 이해를 원했기 때문이었으며, 이따금 그는 멈추고는 무척 가만히 말하곤 했다. "당신이라면 어떻게 했겠어요?" 아니면 "당신이라면 그러겠어요, 당신이 나였다면?"

천천히 그녀에게 그 일의 믿을 수 없는 경이로움이 분명해지기 시작했다. 이것은 하여간 꿈 같은 게 아니었다. 이것은 진짜, 모두 더없이 훌륭하게도 진짜였다!

그는 자신의 성취를 하찮게 만들려고 했다. 그의 삶이 그저 쳇바퀴 같은 삶이었음을 보여주려고 했다, 그녀의 삶과 마찬가지로. 그러나 그 무엇도 그 낭만을 저지할 수는 없었고, 그 무엇도 그 황홀감을 산산이 깨뜨릴 수는 없었다. 자유, 방랑벽, 전율이 이는 충성심, 빈貧과 부富, 동 틀 무렵까지 지끈지끈하도록 이어지던 리허설들, 쓰디쓴 실패, 우레와 같은 박수갈채…….

그러다 갑자기 메리는 그가 말이 없어지고, 자신이 이야기하고 있었다는 걸 깨달았다. 그는 그녀의 삶에 관해서, 그녀 자신에 관해서 묻고 있었고, 그녀는 그에게 모든 것을 말했다. 그러는 가운데 그의 꾸준하고 생각 깊은 눈길이 그녀에게 내려앉았고, 때때로 이해한다는 듯 고개를 살짝 까닥였고 불현듯 미소짓기도 했다…….

그가 시계를 빼내어서 몇 시에 그녀가 들어가고 싶었는지 물었을 때 그녀는 경악했다.

"나 열 시까지는 기필코 들어가야 해요." 그녀가 말했다.

그는 웃음을 지으며 고개를 뒤로 젖혔다. "반 시간은 지났는데요!"

"무슨, 아홉 시에서요!"

"아니, 열 시에서요!"

그녀는 그더러 집까지 바래다주는 수고는 하지 말라고 간청했지만, 그는 굳이 세인트 매슈스 로드의 길모퉁이까지 그녀를 호위해 주겠다고 고집했다. 그렇게 그의 기다란 다리가 그녀의 서두르는 발걸음 옆에서 고르게 성큼성큼 걸어가던 동안 내내 그는 내일에 관해서, 열렬하게 내일에 관해서 말하고 있었다. 그의 배역은 일 막에서 다 끝났고 아홉 시 십 분이면 그는 자유였다. 그녀는 무대 문으로 돌아와서 거기서 그를 만나줄 터였는가? 아니면 그녀는 그냥 안에서 기다려도 되었다.

그러고 나서, 세인트 매슈스 로드의 길모퉁이에서 그는 살포시 그녀의 손을 가져다가 처음으로 잡았.

"그쪽이 알까 모르겠어요." 그가 말했다. "오늘 저녁이 나한테 무슨 의미였는지?"

현관문은 살짝 열려 있었다. 그녀는 응접실을 들여다보고 그녀의 아버지가 거기서 파이프 담배를 마저 태우는 모습을 보았던 걸 기억했다. 공기 중으로 말리는 푸르스름한 담배 연기가 보였고, 냄새가 났다. 그녀더러 좋은 시간을 보냈느냐고 묻는 아버지의 목소리를, 또 이렇게 말하는 그녀 자신의 목소리를 그녀는 들었다. "대단히, 고마워요, 아빠. 좋은 밤 보내세요."

그녀는 침실의 가스등이, 천장에 있는 암갈색의 고리를 향해서 푸르게 불빛을 분사하며 끽끽대던 것을, 그녀의 얼굴을 베개 속에 짓누르고서 속삭이던 것을 기억했다. '잠들어! 생각하지 마! 생각하기 시작하면 절대로, 절대로 잠들지 못할 거야!'

26

 휴가의 둘째 주이자 마지막 주의 월요일은 스티븐스 가족의 역사에서 '몽고메리의 날'로 기록되었다.
 어떤 의미에서 다과회는 동트기 전부터 시작되었는데, 그도 그럴 것이 여전히 어둡던 동안에 스티븐스 씨는 두 번이나 깨어나서 다과회에 관해 생각하며 누워 있었기 때문이다. 그럴 때마다 그는 더욱 예리한 불안감을 품고서 다과회의 성패가 일터에서 그에게 얼마나 많은 영향을 미칠지를 깨달았다. 한 번 깜빡 잠에 들었을 때는 어니가 몽고메리 씨를 브랜디 알사탕이라고 불러서 곧장 잭슨 앤 티드마시로 전화를 걸어 본인 거래를 전부 물리고 이에 잭슨 앤 티드마시에서 곧장 다시 전화로 스티븐스 씨를 해고하는 꿈을 꾸었다. 매우 유쾌하지 못한 꿈이었고, 그는 식은땀 범벅이 되어 깨어났다.

다과회는 아침 식탁 위에 먹구름처럼 걸려 있었고, 모래사장에서 아침을 보낼 때에도 그의 마음을 콩밭에 가 있게 했다. 단순히 케이크와 샌드위치가 잔뜩 있는 다과회로서의 다과회를, 하물며 운전기사가 딸린 커다란 차로 마중을 받는 것을 누가 반대했던 게 아니었다. 그것 자체는 괜찮았고, 심지어 신이 나기도 했다. 그러나 모두가 어쩔 수 없이 유감스러워했던 것은 바로 다과회가 남아 있는 소중한 휴가 중 하루에 끼어들었다는 것이다.

이제 고작 오 일만이 그들에게 통째로 남아 있었고, 그들은 이 월요일을 완전히 비워두기 위해서라면 거의 무엇이라도 내어줬을 테다. 그들은 어떤 특별한 일을 하지 않았을 거다. 그들은 그저 조용하고, 평범한 유의 하루를 보냈을 거다. 그들이 개중에서도 가장 즐기던 그런 유의. 아침 크리켓에, 삼십 분 정도 짬을 내어 바다에서 시간을 보내고, 맛깔스럽게도 나른한 오후에, 더 커디 주위에서 꾸벅꾸벅 조는 것, 그런 다음에는 모래사장을 따라서 평화롭게 거니는 일 말이다. 몽고메리 씨가 성스러운 이해심이라는 발작에라도 사로잡혀서, 차를와 온갖 종류의 케이크와 샌드위치를 마분지 상자에 싸 보내서 가족들끼리 식탁에 둘러앉아서 조용하고 행복하게 먹도록 해주었더라면! 그러나 이 세상에서 그런 일들은 일어나지 않는다. 그들은 라운더스* 경기를 한 판 하며 오후에 대해 잊으려고 최선을 다했지만, 덩치 큰 몽고메리 씨의 그림자는 여전히 공이 날아가

---

* 오늘날의 야구와 비슷한 구기 종목.

는 궤적을 가로질러 닥쳐오는 듯했고, 그리하여 더듬거리는 포구와 타이밍이 맞지 않는 타구가 많았다.

점심 뒤에 어떤 일을 진지하게 시작하는 것은 무의미한 짓이었다. 세 시에는 준비를 시작해야 했기 때문이다. 그리하여 스티븐스 씨는 딕과 어니와 함께 그가 식구들을 위해 현상하고 있었던 필름 한 통을 찾으러 약방*에 들르고자 시내로 걸어 올라갔다. 그들은 지난 수요일, 거의 일주일 전에 첫 스냅 사진 묶음을 찍었고, 가게 앞에 도착했을 때 그들은 꾸러미를 열어보고자 간절하게 고대하고 있었다. 그 사진들이 찍힌 날 이래로 너무도 많은 일이 벌어졌던지라 그들이 사진을 빼내서 바라보기 전까지 각각의 사진이 정확히 무엇이었는지 기억하기가 불가능했다.

"괜찮나요?" 스티븐스 씨가 다소 불안한 투로 문의했다.

약종상은 고개를 끄덕인 후 미소 지으면서 꾸러미를 넘겨주었다. 그가 음화 여섯 장을 현상하고 사진 여섯 장을 인쇄하는 값을 매겼을 때 그들은 매우 안도했다. 이는 곧 사진들이 전부 나오긴 했다는 뜻이었는데, 약종상은 실패작인 음화에서는 절대로 사진을 인쇄하지 않았기 때문이다. 그가 요령 있는 남자이기도 했지만 이해심이 있는 남자이기도 했던 것은, 고향에서의 약종상이 그러듯이 뽑아낸 사진들을 하나하나 카운터의 병들 사이로 건네며 스티븐스 가족들

• 영국에서는 예전에는 약국에 실험실이 딸려 있어 사진 현상 서비스를 제공하기도 했다. 지금도 일부 영국 약국에서는 사진 현상 서비스를 계속 제공한다.

의 기쁨을 망치지 않았기 때문이다. 그는 사람들이 닫힌 봉투를 들고 떠나서, 조용히 외진 구석에서 열어보는 게 얼마나 훨씬 더 흥분되는 일이었는지를 알았던 것이다.

"이거면 될 겁니다." 스티븐스 씨가 말했고, 그리하여 그들은 길을 몇 미터 내려가서 후미진 곳으로 들어왔다. 딕과 어니는 아버지의 손가락들이 봉투 안을 더듬거리는 양을 지켜보았다. 그가 사진들을 빼내어서 나누어 줄 적에 그는 상당히 들떠 있었다.

첫 번째 사진은 멋지게도 또렷했는데, 사실 또 당연한 게, 아름다운 날이긴 했던 것이다. 사진을 찍은 딕만 빼고 전원이 모인, 가족 단체 사진이었다. 그곳에서 스티븐스 씨는 발코니에 기대어서 파이프 담배를 피우고 있던 가운데, 메리는 그의 옆에서 난간 위로 몸을 구부리고 있었다. 스티븐스 부인은 다소 너무 멀찍이 뒤쪽 그늘 속에 있어서, 그녀의 얼굴과 목의 V자 형 편린만이 눈에 띄었다. 어니는 계단 위에서 카메라에 너무도 가까이 앉아 있어서 무릎이 거대해 보였고, 이에 스티븐스 씨는 웃으며 외쳤다. "우리 점보 코끼리 봐라!" 메리가 가장 잘 나왔다. 그녀는 웃고 있었고, 찬란해 보였다. 스티븐스 씨는 내심 자신에게 살짝 실망했는데, 밝은 빛이 그의 머리칼을 너무 숱이 없어 보이게 만들었기 때문이다. 그의 머리가 실제로 벗겨진 것보다 훨씬 벗겨져 보이게 말이다. 그가 언제나 그런 식으로 사진에 나오는 듯했다는 점이 애석한 일이었다.

다음에 나온 것은 즐거워하는 딕과 메리 사진이었는데, 둘은 팔짱을 끼고 수영복을 입은 채 딕이 이제는 기억할 수가 없었던 무언가에 폭소를 터뜨리고 있었다. 어니가 자기 요트를 팔 아래에 낀 채 가장 쓸데없는 태도로 노려보고 있는 사진도 하나 있었으며, 스티븐스 씨가 어니의 작은 줄무늬 캡 모자를 쓰고서 한 손에는 새우잡이용 망을, 또 다른 손에는 번 빵을 들고 있는 웃긴 사진도 있었다. 어니가 이 사진에 자지러지며 너무 많이 웃었던지라 스티븐스 씨는 다소 조용해져서 그걸 다시 바라보았다. 그는 어떤 실수로 그가 의도했던 것보다 사진이 더 우스꽝스러워진 건지 궁금했다.

스티븐스 부인이 몹시도 괜찮게 찍힌 스냅 사진도 있었는데, 그녀가 모르는 사이에 찍힌 것이었다. 모래사장의 접의자에 앉아서 뜨개질을 하는 모습으로, 그들은 돌아갔을 적에 그걸로 그녀를 놀라게 해줄 것을 고대했다. 마지막은 그저 더 커다의 사진으로, 그 안에는 아무도 없이, 최대한 집을 크게 보이게 만들려고 문을 활짝 열어젖혀 둔 채였다.

"저거 봐요!" 딕이 말했다. "문 위에 있는 그 무엇만큼이나 또렷하게 이름이 읽혀요!"

"이렇게 또렷한 사진은 본 적이 없구나." 스티븐스 씨가 주목했다. "쿠션에 올라간 퍼스 사진보다도 괜찮아."

"우리가 잔디밭에서 찍은 그 사진 말씀이세요?"

"그래, 우리가 작년에 찍은 그 사진 말이다."

"오, 이게 훨씬 낫죠. 조각만큼이나 또렷한데요. 거의 자갈 개수까지 셀 수 있겠어요."

전체적으로 매우 성공적인 묶음이었다. 다만 모든 사진에는 조그

많게 제멋대로 자라난 우스꽝스러운 것이, 무슨 풀잎 날처럼 찍혀 오른편 맨 꼭대기 귀퉁이에서 아래로 달랑거리고 있었다. 뭔가 렌즈에 묻은 게 틀림없었는데, 모든 사진이 완전히 똑같았기 때문이다. 사진들을 망칠 정도는 아니었지만, 스티븐스 씨는 뭐라도 더 찍기 전에 카메라를 한번 살펴보기로 결심했다.

딕과 어니는 마지막으로 사진들을 한 번 흘긋 보았고, 그런 다음에 스티븐스 씨는 사진들을 봉투 속으로 밀어 넣고서 한숨을 지으며 사진들을 호주머니에 떨궈 넣었다. 다과회에 가야 한다니 이 얼마나 안타깝게 되었던가. 사랑스러운 커디 주위에서 빈둥거리면서, 어리마리 인파를 지켜보는 것은 너무도 훨씬 행복했을 테다. 그들만의 응접실에서 다과를 드는 게, 심지어 케이크가 없어도, 백 배는 더 좋을 테다. 그러나 일어난 일이었다. 어쩔 수가 없었다……:

"이리 와라, 애들아." 그가 말했다. "우리 이제 가서 몸단장해야 할 거야. 거의 세 시다." 그는 활기차게 말했고, 저녁의 서늘함 속에 있게 되면 얼마나 찬란할지 생각했다. 그들이 또 한 번 자유로워졌을 때 말이다, 특히 다과회가 잘 흘러갔다면…….

목깃을 풀어헤친 크리켓 셔츠를 입고 일주일간 자유를 누리다가 빳빳한 목깃의 셔츠를 입는 일보다 더 끔찍한 것은 없다. 목은 너무도 거칠고 뜨끈한 듯하고, 목깃은 너무도 빳빳하고 차가운 듯하기 때문이다. 스티븐스 씨는 너무 빡빡하게 갖춰 입지는 않기로 결정했다. 그냥 목깃과 넥타이만, 그리고 스포츠 재킷 대신에 파란 서지 코트만 착용하기로 말이다. 그는 회색 플란넬 바지를 입고 하얀 신발을 신기로 결정했는데, 아무리 다과회일지라도 해변 근처에서 너무도 런던식으로 보이는 건 우스꽝스러울 터였기 때문이다. 그의 머리칼을 매끈하게 매만지고 제대로 가르마를 타는 데에는 오랜 시간이 걸렸는데, 일주일 동안 머리칼이 제멋대로 자라나게 놔두었던 탓이다. 그는 머리칼을 바람과 태양에 자유롭게 놔두면서 머리숱이 많아지기를 언제나 희망했지만, 어쩐지, 또 한 번 머리칼을 빗고 기름칠을 할 날이 오면, 머리칼은 언제나 더 숱이 적어진 듯했고 상당히 많은 양의 머리카락이 빗에 딸려 나왔다.

딕 역시 목깃과 넥타이를 착용했지만, 블레이저와 플란넬 바지를 입었고, 그래서 딕이 응접실로 내려왔을 때 스티븐스 씨는 아들이 매우 자랑스럽게 느껴졌다. 그는 너무도 생생하고 건강해 보였다.

제일 좋은 블라우스 위에 깨끗한 레이스 목깃을 단 스티븐스 부인은 연하늘색 드레스를 입은 메리가 내려오자 실망하고 말했따.

"아니 왜 그 새로 산 꽃무늬 드레스를 입지 않고서?" 그녀가 외쳤다.

"괜찮아요, 엄마." 메리가 작은 미소를 띠고 말했다. "너무 맵시 좋게 갖춰 입어봤자 하나도 어울리지 않을 거예요. 그냥 오후의 다과회일 뿐인걸요."

스티븐스 부인은 메리를 망설이며 쳐다보았다가는 끝내 동의했다. 메리는 뭘 입어도 멋들어져 보이는 재주가 있었으니, 사실 크게 문제 될 건 없었다. 그래도, 그 아름다운 꽃무늬 드레스를 입지 않는다니 바보 같은 짓이었다. 중요한 다과회이니만큼 딱 그걸 입을 기회였는데 말이다.

어니는 지독할 정도로 성가시게 굴었다. 그가 해변에서 입는 옷들을 입고 말쑥한 다과회에 간다는 건 불가능했기에, 그는 입고 온 파란 서지 정장을 입도록 명받았다. 그가 싫어하고 질색하던, 그의 제일 좋은 정장을 말이다.

확실히 그 정장은 그에게 좀 지나치게 작아지고 있었는데 어니가 몇 년의 시간만 있으면 식구 중에 가장 몸집이 커질 조짐을 보였기 때문이었지만, 스티븐스 부인은 그가 순전히 소고집을 부리느라 자기 몸을 고의적으로 불룩하게 부풀렸던 거라고 확신했다. "이거 보세요!" 그는 계속해서 징징댔다. "맞질 않는다고요! 제발 우리 다른 거 입어요, 엄마!"

"너 말쑥하게 보여야 한다니까." 스티븐스 부인이 스무 번째로 되풀이했다. "아빠가 너 때문에 창피해지면 좋겠어? 옷에서 몸 일부러 빼지 마라, 이 말썽꾸러기야!"

세 시 반에 그들은 준비를 끝냈고, 작은 응접실은 철도역 대기실처럼 보였다. 그들은 말없이 둘러앉아서, 아득한 자동차 소리가 들려올 때마다 근질근질해하며 창문 쪽을 응시했다. 두 번 그들은 자동차들이 정말로 길을 내려오는 소리를 들었지만, 그것들은 배달원의 유개 화물차일 따름이었다. 딕과 스티븐스 씨는 때때로 머리칼을 매만졌고, 목깃 안쪽을 불편하게 손가락 하나로 둘러 쓸어냈다. 사실 네 시 십오 분 전에 차가 올 예정은 아니었지만, 스티븐스 부인이 그들에게 매우 현명하게 일깨워 주었듯이, 자동차란 워낙에 빠른 것들이니 혹시라도 모를 일이잖은가.

하지만 이제 네 시가 되기 십오 분 전이었고, 벽난로 선반 위의 시계로부터 가녀린 종소리가 울렸다. 소리는 멎었고, 그런데도 시야에 자동차는 전혀 들어오지 않았다.

"기사님이 하이 스트리트 끄트머리로부터 길을 내려올 거야, 내가 예상하기로는." 스티븐스 씨가 창문으로 거닐어 가면서 말했다.

"그 사람이 해변 산책로 끄트머리에서 올라오지 않는 한 말이죠." 스티븐스 부인이 제안했다. 그러나 그 사람은 어느 쪽에서도 오지 않았다. 오 분이 더 느릿느릿 지나갔고, 박약한 대화가 시들해지더니 멎었다.

"이렇게 하면 괜찮은 생각 아니겠어요." 스티븐스 부인이 말했다. "누가 길 꼭대기까지 걸어 올라가서…… 본다면요?"

스티븐스 씨는 그 제안에 콧방귀를 뀌었다. 그의 말로는 운전기사들은 장소를 찾는 데 특별히 훈련된 사람들이었다. 그럼에도, 시계가 네 시를 가리키기 직전이 되자, 그는 일어나서 대문으로 한가로이 걸어갔다.

"이상한 일이구나." 스티븐스 부인이 말하면서 블라우스를 만지작거리고 발목을 반대로 꼬았다. 그녀는 뻣뻣한 의자 중 하나에 곤추서 앉아 있었고, 그녀의 가방과 장갑은 그녀 옆쪽에 탁자 위에 준비된 채였다.

"내가 그냥 길모퉁이로 거닐어 올라가 볼게요." 스티븐스 씨가 응접실 창문을 통해 외쳤다. 그러나 그가 대문을 통해서 발걸음을 내딛던 바로 그 순간에, 커다란 파란색 자동차가 하이 스트리트에서

빙 휘돌아 길을 따라서 천천히 왔다. 스티븐스 씨는 재빨리 얄팍한 월계수 산울타리를 은신처 삼아 몸을 숨겼고 그런 뒤에 살그머니 계단을 다시 기어 올라왔다. 개인 소유 자동차들이 세인트 매슈스 로드를 내려오는 경우는 매우 드물었고 그는 몽고메리 씨 같은 사람만이 다가오는 저 차만큼이나 커다란 차를 가질 터라고 확신했다.

"여기 오는 것 같다!" 그의 어깨가 그레이스 달링의 그림을 스치면서 그림이 앞뒤로 위험하게 흔들렸다. 그는 그림의 균형을 잡고서 모자를 향해 손을 뻗었다.

가장 먼저 어니가 자동차의 빛나는 커다란 코가 천천히 시야로 미끄러져 들어와서 밖에서 정차하는 것을 보았다. 그는 부끄러운 줄도 모르고 창문에서 지켜보고 있었는데, 아무도 그를 잡아당길 여유가 없었기 때문이다. 그런 다음에 그들은 둘러서서 기다렸지만, 아무런 노크 소리도 들려오지 않았다. 어떤 운전기사도 길을 올라오지 않았고, 어떤 운전기사도 차에서 내리지 않았다. 어쩌면 운전기사들은 내리지 않는 것일지도 모른다고, 스티븐스 씨는 생각했다. 어쩌면 그냥 나가서 차를 타는 것일지도 모른다고. 그는 개인 소유 자동차들을 개인 소유 저택으로 몰아 올라갔을 때 어떤 일이 벌어지는지 열심히 떠올려 보았지만 정말로 기억이 나지 않았고, 잠시 숙고한 끝에 그는 솔선하고자 결심했다.

"따라와요." 그가 말했다.

그들은 무리를 지어 작은 응접실에서 나가서, 어둑하고 좁다란 복도를 내려가 현관문으로 향했다. 크리켓 배트와 공이 현관 외투걸이에 놓여 있었다. 그들의 자유를, 이제는 이상하게 멀찍한 듯 느껴졌던 모래사장을 상징하는 행복한 유물들이. 그들이 지나갈 무렵 그 배트가 제 창백한 얼굴을 돌려 그들을 올려다보는 듯싶었다. 그것은 속삭이는 듯했다. "마음 쓰지 마. 전부 금방 끝날 거야. 나 기다릴게!"

그들은 운전기사가 좌석에서 기듯이 내려서 세단형 승용차의 문을 열어둔 것을 보았다. 그들은 운전기사가 업신여기듯 빛바랜 좁다란 집을 보고, 이어서 그의 옆에 있는 커다랗고 빛나는 자동차를 보는 모습도 보았다. 그는 두꺼운 검은 눈썹과 손도끼처럼 길고 날카로운 얼굴을 가진 훌쩍한 남자였다. 그의 입은 입꼬리에 매인 두 개의 어두운 선 때문에 코에서부터 한참 아래로 달랑거리는 듯했다. 그는 어둑하고 폭풍이 몰아치는 밤들의 벼랑길 위로 유령 같은 마차를 몰던 그런 유의 남자처럼 생겼지만, 그의 얼굴이 서리 내린 싸늘한 미소로 깨졌을 때 그의 앞니가 두 개밖에 없다는 것을 그들은 발견했다. 그러자 상상력을 무리하게 뻗어서라도 그를 미약하게나마 인간으로 생각하는 것이 가능해졌다. 어니는 그가 어떻게 세상에 온 것일지 궁금했는데, 그는 도저히 아기였을 리가 없기 때문이었다.

스티븐스 가족이 마치 불안한 작은 양 떼처럼 차 문 주위에 무리 짓던 사이 그는 스티븐스 가족을 거들어 주려는 노력은 하지 않았다. 그는 계속해서 바라보면서, 그들의 당혹스러움을 즐겼다. 끝내 스티븐스 씨가 돌아서서 아내의 등허리에 손을 얹은 다음, 그녀를 지그시 앞으로 몰아갔다. 그러나 그녀는 주눅이 들어서는 그의 손에서 쏙 빠져나와서 무르춤했다. "다른 사람 먼저 타요!" 그녀가 속삭였다.

웃음과 함께 앞으로 발을 내딛고 차 속으로 풀쩍 뛰어든 것은 메리였다. 그녀의 눈에는 분노의 기미가 있었고 그녀의 뺨은 상기되어 있었다. 그녀는 길 반대편의 더 시커모어스의 창문에서 일군의 얼굴들을 일별한 터였다. 거기 머물고 있던 소년과 소녀들 말이다. 그리고 그녀는 그들의 얼굴에서 웃음기를 본 것 같았다. 식구들은 재빨리 뒤따라서, 스티븐스 부부는 메리 옆에, 어니는 그들을 면하는 작은 좌석에, 딕은 운전기사 옆에 탔다. 그들을 태운 차는 바다로 달려 내려가서 서쪽으로 방향을 꺾었고, 해변 산책로를 따라 부릉대며 갔다.

27

 자동차가 지나가던 사이 여러 사람이 자동차를 힐끔 보았고, 스티븐스 씨는 사람들이 그들이 이 차를 그의 차라고 생각했을지 궁금했다. 그는 클래런던 암스의 저녁 친구들 중 한 명을 지나쳐 가기를 희망했지만, 그런 행운은 없었다. 다만 한번은 희망과 공포가 뒤섞인 채로, 그는 앞쪽의 보도에서 로지의 것으로 보이는 어느 널찍한 등판을 알아 본 것 같았다. 확실히 그녀는 오후의 이 시간에 나와 있을지도 몰랐고 그가 그녀를 보는 일이 없이 그녀만 그를 보았다면 저녁에 굉장한 화젯거리가 될 터였다. 그녀는 그걸 놓고 그를 놀릴 터였고, 그러면 그는 온갖 종류의 허튼소리를 지어내서 그녀를 짜증나게 할 터였다……. 그러나 알고 보니 그 사람은 로지가 아니었다. 그는 옆눈질로 바라보았고 로지와 상당히 다른 부류에 속한 여성의 굳은 옆모습을 보았다…….

그들은 도시의 근교를 통과해 지나가서 스티븐스 씨가 기분 좋은 기억들을 품고 있던 좁다란 시골길로 들어왔다. 버스가 한층 고지대로 그를 데려가기 전에 그는 이 길을 따라서 하루의 산책에 나서곤 했다. 그 길은 키 큰 산울타리와 비옥한 목초지 사이에서 평화롭고도 아름답게 굽이지곤 했지만, 그 길이 건축업자들의 손아귀에 떨어진 근래 몇 년 새에, 점차로 산울타리는 민숭민숭해지고 흙투성이가 된 터였다. 벽돌들을 한껏 싣고 가는 트럭 몇 대를 지나가게 하느라 커다란 틈새들이 생겼고, 종달새들이 박차 오르던 곳에는 대저택들이 박차 올랐다.

자동차가 다가가서 선 것은 그런 어느 대저택 바깥이었다. 그들은 운전기사가 앞으로 수그려서 기어를 바꾸는 모습을 보았고, 그런 뒤에 그들을 태운 차는 조심조심 흔들리며 니스칠 된 노란 대문을 통해서, 또 오후의 태양빛 속에서 밝게 빛났던 새 자갈 진입로를 따라 올라갔다. 식구들은 차창을 통해서 열렬히 목을 쭉 빼고서, 그들 앞의 새빨간 집이 이글거리는 빛 속에서 그늘 한 점 없이 서 있는 모습을 보았다.

차는 정차했고, 운전기사는 갑자기 활기를 띠었다. 그는 좌석에서 기민하게 펄쩍 뛰어나가서는 세단형 승용차의 문을 씩씩하게 홱 열어젖혔다.

몽고메리 씨가 몸소 그들을 맞으러 나와 있었다. "하!" 그가 쾌활한 목소리로 외쳤다. "여기까지 별 탈 없이 오셨는가? 그거 잘 됐구만!"

운전기사가 그들이라는 짐을 풀어놓을 동안 스티븐스 씨가 식구를 소개했고 몽고메리 씨는 모든 식구와 요란하게 악수했다.

그들이 모래사장에서 그를 보았던 때와 그는 거의 똑같이 차려입고 있었지만, 이번은 아이들이 그를 가까이서 보는 첫 번째 기회였다. 그는 이제 모자도 벗고 있었으니, 그들은 매우 벗겨지고 윤이 나는 그의 머리를 보았다. 그의 눈, 코, 입은 이목구비 주위에 놓인, 대량의 사용되지 않은 얼굴 여백을 고려하면 매우 바투 그리고 다소 인색하게 함께 몰려 있었고, 그들이 집 안으로 그를 따라갈 적에, 어니는 그의 목덜미에 얼굴이 하나 더 들어갈 자리가 충분하다는 걸 보았다.

그 집은 아닌 게 아니라 한 눈에 봐도 매우 새집이었다. 그 집은 그들이 도착하기 오 분 전에야 다 지어졌다는 듯 보였고, 집의 어느 부분도 나머지 부분보다 고작 며칠이라도 일찍 지어졌다는 생각이 들기가 힘들 정도였다. 새빨간 벽돌과 눈부신 하얀 치장 벽토로 지어진 꽤 큼지막한 주택이었다. 하얀 기둥 두 개가 입구 포치를 지탱했고, 현관문의 유리판에는 돛에 바람이 가득한 구식 선박이 알록달록하게 그려져 있었다. 녹색과 흰색의 줄무늬 차양들이 모든 창문 위쪽으로 튀어나와 있었고, 집 전반에는 무언가가 있어 이곳은 완공된 그날부터 죽 태양이 내리쬐어 왔고 앞으로도 그러리라는 느낌을 주었다. 익을 듯이 또 가차 없이, 영원히 언제까지고, 뜨거운 연파랑 하늘로부터.

"자 그럼!" 그들이 인상적인 현관으로 들어오던 사이 몽고메리 씨가 말했다. "완전히 집에 있는 것처럼들 편하게 계세요! 이 집에서는 딱딱하게 굴 것 하나도 없으니까!"

"그렇다니 저희도 좋습니다." 스티븐스 씨가 웃으면서 모자를 어디에다 둘지 의문을 품었다.

한구석에는 오크나무로 만든 커다란 궤가 있었고 그와 더불어 진귀한 조각품들이 올라가 있었지만, 모자를 놓기에 그건 너무 좋아 보였다. 박물관에서 보던 유의 물건 같았다. 혹시나 그걸 우산으로 찌를까 봐 우산까지 압수해 가던 그런 곳에서나 말이다. 그는 어니가 자기 호주머니에 캡 모자를 쑤셔 넣는 것을 보았고, 그가 부러웠다. 그는 딕이 맨머릿바람으로 온 것을 가볍게 힐책했지만, 지금은 자신도 그랬기를 희망했다. 그러다가 운 좋게 그의 시선이 한 창가 자리에 떨어졌고, 그는 그 자리의 한구석에다가 모자를 슬그머니 밀어 넣었다.

"휴게실로 따라오시죠!" 몽고메리 씨가 외쳤고 스티븐스 가족 모두가 그를 따라 매우 크고 웅장한 방으로 들어섰다. 방은 어니가 손가락을 핥아 머리칼을 매만질 정도로 대단했다. 사방이 온통 옅은 파란빛이었고, 수많은 놋쇠 그릇에서 고사리류가 넘실거리고 있었다.

"이놈의 마누라는 어디 갔어?" 몽고메리 씨가 우렁우렁 울리는 목소리로 말했다. 그는 현관으로 나가서 계단 위로 외쳤다. "데이지!"

잠시 침묵이 있었다. 그러더니만 가늘고 투덜거리는 목소리가 위쪽 어딘가에서 대답했다. "알았어요." 그리고 그 말의 어조가 역시

내포한 뜻은 이러했다. '뭐 때문에 이 사람들을 집에다 초대하게 된 거예요, 상황이 괜찮은지 먼저 알아보지도 않고?'

다과는 이미 차려져 있었는데, 확실히 후해 보였다. 초콜릿 에클레어가 담긴 케이크 받침대에, 건포도가 든 작은 번, 커다란 스펀지빵 샌드위치 케이크, 두 종류의 빵과 버터가 있었지만, 어니는 '몽고메리제 끓여 만든 사탕'을 찾을 수 없었다.

"자 그럼!" 몽고메리 씨가 방으로 돌아오면서 말했다. "정말 집에 있는 것처럼들 계세요. 해변에서는 자유롭고 편안하게가 내 좌우명이니까."

그곳에는 매우 낮고 매우 푹신해 보이는 안락의자가 여럿 있었고 또 호화로운 소파가 하나 있었다. 스티븐스 부인은 그 의자들 중 하나의 끄트머리에 앉았다. 딱히 얌전을 부리느라 그런 건 아니고 조금만 있으면 무릎 위에 찻잔을 받쳐야 할 터였기 때문이었지만, 스티븐스 씨는 아내만 한 선견지명이 없어서 곧바로 의자 뒤로 기대앉았다. 이어서 그는 아래로, 아래로 가라앉았고 이윽고 의자 가장자리에서 그의 무릎이 쭉 펴지면서 양발이 땅에서 홱 들리는 게 느껴졌다. 어니는 아버지의 고투를 호기심과 경악이 섞인 채 지켜보았다. 그는 달려가서 구명대를 찾아보아야 마땅하다는 느낌을 어렴풋이 받았지만, 스티븐스 씨는 곧 몸을 가누었고, 몽고메리 부인이 들어올 적에 딱 때를 맞춰서 일어났다.

그는 몽고메리 부인을 보고 놀랐다. 아닌 게 아니라 그들 모두가 놀랐다. 전날 밤 저녁 식사 도중에 그들은 그녀가 뚱뚱하고 뺨이 불그스레한 여성으로, 고향의 불리반트 부인과 다소 비슷하겠지만 물론 더욱 위엄 있으면서 발걸음도 한층 수월하게 놀릴 터라고 결론을 내어두었다. 그러나 그들 앞에 보인 여자는 뚱뚱하지도 마르지도 않았으며, 노란 머리칼에 새빨간 입술, 불그스레한 광대뼈를 가진 희미한 여성이었다. 그녀는 물을 너무 많이 넣고 삶았다가 인공적인 맛을 더한 것처럼 보였다. 그녀는 스티븐스 부부에게 부드럽고 흐느적거리는 한 손을 내밀었고 아이들에게 나른하게 미소 지은 다음, 앉아서 쟁반에 놓인 작은 종을 딸랑거렸다.

"너무 덥네요." 그녀가 묵직한 한숨을 지으며 웅얼거렸다. "사방에 햇빛이 드는 것 같아요, 안 그런가요?"

"정말 그러네요." 스티븐스 씨가 동의하면서, 그늘 한 점 없는 정원으로 시선을 돌려 나아갔다. 작고 앙상한 나무들 몇 그루와 더불어, 그 얇고 바싹 마른 목에 둘린 이름표가 보였다. 나무들은 마치 오 분 전에 심겨서, 공황에 빠져 자신들을 들여놓은 남자에게 돌아와서 자신들도 다시 데려가 달라고 간청하며 길을 따라 울부짖고 있는 것만 같았다.

하녀가 반짝이는 다기 세트를 들고서 도착했고, 그들의 여주인이 차를 따라주기 시작할 무렵 딕은 일어서서 몽고메리 씨에게 갈색 빵과 버터가 담긴 접시를 권했다. 조금도 부추기지 않았는데 아들이 이렇게 선뜻 빵을 권하는 모습을 보니, 스티븐스 씨는 흐뭇했다. 딕은 그 일을 너무도 조용하고도 다소곳이 해냈고, 몽고메리 씨를 친근한 작은 미소를 띠고 올려다보았다. 스티븐스 씨가 보기에 몽고메리 씨는 그 작은 눈에 기묘한 표정을 담고 그의 아들을 내려다보는 것 같더니만 그는 빵 한 조각과 버터에 손을 뻗어서, 빵을 반으로 접어 취했다. 그는 그걸 먹지 않았다. 그저 취했을 따름이었다. 그 모습을 지켜보던 어니는 몽고메리 씨에게 매우 흥미가 돋았다. 작은 조각의 빵과 버터는 마치 마술처럼 사라졌고, 어니는 몽고메리 씨가 귀에서 빵을 빼내기를 반쯤 기대하기까지 했다. 어니는 계속 그를 지켜보았지만 더 이상의 일은 하나도 벌어지지 않아서 실망스러웠다.

식구들이 차에서 펄쩍 뛰어나와서 집주인을 따라서 진입로를 올라갔을 즈음에는 스티븐스 씨는 행복하고 자신감 있는 기분이었다. 하지만 다과가 시작되면서 어떤 불안감이 그 자신에게 스며드는 것을 느꼈다. 그것은 식구들과는 아무런 관련이 없었는데, 식구들은 완벽하게 처신했으며 현재까지 그는 그들이 자랑스러워 흐뭇했기 때문이다. 그를 안절부절못하고 불안하게 만든 것은 다른 구석이었다. 다과회에서 그가 예기치 못했던, 그리고 썩 이해가 가지 않았던 약간 기이한 구석 말이다. 그것은 가정적이지 않은 방의 인상에서 왔을지도 모른다. 방은 멋졌지만, 그 멋짐에는 뭔가 침체된 구석이 있었다. 방이 새것이었음에도, 공기 중에는 이상한 퀴퀴함이 걸려 있었다. 맛이 간 시가 담배와 니스와 향수의 퀴퀴함이. 몽고메리 부부 역시 그가 예상했던 것과 너무도 달랐다. 사무실에서 이따금 보는 걸로는 몽고메리 씨를 거의 알지 못했으니, 그는 너무도 쾌활하고 가정적인 사람들을 발견하겠거니 예상했던 것이다. 그는 요인들이란 사생활에서는 매우 친근하고 편안한 사람들이라고 언제나 들어왔던 터였다.

집주인이나 여주인이 아주 조금이라도 친근하게 굴지 않은 것도 아니었다. 몽고메리 씨의 목소리는 충분히 쾌활했다. 그러나 그 목소리는 공허하고 시끄러웠으며, 마치 그의 목청에는 싸구려 증폭기가 고정되어 있는 듯했다. 웃을 때도 그의 눈에는 웃음기가 없어 눈주름도 잡히지 않았으며 오로지 입만 벌어져 입꼬리만 말려 올라갔을 뿐, 그의 작은 눈은 그대로 남아 있었다, 고정되고 응시하는 채로.

스티븐스 씨는 안락의자의 한참 앞부분에 앉았고, 그의 아내는 반대편에, 또 어니는 그녀 옆의 작은 등의자에 앉았다. 딕과 메리는 호화로운 소파에 함께 앉았고, 몽고메리 부인은 다과상 옆의 의자에서 후줄근했으며 집주인은 벽난로 앞의 깔개에 서 있었다.

몽고메리 씨가 앉아주기만 했다면! 그러면 하늘 땅만큼의 차이가 만들어질지도 몰랐다. 한번은 그가 앞으로 팔을 뻗어서, 스펀지빵 샌드위치 케이크*가 담긴 접시를 집어 들고는 어니 앞에서 과장되게 흔들었다.

"이게 네 입맛에 더 맞지. 응, 아가야?" 그는 충분히 상냥하게 말했지만, 어니는 아가라고 불리는 것을 싫어했다. 어니는 시뻘게져서 미소를 지으며 "네, 주세요" 하고 말한 다음 별미인 두툼한 케이크 한 조각을 취했다.

---

* 스펀지빵을 반으로 갈라 가운데에 크림과 딸기잼을 바르고 덮은 것. 빅토리아 케이크와 유사하다.

"우리 윌크스 씨는 안녕하신가?" 몽고메리 씨가 말했다. 그가 너무도 급작스레 그 질문을 쏘아붙였던지라 스티븐스 씨는 상당히 어안이 벙벙했다. 그는 한순간 멍하니 응시했다가는 미소 지었다. 그는 몽고메리 씨가 회사 상무 이사인 윌킨스 씨를 언급하고 있었던 거라고 추정했다.

"제가 떠나올 적에는 매우 안녕하셨습니다." 스티븐스 씨가 말했다.

집주인은 소리가 다 울리게 후루룩 차를 한 모금 들이켰다. "그쪽 회사는 그런 친구를 책임자로 앉혀놓고서 대체 어떻게 계속 굴러가는 건지 이해가 안 된단 말이야. 그 친구는 정말로 내가 한평생 만나본 중에서 제일 구식에다 완고한 노친네란 말이지!"

그것은 말하기에 이상한 화제이자 답하기에 매우 어려운 화제였던지라 스티븐스 씨는 오직 미소만을 돌려줄 수 있을 따름이었다. 그는 윌킨스 씨를 좋아했다. 윌킨스 씨는 언제나 그에게 너무도 잘해주었다. 아기 메리가 매우 아팠을 때, 윌킨스 씨는 개인 사무실에서 나와서 스티븐스 씨에게 말을 걸며, 좋은 의사에게 보였느냐고 묻고, 집에 일찍 가라고 말해주기도 하곤 했다. 그는 조용하고 공손한 노신사였고 스티븐스 씨는 그를 공경했다. 그 사람이 이런 식으로 거론되는 걸 듣자니 괴로웠다…….

"그 사람은 얼마나 오래 버티고 있을 거랍니까?" 몽고메리 씨가 물었다.

"모르겠습니다. 물론, 이제 상무 이사님도 연세를 자시고 계시니만큼……"

"그쪽도 거기서 있던 기간이 상당히 됐죠, 아무래도?"

"삼십 년 됐습니다." 스티븐스 씨가 미소를 담아 말했다.

"내 생각에도 당신 그 구석빼기 자리에 꽤나 오래 걸터앉아 있더라 싶더라고."

방에 침묵이 떨어진 터였다. 침묵은 스티븐스 씨의 긴장 서린 작은 웃음으로 깨졌고, 아버지 반대편에 앉은 딕은 서늘한 분노가 차오르는 것을 느꼈다. 그는 벽난로 앞의 깔개에 다리를 쫙 벌리고 선 그 커다랗고 뚱뚱하니 낄낄대는 남자를 올려다보았고, 그런 다음에는 안락의자의 끄트머리에 앉아서, 무릎에 찻잔을 균형을 잡고 올려둔 채, 둥근 회색 눈으로 호소하듯이 몽고메리 씨를 건너다보고 있는 자기 아버지를 내려다보았다. 그는 아버지가 숱 없는 갈색 머리칼을 신경 써서 빗은 모양을, 그가 간밤에 침대 아래에다가 눌러두어 만든 플란넬 바지의 주름을, 그의 값싼 회색 양말과 그가 그날 아침에 정원에서 공들여 파이프 점토로 표백한 오래된 캔버스 슈즈를 보았다. 그의 아버지는 오늘 오후 말쑥해 보이려고 자기 힘닿는 데까지 모든 것을 했더랬고, 이에 갑자기 딕의 분노는 그가 이전에 느껴 보았던 그 어떤 것보다도 맹렬하고 강렬한 자부심으로 바뀌었다. 자부심은 확 불타올라서 그를 불현듯 감사함으로 채웠다. 아버지의 값싼 기성복의 모든 끄트러기 틈새로, 값비싼 회색 정장과 실크 셔츠를 입고서 벽난로 앞의 깔개에 선 뚱뚱한 거인보다도 훨씬 된 사람이 그에게 보였다. 그의 아버지는 그저 사무직원으로, 일주일에 몇 파운드를 받으며 자랑스럽게 또 말없이 분투하고 있었던 반면, 이

다른 남자에게는 수천 파운드가 있었다. 심지어 그의 해변 별장만 해도 커루나 로드에 있는 그들 가족의 작은 집보다 크고 엄청나게 웅장했으며, 사방에 무심하게 놓인 것은 재력의 증거들로, 두꺼운 카펫들, 커다랗고 편안한 의자들, 저 희미한 여자의 옷에 있는 빛나는 장신구들과 반짝이는 보석들이었건만…… 그게 다 무슨 가치가 있었단 말인가? 태양에 그을린 아버지의 얼굴을 건너다볼 때 그가 떠올린 것은 바다와 모래사장, 튀어오르는 크리켓 공과 웃음소리의 외침들, 산책용 지팡이들과 낚싯대들과 파닥이는 연들, 흥미진진한 경기들과 취미들, 아버지가 겨울철 저녁에 그들에게 소리 내어 읽어준 책들이었다. 바다에서 온 소금기가 아버지의 피부 속에, 저 윤이 나는 파란 서지 코트 아래에 놓여 있었다. 그는 아버지가 손을 긴장한 채 파닥거리며 넥타이로 옮기는 것을 지켜보았고 길고도 세심한 손가락들과 좁고 섬세한 손톱들을 보았다. 이어 딕은 그 위쪽의 남자에게로, 찻잔을 들고 있는 손으로 시선을 올렸는데, 퉁퉁 부은 붉은 손에다 무슨 염증이 난 엄지발가락처럼 생긴 엄지손가락이 있었다. 물어뜯긴 채 살에 파묻힌 작은 손톱은 모양도 형편없고 기운도 없어 보였다. 그는 뚱뚱한 몽고메리 씨 천 명을 준대도 아버지를 바꾸지 않을 터였고, '버터너트'를 백만 단지 준대도 아버지가 생각하고 행동하는 방식을 바꾸지 않을 터였다. 몽고메리 씨는 아버지에게 무례하게 대하려는 의도는 아니었다. 그가 아버지를 모욕하려는 의도는 아니었다. 그냥 그 사람은 모를 뿐, 느끼지 않을 뿐, 이해하지 못할 뿐이었다……. 딕은 미소를 품고 일어나서, 뚱뚱한 남자의 컵을 그 얼룩덜룩한 손에서 받아 들었다.

"제가 차 한잔 더 올려도 될까요, 몽고메리 씨?"

몽고메리 씨가 소년을 내려다볼 동안 다시금 그 기묘한 표정이 그의 얼굴에 찾아왔다. 스티븐스 씨가 몽고메리 씨를 올려다보고서, 그 표정을 눈치챘다. 그의 시선은 다과 쟁반 옆의 희미하게 시들어 가는 숙녀에게로 헤매어 갔고, 몽고메리 부부에게 자식들이 있긴 했는지 궁금해졌다…….

몽고메리 씨의 찻잔을 다시 채워주려는 딕의 움직임 덕에 감사하게도 스티븐스 씨는 일터에 관한 유쾌하지 못한 대화를 중단할 수 있었다. 그는 스티븐스 부인과 보그너에 관해서 김빠진 대화를 이어가고 있던 여주인 쪽을 돌아보았다. 그는 몽고메리 부인이 유감스럽게도 이곳이 상당히 맥 빠지는 곳이라고 말하는 것을 들었다. 스티븐스 부인은 그런 점을 눈치채지 못했다고 말하면서, 황급하게 어쩌면 그녀가 그런 점에 익숙해져서인지도 모른다고 덧붙였다. 이제 보그너가 자연스레 화제에 올랐지만, 스티븐스 가족은 상당히 신중하게 그 화제를 다뤄야 했다. 이 친근한 옛 도시의 모든 구석구석을 알았던 스티븐스 가족들은, 곧 몽고메리네가 그에 관해 아무것도 몰랐음을 알게 되었다. 설명에 따르면 그들은 해변 별장을 원했고, 해안을 따라 차를 달리면서 큰 호텔들에 머무르던 중 보그너를 발견했다. 찾던 곳이 바로 보그너라 판단한 그들은 부동산 중개인에게 보그너에서 가장 좋은 필지筆地를 요청했다. 그들은 그 필지를 얻었고, 그래서 이곳에 있는 것이다. 바닷소리가 몽고메리 부인의 신경을 긁었기 때문에 해안에서는 떨어져 있고 싶었다.

상냥하고도 섬세한 방식들로 스티븐스 가족은 몽고메리 부부 앞에 놓인 근사한 것들을 드러내고자 했고, 그 근사한 것들은 그걸 듣는 사람들의 지루한 눈빛 앞에서 하나하나씩 움츠러들고 넘어져 죽어버리는 듯했다. 딕이 말하던 것은 자동 오락기가 있는 부두에서의 재밋거리로, 가끔은 집어넣은 페니 동전을 활기차게 딸랑거리며 다시 가져다주었던 흥미진진한 확률 게임이나, 상대 팀에 대항해서 작은 다리 열한 쌍을 기술 좋게 놀렸던 축구 게임에다가, 페니 동전 하나만 내면 예기치 못한 비밀의 벽판들에서 소름 끼치는 유령들을 내놓았던 귀신의 집이었는데, 천천히 그의 목소리는 잦아들었다. 몽고메리 부인의 시선이 그에게 향해 있던 것이다. 희미한, 표정 없는 눈이. 그녀는 고개를 끄덕이고는 말했다. "그래. 그거 필시 정말 재미있겠어."

"자자, 계속합시다!" 몽고메리 씨가 외쳤다. "다과를 양껏 들어야지! 맘껏들 들어요! 모든 게 잔뜩 있으니까. 그리고 바깥에는 더 잔뜩 있고!"

음식은 맛있었고, 스티븐스 가족도 최선을 다했지만, 음식이 아니라 차라리 재를 씹는 것 같았다. 어니는 몽고메리 씨가 다과를 양껏 들라고 말하기 전까지는 다과를 즐겼지만, 다른 이들은 사실 처음부터도 다과를 즐겼다고 말할 수 없었다. 다과에는 뭔가 이상하고, 억지스러운 구석이 있었고, 바다와 모래사장은 너무도 믿을 수 없이 멀찍이 떨어져 간 터였다……

마침내 집주인이 벽난로 앞의 깔개에서 앞으로 내디뎌서 쟁반에 찻잔을 놓았다. 그는 창가의 구석 자리로 가로질러 가서 담배가 든 커다란 은제 장식함과 시가 한 상자를 들고 돌아왔다.

스티븐스 씨는 좋은 시가를 태우는 것을 즐겼고, 집어든 그것을 호주머니에 넣어두었다가 저녁에 조용히 태울 수 있었으면 하고 대단히 바랐다. 그는 오후에는 시가를 즐기지 않았다. 딕과 메리도 담배를 받아 들었고, 다과회의 경직된 분위기가 담배 연기의 영향 아래 살짝 희미해졌다.

"집을 구경해 보고 싶으실 것 같소만?" 집주인이 제안했다.

"구경해 보고 싶고말고요." 스티븐스 씨가 말했고, 스티븐스 부인도 껴들어서 이렇게 웅장한 저택을 구경하게 되면 매우 멋질 거라고 했다.

그들은 일어나서 현관으로 들어갔고, 그곳에서 몽고메리 씨는, 신비롭고 비밀스러운 몸짓 여러 번으로 스티븐스 씨가 화장실이라고 추정했던 작은 문을 가리켰다.

"혹시 원하시면…… 어…… 그……?" 그가 속삭였다.

"괜찮습니다, 감사합니다." 스티븐스 씨가 안심시켰다.

"정말이신가? 사양 마시고……."

"참으로 정말입니다. 감사합니다."

"혹시 쪼끄만 애는……?"

"아뇨. 아이도 괜찮은 것 같습니다."

"아주 좋아요, 그럼!" 몽고메리 씨가 한 번 더 시끄럽고 씩씩하게 외쳤다. "어디서부터 시작할까요? 위층?"

스티븐스 부인은 위층부터 보면 좋겠다고 생각한다고 말했다.

"저는 좀 실례해도 되겠죠, 그쵸?" 몽고메리 부인이 중얼거렸다. "날이 너무 무덥고, 제가 더위를 너무 타서요."

"멋진 다과회였어요." 여주인이 휴게실 쪽으로 다시 몸을 돌리던 사이 스티븐스 부인이 말했다.

"뭘요." 몽고메리 부인이 무기력한 미소를 띠고 답했다. 그녀는 그들을 지나쳐 휴게실로 들어가서는 문을 닫았다.

계단은 시뷰의 가파르고 좁은 계단보다 훨씬 넓고 더욱 비탈졌기에 스티븐스 가족은 계단이 요하는 수준보다 발을 훨씬 높이 들어 올리는 자신들을 발견했다. 카펫들은 푹신하고 사치스러웠고, 한 질의 희극적인 사냥 그림들이 벽면을 장식했다.

"여기가 내 침실입니다." 몽고메리 씨가 말하며 커다랗고 웅장한 방의 문에서 멈춰 섰다. 그는 길을 잠시 막고 있다가는 돌아보면서 자부심으로 부풀어 올랐다. 그는 방을 빨아들였다가 다시 내쉬는 듯했다. 그런 다음 그는 옆으로 비켜섰고 스티븐스 가족은 정숙한 태도로 줄지어 들어갔다.

"전등이 어떻게 작동하는지 보이시죠. 이게 내 화장대 위의 불을 켜는 거고, 그런 다음에 이 손잡이는 그 불을 끄고 내 침대 위의 불을 작동시키는 거고요. 굳이 나가는 수고를 덜어주죠, 보시다시피."

"어쩜 이렇게 근사한 세면대인지!" 스티븐스 부인이 외쳤다. 그녀는 주택 광고에서 모든 침실에 세면대를 놓는 것에 관해 읽은 바 있었지만, 실제로 본 것은 이게 처음이었다. 세면대는 무슨 소다수 분수대*만큼이나 웅장해서, 온통 하얀 에나멜로 씌워져 있었고, 거울에, 필요한 모든 것을 담을 은제 선반들도 딸려 있었다.

"이거 보신 적 있습니까?" 몽고메리 씨가 미소를 지으며 물었다. 그는 다른 전등을 딸각 켰고, 이번에는 안쪽 어딘가에서 벽면에 붙은 면도용 거울이 기괴하게 나타났다. "들여다보시죠." 그가 스티븐스 씨에게 말했다.

"아니, 그거 편리하다는 말이 절로 나오는데요!" 스티븐스 씨가 소리쳤다. 그곳에는 거울 속의 그의 얼굴이, 거대한 크기로 확대되어서, 턱 아래에서 조명을 받아 환해져 있었다. 그는 상당히 매끈하게 면도했다고 생각했건만, 이제는 턱에서 튀어나온 다양한 직경의 검은 센털들의 모음이 보였다. 마치 나무 그루터기만이 남은 숲의 빈터처럼 말이다.

"그걸로 오래된 면도기가 딱 들통나 버리는구먼!" 몽고메리 씨가 웃었고, 스티븐스 씨는 미소 지으며 확실히 그렇다고 말했다.

"여기서는 바다도 보여요!" 창문으로 거닐어 간 메리가 외쳤다.

몽고메리 씨는 그녀를 다소 멍하니 바라보았다. "그래. 보인단다." 그가 말했다. "그러나 바닷소리가 들리진 않아, 알겠지만. 저기 바깥 어딘가에 빌어먹을 무중호각이 있어서 이따금 신음을 내는데……

• 소다수 분수대는 20세기 초 영국과 미국에서 유행하던 음료 판매대로 카페나 약국 안에 설치되었으며, 호화롭고 세련된 외형이 특징이었다.

그래도 아무래도 그쪽에서도 무중호각은 있어야겠지."

 그들은 방에서 방으로 지나갔는데, 방은 모두 하나같이 사용 여부를 불문하고 꾸며져 있었다. 두꺼운 카펫들, 깊숙하고 폭신한 의자들, 빛나는 가구로. 화장실에는 체중계, 보라색 목욕 소금 결정들이 든 거대한 단지, 샤워 설비가 있었다. 스티븐스 가족은 집주인을 따라가면서, 눈이 휘둥그레져서 어쩌다 뒤에 처지게 되면 숨죽인 속삭임들로 서로서로 말하면서도, 어쩌다 행렬 앞쪽에서 집주인과 나란히 있게 되면 "아니, 저는 꿈도 못 꿨네요!"와 "세상에!" 같은 일련의 열성적인 감탄을 연발했고, 이에 몽고메리 씨는 걸음을 내디딜 때마다 한층 자부심에 차고 더욱 말이 트여갔다.

 딕은 한 번 아버지의 얼굴을 슬쩍 보았다. 그는 아버지가 알아채지 못하는 동안 그를 포착했고, 그 얼굴에 아쉽고도 슬퍼하는 표정이 담기는 것을 보았다. 그는 아버지가 무슨 생각을 하고 있는지 알았는데, 그 역시도 아침에 그들이 주전자를 들고 줄을 설 때면, 흐느끼듯 온수를 찍찍 뱉어내던 온수 장치가 딸린, 집의 조그만 욕실을 생각하고 있었기 때문이다.

 "자 그럼" 하고 몽고메리 씨가 말했다. "정원으로." 이에 가족들은 주인을 따라 아래층으로 갔다.

 몽고메리 씨는 그들에게 정원을 절대로 보여주지 말았어야 했다. 아니면 최소한 정원을 처음 보여주고, 정원의 기억을 저택의 웅장함으로 씻어내렸어야 했다.

 그러나 어떤 범상치 않은 이유로 그는 정원에 지극히 자부심이 있었다. 그는 프랑스창의 문지방에서 걸쇠에 손을 올린 채로 인상적으로 멈춰 섰고, 삼 개월 전만 해도 이 정원이 그저 거친 초원이었노라고 설명했다. 그는 정원의 야생성에 관한 끔찍한 그림을 그린 다음에, 창문을 홱 열어젖혔다.

"이제 보시죠!" 그가 외쳤다.

베란다를 가로질러 작열하는 햇빛이 떨어졌지만 녹색과 백색의 차양으로 그 섬광이 방에 들어오지 못하게 하고 있었다. 갑자기 해방된 듯한 감사한 기분을 느끼며 스티븐스 가족은 옥외로 줄지어 나갔다.

니스를 칠한 시골풍 나무로 된 삭막한 퍼걸러가 창문에서 정원 밑바닥의 철조망으로까지 뻗어나갔고, 몇 그루의 가느다란 장미나무가 불안 가득한 외로움 속에서 매달려 있었다. 양쪽으로 뻗어나간 초록과 갈색, 가지각색의 색조들이 있는 잔디밭에서는 네모난 펫장 중 몇 개가 다른 것들보다 더욱 번성해 있었다. 금빛 쥐똥나무의 일련의 극미한 잔가지들이 밑바닥의 철조망을 따라 늘어섰고 가장자리에 있는 꽃들은 마치 바람 한 점만 훅 불어도 허약한 정박 기반에서 꺾일 것처럼 보였다.

"일이 년만 있으면 번듯해져서 그늘을 드리울 거요." 몽고메리 씨가 말하면서, 죽어버린 작은 너도밤나무의 얇은 목을 주물럭댔다. "내가 나무들을 정말 좋아하거든."

"나무들이 하늘 땅만큼의 차이를 만들어 주는 것 같습니다." 스티븐스 씨가 동의하면서도 불편하게 주위를 흘긋거렸다. 그곳에는 그늘일랑 한 땀도 없었고, 태양이 열대성의 뚱한 분노를 품고 이 메마른 먼지투성이에 내리쬐었다. 스티븐스 씨가 건축업자가 구석에 있는 쓰레기 더미를 치워주면 훨씬 더 좋아 보이겠다고 막 말하려던 차에 집주인이 그 더미로 걸어가서는 말했다. "이 암석정원이 내년에는 휘황찬란하게 형형색색이 될 거요." 스티븐스 씨는 그의 입을 막아준 그 운명을 찬양했다. 무슨 일이라도 생겨 나와선 안 될 말을 막아주는 건 거의 없는 일이지 않은가. "어이쿠야, 그럼요!" 그가 말했다. "딱 그려지네요!"

집주인은 그들을 꽃에서 꽃으로 안내해 가면서, 등나무 지팡이로 꽃들을 쿡쿡 찌르고 이듬해에 그 꽃들이 무슨 색깔일지 설명했다. 그리하여 가엾은 식물 하나하나가 쿡쿡 찔리던 사이 그것은 제 고개를 들어서 속삭이는 듯했다. "물! 제발 부탁이니까, 물 좀!" 스티븐스 씨의 눈이 두리번거려 닿은 건 울타리 너머의 초원으로, 여전히 보드랍고 푸릇푸릇했고, 그는 어딘가 가까운 곳에 어떤 교훈이 숨겨져 있노라 느꼈다. 이렇게 말했던 대자연으로부터의 메시지가 말이다. "돈으로 대부분의 것들은 살 수 있겠지만, 몽고메리 씨, 나는 살 수가 없답니다."

"우리가 이쪽 구석에는 정자를 지어둘 거요." 몽고메리 씨가 말했다. "그리고 그 안에다가 전등을 넣어둬서 저녁 식후에 여기 나와서 커피를 들 수 있도록 할 거고."

"그거 정말 근사하겠네요!" 스티븐스 부인이 외쳤다. 그리고 딱 그와 동시에 스티븐스 씨는 그녀와 눈을 맞췄다. 그는 시계를 빼내었고, 기겁해서 시계를 응시한 다음에 집주인을 바라보았다.

"맙소사." 그가 외쳤다. "시간이 다섯 시 반인 거 아십니까!"

몽고메리 씨는 웃었다. "시간이 가끔 훌쩍 날아가는 경우가 있죠." 그는 답했다.

"저희는 정말로 가봐야겠습니다." 스티븐스 씨가 말했다. "저희가, 저희가…… 시내에서 장을 볼 게 한참 있어서요."

"정말이신가?" 주인이 문의했다.

"정말로 가봐야만 합니다."

"그러면 내 가서 운전기사 더러 다시 태워다 드리라고 해야겠구먼."

"오, 저희야 너끈히 걸어가도 됩니다." 스티븐스 씨가 말했다. "문제될 거 없습니다. 정말입니다! 저희가 언제나 **진짜로** 오후에는 산책을 나가는걸요."

"오…… 뭐…… 그럼 좋으실 대로 하시지요."

그들은 현관으로 돌아왔고, 침체된 냉랭함이 다시 한번 그들을 에워쌌다. 몽고메리 씨는 외쳤다. "데이지! 손님들 가신단다."

휴게실에서는 어떤 답변도 오지 않았으나, 잠깐 뒤에 몽고메리 부인이 나른하게 아래층으로 내려왔다. 스티븐스 가족들은 그녀가 집에서 아무것도 사라지지 않았다고 확인하기 위해서 그 근처에 있었던 거라는 심기 불편한 감정을 느꼈다.

"어머! 벌써 가세요?" 그녀가 물었다.

"장을 보실 게 한참 있으시대." 몽고메리 씨가 설명했다. "그럼, 언젠가 꼭 다시 오시죠."

"정말 감사합니다." 스티븐스 부인이 말했다. "근사한 다과회였어요."

"뭘요." 여주인이 답했고, 또 한 번 스티븐스 가족은 그 희미한 여성의 손에서 따스하고 스펀지 같은 무기력함을 느꼈다. 그들은 미소를 짓고 꾸벅거리며 뒤돌아 문으로 나갔고, 다시 햇빛 속에 섰다.

몽고메리 씨는 자갈 깔린 진입로를 내려가 대문까지 그들을 배웅했고 돌아서서 자기 집을 다시 감탄하듯 본 다음에 그들에게 잘 가라고 빌어주었다. 어떤 발언이 요구되고 있다는 건 스티븐스 씨에게 명백했다. 그들의 방문을 행복하게 마무리 지을 어떤 기분 좋은 발언이 말이다.

"정말로 멋진 곳입니다." 그가 말했다. "제가 한평생 본 것 중에서도 어마어마하게 최고로 좋은 집이에요."

몽고메리 씨가 그 끔찍한 질문을 그에게 던진 것은 그때였다. 그는 말없이 스티븐스 씨를 잠시 바라보더니만, 말했다. "얼마나 들었을 것 같아요? 한번 맞춰봐요."

스티븐스 씨에게 닥친 시련의 마지막 순간에 그런 질문을 허하다니 운명은 끔찍이도 잔혹했다. 집주인 옆에서 진입로를 걸어 내려오던 동안 그는 어쩜 모든 이가 완벽하게 처신했다며 자화자찬하고 있었기 때문이다. 그도, 식구들 중 누구도, 유감스러운 말은 일언반구도 하지 않았는데, 지금에서야 끔찍하게도 뜻밖으로, 그는 집주인의 심기를 격렬히 상하게 하여 오후를 통째로 망쳐버릴지도 모를 답을 주기를 요구받은 것이다.

 그도 그럴 게 그가 어떻게 대답해야 했단 말인가? 몽고메리 씨가 그가 소비한 큰 액수에 자부심이 있었다면, 스티븐스 씨가 그보다도 커다란 수치를 제시할 경우 그의 성질을 긁게 될 터였다. 반면에, 몽고메리 씨가 그가 집을 값싼 액수에 샀다고 자기 등을 토닥이고 있었던 거라면, 한층 작은 수치가 제시되는 것은 그에게 모욕적인 일이 될 터였다.

 당연히 친구가 물건을 헐값으로 샀다고 생각하는 걸 알 때 그를 띄워주는 답을 주기는 쉬웠다. 그때 하는 거라고는 오로지 설마 이렇게까지 나갔겠나 싶은 수준보다도 훨씬 큰 액수를 제시하는 것뿐이었으니까.

 그러나 이것은 달랐다. 절망스럽도록 달랐고, 거기다 몽고메리 씨의 얼굴이 그를 음흉하게 내려다보며 기대에 차서 흐뭇해하고 있었다. 그는 시간을 벌어야만 했다. 시간을 벌어줄 뭐라도 좋으니까!

 "정말로 손톱만큼도 감이 안 잡힙니다." 그가 말했다. "제가 이 정도로 굉장하고 커다란 곳은 아예 전혀 경험이 없어서요."

 그러나 몽고메리 씨는 그를 고문대에 올려놓은 채 나사를 한 번 더 비틀어 주었다.

 "글쎄, 그냥 한번 어림잡아 맞춰보라니까."

 소용이 없었다. 그는 뭐라도 말을 해야만 했다. 순진한 멍청이라는 딱지가 붙을 마음이 아니었다면 뭐라도 말을 해야만 했다. 커루나 로드에 있는, 그 자신의 집은 얼마였던가? 오백오십 파운드. 그러나 그건 몇 년 전, 집값이 변동되기 전이었다. 그는 그걸 두 배는 곱하는 편이 나았다, 아니! 그는 네 배로 불릴 터였다.

"이천 파운드?" 그는 떨리는 목소리로 속삭였다.

그는 집주인의 눈이 커지는 것을 보았다. 다듬어진 작은 조약돌과 같은 눈알이 보였고, 그러고는 집주인이 고개를 뒤로 떨구며 폭소하던 사이에 커다랗고 붉은 그의 이중 턱만이 보였다.

"낙천가이시구먼, 이거 참!" 그가 외쳤다.

"그럼 얼마였습니까?" 스티븐스 씨가 물었다. 그의 목소리는 쉰 듯 했고, 팽팽했다.

하늘을 바라보던 뚱뚱한 남자의 눈이 즐거움과 경멸을 담아 그를 응시했다.

"말씀하신 액수에 곱절을 곱하고, 그다음에 천을 또 더해요. 모든 반고정 세간들은 도매로 사서 그 가격이지."

그들이 길을 내려갈 때 그는 손을 흔들었고, 그들은 그가 돌아서서 자갈 깔린 진입로를 걸어 올라가는 동안 혼자서 낄낄대는 소리를 들었다. 한참 동안 누구도 말하지 않았고, 조그만 무리는 말없이 길을 따라 걸었다. 상쾌한 바닷바람이 갑자기 그들의 얼굴을 부채질했고, 오른쪽으로 저 멀리, 들판 건너로, 그들은 바다의 술렁거림을 들었다.

28

극장의 무대용 문은 좁다랗고 고풍스러운 통로를 통과하면, 극장 자체보다도 훨씬 오래되어 보이던 건물 아래에 놓여 있었다.

스티븐스 가족은 보그너에서 보내는 휴가 동안에 연극을 보러 종종 갔지만, 무대 출입문이란 전적으로 그들의 이해력 바깥에 있는 것이었다. 메리는 연결 통로 속으로, 그러고는 통로를 지나 그들을 좌석으로 데려가 준 그 입구 이외에 어떤 다른 입구도 기억나지가 않았고, 무슨 수를 써서라도 그녀가 먼저 낮의 햇빛에 힘입어 그걸 찾아봐야겠다고 느꼈다. 어둠 속에서 맹목적으로, 숨겨진 입구를 더듬다가 혹시라도 아예 찾지 못하는 것은 끔찍할 터였다.

그날 아침에 그녀를 거들어 줄 멋들어진 구실이 나타났는데, 아침 식사 도중에 스티븐스 부인이 그들 둘이 시내로 올라가서 헤이킨 부인을 위해 그 도자기로 된 토스트꽂이를 구하자고 제안했더랬기 때문이다.

"그다음에 엄마는 떠나셔서 장 볼 거 보시면 되겠네요." 메리가 말했다. "저는 곧장 모래사장으로 내려가면 되니까요. 토스트꽂이는 제가 가는 길에 시뷰에 놔두고 가면 되고요."

그들은 지난 몇 해간 헤이킨 부인에게 가져갔던 도자기 몇 점과 정확히 맞아떨어지는 토스트꽂이를 구하지 못했지만, 비스킷 색깔의 도자기로 된 매우 예쁜 것을 골랐다. "어쨌든 간에" 하고 스티븐스 부인이 말했다. "토스트꽂이만 조금 달라도 상관은 없잖니."

그들은 가게 바깥에 잠시 머물렀고, 그런 다음에 메리는 미소를 띠고 돌아섰다. "안녕, 엄마!" 그녀가 말했다. "열한 시에 더 커디에서 봐요!" 그녀는 꾸러미를 손에 들고서, 극장이 있던 아케이드 끄트머리의 도로를 향해서 서둘러 떠났다.

그때조차도 무대 출입문은 낭만을 내쉬었다, 심지어 아침 햇빛 속에서도, 바깥 도로에 우유 배달 짐수레가 서 있는 채로 말이다. 그러나 이제 날이 어두워지고 가로등의 창백한 일렁임만이 문의 신비로운 그림자들을 흔드는 전부가 되고 나니, 메리는 어떻게 런던에서 소녀들이 살을 에는 바람과 부슬거리는 비를 뚫고서 서두르는 그림자를 잠깐 보겠다고 기다릴 수 있는지 이해가 되었다.

문은 통로 너머에, 하늘로 트인 좁은 안뜰 안에 있었다. 어둑하고 삼엄하게 솟은 극장의 삭막한 측면에 비친 그 빛의 틈이 극장에 비친 빛의 전부였다. 팻은 그녀더러 안으로 들어가서 기다리라고 말했지만, 그녀는 안뜰을 가로질러 대담하게 들어갈 용기를 낼 수가 없었다. 여기서, 아치형 입구에 기대어 기다린다면 그가 그녀를 놓칠 리는 없었다. 그녀는 달리 아무도 오지 않기를 희망했다. 누군가 온다면 그들은 그녀가 누구인지 궁금해할 터였다. 어둠 속에서는 모든 게 너무도 낯설고 괴상했고…… 그녀가 이전에 해본 그 어떤 것과도 너무도 순전히 달랐다.

이따금 그녀는 건물 안에서 희미하게 메아리치는 목소리들을 들은 것 같았다. 올라가고 떨어지면서, 가끔은 분노에 터져나오던 목소리들이. 한번은 어느 이상한 덜커덕거리는 소음이, 마치 골함석 지붕에 떨어지는 장대비처럼 그녀에게 찾아왔고, 이에 그녀는 그게 박수갈채임에 틀림없다고 생각했다. 팻은 지금 무대 위에 있을 터였다, 시계가 고작 막 아홉 시를 쳤으니. 그녀는 그가 각광의 섬광 속에 선 가운데, 수백 개의 눈이 그를 지켜보는 광경을, 소녀 무리들이 그를 올려다보고, 낭만에 젖어 경탄하는 광경을 생각했으니, 여기 밖에서 혼자 그를 기다리는 일은 전율이 일고 또 겁이 나는 일이었다.

그녀는 과거로 돌아갔다. 몇 년이나 전의 일인 듯했다. 그녀가 잠자리에 누워서, 이건 한낱 꿈이었노라고 말하던 공황 서린 우려와 싸우고 달랬던 일 말이다. 그러나 떨리는 자부심과 타오르는 흥분과 더불어, 저 바깥의 해변 산책로에서 벌어진 일이 꿈일 리가 절대 없었다는 생각이 점차로 그녀에게 찾아왔다. 그 기억들은 너무도 생생했고, 그게 만약 고작 꿈이었다면, 이토록 확고하게 그 보물 같은 단편의 모든 조각들을 이어 맞출 수 있을 리가 없었다. 팻은 진짜였다,

그의 웃음과 그의 말들은 진짜였다. 그 손의 경이롭고 갈망을 담은 힘이 절대로 꿈일 리는 없었다…….

그 근사한 현실이 메리를 휩쓸어 침대에서 일으켰고, 강렬하게 터져나오는 활력을 품은 채 그녀가 옷을 입게 만든 바람에 그녀의 스타킹에는 쫙 하고 긴 사다리가 쏘아 올려졌더랬다. 다른 한 켤레의 스타킹을 손에다 쥐고서 그녀는 침대에 누워서, 옷은 입다 말고 눈은 반쯤 감은 채, 천장을 향해 위로 미소를 지었더랬다.

건물 안에서 들려오는 요란하게 짝짝대는 박수갈채가 올라가고 떨어졌다가, 다시 올라가더니 잦아들었다. 석조 계단을 또각또각 내려오는 발소리가 들렸고, 목소리들이 한층 또렷하게 들려왔다. 위쪽으로 그녀 머리 위 창문에서 불빛 두세 개가 획획 튀겼다. 막이 끝난 것이 틀림없었고, 팻은 곧 찾아올 터였다.

그녀는 그들이 뭘 할지, 아니면 팻이 나와서 그녀의 팔에 팔짱을 쓱 낄 때 그녀가 뭐라고 말할지 전혀 생각해 두지 못한 터였다. 이성적 사고라는 둑을 한참 넘어, 저 멀리 강물 한가운데 빙빙 도는 운명의 소용돌이 속으로 그들을 한데 끌어당겼던 이 권능의 면전에서는, 보잘것없는 소소한 계획을 생각하는 것조차 건방지고 헛되게 느껴졌다. 메리는 운명이 그녀를 선택했고, 운명이 그녀를 돌볼 가치가 있다고 여겨주었다는 사실에 그저 뜨겁게 감사할 따름이었다.

그토록 경탄에 빠져 있는 중에도 계속 머무르던 감정이 있었다. 그녀는 둘리치의 집을 떠날 때부터 휴가가 끝나기 전에 무언가 굉장한 일이 일어날 거라고 예감하고 있었던 것이다. 가족들이 클래펌 환승역에서 함께 서서 기차를 기다렸을 적에, 기차가 호샴에서 빠져나갈 때 그들이 함께 앉아서 샌드위치를 먹었을 적에, 그들이 보그너의 길거리를 통과해서 시뷰로 다 함께 걸어갔을 적에, 거듭 또 거듭 그녀는 이 휴가가 마지막일 거라고, 그녀가 아버지와 어머니, 딕과 어니와 다시는 결코 이렇게 하지 못하리라고 느꼈다. 슬프고도, 다소 아쉬운 감정이었고, 지금에서야 그녀는 그 의미를 이해했다. 근사한 시절이었다, 보그너에서의 이 휴가들은. 하나 그런 시절들이 영원히 지속될 수는 없었다. 그런 시절들이 해를 거듭하며 계속되면서, 죽어가는 어린 시절의 불씨에 미약하게나마 부채질을 시도할 수는 결코 없었다……. 거기에서 추억들은…… 그리고 그 시절의 멋진 엔딩이라는 장관은 언제까지고 남아 있을 터였다…….

퍼뜩 홱 하는 움직임과 함께 그 좁다란 문이 확 열렸다. 안뜰을 가로질러서 황홀한 빛줄기가 쏘여 나왔고, 어떤 그림자가 그 건너편으로 밀어닥친 다음, 문이 쾅 닫혔다. 다시금 어둑해졌지만, 어둠 속 어딘가에서 어떤 남자가 움직이고 있었다.

"너야, 메리?"

"나 여기 있어, 팻!"

"왜 들어와 있지 않고?"

"그냥 못 그러겠어!"

그는 웃고서, 그녀의 팔에 살포시 팔짱을 쓱 꼈다.

"이 귀염둥이 바보야." 그가 말했다.

그들은 아치형 입구를 통해 함께 걸었다. 일순간 그림자들이 그들을 에워쌌고, 그런 뒤에 그들은 밝게 불 켜진 길거리로 나와 있었다.

"똑같은 데로?" 그가 속삭였다.

"그거 괜찮겠네."

"부두 위쪽으로 가면 더 아늑하지 않을지 궁금했는데."

"그러게 말이야, 그러자!" 부두! 그들 주위로 바다와, 바스락거리며 지나가는 바람이 있는!

"네 친구는 안에 있어." 팻이 말했다. "그 여자애는 공연을 보고 있거든. 토미는 연극이 끝날 때까지 퇴근을 못 해서, 그 애는 기다려야 하지."

"토미가 간밤에 너랑 있던 그 남자애야?"

"맞아. 괜찮은 꼬마지. 그냥 애송이고, 그게 전부이긴 하지만."

그들은 극장 앞을 지나가고 있었고, 관중 몇몇이 바깥바람을 쐬러 나왔다가는 두 번째 막을 위해 막 돌아가고 있었다. 어떤 남자애는 한쪽 발 아래에다가 담배꽁초를 짓이기고 있었는데, 팻이 지나갈 때 우연히 그를 흘긋 올려다보았다. 메리는 나른한 관심을 담았던 그의 표정이 첨예한 흥분으로 바뀌는 모습을 보았다. 메리는 그가 돌아서서는 자기 옆의 여자애에게 재빠르게 속삭이는 모습을 보았다. "빨리! 봐! 저기 탐정이야! 총 맞은 그 사람!" 메리는 어깨너머로 휘둥그레져서는 빛나는 여자애의 눈을 스치듯 보았다.

그들은 그를 알아보았던 것이다. 그들은 그를 좇아 응시하고 있었고 메리는 압도적인 자부심에 차서 그의 팔에 매달렸다. 그는 그저 가로등의 불빛이 그의 얼굴을 가로질러 깜빡이게 두기만 해도 사람들이 얼굴을 알아보고 흥분해서 속삭이게 할 수 있었지만, 그럼에도 그는 그녀와 함께 어느 조용한 곳으로 가는 것을, 그녀와 단둘이 있는 것을 선호했던 것이다. 그녀는 있는 힘을 다해서 그 사실의 고동치는 경이로움을 애써 내리눌러야만 했다. 무슨 수를 써서라도 차분하고 자연스러워야만 했다. 그는 그녀가 그러기를 원했다. 그는 휴식, 그리고 이해를 원했다. 낯선 사람들이 뚫어져라 보며 보내는 동경보다도 더욱 조용하고 더욱 만족스러운 무언가를.

"오늘 밤 관객석이 꽤 찼더라고." 그가 말했다. "월요일인 걸 감안하면."

"월요일은 별로야, 그럼?" 그녀가 물었다.

"일반적으로 상당히 못 쓰는 날이지. 주로 주말로 갈수록 형편이 나아지긴 하는데. 해변에서는 날씨가 가장 큰 변수야. 흠뻑 비가 퍼붓는 축축한 밤이 배우로서는 바라 마지않는 바인 거지." 그는 한순간 멈칫하고는, 미소를 띠고 그녀를 내려다보았다. "물론, 특정한 상황에서는 예외지만 말이야."

그는 자기 옆구리에 대고 팔꿈치를 눌러서 그녀의 손을 꼭 쥐었다. 그들이 부두에 도착했을 때에야 그는 붙든 힘을 풀고 개찰구에사 페니를 던져 넣었다. 때는 차분하고, 달이 뜨지 않은 밤이었다. 바다는 그들 아래에서 살포시 찰랑이면서, 때때로 광선을 잡아채어, 검은 다이아몬드들의 성단을 펼쳐놓았다.

부두 끝에 있는 작은 무도장은 불빛들로 휘황찬란했고, 현악단의 부드러운 음악이 그들에게 다가와서 바닷바람에 실려 올라갔다가 떨어졌다.

"바로 위쪽 끝에, 무도장 반대편에 조그맣고 아늑한 좌석들이 좀 있어." 팻이 말했다. "내가 작년에 와봐서 그 좌석들을 기억하고 있거든. 거기로 올라가자."

"나도 그곳 알아!" 메리가 말했고, 갑자기 그녀의 심장은 맹렬히 뛰었으며 그녀의 입은 말라 있었다.

작은 벽감 하나 안에 한 쌍이 함께 앉아 있었지만, 팻과 메리가 고를 다른 장소들이 두세 군데는 더 있었다. 그는 한쪽으로는 굉장하게 뻗어나간 고요하고 잉크처럼 새까만 바다를, 다른 쪽으로는 장엄한 일대의 번들거리는 해변 산책로와 더불어 저 바깥 멀찍이서 알록달록한 꼬마전구들로 반짝거리는 야외 음악당이 보이던 장소를 골랐다. 그 아름다움에 그녀는 숨이 가빠졌다…… 그는 본능적으로 그녀를 세상에서 가장 사랑스러운 장소로 이끌어 갔던 것이다.

"이런 귀염둥이 바보 같으니라고! 그 드레스를 입고 나오다니. 얼어 죽겠다!"

"난 괜찮아." 메리가 속삭였다. "내가 코트는 입는 법이 없어서." 그러나 그 말들을 하는 바로 그 순간 등골에 살짝 오한이 드는 걸 그녀는 느꼈다. 그녀의 갈색 코트가 너무도 낡고 볼품없었다는 게 애석한 점이었다. 그는 자기 팔을 살포시 그녀의 어깨에 쏙 두르고 그녀를 바짝 끌어당겼다. 그녀는 그의 거친 트위드 코트의 온기를 느꼈다. 그녀는 그의 심장이 뛰는 걸 느꼈다, 강인하고도 천천히. 그녀의 심장이 세 번 뛸 때마다 그의 심장은 겨우 두 번쯤 뛰었을까……. 그들 사이에 침묵이 내렸다. 아래로 또 아래로 가라앉은 끝에, 시간의 흐름 아래에 놓이게 되었던 침묵 말이다.

현악단은 그들 뒤의 무도장에서 연주하고 있었고, 연주가 잦아들자 그녀에게 해변 산책로의 아득한 음악이 들렸다. 바스락거리는 목소리들, 움직이는 사람들의 부드러운 속삭임, 웅웅거리는 자동차 소리와 섞인 채 그 음악은 그녀에게 찾아왔고, 그 모든 것을 뚫고서 그곳에 치밀어 오른 것은 바다의 침묵이었다. 그녀는 혹시나 자기 몸의 떨림이 그 사랑스러움을 깨어버릴까 봐 거의 숨도 쉬지 않았지만, 이제 언제라도 그에게서 그 말들이 나올 터라는 걸 알았다. 그 말들은 나오고야 말 것이었다. 그들은 이미 서로에게 속했고, 그 사실을 그녀에게 일깨워줄 말은 필요치 않았다. 다만 무언가는 말해져야 할 뿐이었다…….

그녀는 그의 어깨에 고개를 기대고 있었고 그래서 그의 얼굴이 보이지 않았다. 갑자기 그녀는 그에게 안쓰러움을 느꼈다. 그에게 만족스러울 법한 방식으로 그런 말을 찾아 말하는 것이 얼마나 어려웠을지 그녀는 이해할 수 있던 것이다. 그러니 그녀는 그를 올려다보고 이렇게 말할 수 있었으면 싶었다. "굳이 그러지 마, 팻. 나 알고 있으니까!" 그녀의 역할은 쉬울 터였다…… 그저 조용히 한마디만 말하면 될 터였으니.

"그 금발 머리 여자애는 네 친구야?"

그는 메리가 깜빡 졸고 있었다고 생각했던 게 틀림없었다. 그녀는 너무도 깜짝 놀라서 믿기 어렵다는 듯이 고개를 홱 들었다. 메리는 말하기 시작했다가, 멈추고 목청을 가다듬었다.

"여기 내려와서 만난 사이야. 하루 이틀 전에."

"너희가 진짜 친구라는 생각은 안 들더라고." 그가 말한 뒤 작게 웃었다.

남자들은 어찌나 이상했는지! 그는 질투하는 것이었나, 여자애를?

"그 애가 괜찮긴 해, 물론." 그가 말을 이었다. "그래도 정확히 네 부류는 아니지, 응?"

"같은 부류라고 생각하질 않는 거야?" 메리가 달리 무슨 말을 할 수가 있던가? 그 말은 이해하기가 너무도 힘들었다.

"여름 해변에는 그 여자애 같은 부류가 많이 있어. 약간의 재미를 찾아 나오는, 그걸로 끝인 부류. 그런다고 해될 건 없지, 물론. 너희가 지난 밤에 우릴 지나칠 때 바로 너희 둘의 차이점이 보이더라고. 그 여자애 같은 부류는 무대에도 많이들 있거든."

"우리 어머니도 연기하시곤 했는데." 메리가 말했다. 그 말은 해놓고 보니 바보 같고 생뚱맞은 소리로 들리긴 했지만, 그의 어조에 있는 무언가가 빌리를 옹호할 것을 요하는 듯했다. 그는 물론 칭찬이라고 한 말이었겠지만, 여하간에, 그녀가 빌리와 매우 다른 사람이고 싶어 했던가?

"오?" 그는 대답했다. 그녀의 어머니는 그의 흥미를 매우 크게 끄는 듯 보이지 않았다.

"그냥 아마추어로만 하신 거라서 물론."

"아마추어 연극 공연도 상당히 꽤 재밌지."

그녀는 약간 꿈지럭댔다. 서늘한 불편함이 그녀에게 스며들고 있었다. 그의 목소리는 간밤과 달랐다. 더 딱딱했달까, 어쩐지. 어쩌면 그는 지쳤던 것이리라. 연기라는 게 굉장히 중압감을 주는 일임에 틀림없었다. 아니면 어쩌면 이건, 그가 자기 감정을 감추고 있었던 것이었을까, 그만의 긴장하는 방식이었을까?

그러다 갑자기 그의 태도 일체가 변했는데, 너무도 급작스러워 그녀는 어리둥절해지고 반응하기가 어려워졌다. 그는 고개를 그녀 쪽으로 낮췄다. 그의 목소리는 근사할 만큼 부드러웠는데, 그가 세인트 매슈스 로드의 맨 아래쪽에서 그녀에게 잘 자라고 말했을 때보다도 더 부드러웠다.

"이런 식으로 나와본 적 한 번도 없지? 상당히 멋지지 않아?"

그녀가 "한 번도 없어!"와 "그러게, 멋지다!"를 말하려는 차에 그 속삭임은 다시금 찾아와서 그녀가 어떤 배역을 연기해야만 한다고 했다, 그에게조차. 그들이 서로를 이해했음에도 말이다…….

시드니 해리슨이라는, 고향의 목요무도회에서 그녀에게 관심을 주던 애가 있었다. 시드니 해리슨이라는, 보이 스카우트 단장 말이다. 팻 옆에 그를 두고 생각하니 그녀는 웃음이 나올 뻔했다. 금테 코안경과 자기 교복에 한심한 자부심을 가진 시드니. 그녀는 그를 좋아하려고 노력했다, 그가 교복 차림을 하고 있어도. 창백하고 투명한 하얀 무릎과 무릎 위로 보이는 구불구불하니 작고 퍼런 정맥까지 포함해서. 하여간 시드니를 왜 써먹으면 안 된단 말인가, 왜 팻이 어떤 남자도 일찍이 그녀를 쳐다본 적이 없다고 생각하게 둬야 하는

가? 그는 그녀가 답하지 않은 걸 보자 다시 말했다…….

"처음 맞지, 안 그래?"

"글쎄." 그녀가 작은 웃음과 더불어 말했다. "시드니도 있고……."

그녀는 그가 재빨리 고개를 드는 모습을 보았다. 이어 그의 예리한 눈이 어둠을 뚫고 그녀를 살피고 있었다.

"시드니가 누군데?"

"고향에 있는 남자애."

"걔 좋아해?"

"뭐, 나야……." 그녀는 어색한 듯 작게 웃으며 말을 멈추었다. 그가 그 말들을 그녀에게 몰아붙이는 방식에는 하마터면 두려움을 주는 구석이 있었다.

"좋아하냐고?"

"그렇게까지는 아니고……."

그녀는 고개를 떨군 터였다. 그는 시드니를 죽인 터였다. 그녀는 거기에 누워 있는 그가 거의 보이는 것 같았다. 형체도 없는 곤죽으로. 몇 킬로미터 떨어진 헌 힐에서 그는 필시 침실 바닥에서 꿈틀거리면서, 대체 자신에게 무슨 일이 벌어지고 있던 건지 궁금해할 터였다. 그녀의 눈길 역시도, 떨구어졌으니, 그녀는 그가 손으로 그녀의 어깨를 살포시 쥘 때까지도 그가 앞으로 살짝 손을 뻗는 것을 보지 못했다. 따라서 그가 품 안으로 그녀를 끌어안은 힘도 거의 느끼지 못했다. 그녀는 조용하고, 떨리는 그의 목소리를 위쪽에서 들었다. "이 깜찍한 귀염둥이야!"

그녀는 삶이란 알아채기도 전에 그냥 시작되어서, 죽을 때까지 조용히 이어지는 것이라고 생각했었다. 그녀는 삶이 끝나고, 이렇게나 멋지게 다시 시작될 수 있으리라는 것을 결코 알지 못했었다.

29

 만일 식구 중 누군가가 스티븐스 부인에게 휴가의 어떤 부분이 가장 즐거웠냐고 갑자기 물어보았다면, 그녀는 이렇게 말했을 테다. "아유, 당연히 전부지!" 달리 그녀가 뭐라고 말할 수 있었단 말인가? 휴가는 즐기라고 있는 것이었고, 그걸로 끝이었다. 그녀는 나머지 가족들이 아침에 깬 그 순간부터 밤이 되어 잠에 곯아떨어지는 그 순간까지 휴가의 매 찰나를 보물처럼 여겼음을 알고 있었다. 가족들은 휴가 중 어떤 부분도 다른 날보다 두드러진다고는 손톱만큼도 여기지 않았고, 가족들과 마찬가지로 느끼는 것이, 휴가의 모든 찰나를 만끽하는 것이 그녀의 의무였다.
 그러나 만일 모종의 이유로, 그녀가 엄숙한 법원에서 진실만을 고할 것을 맹세하게 되었다면 어떨까? 자연히 겁을 먹었을 테고, 가족들이 오해할까 봐 그 사실을 인정하기 싫어했을 것이다. 그래도 그녀는 진실만을 말했을 테니, 이렇게 얘기했을 테다.

"저는 개중에서도 저녁 식후의 조용한 한 시간을 가장 즐긴답니다. 어니가 잠자리에 들고, 다른 식구들은 출타한 터라, 아홉 시부터 열 시까지 저 혼자 응접실에서 편안한 안락의자에 앉아 바느질감을 들고 포트 와인 한 잔을 마실 때 말이에요."

그 말은 너무도 끔찍이 배은망덕하게 들렸을 테다. 그 말은 그녀를 심통 꼬이고, 사회성 없는 노부인이자, 몰래 술이나 홀짝대는 사람으로 낙인찍었을 테다. 자기 가족을 싫어하는 사람으로, 또 달리 뭐로 낙인찍었을지 누가 알겠는가. 그러는 그녀는 항시 이중 그 무엇과도 한참 거리가 멀었으며, 절대로 부끄러워할 필요가 없었던 이유들로 이런 조용한 저녁의 한 시간을 즐겼던 것이다.

저녁 식사는 언제나 아홉 시가 되기 십오 분 전이면 끝이 났다. 식탁은 치워진 터였고, 스티븐스 씨는 파이프 담배를 채운 뒤 불을 붙이고, 약간의 객기를 품고 클래런던 암스로 거닐어 간 터였다. 딕과 메리는 재빨리 그를 뒤따랐고, 어니만이 스티븐스 부인과 남았다.

그러나 어니는 모래사장에서 쉼 없이 돌아다니느라고 정신없는 열두 시간을 보냈기 때문에 거의 인간이라고 칠 수가 없었고, 그가 소파에서 십 분을 꾸벅꾸벅 졸고 나면 스티븐스 부인이 그를 잠자리로 데리고 올라갔다.

그녀가 그에게 이불을 덮어주고 그의 침실에 있는 가스등을 낮춘 후에야 그녀만의 유쾌한 한 시간이 시작되는 것이었다. 그녀는 아래층으로 가는 길에 있는 그녀만의 방으로 들어가서, 낡았어도 매우 편안한 그녀의 슬리퍼를 신고, 바느질감을 추슬러서 아래층에 있는 응접실로 돌아가곤 했다.

그녀를 혼자 뒀던 이 시간에 대한 그녀의 진심을 가족들이 몰랐다는 것이 안된 일이었는데, 그들 모두 그녀 없이 저들끼리 놀겠다고 응접실을 줄지어 나가면서도 다소 이기적이라는 기분이 들었기 때문이다. 그들은 거기 앉아 있는 그녀가 버림받았다고 느끼고 외롭겠다고 생각했고, 밤이 되면 눈이 침침하다는 그녀의 주장을 단지 그들 마음을 편하게 해주려는 구실로 여겼다.

그녀가 응접실로 돌아갔을 때 처음으로 하는 일은 창문을 닫고 블라인드를 치는 것이었는데, 아홉 시 경이라 상당히 어두웠고, 구월의 밤은 공기가 찼기 때문이다. 다음 일은 바느질을 시작했을 때 빛이 그녀의 어깨 위에 비칠 수 있도록 가장 좋아하는 의자를 끌어오는 것이었다. 그런 다음에는 그녀가 자리를 잡기 전에 개중에서도 마지막 일이 찾아왔다…….

살짝 신비스러운 분위기와 일말의 죄책감과 함께, 그녀는 창가의 작은 찬장으로 가서 찬장을 연 다음, 그녀의 포트 와인 병을 경건하게 꺼내곤 했다.

언제나 병 옆쪽을 따라서 우표 종이에서 나온 좁다란 띠를 붙이는 건 딕이었다. 띠를 가로질러 연필로 균일한 간격의 선 열두 개를 신중하게 그려 넣는 것도. 딕은 처음에는 농담 삼아 포트 와인을 엄마의 약이라고 부르며 띠를 그리고, 밤마다 일 회분씩 섭취하라고 말했다. 그러나 그것은 농담을 넘어서서 아주 좋은 발상이었다. 그 병이 버텨주어야 했던 저녁은 열두 번이었는데, 허깃 부인으로부터 제공된 와인잔에 잔 끝부분까지 따랐을 때는 잔을 오직 열 번만 채울 수가 있었다. 병이 마지막 저녁 이전에 바닥이 나는 상황을 피하기 위해서 술병에다 어떤 유의 표식이든 하는 게 필수적이었고, 반대로 그녀가 밤마다 아껴 마시느라 휴가 끝에 술이 얼마간 남은 걸 발견하는 것을 피하기 위해서라도 표식은 필요했다.

그녀는 병을 들어 빛에 비춰서 신중하게 양을 잰 뒤 그녀의 저녁 술잔에 따르곤 했다. 그런 다음에는 그녀는 앉아서 손에 일감을 잡았고, 이따금 눈을 감고 뒤로 기대어 있으면 응접실은 기분 좋고, 평화로운 온기를 제 주위에다 둘러 모았다.

커루나 로드에 있는 집에는, 이런 맛깔나는 한 시간의 게으름에 비할 것이 아무것도 없었다. 집에 있는 저녁이면 치워야 할 설거짓거리와 차려야 할 아침 식탁에, 동시다발적으로 발생해 사람을 왔다 갔다 하게 하는 그런 예기치 못한 온갖 소소한 집안일들이 있었다.

그러나 얼마나 달랐는가, 시뷰에서는! 이 상황을 깨닫고 최대로 즐기기까지는 적어도 이틀 저녁이 걸렸다. 설거짓거리도 없고! 다음 날 차려야 할 아침 식탁도 없고! 닦아야 할 신발도 없고! 해야 할 것은 아무것도 없이 그저 앉아서 쉬는 거였다. 심지어 생각하고 싶지 않다면 생각할 거리도 없이 말이다. 근사한 한 시간이었다. 휴가의 다른 어떤 것보다도 그녀에게 더 도움이 되었던 시간 말이다. 그녀의 생각들은, 설령 그녀에게 생각이 떠올랐다고 한들, 그 단어의 의미를 가장 엄격하게 적용한다면 거의 생각이라고도 칭해질 수 없는 것이긴 했다. 그것들은 사실 추억들로, 지나가는 하루하루의 기분 좋은 일들과 섞여서, 미래로부터 기어들어 온 길 잃은 틈새 빛으로 가끔 얼룩덜룩해져 있었다.

그런데 이렇게 휴가를 통째로 즐길 수 있는 나날이 오로지 이틀밖에는 놓여 있지 않던 수요일 저녁에 바로, 무슨 일이 일어나서 혼자 보내는 이 시간 동안 스티븐스 부인을 심란하게 하고 놀라게 한 것이었다. 갑자기, 경고도 없이 문을 가만히 두드리는 소리가 들렸고, 이윽고 허깃 부인이 조용히 방으로 걸음을 들였다.

시뷰에 있던 그들의 모든 세월 중에서도, 스티븐스 부인이 기억하는 한 이 늦은 저녁 시간에 여주인이 들어오는 경우는 드물었다. 허깃 부인은 예의범절에 있어서 너무도 엄격했던 것이다. 매일 밤, 시계 장치만큼이나 규칙적으로, 그들이 저녁 식사를 들러 들어올 적에 그녀는 현관에서 그들을 맞이했고, 스티븐스 부인과 아침 식사에 관해서 한마디를 나눈 다음, 미소를 띠고 그들에게 "안녕히 주무세요" 하고 고했다. 그 이후에 그들은 아침 식사 시간이 될 때까지 그녀를 보는 일이 없었고, 이에 그들은 그녀는 어떻게 된 건지 종종 의문을 품었다. 그들은 지하실 창문 중 하나에서, 앞쪽 정원의 월계수 뒤편의 아래쪽 낮은 곳에서 불빛 하나를 보곤 했고, 이에 그들은 저 아래에 방 하나가 있어서, 그녀가 거기 앉아 있다가 잠자리에 들었겠거니 상상했다. 그런데 지금 경고도 없이 부드럽게 또 조용하게 그녀가 응접실로 들어왔던 것이다, 아홉 시 반이 되어서. 그녀는 거기서, 불빛 속에서 파리하게 미소 지으며 서 있었고, 이에 갑자기 형언할 수 없는 공포감이 스티븐스 부인에게 엄습했다. 허짓 부인은 올해에 상당히 이상했고, 너무도 아파 보였더랬다······.

"혼자만 계시는 거예요, 스티븐스 부인?"

그녀의 손은 문 가장자리를 긴장되게 위아래로 미끄러뜨리고 있었다. 기이한 말이었다. 그녀는 다른 이들이 나갔다는 것을, 또 어니는 자고 있다는 것을 틀림없이 알고 있었고, 이에 스티븐스 부인은 혀뿌리에서부터 이상하게 입이 마르는 느낌을 느꼈다. 대체 뭐였단 말인가? 대체 그녀는 무엇을 원했단 말인가?

그러다가 갑자기 그녀는 깨달았다. 그녀는 고개를 들어서 허짓 부인의 얼굴에서 매우 측은한 무언가를 포착했던 것이다. 허짓 부인의 상태가 좋지 않은 눈의 눈꺼풀 주위로 다홍색의 작은 부분이 선명하게 보였고, 그 얼굴은 너무도 끔찍하게 창백하고 핼쑥해 보였다. 허짓 부인도 혼자 있던 건가? 그녀가 그러했듯이 행복하게 혼자 있는 게 아니라, 끔찍하게, 견딜 수 없이 혼자 있던 건가? 그녀는 허짓 부인이 외로워한다는 것을 일찍이 한 번도 생각해 본 적이 없었다. 그녀는 작게 웃으며 의자에서 재빨리 일어섰다.

"그러니까요. 다들 절 혼자만 놔두고 가버렸지 뭐예요! 앉지 않으시겠어요, 허짓 부인?"

"오, 하지만 제가 방해가 되는걸요!"

"방해하시는 거 아니에요! 증말 방해하시는 거 아닌걸요!" 그녀는 허짓 부인의 눈에서 감사의 미광을 포착한 터로, 다른 안락의자로 경쾌하게 건너가서 그것을 그녀 의자 반대편으로 밀었다.

"정말로 앉으세요. 혼자 있을 적에 말동무가 있으면 좋죠." 허깃 부인이 뻣뻣하게 앉아서 길고 주름진 손가락을 넓적다리에 접은 채 두던 사이 스티븐스 부인은 그녀를 지켜보았다. 그녀는 긴장을 풀지 않았다. 그녀는 으스스하게 꼿꼿이 앉았고, 그녀의 눈은 긴장한 채 방을 두리번거렸다. 스티븐스 부인의 불안은 조금 전 일어나서 의자를 밀어왔을 때 흩어졌지만, 이제 그녀는 그 불안이 다시금 자신을 포위하는 것을 느꼈다. 허깃 부인의 뻣뻣한 얼굴과 어조 없는 평평한 음성에는 너무 이상하고 겁을 주는 구석이 있었다. 그녀는 이 방문 뒤에 무슨 꿍꿍이가 놓여 있다고 느꼈다. 상당히 끔찍한 무언가가 말이다. 이에 그녀는 식구 중 누구라도 집으로 돌아오면서 활기찬 발걸음이 들리기를 갈망했다. 심장이 쿵 떨어지는 사이 그녀는 지금이 고작 아홉 시 반임을 보았다. 열 시까지는 아무도 들어오지 않을 터였다…….

그녀는 허깃 부인에게 날씨에 관해서 열띠게, 끊어지듯 이야기했지만, 이따금 두려운 얼마간의 침묵이 찾아오기 마련이었다. 허깃 부인이 얘기를 해주기만 한다면, 뭐라도 말을 해주기만 한다면! 그녀의 손가락들이 너무도 기이하게 움찔거리지만 않아준다면!

족히 십 분은 지나갔고, 그것이 무시무시한 끝없는 한 시간처럼 느껴졌던 뒤에야, 허깃 부인이 얘기하기 시작했다. 그녀는 스티븐스 부인을 보지 않았다. 그녀의 눈은 구석에 있는 어두운 그림, 과일 더미를 그린 그림에 고정되어 있었다…….

"계속 날씨가 너무도 좋으니까요." 그녀가 말했다. "혹시나 하루 더 머무시고, 일요일에 가실 의향이 있으실지 궁금해서요?"

스티븐스 부인은 단번에 답할 수가 없었다. 허짓 부인이 방문한 이유를 알게 되어 안도한 마음은 이 범상치 않은 제안에 다시 산산이 조각났다. 하루 더라니! 그것은 불가능했다! 토요일 열두 시가 끝이었다, 언제나 끝이었단 말이다. 토요일에 시계가 열두 시를 칠 적이면 다음 손님들이 들어올 권리가 주어졌단 말이다…….

"그렇지만, 허짓 부인. 다음 손님들이 오시잖아요!" 허짓 부인이 얼굴에서 근육 하나 꿈쩍하지 않은 채로 답했다. 그녀의 눈은 그림에 고정된 채였고 그녀의 말들은 스티븐스 부인의 전신에 진저리나는 경악감을 전해주었다…….

"올해는 다음 손님이 안 옵니다." 그녀가 말했다. 그녀의 손은 블라우스 속을 뒤지고 있었다. 이에 그녀는 말없이 편지 한 통을 끄집어내어 벽난로 건너로 그것을 건넸다. 불안한 손가락이 덮개와 씨름했던 부분에서 덮개는 들쭉날쭉하게 가로로 찢겨 있었고, 스티븐스 부인은 편지를 빼내서 읽었다.

친애하는 허짓 부인께,

시뷰에서 우리가 보낸 일련의 기나긴 휴가를 중단하게 되어 제가 느끼는 유감을 이해하실 거라고 확신합니다. 제가 일찍이 편지를 썼어야 했는데, 불확실한 사정상 지금까지 편지가 늦어졌습니다.

제 딸 이저벨과 막 약혼한 청년네 가족이 페벤지에 작은 집을 소유하고 있어서, 그쪽 집안에서 매우 친절하게도 이 집을 우리가 쓰도록 내어주었습니다.

제 딸들이 저더러 그네 가족의 권유를 받으라고 아우성인 관계로, 저는 과거에 시뷰에서 보낸 우리의 수많은 행복한 날들을 언제까지고 기쁜 마음으로 돌아볼 것이라 전하며 이만 줄이겠습니다.

서배스천 존스
근백

"서배스천 존스 목사님과 그 집의 딸 다섯 명을" 하고 허깃 부인이 말했다. 그녀의 눈은 이제 그림을 떠난 터였다. 그녀의 시선은 앞뒤로 두리번거리더니 스티븐스 부인에게 쏜살같이 일 초 정도 내려앉았다가는 넘어갔다. "십오 년 동안 제가 그네 식구들을 받았거든요, 그쪽 집안이 언제나 부인네 다음에 왔던지라."

스티븐스 부인은 그녀가 편지를 읽을 동안 그녀에게 닥쳐온 이 기이한 느낌을 절대로 설명할 수가 없을 터였다. 마치 시뷰의 담벼락 하나가 갑자기 땅바닥으로 허물어졌던 것만 같았다. 사람들이 그들의 자리를 차지하려고 열렬하게 또 초조하게 기다리고 있었다는 생각만큼이나 휴가에 더 기쁨을 주는 것은 없었다. 바로 그들 이전의 손님들과 그들 이후의 손님들이 휴가로부터 가장 소중하고 맛깔나는 즙을 짜내어 주었던 것이다. 그것은 더 커다와 같았다. 무엇보다도 양쪽의 오두막에 누군가가, 모든 오두막에 누군가가, 그리고 오두막을 원했건만 오두막을 얻지 못했던 사람들이 있었기 때문에 그들은 그것을 즐겼다……. 그리고 시뷰에서도 마찬가지였던 것인데, 지금까지는. 그렇게 되니까 지금은 그들 휴가의 한쪽 끄트머리가 공기 중에서 허전하게 나부끼는 듯해진 것이다.

스티븐스 부인은 침묵 속에서 편지를 도로 건네었고, 그런 뒤에 갑자기 스티븐스 부인의 목소리가 그녀를 놀라게 했다. 그 목소리는 분노로 떨리고 있었다. 그녀는 일찍이 일평생 그렇게 사납게 말해본 적이 없었다…….

"돈을 내게 해야죠! 이런 물의를 일으키다니! 돈을 내게 해야죠!"

허깃 부인의 목소리에는 응답하는 분노가 없었다. "무슨 합의가 있던 것도 아니었으니까요." 그녀가 말했다. "그냥 양해되었던 거니까요, 매년. 그쪽에서 언제나 유월에 편지 한 통을 써서, 그냥 온다고만 말했거든요. 올해에 그쪽에서 편지를 안 보내니까 제가 편지를 보냈더니만, 이런…… 이런 게…….” 그녀의 말들은 차츰 잦아들었고, 그녀가 다시금 말했을 때 그녀의 목소리는 상당히 변함이 없이, 그저 굳은 채로, 아무런 어조도 담겨 있지 않았다……. "이게 설상가상으로 타격이 된 게 그게 팔월 손님들도 안 온다니까……."

"아니 그 말씀은 설마……?" 스티븐스 부인이 거의 속삭임으로 말을 시작했다.

허깃 부인은 천천히 끄덕였다. "그쪽도 저를 저버리더라고요. 저한테 타격이 있었네요, 올해는…….”

스티븐스 부인은 여주인의 작은 몸동작이 상태가 좋지 않은 눈을 닦느라고, 허깃 부인이 지닌 오래된 친숙한 습관이었다고 생각했다. 그러다가 갑자기 스티븐스 부인은 머리카락 뿌리까지 서늘해졌다. 그녀는 울먹임과 통곡 사이의 억눌린, 끔찍한 소리를 들었던 것이다.

물론, 그녀의 목요일치 포트 와인 한 잔이 수요일 저녁에 사라지는 걸 보는 건 힘겨웠지만, 허깃 부인의 뺨에 살짝 혈색이 도는 것을 보는 일이 천 배는 감사한 일이었다.

"내년에는 좋아질 거예요, 허깃 부인. 좋아지게 되어 있어요. 그리고 언제나 저희가 있잖아요. 저희는 언제나 올 거니까요. 그리고 우리가 사람들한테 여기를 추천할 거예요. 저희가 안 그러는지 어디 두고 보세요······."

그녀는 그날 저녁 스티븐스 씨에게 이 일에 관해 말했고, 그는 침대 옆에서 반쯤 옷을 벗은 채 엄숙히 이야기를 들으면서 서 있었다. 그녀는 허깃 부인의 불행에 대해, 그녀의 팔월 손님들이 그녀를 저버린 것에 관해서, 또 서배스천 존스 목사와 그네 집 다섯 딸들에 관해서 그에게 이야기했다. 그녀는 그에게 모든 것을, 마지막에 벌어진 일만 빼고 얘기했다.

그녀가 말을 마쳤을 적에 그는 매우 잠자코 있었다. 그녀가 마지막 말을 더했을 때도 그는 대답조차 하지 않았······.

"부인이 우리더러 추가로 하루를 머물게 해주고 싶다는 것 같아요. 우리더러 그걸 선물로 받아달라 하시네요. 우리더러 돈을 내기를 바라지는 않으시고요."

그녀는 그가 방을 건너편으로 걸어가, 창가에 서서 생각에 깊이 잠긴 것을 보았다. "우리가 아침에 아이들에게 얘기합시다." 그가 말했다. "확실히 추가로 하루가 더 있으면 매우 좋을 것이 **분명하니까**……."

그는 오래도록 다시 말이 없었다. 한쪽 손으로는 색이 바랜 노란색 커튼을 젖혔고, 그러자 매우 희미하고 평화롭게 바다가 그들에게 술렁거리며 다가왔다. 마침내 그는 돌아서서, 아내가 잠자리에 누워 있을 동안 그녀를 내려다보았다. 거의 그가 마치 그녀에게 뭔가 호소하고 있는 것만 같았고, 마치 그녀더러 어딘가에 숨겨진 무언가를 더듬어 찾아내는 걸 거들어 달라고 청하고 있는 것만 같았다.

"진짜 문제를 당신도 알죠?" 그가 말했다.

그녀는 답하지 않았다. 그녀는 그의 말뜻을 이해했고, 이에 베개 위에서 고개를 살짝 돌렸다.

"이곳이 편안하지가 않아요, 더는. 이해심이 없는 사람들에게는. 우리도 상황을 직면해서 바라봐야 해요, 플로시. 저 아래층의 낡은 의자들에, 이 침대까지. 우리야 이해하지만, 몇몇 사람들은 그렇지가 못해……."

그녀는 그가 앉는 것을 보았다. 매우 천천히 그가 캔버스 슈즈의 끈을 푸는 동안 그녀는 그를 지켜보았다.

30

 어니는 이 찬란한 소식에 좀처럼 자제할 수가 없었고, 딕과 메리도 놀라며 기뻐했다. 하루가 추가된다니! 유예라니! 그것은 만장일치로, 환호성과 더불어 통과되었고, 스티븐스 부인은 특히나 구구절절하게 온 가족의 열광적인 감사를 허깃 부인에게 전달했다.
 스티븐스 씨는 점심 시간이 될 때까지 이 소식을 식구에게 말하지 않았는데, 공공연하게 만들기까지 대단히 조심스럽고 염려 어린 숙고를 요했던 사안이었기 때문이다. 그가 이런 기분 좋고 예기치 못한 기회를 거절할 어떤 사적인 의향을 잠시라도 품었다는 뜻은 아니었는데, 일요일까지 머문다는 생각은 훌륭했기 때문이다. 문제는 토요일에 돌아간다는 그들의 계획이 확정된 상태였다는 것이다. 그렇게 극도로 짧은 기간을 남겨두고 통지했을 때 여러 필요한 변경사항들이 이행될 수 있을지 필수적으로 고려해야 했다.

그는 그러므로, 스티븐스 부인과 자신으로 구성된 작고 매우 비밀스러운 위원회를 형성하기로 결정했다. 그들의 의무는 사안 일체를 속속들이 탐구하고 시간 안에 모든 것이 처리될 수 있음을 확인하는 것이었다. 그때에야, 아니 오로지 그때가 되어야만 그 소식은 아이들에게 공지될 것이었다.

"우리가 지금 말하면" 그가 말했다. "우리는 단순히 다수 의견에 휩쓸려 갈 거예요. 우리가 카드 패를 억지로 내게 될 거라고, 애들은 절대로 그 이유를 이해 못 할 거야. 우리가 도저히 적시에 맞춰 계획을 바꿀 수 없다는 걸 깨달았다고 하더라도."

"그래요." 스티븐스 부인이 동의했다. "그에 관해서 한마디도 내뱉지 맙시다. 우리가 확실히 알기 전까지는."

"우리가 생각 없이 무작정 뛰어들 수는 없어요, 우리가 돌아가는 여정을 그르쳐 버리면 휴가를 통째로 망칠 테니까."

"우리 불리반트 부인에게 편지를 써서 토요일에도 퍼스에게 먹이를 주라고 말해야 할 거예요." 생각이 퍼뜩 떠오른 스티븐스 부인이 불쑥 내뱉었다.

그러나 스티븐스 씨는 성마르게 그녀의 발언을 손짓으로 물리쳐 버렸다. "그건 그냥 사소한 거잖아요, 산더미처럼 쌓인 것 중 세부사항일 뿐인데."

그들은 침대에 누워서, 집에 있을 때보다 삼십 분 정도 더 주어진 여유 시간 동안 휴가의 사치를 누리고 있었다. 습관의 힘으로 그들은 언제나 일곱 시 반에는 일어났지만, 그들 중 누구도 길 위쪽에 있는 시계가 여덟 시를 칠 때까지 꼼짝하지 않았다.

오늘 아침에는, 그러나 몇 분간 깊은 생각을 한 뒤에 스티븐스 씨는 침대에서 나와서 필기첩과 연필을 가지고 돌아왔다.

"우리가 할 일 목록을 쫙 만들 거예요." 그가 말했다. "돌아가는 차표에 웬만한 게 좌우되니까, 당신이 처음으로 할 일은 역으로 올라가서 토요일 말고 일요일에도 표를 쓸 수 있는지 문의하는 거예요. 그쪽에서 괜찮다고 말하면, 토요일에 짐을 나르러 사람을 보내지 말라고도 하고. 현재로서는 추가적인 지시를 전혀 내리지 말아요. 그건 나중에 우리가 할 거니까, 다른 모든 것이 주선될 수 있을지 내가 알아보고 나서."

십 분 동안 그는 필기첩에 부지런히 메모를 적었다가 치아 사이에 연필을 끼우고 생각에 잠겨 천장을 빤히 바라보기를 번갈아 했다. 종내 그는 자세를 바로 하고 앉아서, 분리용 베개 받침 너머로 아내를 건너다보았다.

"뭐라도 내가 잊어버린 게 생각나면 말해줘요." 그가 말한 다음에, 읽기 시작했다.

"일, 루이슬립 씨에게 주선해 둔 대로 딜리치역에 짐을 가지러 오지 말라고 알릴 것.

이, 헤이킨 부인에게 카나리아 건을 알릴 것. 부족할 경우 작은 씨앗꾸러미를 구해달라고 말할 것.

삼, 우유 배달부에게 하루 더 평소처럼 고양이 우유를 놔두고 가라고 편지를 쓸 것.

 사, 불리반트 부인에게 토요일에 집에 들어가 퍼스에게 훈제 청어를 가져다 달라고 말할 것.

 오, 빵집 주인에게 주방 창틀에 빵 한 덩이를 놓아달라고 편지를 쓸 것. 주의. 불리반트 부인에게 빵 한 덩이를 주방으로 들여달라고 말할 것.

 육, 추가된 하루에 대한 재정적인 요구를 고려할 것.

 칠, 더 커디를 일요일 한낮까지 보유할 수 있을지 문의할 것.

 팔, 진저비어 여섯 병을 주문할 것.

 달리 또 뭐가 있을까요?" 스티븐스 씨가 물었다.

 "그거면 전적으로 다 된 것 같은데요." 스티븐스 부인이 경탄에 빠져 말했다. "어떻게 그렇게 전부 생각하는지 경이롭다니까요."

 그는 그녀에게 미소 지었고, 씩씩하게 침대에서 나갔다.

 "여하간 그렇게 어렵지 않을지도 몰라요. 모든 것이 귀가 차표에, 그리고 여비가 버텨줄지에 달려 있으니까. 내가 언제나 일 파운드는 여유를 두는데, 그래도 우리가 허짓 부인에게 추가 비용을 뭐라도 줘야 할 거잖아. 당신 생각에는, 아마 오 실링이면 될까요?"

 "내 생각에도 부인이 정말로 매우 마음에 들어 할 것 같아요." 스티븐스 부인이 말했다.

 "좋아요, 그럼." 그가 답했다. "당신이 역으로 올라간 사이에 내가 편지를 써서, 차표를 일요일에도 쓸 수 있는지 알자마자 바로 편지를 부치도록 다 준비해 둘게요. 내가 돈도 살펴보고, 우리 상황이 어떻게 되는지 봐야 할 거야. 내 생각에는 비용은 십 실링이면 마땅히 될 거야. 그리고 아이들에게 뭐라도 벌어지고 있다는 모습을 보이지 마요. 나는 그냥 우리가 토요일에 돌아가는 것에 관해서 집에 편지를 쓰는 척을 할 거니까, 알았지요?" 그는 아내에게 교묘한 윙크를 준 다음에 화장실로 떠나갔다.

두 사람 모두 아침 식사 동안 평범하고 태연한 모습을 보이기가 쉽지 않았다. 계획 변동은 스티븐스 씨의 마음에 새로운 세부사항을 계속해서 소환했고, 아버지가 어떤 질문에 대해 건성으로, 딴 생각을 하듯 답했을 때 딕은 한 번 이상은 그에게 의문 섞인 눈초리를 던졌다. 스티븐스 씨가 자신은 귀가와 관련하여 집에 쓸 편지가 좀 있으니 바다로 먼저 내려가라고 말했을 때 아이들은 적잖게 놀랐는데, 평소라면 그는 목요일 저녁에 불리반트 부인에게 편지 한 통 남기는 게 전부였기 때문이다.

한 시간이 넘도록 그는 필기장을 앞에다 두고 응접실 탁자 위에서 숙고했다. 첫 번째 편지는 딜리치역에 있는 역장 앞으로 발신된 것이었고, '긴급'이라는 표시가 붙었다.

친애하는 역장님,

저희가 휴가를 떠나기 전에 짐꾼 루이슬립 씨에게 다음 주 토요일에 클래펌 환승역에서 오는 다섯 시 하행 열차를 마중 나와서 커루나 로드 22번지에 있는 우리집으로 짐을 다시 실어 날라달라고 지시를 내렸습니다. 저희가 익일(일요일)까지 귀가를 연기하고자 결정한 고로, 친절하시게도 짐꾼 루이슬립 씨에게 클래펌 환승역에서 오후 ____시에 도착하는 하행선 기차를 마중 나와달라고 지령을 내려주신다면 기쁘겠습니다.

어니스트 스티븐스
근백

그는 스티븐스 부인이 돌아올 때까지 시간은 공란으로 놔두었는데, 그녀 역시도 보그녀에서 오는 일요 열차들의 시간들을 확실히 알아낼 예정이었으며, 그때가 되어야만 완행열차 시간표를 보고 여행길의 마지막 단계를 그가 알아낼 수 있었기 때문이다.

불리반트 부인에게는 긴 편지를 썼는데, 그녀와는 정리할 세부사항이 엄청나게 많았기 때문이다. 헤이킨 부인에게는 짧막한 단신으로 충분했고 판매원들에게는 엽서만 보내도 충분했다. 그는 엽서에는 주소를 공란으로 남겨두어야 했는데, 참으로 이상하게도 그는 가족이 거래했던 각 회사의 이름을 정확히 떠올릴 수가 없었기 때문이다. 우유 배달원의 경우 해리스 & 손, 해리스 브라더스, 해리스 & 코, 아니면 그냥 해리스였나? 몇 번이고 길거리에서 우유 배달 짐수레를 보았음에도 해리스라는 회사가 어떻게 구성되었는지 한 번도 주목하지 않았다는 걸 생각하니 놀라웠다. 그래도, 아내는 마땅히 알 것이다. 그녀가 몰랐다면 그들은 그냥 해리스 귀중貴中으로 기입

해야 할 것이다.*

 그는 작은 더미를 이룬 서신을 위층으로 가져가서 그의 화장대에, 편지들의 발송 가능 여부를 아는 즉시 우표를 붙이도록 전부 준비해 두었다. 열한 시쯤에는 그는 더 커디에서 아이들을 만나러 내려가는 길이었는데, 기이하게 뒤죽박죽이 된 심란한 생각들을 숙고하고 있었다.

 그는 하루가 추가된다는 전망과 더불어, 겨울철에 대비해서 건강과 활력을 추가로 비축해 둘 이 모든 훌륭한 기회들에 당연히 기뻤다. 그들은 토요일 오후에 역으로 낑낑대며 올라가는 대신에 장려한 기분을 품고서 한 번 더 모래사장으로 거닐어 내려가고 있을 것이었고, 원래대로라면 답답한 철도 객차에서 구깃구깃 뭉개져 있어야 할 적에 햇빛 속에서 빈둥거리고 산뜻한 바다 내음 실린 공기를 들이쉬고 있을 것이었다. 그러나 이런 전망의 찬란함이 특정한 다른 것들에 대해서는 그의 눈을 다소 멀게 하고 있었다. 하루를 추가한다는 것은 당연히, 그가 집에서 보내는 그 일요일을 놓치게 된다는, 창고와 바다 사이에 외따로운 하룻밤의 어둠만을 끼우고서 직장으로 복귀해야 한다는 뜻이었다.

 보그너에서 집으로 가는 여행길과 월요일의 직장 복귀 사이에 놓인 그 일요일은 언제나 업무와 놀이의 노골적인 대조를 누그러뜨려

---

* 해리스라는 회사가 부자 경영 회사인지, 형제 경영 회사인지, 달리 공동경영인이 다수 있는지, 단독으로 경영하는 회사인지, 해리스 가문의 여럿이 경영하는 회사인지 궁금해하고 있다.

주었던 귀중한 막간이었다. 그는 그 시간을 전부 정원에서, 정원을 정돈하면서 보냈던 것이다. 잔디를 깎았고, 그러면 새로 깎인 잔디의 단내가 올라와서 그를 위로하고, 다음 날 아침 차디찬 현실의 가닥들을 주워 모을 용기를 주곤 했다. 그러나 저런! 그는 모든 걸 가질 수는 없었다!

계획을 바꾸는 게 어려워서는 아니었다. 그를 무엇보다도 더 심란하게 했던 것은 다른 무언가 때문이었다. 시뷰와 허깃 부인에 관련된 무언가 말이다. 그의 아내가 간밤에 그에게 말해주었던 소식은 인정하고 싶은 수준보다 그에게 훨씬 더 깊은 충격을 주었다. 그도 일정 정도까지는 아내가 느낀 감정을 느꼈으나, 그녀가 허깃 부인이 잔혹하고도 부당한 불행을 당한 데 애석해하고 동정할 필요성만을 보았던 반면에, 그에게는 오래도록 예견했고 두려워했던 무언가에 대한 확증을 가져왔다.

그러나 이처럼 천천히 쌓여 왔던 예감조차 환상이 깨진 것에 대한 충격을 완화해 줄 수는 없었다. 휴가로 얻는 기쁨 중 반절은 시뷰에서 보내는 그들만의 시간이, 다른 시간대들의 인파 사이에 꽉 비집어 넣어졌다는 그 느낌에 있었다. 다들 마찬가지로 시뷰에 오고 싶어 간절해진 다른 휴가객들이 쟁탈전을 벌이며 떠들썩하게 요구하던 시간대들 말이다. 그는 자신 앞뒤로 온 손님들이 주는 압박감을 느끼는 걸 좋아했다. 그는 그들 가족이 시뷰에 도착할 때면 떠나기 싫어하는 손님들을 숙소에서 떠밀어 내고 있다고 느끼고, 그들 가족이 집으로 돌아갈 때면 초조해하는 사람들이 시뷰에 들어오기를 기다리고 있다고 느끼는 게 좋았던 것이다.

그러던 중 이제 그런 느낌이 갑자기 쏙 새어나가 버린 것이다. 그들에 앞서, 팔월 동안에 시뷰에는 아무도 없었다. 아무도 그들이 떠날 때 그들 자리로 들어오고 있지 않았다. 그들은 그저 손님들이 더는 오지 않던 숙소에 외떨어진 소규모 단체 손님일 따름이었다. 그의 목구멍에서 계속해서 차오르고 있었던 그 불행감을 뿌리치기가 매우 어려웠다. 그들은 혹시나 허깃 부인이 다른 사람에게 방을 내놓을 유혹에 빠질까 봐서 삼월에 방을 잡겠다고 바로 답장을 썼던 것이다.

그것은 마치 그와 식구들이 몇 달 앞서 극장 좌석을 예약해 두었는데, 극장에 가봤더니 반쯤 빈 좌석이 그들을 에워싸고 사람들은 상연 도중에 자리에서 일어나서 살그머니 나가는 상황인 것만 같았다. 그들이 살그머니 나갔던 이유는 공연이 형편없고 진부했기 때문이었다. 그 역시 내심 공연이 침체기로 몰락했으며 더는 볼 가치가 없었다는 것도 알았고, 그와 그의 식구들이 바득바득 계속 앉아 있으면서 갈채를 보내고 배우들을 응원하려 노력하던 건 배우들의 등을 밀어주자는 끈질긴 의무감을 느꼈기 때문임도 알았다.

그는 자신에게 찾아온 못된 속삭임에 분투하려고 노력했다. "너희 가족도 떠나! 다른 사람들은 만족스럽지 않으니깐 떠나고 있잖아. 왜 너희라고 남아 있어야 하는데!"

그는 해변 산책로로 다다라서, 바다를 내다보며 잠시 멈췄다. 갑자기 그는 앞쪽의 난간을 부여잡았고, 어깨를 딱 벌리고 아래턱을 악물었다. 다른 사람들이야 가고 싶다면 가라고 해라, 허깃 부인을 저버리고 싶다면 말이다. 그들이 어떤 충성심도, 혹은 지나간 행복한 나날들에 관한 어떤 기억도 품지 않았다면 떠나라고 해라. 그와 그의 가족은 허깃 부인 옆에 서 있을 터였다, 끝까지.

다른 식구들이 바다에 있는 동안 스티븐스 부인이 더 커디에 도착했으나, 스티븐스 씨는 평소처럼 다른 식구들보다 조금 일찍 나왔으므로 그와 단둘이서 조용히 한마디를 나눌 수가 있었다. 그녀가 말하기 전에 그는 그녀의 임무가 성공적이었더라는 것을 알아차렸다. 그가 수건을 어깨에 걸친 채로 해변을 올라오던 사이, 그녀는 고개를 끄덕이면서 그에게 미소 지었고 비밀스러운 신호들을 보냈기 때문이다.

"괜찮아요!" 그녀가 속삭였다. "차표를 일요일에 써도 괜찮대요! 내가 두 번이나 물어봤어. 내가 매표소 직원한테 물어봤고 역장한테도 물어봤어요. 그들 둘 다 차표를 신중하게 보고는 차표를 일요일에도 쓸 수 있다고 했어요. 환상적이지 않나요!"

스티븐스 씨는 더 커디의 계단에 앉아서 팔다리를 문지르기 시작하며 태양에 내밀었다.

"열차 시각도 적어왔어요?" 그가 물었다.

그녀는 핸드백으로 손을 쑥 집어넣어서 장보기 수기용으로 사용했던 메모장을 꺼냈다.

"열 시 사십오 분에 차가 하나 있고요."

"그건 너무 이른데."

"그래요. 나도 그럴 거라고 생각했어요, 그냥 혹시나 해서 적어둔

거지. 그러면 한 시 삼십 분에 하나, 또 세 시 사십오 분에 하나 있어요."

"세 시 사십오 분 차는 몇 시에 클래펌 환승역에 도착하고요?"

"여섯 시 팔 분이요." 스티븐스 부인이 즉각적으로, 상당히 뿌듯하게 말했다.

"그러면 그걸 탑시다." 그녀의 남편이 답했다.

"지금 애들한테 말할까요!" 그녀가 속삭였다.

"아니. 점심 식사 때까지만 기다립시다. 내가 딱 한 시간만 더 재고해 보고 싶어서. 괜찮은 것 같지만, 완전히 확실한 것이 제일 좋잖아요."

부부는 아침 시간 동안 해수욕 다음에 다 함께 둘러앉아서 마카룬을 먹던 사이 조용히 소소한 재미를 누렸다.

"아이고야." 스티븐스 씨가 구슬픈 한숨과 함께 말했다. "딱 통째로 하루만 더 있었으면." 그러고는 그는 다른 식구들이 보는 일 없이 그의 아내에게 윙크를 보내는 데에 성공했다.

날씨는 갑자기 흐려진 터라, 미세한 보슬비가 바다에서부터 들이치기 시작했다. 일종의 바다 안개가, 차갑고도 축축하게. 휴가의 끝이라는 생각이 딕과 메리와 어니의 어깨에 묵직하게 놓여 있던 사이에 그들은 걸어서 세인트 매슈스 로드를 올라가서, 시뷰로 다시 점심 식사를 하러 갔다.

도저히 이보다 더 완벽한 순간에 그 소식이 찾아올 수 없었는데, 그들이 식탁에 둘러앉아서 허전하게 점심 식사를 들고 있었던 동안, 조용하니 가망 없는 비가 바깥에 내리기 시작했기 때문이다. 그것은 휴가에다가 끝을 쓰는 듯했는데, 설사 내일 날씨가 갠다고 한들 그들의 시들해지는 사기를 진작시키기에는 너무 늦을 터였기 때문이다. 내일이 마지막 날이었다. 트렁크는 모래사장용 신발, 연, 그리고 휴가의 뚜렷한 상징이 되었던 모든 것을 기다리며 걸신 들린 듯이 제 아래턱을 벌리고서 계단참에 서 있을 터였다. 이날 아침에는 마치 태양이 짐을 꾸려 떠나면서, 작은 구름떼를 이룬 서두르는 새들까지 데려가기라도 한 것만 같았다. 바다로 향해 나아가며, 드높은 하늘에 있던 새들을. 반쯤 열린 창문으로 가차 없는 빗발을 뚫고 울리는 무중호각 소리가 들렸다. 그것은 구슬프게 또 다른 휴가의 종말을 알리는 종소리를 치고 있었다……. 그때, 스티븐스 씨는 의자를 뒤로 밀고 파이프 담배에 불을 붙이면서, 그 소식을 터뜨렸다…….

  그들은 처음에는 믿지 않으려고 했다. 그들은 그게 스티븐스 씨의 사소한 농담 중 하나로, 그것도 상당히 나쁜 타이밍에 나온 상당히 바보 같은 농담이라고 생각했던 것이다. 스티븐스 씨는 이어서 호주머니에서 편지 더미를 꺼내서, 그가 덜리치에 있는 역장에게 보내고 있던 지령들을 소리 내어 읽어주었다.

  그 효과는 마법을 방불케 했다. 그 광경은 스티븐스 부부에게, 아이들이 모두 어렸을 때, 몇 년 전에 예기치 못하게 멋들어진 건포도 케이크를 다과 때에 내어놓던 순간을 떠올리게 했다. 어니는 일어나서 방을 둘러 춤을 추면서, 거의 기쁨에 겨워 소리를 질렀다. 그런 다음에는 식탁으로 쑥 돌아가서 쌀 푸딩을 일 인분 더 먹겠다고 고집을 부렸다. 딕 역시도 일 인분을 더 먹었다. 그의 눈은 다시 빛나고 있었다. 먹구름이 바깥의 탁 트인 하늘에는 남아 있을지언정, 응접실에서는 걷힌 터였다.

그러나 지금 비 따위가 무슨 상관이겠는가? 퍼부으라고 해라! 쏟아부으라고 해라! 하루 더라니. 앞으로 훤한 날이 이틀은 있다니. 금요일에도! 토요일에도! "짱이잖아요!" 어니가 소리쳤다.

그들은 코트를 입었고, 부두로 서둘러 내려가서, 유쾌하고 즉흥적인 막간의 여흥을 시작했다. 그런 시간은 어쩐지 조심스럽게 준비해 두었던 일들을 용케 제치고 기억 속에서 두드러지기 마련이다.

그들은 자동 오락기들이 이룬 선명한 색깔의 바다로 머리부터 뛰어들었다. 딕이 스티븐스 씨와 엄청난 전자식 축구 게임 한판을 하던 가운데, 식구들은 그들 어깨너머로 안간힘을 쓰고 응원의 말을 외치며 웃어대었다. 이에 뭘 하느냐 그리 유쾌했던 건지 보겠다고 상당한 군중이 몰려들었기에, 가족들은 시합이 끝났을 때 거의 팔꿈치로 밀어서 오락기로부터 길을 헤쳐 나가야 했다.

"이건 어떠냐!" 스티븐스 씨가 외치면서, 커다랗고 유혹적인 표지판을 가리켰다.

밀치기
누구나 밀치기에서 이길 수 있습니다
완벽한 기량 게임

그 서술은 스티븐스 씨에게는 살짝 모순적으로 보였다.

"어떻게 완벽한 기량 게임이 될 수가 있다는 거야." 그가 말했다. "누구나 이길 수가 있다면?" 이에 잠시 생각하고 나서, 다른 식구들은 요지를 알아채고서는 웃었다.

그들은 귀신의 집을 일 페니어치 즐겼고, 그런 다음에 딕은 크리켓 오락기에서 첫 번째 투구로 W. G. 그레이스*를 아웃시켰다.** 비가 부두의 지붕 덮인 공간들로 거대한 군중을 몰아들인 터였다. 썩 어빠진 오후를 어떻게든 최대한도로 활용하려고 결심한, 원기 왕성하고 명랑한 군중을 말이다. 온 장소가 연달아 터지는 웃음보, 기량 게임 오락기들 앞에서 들려오는 묵직하고 리듬 있는 호흡, 속이 빈 맨 널판자 위에 닿는 신발 굽의 또각거림, 말라가는 비옷들의 따스한 냄새로 가득 차 있었는데…… 이런 오후가 또 어디 있었나! 가끔 스티븐스 가족들은 좌석에 주저앉아서 다른 사람들이 저들의 기량을 시험하는 것을 지켜보았다. 그런 다음에 그들은 일어나서 다시 한번 그들의 수완을 시험해 보곤 했다. 가끔 그들은 성공해서 페니들을 돌려받았고, 가끔은 성공하지 못했으나, 멋진 이틀이 아직 통째로 남아 있는데 그런 게 뭐가 문제였단 말인가!

"여기! 엄마!" 딕이 외쳤다. "와서 엄마 성격 해석 받아봐요." 그는 어느 오락기 옆에 서 있었는데, 그 오락기는 그것을 둘러싼 그 어떤

---

* W. G. 그레이스는 영국의 아마추어 크리켓 선수이다.
** 크리켓에서는 투수가 타자 뒤편의 삼주문을 공으로 맞추면 타자를 아웃시킬 수 있다.

오락기보다도 엄청난 불가사의를 제공하고 있었다. 어느 마법사가, 훌쩍한 설탕봉* 모양 모자와 황도 십이궁도의 상징들로 장식된 기다란 예복 차림으로, 페니를 받던 좁다란 슬롯을 향해 제 지팡이를 엄숙히 가리키고 있었다. 답례로 그는 그대 성격에 대한 온전하고도 가차 없는 폭로로 그대에게 보상을 주겠다고 제안했다.

그 오락기를 보고서 스티븐스 부인은 살짝 창백해져서 뒷걸음질쳤다.

"아니야! 나 말고!" 그녀가 긴장 서린 웃음과 함께 말했다.

그녀는 내심 그녀를 창피하게 했던 두려움을 감추고자 웃었다. 당연히, 오락기를 두려워하다니 어리석었지만, 그녀는 언제나 당신의 성격을, 아니면 당신의 미래를, 아니면 심지어 당신의 과거를 폭로하겠다고 제안하던 사물들과 사람들에게 움츠러드는 두려움을 느꼈다. 혹시라도 그게 그녀더러 차에 치일 터라고 말한다고 했다면 어쩌나? 아니면 그녀가 우물에 떨어져서 익사할 터라고? 진실이든 진실이 아니든, 그것은 그녀의 여생에 먹구름을 드리울 터였다. "아니! 그거 하자고 하지 마." 그녀가 급하게 말했다.

"어서요!" 딕이 웃었다. "그냥 재미로 하는 건데요!"

그러나 그녀는, 매우 결연하게 물러났고, 이에 딕은 아버지의 팔을 붙잡았다. "봐요, 아빠! 아빠 성격이 폭로된대요. 일 페니만 내면. 아

---

* 19세기 후반에 각설탕과 가루 설탕이 도입되기 이전까지는 정제 설탕이 원뿔꼴로 빚어져서 판매되었다.

빠에 관해서 전부 파헤쳐 보자고요, 아빠!"

　스티븐스 씨는 아내와 거의 같은 마음이었다. 그는 그녀의 불합리한 두려움을 전부 가지고 있었다. (혹시라도 누가 알겠는가?) 끔찍하게 불길한 소리를 할지도 모르는 이런 작은 오락기에 위축되는 그녀의 마음까지도 전부. 그러나 그는 가족 앞에서 소심하고 미신적인 모습의 자신을 보여줄 수는 없었다. 긴장 어린 웃음과 함께 그는 일 페니를 끄집어내 용감하게 그것을 슬롯에 눌러 넣었다.

　안심되는 척 소리와 함께 아래쪽의 서랍이 나왔고, 그곳에는 운명의 작은 카드가, 빽빽하게 또 신비롭게 쫙 인쇄된 채로 놓여 있었다. 그는 그것을 꺼내었고 안경을 찾고 있었던 차에 딕이 카드에 손을 뻗어서 소리 내어 읽기 시작했다.

　"당신은 평화를 사랑하는 기질이 있어, 취향이 조용하고 말을 삼갑니다. 좋아하는 건 대개 옥외 공간들과 관습으로부터의 자유와 전원생활이네요. 당신은 이성으로 통제되는 좋은 의지력을 지녔고, 다른 이들에게 좋은 조언을 줄 수가 있군요. 친구들을 선뜻 사귀지는 않지만, 친구로 사귀게 되는 사람들에게는 변함없고 믿음직합니다. 다른 사람들의 견해에 관해서는 다소 민감한 편입니다.'"

　딕은 여러 번 가족이 웃음을 멈출 때까지 말을 멈춰야 했다. 이에 스티븐스 씨도 합류했으나, 그러는 내내 그는 자라나는 경이로 인하여 기이하고도 묘한 기분이 들었다. 말도 되지 않았다, 당연히. 그건 고작 오락기일 뿐이었다. 그저 이상하게도 희한하게 맞아떨어진 우연일 뿐이었다. 그러나 그것은 얼마나 범상치 않게도 진짜였던가! 그것은 실제로 **정말** 그를 묘사하고 있었다. 그로부터 도망칠 길이 없었다. 그의 민감한 구석에 관한 그 교활한 작은 빈정거림에 이르기까지도…….

혹시라도 어떤 신비주의적인 힘이, 정말로 저 번쩍거리는 작은 오락기 속에 숨겨져 있을 수 있단 말인가? 그렇게 생각하는 것조차도 웃기는 일이었지만, 그럼에도…… 거기에는 정말로 묘하게 사실인 구석이 있었다. 그들이 부두를 따라 지나갈 동안 그는 말이 없었다. 그는 조용히 그의 조끼 호주머니에 카드를 쓱 집어넣어서, 그가 혼자 있을 적에 다시 꼼꼼히 읽어보려고 했다.

갑자기 딕의 시선이 비슷한 종류의 다른 오락기에 떨어졌다. "해봐요, 엄마!" 그가 외쳤다. "이제 엄마 차례예요. 하나도 나쁠 게 없다니까!"

그러나 스티븐스 부인은 여전히 숨 가쁘게 몸을 뺐다.

"아니! 증말로 아니야, 딕. 나 안 하고 싶어. 엄마 안 하고 싶은 거 알잖아!" 그러나 딕과 어니는 그녀를 거의 오락기로 실어 날랐다. 이에 그들은 페니를 쥔 그녀의 손을 거의 억지로 슬롯 위에다 눌렀다. 그들은 이해하지 못했던 것이다, 물론. 그녀가 어떤 마음이었는지 그들이 정말로 알았더라면 절대로 그렇게 하지 않았을 테다. 그들은 단순히 그녀가 수줍어하는 것, 자신에게는 푼돈이라도 낭비하기를 꺼리는 것 때문이라고 생각했던 것이다…….

사무적으로 척 하는 소리와 더불어 서랍이 나왔고 그곳에 스티븐스 부인의 성격이 놓여 있었다…….

"내가 읽을까요?" 딕이 웃었다.

"그러렴!" 스티븐스 씨가 말하며, 안심시키는 미소를 띠고서 아내에게 돌아섰다. 딕이 카드를 들어 올렸고, 스티븐스 부인은 갑작스러운 떨림이 그녀에게 밀려드는 것을 느꼈다. 무릎이 갑자기 후들거리는 듯한 느낌 말이다…….

"'당신은 평화를 사랑하는 기질이 있어, 취향이 조용하고 말을 삼갑니다…….'" 딕이 읽기 시작했다. "'좋아하는 건……'"

갑자기 그는 멈추었다. "뭐야! 아빠 거랑 똑같잖아!"

아이들은 박장대소를 터뜨렸다. 정말이지 이렇게나 웃긴 우연의 일치에 맞닥뜨리는 일은 드물었다. 그것은 다른 오락기에서 나온 거기도 했던 것이다! 스티븐스 부인은 한량없이 안심되어서 옆구리가 아플 때까지 웃었다. 오로지 스티븐스 씨만이 힘겹게, 심지어 미소를 억지로 지어내는 것조차 힘겹게 느낄 따름이었다. 그것은 결국에는 그저 팔리기만 하면 그만인 싸구려일 뿐이었다. 그는 아내에게 갑자기 짜증을 느낀 자기 자신에게도 화가 났다. 그녀는 그게 뭐가 그렇게 웃겼던 건가?

그러나 그의 분노는 곧 사라졌는데, 그가 사격 게임에서 담벼락에서 벗어난 고양이 다섯 마리 모두를 명중시켰기 때문이었다. 드디어 다과를 먹으러 다시 시뷰로 가느라고 옥외 공간으로 나갔을 적에 그들은 비가 그쳤음을, 또 태양이 억지로 뚫고 나오느라 커다랗고 하얗게 빛나는 곳을 하늘에서 발견했다.

그들은 팔짱들을 끼고 한 줄로 늘어서서 세인트 매슈스 로드를 올라갔다. "우리 부두에서 또 한 번 놀아요." 딕이 말했다. "토요일 밤에!"

그래, 그들은 그럴 수가 있었다, 토요일 밤에. 그들은 토요일 밤에도 여전히 여기 있을 터였다!

"내일이 통째로, 그런 다음에는 그다음 날이 통째로, 그리고 그때가 되어서도 온전한 아침이 있다니." 그들이 다과를 들러 줄지어 들어가던 사이 딕이 웅얼거렸다.

31

 메리는 팻이 거기, 도로 맨 아래쪽에 서서, 그녀가 대문을 들어갈 때까지 지켜보는 걸 알았다. 그는 거기에 저녁마다 서 있었다. 그녀는 혹시나 현관문 위에 있는 어머니 침실에서 어머니가 그의 목소리를 듣고서 의문을 품을까 봐 절대로 그가 숙소 앞까지는 오지 못하도록 했다.
 그가 여전히 거기 서 있음을 느끼는 건 무척 끔찍했다. 비록 모든 게 끝났다 할지라도, 그녀가 다시는 그의 옆에 서고 말을 걸 수 없다 할지라도, 그녀가 돌아본다면 아직 그를 마지막으로 볼 수 있음을 느끼는 것 말이다. 해변 산책로 길모퉁이의 빛 웅덩이 안에 있는 그를 보는 것은 상당히 수월할 터였다. 이제는 그에게 그녀가 거의 보이지 않겠지만. 그는 대문이 끼릭대는 것을 듣고서, 그녀가 안전하게 정원에 들어갔다는 것을 알 때까지 언제까지고 기다린 뒤에야 떠나겠다고 했다. 그녀는 미친 듯이 길을 달려 올라가려는, 대문을 비틀어 열고서 문지방을 넘어가려는 난폭한 충동을 타도해야만 했다.

결국 작별의 충격은 그렇게 끔찍하게 다가오지는 않았다. 그것은 지난 사흘간 매시간 걸려 있던 불확실성이라는 고문에 의해서 무뎌진 터였다. 마지막 순간에는 이상하게도 안도에 가까운 무언가가 찾아왔더랬다.

그녀는 팻에 대해서 비통함도 분노도 느끼지 않았다. 그녀는 다만 자기 자신에 대해 화가 났던 것이다. 단 한마디라도 그는 그녀를 속이려고 암시하는 어떤 말도 꺼내지 않았다. 그는 정확히 그 어떤 합리적인 소녀라도 예상했을 법하게 행동했다. 그것은 그냥 약간의 재미였다. 빌리 그녀부터가 모험을 떠나는 맨 첫 번째 저녁에 그 사실을 확실히 했다. 휴가 중 기분 좋은 몇 시간을 보내기 위한 약간의 재미일 뿐이라고. 빌리는 아마 지금 극장 근처에서, 그 흑발 소년, 토미에게 작별 인사를 하고 있었을 것이다. 빌리는 이런 일로 울지 않을 터였다. 빌리는 이해했다.

그녀가 세상에 관해서 더 알았더라면 조금이라도 달라졌을까? 만일 그녀가 가진 작은 대화의 저수지가 바싹 말라서 저녁 말미를 향할수록 그녀를 너무 조용하게 하지 않았더라면? 그녀는 이전에 말했던 것들을 되풀이해 팻을 짜증 나게 했더랬다. 그녀가 알지 못했던, 그리고 이해하지 못했던 그 모든 것들 때문에 그를 짜증 나게 했더랬다. 어쩌면 그녀는 그를 즐겁게 해주고 그에게 영리해 보이려고 너무 애썼던 걸지도 몰랐다. 그녀가 그날 밤에 조잡하고 낡은 갈색 코트를 입지 않았더라면 뭔가 달라졌을지도 몰랐다. 그는 그녀가 코트를 입겠다고 굳게 약속하게 했으나, 그 코트의 꽉 조이고, 쪼그라든 소매를 쳐다보는 그의 모습을 그녀는 봤던 것이다…….

길 조금 앞쪽에 시뷰가 있었다. 그 안 삼 층에는 방이 하나 있었는데, 끽끽대는 가스불과 침대가 딸린 작고 낡은 방이었다. 조금만 있으면 그녀는 얄팍하고, 팽팽하게 당겨진 침대보 사이로 기어들어 가서, 그곳에 누울 터였다. 커루나 로드에는 그녀의 다른 방이 있었다. 그 방은 옆집의 벽면을 내다보았다. 다른 침대도 있었다. 이틀의 시간만 지나면 그녀는 그 속에 있을 터였다. 그 너머에 놓인 것은 킹스 로드에 있는 작업실로, 그 거대하고 삭막한 창문은 차고의 파형 철벽을 내다보았다. 그곳의 하늘은 태양은 절대 담지 않았지만 매우 하얗게 번득여 그녀의 눈을 아프게 했다…….

"내가 내일 밤은 시간이 안 될 것 같아, 메리. 공연 마지막 날 밤이라, 이후에 짐을 싸야 하거든. 그동안 몹시 좋았어. 어쩌면 우리 어느 날 다시 만날지도 모르겠다. 내가 여기 있을 때 혹시 너도 있다면."

그의 말들은 여전히 그녀의 귓가에 울리고 있었다. 그녀에게 매력적인 코트가 있었더라면 조금이라도 달라졌을까? 그녀가 더욱 재미있는 사람이었더라면?

이제 몇 걸음만 더 가면 그녀는 시뷰에 있을 터였다. 가족들이 그 안에 있었다. 어니는 침대에 잠들어서, 어머니는 편히 자리를 잡고 눈을 감기 전에 대문이 끼릭대는 것을 기다리면서, 딕은 어니를 깨우지 않으려고 위층에서 조용히 옷을 벗으면서, 그녀의 아버지는 그들을 따라서 잠자리에 들기 전에 파이프 담배를 마저 태우면서.

내일 그녀는 휴가의 마지막 날에 그들과 함께할 터였다. 그녀는 마지막 날의 설움을 참으려는 그들의 모의에 가담할 터였다. 그들에게 연기할 배역이 있었듯이 그녀에게도 연기할 배역이 있을 터였다. 그녀는, 만일 가능하다면, 그 밖의 모든 것을 잊어보려고 할 터였다. 다시는 이런 일이 일어나지 않겠지만 말이다.

대문의 걸쇠에는 찬 이슬 한 방울이 매달려 있었다. 경첩 때문에 끼릭대는 소리가 구슬프게 길을 따라 내려갔다. 그녀는 한순간 돌아선 다음에 계단을 올라갔다. 그녀는 그가 거기 빛 웅덩이에 서 있는 모습을 보았다. 그는 약간 앞으로 발을 내디뎠고, 그녀는 그가 한 손을 올리고는 돌아서서 가는 모습을 보았다.

32

"자, 안녕, 로지. 안녕, 조. 안녕, 베이커 씨. 이듬해에 오는 거 잊지 마시라고."

"나 여기 있을 거야, 두고 봐요." 조가 외쳤다. "내가 캘커타*에서 일 등을 해서 세계 일주를 가지 않는다면 말이야. 자, 안녕이요, 스티븐스, 이 영감아. 잘 있으라고."

그것은 힘든 순간들 중 하나였고, 스티븐스 씨는 이 순간이 끝나는 게 반가웠다. 클래런던 암스의 특실 문이 그의 뒤쪽에서 저절로 닫혔고, 그는 서리 덮인 가을밤의 알싸함을 느꼈다.

---

* 18세기경 인도의 수도였던 캘커타에서는 복권 추첨이 성행했다. 이에 캘커타가 복권 추첨의 대명사로 사용되고 있다.

그들은 그날 저녁에 술집 특실에서 이 계절 들어 처음으로 불을 피웠고, 그래서 벽감 자리에서 느긋하게 있는 대신에 의자들을 끌어와서 불길 주위에 둘러 모였다. 스티븐스 씨가 밖으로 나왔을 때 스포츠 재킷의 단추를 여미고서, 코트를 가져올걸 하고 바랐던 것도 무리가 아니었다. 가로등 주위 유령 같은 무지개 색깔의 원들이 보이는 걸 보니 대기 중에는 안개가 껴 있었다.

그는 호텔을 옆에 낀 채 옆길로 걸어 내려갔고 지나가던 사이에 술집 특실 창문으로 그 내부를 마지막으로 흘긋거렸다. 올해 저 안에서 상당히 쾌활한 저녁들을 보냈더랬다. 사무 변호사인 몬터규 씨가 오지 않아서 유감이었으나, 우리 조는 언제나처럼 경쾌하게 다시 나타났다. 베이커 씨 역시도 상당히 좋은 녀석이었고. 로지, 그녀는 언제나 똑같았다…… 또 한 해 동안은 전부 없을 일이라니 애석할 따름이었다.

해변 산책로에는 더 이상 예전의 인파 같은 게 없었다. 가벼운 옷차림의 사람들을 성에가 카페와 오락장으로 몰아넣은 터였고, 지나가는 사람들 대부분은 오버코트 차림이었다. 휴가가 막바지에 접어들 무렵의 느낌은 스티븐스 씨의 생각 속에만 머무르지 않았던 것이다. 그것은 오늘 저녁 온통 그의 주변에 있었다. 성에 낀 공기 중에 걸려 있었다. 따스한 밤들은 이제 영영 지나간 터였고, 가을이 도달해 있었다.

구월에 휴가를 보내는 것에서 오는 위안 중 하나는 다른 모든 이가 귀가 중이거나 곧 귀가할 예정이라고 느끼는 것이었다. 칠월에 휴가를 끝냈다면 당신을 집으로 데려갈 바로 그 열차로 휴가지에 도착하는 흥분한 군중들을 접하느라 훨씬 힘들 터였다.

오늘 밤 바다는 모래사장 건너로 멀찍이 물러나 있었다. 어둡고도 점판암 같은 초록색 물결이, 고요하고도 다소 낯설게, 짙은 흑색의 해변 너머에 있었다. 오른편 너머로 놓인 것은 그들이 크리켓 경기를 하거나 햇볕 속에서 길고도 나른한 시간 동안 대자로 뻗어 있던, 매끄럽게 쭉 뻗은 모래사장이었다. 어둠을 통해서 그는 기둥 두 개와 위켓을 그 앞쪽에 설치했을 때 공을 멈추는 데 도움을 주었던 높은 방파제 조각을 간신히 알아볼 수가 있었다. 어쩜 시간은 이토록 놀랍게도 쏜살같이 지나갔던지! 그들은 거의 뭘 하질 않았다, 실상. 그저 해수욕을 했고, 빈둥거리고 다녔지. 그런데도 찬란한 휴가였다. 그들이 언제나 과거에 그랬던 것처럼 계속해서 휴가를 여전히 즐길 수가 있다는 것을 알게 되어 좋았다. 비도 왔었지만 물론, 팔월과 칠월만큼이나 축축하진 않았다. 그들은 비 때문에 하루를 통째로 잃은 적이 없었는데, 날씨가 언제나 오후가 되면 맑아졌거나, 점심 시간까지는 비가 내리지 않았기 때문이었다. 조금의 비는 무조건 환영할 일이었다, 사실. 비가 내림으로써 태양이 피부를 굽고 아주 뼛속까지 적셔주던 그런 멋진 시간들에 그들은 훨씬 더 감사하게 되었던 것이다. 첫 번째 주가 최고였다. 그 장려한 삼일이, 하루에 이어 다음 하루로 이어지며 시작했으니. 그들을 갈색으로 그을린 것은 태양뿐만이 아니었다. 바람, 그리고 심지어 휘몰아치는 바다 안개도 나름의 역할을 했다. 그는 해변 산책로 난간에 양손을 얹고 내려다보았다.

그러자 어둠 속에서 손이 거의 보이지 않았다. 너무도 구릿빛으로 그을려서 이제 손톱만이 그에게 섬광을 올려보낸 것이다. 보름 전이라면 그는 어둠 속에서 빛나는 창백한 손가락들을 보았을 테다. 그는 차가운 밤공기를 깊게 한숨 들이마셨고, 돌아섰다. 휴가는 그들 모두에게 경이롭게도 상당히 도움이 되었더랬다.

그가 해변 산책로에서 돌아서서 세인트 매슈스 로드를 올라갔을 적에는 바다에 작별 인사를 한다는 입장이 아니었다. 내일 아침이 통째로 앞에 놓여 있었다, 심지어 또 한 번의 해수욕이 말이다. 왜냐하면 운 좋게 그들은 딱 마지막까지 더 커디를 잡아둘 수가 있었기 때문이다.

잠자리에 올라가기 전 파이프 담배를 마저 피우려고 안락의자에 앉아 있는 동안 첫날 저녁이 그에게 매우 또렷하게 되살아났다. 그는 그 첫날 밤에 휴가가 얼마나 빨리 쓱 사라질지 알았고, 마지막 날 저녁에 그가 앉아서 기쁨과 슬픔이 뒤섞인 채 지난 날을 돌아보고 있을 모습을 그려보았더랬다. 그들의 휴가는 어쩜 이렇게 엇비슷했는지! 오로지 몽고메리가에서의 다과회만이 지난 해들과 다른 것, 예기치 못한 것으로 눈에 띄었다. 그는 다과회에 관해서 많이 생각했고 다과회가 괜찮았던 건지에 관해서도 여전히 약간 긴가민가했다. 그는 전반적으로 다과회가 그에게 어떤 위해도 가하지 않았다고 느꼈다. 심지어 몽고메리 씨의 집값에 대한 그의 형편없는 추측조차도, 보아하니 옳은 쪽으로 실수를 범한 것으로 몽고메리 씨를 추켜세워 주었더랬다. 몽고메리 씨가 다음번에 사무실에 방문했을 때 어떤 일이 벌어지는지 두고보는 건 흥미롭고 상당히 흥분되기까지 했다. 그가 다가와서 휴가에 관해서 그와 한마디를 나눌 게 분명했다. 그것은 상당히 인상적인 순간이 되어 마땅했다. 다른 사무직원들이 무슨 말을 하는지 들으려고 안간힘을 쓰는 채 그들을 구경하는 가운데 말이다. 어쩌면 임원들 중 한 명도 근처에 서서, 몽고메리 씨가 말을 끝내는 것을 기다리는 채로 말이다…….

시계는 열한 시를 알렸지만, 그는 여전히 조용히 생각하면서 의자에 앉아 있었다. 하여간에, 그들이 이전에 언제나 해왔듯이 그날 아침에 돌아간 편이 더 좋았을 텐가? 그는 그런 걸 걱정하는 자신에게 짜증이 났다. 그것은 사실 너무도 무의미한 짓이었지만. 그럼에도 그날 저녁, 딱 평소대로라면 그들이 잠긴 부엌문을 열고서 걸어 들어가고 있었을 터일 시간일쯤 해서, 집이 그들을 부르기 시작했더라는 것이 범상치가 않았다.

그는 지금쯤 앞방에서, 그들이 귀가를 축하하려고 언제나 피웠던 난롯불 앞에 앉아 있을 터였다. 여행길로 인한 피로와 바다를 떠난 비통함은 지금쯤이면 끝나 있었을 터였다. 그의 생각은 정원에서 앞에 놓인 기나긴 하루의 작업에 몰두해 있었을 테다…….

그는 일어나서 파이프 담배를 두드려 털어낸 다음, 벽난로 선반 위에 두었다. 그들을 불러주는 집이 있다는 건 좋은 일이었다. 외박하는 첫날 밤에 낯선 침대로 자러 올라갈 때면 살짝 불행한 기분을 느끼게 해주는 집, 휴가의 배경에 편안하게 놓여 있다가는, 귀가할 시간이 되었을 때 다시 당신을 불러주는 집이 있다는 건 말이다.

계단참에 트렁크가 열린 채 서 있었다. 내일 아침에 필요할 몇 가지를 제외하면 모든 짐이 싸여 있었는데, 그들은 마지막 시간이 찾아올 때까지는 편안한 휴가철 옷과 캔버스 슈즈를 집어넣기를 완고하게 거절했기 때문이다. 그들은 그날 오후에 연을 꺼냈고, 강한 북서풍이 바다 위로 드높이 연을 실어갔다. 그들은 연을 마지막으로 날려보려고 가져간 것이었다. 연은 트렁크의 밑바닥에 납작하게 들어가야만 했던지라, 연을 그 자리에 넣기 전까지는 다른 무엇도 트렁크에 넣을 수 없었기 때문이다.

그는 까치발을 들고 침실로 들어가서 어둠 속에서 조용히 옷을 벗었다.

33

 스티븐스 씨가 더 커디를 마지막으로 흘긋 둘러보고, 문을 닫고, 열쇠를 돌렸을 때는 딱 한 시였다. 그렇게 마지막으로 더 커디를 흘긋대던 중에 그는 그들이 해수욕을 하느라고 바닷물을 들여왔던 자리 바닥이 드문드문 젖어 있는 것을 보았고, 왠지 갑작스레 목구멍이 메었다. 더 커디는 훌륭하고 깜찍한 친구였다. 더 커디로 이번 휴가는 더욱 근사해졌던 것이다.
 "이제 점심 먹으러 돌아가는 게 좋겠다." 그가 말했다.
 그들은 수영복과 수건을 가지고 해안 거리를 따라갔는데, 스티븐스 부인은 그들이 언제나 오두막에 남겨두었던 깔개를 든 채였고, 어니는 팔 아래에 요트를 끼운 채였다.
 이제 거의 막바지였다. 그들은 해수욕용 오두막 사무실의 남자 직원에게 열쇠를 놔두고서 그에게 쾌활하게 작별 인사를 건넸다.

"이듬해에도 오두막을 원하게 될 것 같군요." 스티븐스 씨가 말했다. "다음번에는 편지를 써서 예약하지요." 그가 미소와 함께 덧붙였다. "우리가 다시 더 커디를 받을 수 있으면 좋겠습니다."

우산과 산책용 지팡이 들은 현관의 외투걸이에 기대어 서 있었는데, 짐꾼의 수레를 대비해서 함께 끈으로 묶인 채였다. 스티븐스 씨의 잡낭이 못에 걸려 있었고, 어니는 그 아래에 자기 요트를 내려놓았다. 그들은 젖은 수건과 수영복들을 어떤 튼튼한 갈색 종이에다 말아 넣어서 트렁크에 있는 옷에 습기가 배지 않도록 해놓고, 그들이 귀가 여행길에 입을 옷들로 갈아입기 위해서 침실로 들어갔다. 다시금, 꽉 조이는 목깃들, 조끼와 단단한 가죽 신발, 어니의 다홍색 다리에는 스타킹을.

점심 직후에 떠나는 열차가 없어 그들이 식탁에서 바로 일어나 짐을 챙겨 떠날 수 없다는 점이 아쉬웠다. 휴가는 이제 끝났다. 모래사장으로 돌아가 한 시간 더 휴가인 척을 하려 들어봤자 한심한 짓일 터였다. 그래봤자 가죽 신발이 젖고 여행길을 떠날 몸만 덥고 끈적하게 만든다는 뜻밖에는 되지 않을 터였다. 그들은 식사 자리에 가능한 한 오래 앉아 있었지만, 자리는 막바지로 갈수록 매우 말이 없어지고 허망해졌다. 길 반대편의 더 시커모어스에서는 축음기가 연주되고 있었고, 그들은 소녀들 중 두 사람이 나와서 잡지와 깔개 들을 가지고 바다 쪽으로 걸어나가는 모습을 보았다. 그들은 저 너머에서 얼마나 긴 휴가를 보내고 있었던 것인가! 스티븐스 가족이 도착했을 때도 그들은 더 시커모어스에 있었는데, 막 스티븐스 가족이 집에 돌아갈 때 그들은 다시 바다로 떠나고 있던 것이다.

두 시가 되어서야 가족은 일어섰다. 그들은 위층으로 올라가서 크리켓 셔츠와 플란넬 바지, 캔버스 슈즈를 짐에 쌌다. 그들은 트렁크를 닫고서 끈으로 묶어 조였고, 그러고 나서 그가 방을 마지막으로 한 번 둘러보고 있었을 때, 스티븐스 씨는 침대 아래 바로 한구석에 자신의 두꺼운 회색 산책용 양말 한 짝을 보았다. 거의 매년 그런 일이 벌어진다는 게 웃겼다. 그는 아래로 팔을 뻗어서 그걸 줍던 차에 목깃이 조여들고 얼굴이 뜨거워지는 것을 느꼈다. 양말은 먼지투성이 보풀에 덮여 있었고 그가 양말을 의자 등받이에 날쌔게 때려야만 그의 우비 호주머니에 욱여넣을 만큼 충분히 깨끗해졌다.

그가 돌아왔을 때 다른 식구들은 응접실에 모여 있었고, 그가 말없이 둘러앉아서 예전 잡지들을 만지작거리는 그들을 바라보던 중, 여행용 옷차림을 한 그들이 여느 때보다도 더욱 햇볕에 그을려 보였다는 생각이 들었다.

"아이고, 우리 진짜 떼거리다!" 그가 외쳤다. "우리 얼굴들 좀 봐봐! 무슨 붉은 인디언 떼거리 같다!"

심지어 지금도 고작 두 시 반이었다. 그들이 그저 허망하게 둘러앉아서 세 시를 알릴 때까지 시계나 보고 있다면 휴가 전체가 무너질 터였으니, 스티븐스 씨는 바닷바람을 마지막으로 한 번 쐬러 딱 해안 거리까지만 짧은 산책을 다녀오자고 제안했다.

스티븐스 부인은 여행길을 위해서 기력을 비축해 두고 싶었지만,

다른 식구들은 열렬하게 일어나서 스티븐스 씨와 함께 마지막으로 한 번 바다를 보러 내려갔다.

그들은 이런 산책을 할 때는 우울하고 감상적이기 매우 쉽다는 것을 알았으므로, 그들이 거기 서서 바다를 둘러보던 태도에는 억지로라도 아무렇지 않게 구는 투가 있었다. 돌풍이 불고 구름이 뒤덮인 날이었고, 바다는 방파제를 향해 기어 올라오던 사이에 매우 뚱해 보였으니, 한 시간만 있으면 조수는 만조가 될 터였고 용솟음치는 포말이 해변 산책로를 따라 여기저기서 쏟아 올라갈 터였다. 이런 오후에는, 바다가 바로 모래사장 위에 있을 때에는 떠나는 일이 그리 힘들지는 않았다. 모래사장이 섬광을 올려보내며 그들을 부를 때가 어려웠지.

"결국 해변을 따라서 펠펌까지 간 적은 없었네요." 딕이 웃었다. "매번 갈 거라고 말은 하는데!"

"이듬해에는 우리 리틀햄프턴까지 쭉 걸어가서 버스로 돌아오자고." 스티븐스 씨가 말했다.

"그리고 이듬해에는 쾌속정도 타고 나가봐요." 자신의 반복된 요청이 무시당했다며 약간 토라져 있던 어니가 끼어들었다.

스티븐스 씨는 모자를 벗어서 바닷바람이 그의 머리칼 사이로 노닐게 했다. 그는 솔과 빗을 짐으로 쌌지만 포마드가 그의 머리카락이 여기저기 흩날리지 않도록 해 열차 안에서 단정치 못하게 보이지 않도록 해 줄 터였다. 그는 오늘 오후에 다소 어둡고 삼엄한 오래된 부두의 끝을, 일련의 하얀 해수욕용 오두막들과 셸시 빌까지 길게 펼쳐진 해안을 보았다. 사실 일 년은 긴 시간이 아니었다. 그들은 다시 금방 여기에 있을 터였다. 오로지 크리스마스까지의 시간이 정말로 힘들었던 건데, 그 이후로는 저녁들이 길어지기 시작하고 휴가가 매일 점점 가까워졌기 때문이다. 오로지 시월과 십일월, 십이월은 힘들었다. 십이월은 반절 정도만 힘들었는데, 실상은, 그도 그럴 게 그 달의 중순부터 크리스마스가 찾아오기 시작했고, 크리스마스 이후 저녁들이 한층 길어지기 시작한 끝에, 삼월 말로 가는 어느 저녁에 그는, 사무실에서 돌아올 적에 그를 기다리고 있는 반 시간의 보물 같은 햇빛을 발견할 터였기 때문이다. 그가 정원에서 작업할 시간을 찾을 봄철의 저녁들을 생각하면 원기가 북돋아졌다. 그런 다음에는 부활절이 왔고, 그런 다음에는, 세상에나, 휴가가 거의 코앞이었다! 부활절이면 그들은 허깃 부인에게 객실을 잡고자 편지를 썼다. 그때부터 줄곧 그들은 휴가를 고대했다. 여름 내내…….

그는 시계를 찾아 더듬었다. 스웨터를 입고 이 모든 나날들을 보낸 다음 다시 조끼를 입으려니 이상했다. 그 자그마한 호주머니에 거의 손가락을 넣지도 못할 지경이었다.

"딱 세 시구나." 그가 말했다. "우리 이제 떠나는 게 낫겠다." 바람받이가 된 해변 산책로를 마지막으로 한 번 흘끔 올려다보고, 바다를 마지막으로 내다보고, 그들은 돌아섰다.

그들이 돌아왔을 때 짐꾼은 도착한 터였고, 딱 시간에 맞춰 온 그들은 그를 거들어 트렁크를 아래층으로 내렸다.

"클래펌 환승역으로 짐표를 붙여주세요." 스티븐스 씨가 말했다.

"우리가 지팡이랑 우산은 들고 객차에 가져가려니까."

그가 숙소로 돌아갔을 적에 그는 몰리가 지하실 계단 꼭대기의 복도에 서 있는 것을 보았고, 다른 식구들이 응접실로 들어갔을 때 그는 뒤에서 미적대고서 그녀에게 손짓했다. 그녀는 그에게 다가갔고 그는 그녀의 손에 오 실링을 슬쩍 넣어주었다.

"여기 있어요, 몰리. 이것저것 다 해줘서 고마워."

"정말 감사합니다, 스티븐스 씨. 지금 가시는 건가요? 제가 허깃 부인에게 말할까요?"

"응. 우리가 이제 슬슬 떠나는 편이 좋을 것 같아."

몰리는 지하실 계단을 달려 내려갔고 허깃 부인은 너무도 빨리 나타났다. 맨 아래쪽에서 나타날 순간을 기다리면서 귀 기울이고 있었던 것이 틀림없었다. 그녀는 검은 실크로 된 일요 드레스에 레이스 목깃과 소맷동을 찬 차림으로 상당히 말쑥해 보였고, 활기찬 미소를 띠고 복도를 올라왔다.

"그럼 가시는 거예요?" 그녀가 말했다.

"네, 애석하게도 그러네요." 스티븐스 씨가 유감스러운 웃음과 함께 답했다. 그는 응접실의 시계가 윙 소리를 내기 시작하는 것을, 그런 다음에는 가느다랗게 단독으로 팅 하는 소리를 들었다. 그렇다는 말은 세 시 십오 분이자 갈 시간이었다.

"모든 걸 만족스럽게 여기셨기를 바랄 따름입니다." 허깃 부인이 말했다.

"좋았어요, 감사합니다." 스티븐스 씨가 말했다. "시뷰는 언제나 더

할 나위가 없어요."

허깃 부인은 고개를 약간 돌렸고, 그녀가 그를 다시 바라보았을 적에 그는 그녀의 뺨에 올라온 홍조의 반점 두 개를 보았다. "그렇게 말씀해 주시다니 상냥하시네요, 스티븐스 씨. 저야 언제나 최선을 다하지요, 물론. 그걸 알아주신다는 걸 알게 되어서 기분이 좋네요."

"날씨 관련으로도 운이 좋았어요. 칠월이랑 팔월에 어땠는지를 고려하면 말이죠." 그는 한 손을 내밀었고, 허깃 부인은 그녀의 하얀 레이스 소맷동을 홱 뒤로 젖혀 손을 잡았다.

"그럼, 안녕히 계세요, 허깃 부인."

한 명 한 명씩 가족은 악수했고 좁은 복도 속에서 서로를 비집고 지나갔다.

"그럼, 안녕히 계세요!"

"안녕히 계세요, 허깃 부인."

"안녕히 가세요, 스티븐스 부인."

"안녕히 계세요!"

"안녕히 계세요!"

멀찍이서 허깃 부인의 하얀 레이스 소맷동이 손수건으로 손짓하는 것처럼 보였다. 더 이상 그들에게 상태가 좋지 않은 그녀의 눈이 보이지 않았고, 검은 실크 드레스 차림으로 대문 옆에 서 있는 그녀의 모습은 상당히 훌쩍하고 위엄 있어 보였다.

작가의 말 *

 어느 날 소설을 쓰자는 발상이 난데없이 찾아왔다.
 그 일은 보그너에서 보낸 해변 휴가 때에, 바닷가에 앉아서 인파가 지나가는 것을 구경하곤 했을 적에 벌어졌다.
 나는 그 끝없는 사람들의 줄기를 지켜보다가 무작위로 가족들을 골라내어서 가정에서는 그들의 삶이 어땠을지 상상해 보기 시작했다. 아버지들은 무슨 희망과 야망을 품었는지, 어머니들은 본인 아이들을 자랑스러워했는지 아니면 실망스러워했는지, 아이들 중 어떤 애는 성공할 것이고 어떤 애는 시대에 순응해서 누구도 아니게 될 것인지. 당신이 일찍이 한 번도 본 적이 없었고 다시는 볼 일이 없을

---

* 저자의 자서전 『여주인공은 없다 *No Leading Lady*』(1968년 작)에서 발췌했다.

얼굴들의 끝도 없는 물줄기가 흘러 지나갔으나, 그들이 당신의 좌석을 지나칠 때 한순간, 당신은 그들을 개인으로서 선명하게 보게 되었던 것이고, 때때로 그들이 가고 난 뒤에도 당신의 기억 속에서 들끓던 흥미의 불씨를 점화한 사람은 있기 마련이었다.

나는 무작위로 그런 가족들 중 하나를 갖다가 바닷가에서 보내는 가족 연례 휴가에 관한 가상의 이야기로 발전시키고자 안달이 나기 시작했다.

그 이야기는 극작품이 될 수는 없었다. 극장에 올라갈 만한 유의 이야기가 아니었고, 여하간에 극작품 집필에는 손을 털은 터였다.

소설이어야 할 터였지만, 소설을 쓰겠다는 나의 이전 시도는 모두 폐지통에서 최후를 맞이한 터였다. 나의 어휘가 소설에는 미치지 못한 것이었다. 나는 허둥대고 다니면서, 이전에는 한 번도 적어본 적 없었던 낯선 단어를 물색하면서 당혹스러워지고 꼬이고 절망스러워졌다. 그러나 지금 내가 출판을 염두에 두고 집필해서는 안 되었다. 설사 소설이 완성된다고 해도 나는 절대로 그걸 출판사에 투고해서 또다시 낭패를 맛보는 짓을 감수하지는 않을 터였다.

나는 글을 쓰려는 목적으로만 글을 쓰고 싶었고, 어느 날 저녁 호텔 침실에서 집필에 착수했다. 나는 곧 이전에 소설 집필에 손을 대 보았을 때 나를 악귀처럼 괴롭혔던 예의 오랜 문제에 봉착하게 되었다. 나는 단어들을 찾아 뇌를 쥐어짜기 시작했고, 내가 찾아낸 단어들은 들어맞지가 않았다. 거들어 줄 사전과 동의어 묶음마저 없는 만큼 사정이 더 궁색했다.

성과 없는 노력을 좀 한 끝에 나는 이전에 한 온갖 시도들이 사실상 완전히 다른 우물을 파는 일이 아니었는지 의문하기 시작했다. 나는 단순하고 복잡하지 않은 사람들이 평범한 일을 하는 이야기를 쓰고 싶었는데, 그 수단으로 현란한 것과 허세 가득한 말들을 찾아 더듬고 다니고 있던 것이다. 이 사람들이 자신의 감정과 모험을 묘사하기 위한 명백히 최고의 방법은 단순하고 복잡하지 않은 단어들로 쓰는 것이었는데도 말이다. 나는 그쪽으로 집필을 시도해 보기로, 내 지휘하에 있는 변변찮게 비축된 단어들만으로 제한시켜 그 단어들이 어디까지 가는지 보고자 결정했다. 누가 됐든 읽고 싶어 할 법한 책이 나오지는 않겠다만 내 연필을 놀리게는 해주고 할 일 없는 저녁들을 채우는 줄 터였다.

이야기는 간단한 것으로, 너무도 간단한 나머지 나 자신이 아니라 누군가를 위해 쓴 거라면 도저히 면이 안 섰을 정도였다. 교외 지역에 살다가 보그너로 보름간 연례 휴가를 온 소가족으로, 남편과 아내, 양재사 밑에서 일하는 다 큰 딸, 런던의 사무실에서 막 새 출발을 한 아들, 또 아직 학교를 다니는 어린 아들이 주인공이었다. 그들 휴가를 하루하루 기술하는 것으로, 이야기는 집에서 보내는 마지막 저녁부터 가족이 귀가하기 위해 가방을 싼 날까지 전개되었다. 그들이 매일 아침 허름한 하숙집에서 나와서 바다로 내려간 일이라든지, 아버지가 단조로운 일에서 벗어나 짤막하나마 자유를 맛보면서 미래에 대한 희망을 찾은 일이라든지, 아이들이 낭만과 모험을 찾은 일이라든지, 어머니가 바다를 무서워하면서도 다른 식구들에게는 자신이 바다를 즐기고 있노라고 생각하게 하려고 노력한 일이라든지.

　처음에는 어깨에서 힘을 뺀 문체가 예전의 공들인 문체보다 조금이라도 더 쉽게 나오질 않았다. 인상적인 단어들과 이것저것 기발하게 말하는 방식을 찾는 습관을 떨쳐버리기가 힘들었다. 그러나 조만간에 막다른 골목을 뚫고 몇 개의 평범한 단어들이 길을 터오기 마련이었고, 그렇게 시간이 흐름에 따라 집필 과정은 너무도 매끄럽게 달려가기 시작한지라 나는 매일 밤 그 이전 어느 때보다도 더 글을 쓰게 되었다.

　이런 문체를 쓰는 것에는 그 나름의 함정들이 있었다. 너무 단순해지면 점강법으로 빠져버렸고, 글이 역으로 일종의 허세를 띠게 되었다. 등장인물들을 지나치게 단순화하다 보면 인물들이 너무 작아졌고 작가가 그들을 가르치려들기 시작했다. 이야기를 평평한 용골에 올리는 데에는 시간이 걸렸다. 나는 주제가 되는 사람들을 내려다보면서 집필을 시작했는데, 그러다 보니 반대편으로 너무 멀리 가서 어느새 그들을 올려다보고 있기도 했다. 그들을 정말로 알게 되고 나서야 나는 그들과 쉬 나란히 걸을 수 있게 되었다.

　이 이야기의 매력은, 내가 그 어떤 계획도 설계하질 않았던지라 다음 챕터로 가보기 전까지는 나조차도 무슨 일이 벌어질지 절대로 몰랐다는 점이었다. 그러자니 내가 등장인물들과 계속 동반하게 되었는데, 그도 그럴 게 그들이 밤마다 잠자리에 들 때 이튿날 무슨 일이 벌어질지 몰랐던 만큼이나 별반 다를 바 없이, 나 자신도 책상의 불을 끄고 잠자리에 들 때 앞으로 무슨 일이 벌어질지 몰랐기 때문이다. 소설이 마무리되자 나는 그것을 『구월의 보름』이라고 칭했다.

집필 내내 나는 내가 볼 용으로만 쓰는 것일 뿐 그걸 출판업자에게 보여줄 의향이라고는 눈곱만큼도 없다고 내 자신에게 말했었다. 내가 투고할 생각이 조금이라도 있었더라면 이렇게까지 즐겁게 책을 쓰지 못했을 거다. 그런데 작품이 마무리되자 누군가에게 보여줘서 이 책에 관해 어떻게들 생각하는지 알아내고 싶은 마음이 어쩔 수 없이 들고야 말았다. 내가 다시 쭉 읽어보았을 때는 마치 아이들의 언어로 쓰인 것처럼 느껴졌으나, 막상 아이들용이라기에는 경로에서 빗나간 책처럼 느껴졌다. 이 작품을 아동 도서로 제안하는 것은 가당치 않았으나, 그렇다고 어떤 부류의 어른들이 이걸 소화할지 떠오르지도 않았다.

빅터 골랜츠는 (내 극작품인) 「여정의 끝 *Journey's End*」을 출판한 터였으며 내가 개인적으로 알던 유일한 출판업자였다. 그러나 골랜츠는 지성인이자 완벽주의자였다. 그가 출판하고 있었던 소설들은 수려한 문학성으로 평론가들로부터 찬사를 얻고 있었으니, 그에게 『구월의 보름』을 준다는 것은 사자에게 과일 사탕을 주는 것과 같이 느껴졌다. 그러나 밑져야 본전이었다. 작가로서의 나의 비축물은 영점에 있었고, 최근에 극작품으로 맛본 실패들로 나는 실망에 대한 예방 주사를 이미 맞은 터였다. 이 소설은 내가 그 극작품들에서 사용했던 똑같은 공식을 고수하고 있었다. 똑같이 평범한 부류의 사람들, 일상적인 종류의 똑같은 이야기까지. 그것을 골랜츠에게 보내는 것은 우리 우정에 상당히 응석을 부리는 것이었지만, 그는 그걸 몸소 읽어

줄 터였으며, 그가 이 작품을 어떻게 생각한들 당사자들 둘 이상으로 그 생각이 새어 나가지 않을 터였음을 나는 알았다. 내가 안전한 손에 소설을 맡겼다고 확신할 만큼 나는 그를 잘 알고 있었다.

나는 달관한 채 이 소설을 친근한 유감의 편지와 함께 돌려받기를 기다렸지만, 그가 나한테 보낸 편지는 내가 받아본 것 중에 가장 큰 깜짝 선물이었다. "이거 마음에 드는데요"가 그의 첫 세 마디였고, 그것들은 몇 달을 어두운 방 안에서 보낸 뒤에 햇살 한 줄기를 보는 것과 같았다. 경이로운 편지였다. 출판업자들과 극장 지배인들이 말을 고르고 삼가겠거니 했지만, 빅터의 편지에는 그런 뉘앙스는 전혀 없었다. 그의 열성은 완전했다. "원고를 기쁘게 출판하겠습니다." 그가 말했다. "한 단어도 바꾸지 않을 거고요."

그리고 그는 정말로 정확히 원고가 쓰인 그대로 출판했고, 서평은 훌륭했다. "사랑스러운 소설"이라고 《데일리 텔레그래프》에서 말했다. "작은 걸작"이라고 《선데이 익스프레스》에서 말했다. "뇌쇄적"이라고 또 다른 신문에서 말했다. 「여정의 끝」이 다시 처음부터 벌어지는 격이었다.

그리고 대중도, 같은 유의 이야기로 극작품을 썼을 때는 등을 돌리더니만 불타나게 책을 찾았다. 초판이 일주일 만에 매진되었다. 일만 부가 인쇄된 만큼이나 빨리 팔려나간 것이고, 이만 부가 한 달 안에 팔려나갔다. 미국 출판사 한 곳도 기록적인 속도로 책을 내놓았다. 저 건너 미국에서도 이 책은 똑같이 거창한 광고문들을 달고서 고향 영국에서 팔린 만큼이나 팔려나갔다. 독일, 프랑스와 스칸디나비아,

이탈리아와 스페인에서도 책을 가져가서, 급기야 거의 「여정의 끝」을 가져갔던 것만큼이나 많은 유럽 국가들이 책을 가져가게 되었다.

왜 이게 인기를 끌었는지는 아무도 모를 일이었다. 주로는 아마도 이야기가 읽기 쉽고 웅장하거나 허세 섞인 구석이 없었기 때문이겠고, 또 이전에 쓰인 적이 없던 이야기였기 때문이겠다. 뉴욕에서 어떤 소녀가 보낸 편지에 따르면 소녀는 매일 아침 뉴욕에 있는 직장으로 가느라 허드슨강 건너로 실어 날라주는 페리선을 타고서 이 책을 읽었고, 이 책이 자신을 너무도 따스하고 자유롭고 행복한 기분으로 만들어 줬단다.

이 모든 일을 겪으며 나는 애쓰지 않아야만 명중할 수 있는 모양이라고 느꼈다. 나는 「여정의 끝」을 가지고는 애쓰지 않았다. 그걸 연극으로 제작하겠다는 생각따위 없이 겨울철 저녁을 보내고자 그 작품에 착수했던 것이다. 그에 뒤이은 극작품 두 개는 진력을 다해서 애를 썼고 두 작품 다 수포로 돌아갔다. 나는 더는 그럴 가치가 없었기 때문에 애쓰는 걸 포기했고, 시간을 때우려고 소설을 하나 썼더니만 어느새 다시 세상 꼭대기에 올라오게 되었던 것이다.

냉정한 시선으로 봤을 때 이 소설이 나를 전문 작가로 바로 세워주는 데에 뭐라도 도와준 것 같지는 않다. 충분히 실패를 적립해 애쓰는 것을 포기했을 무렵에만 와주는 이따금씩의 행운에 의지해 살아갈 수는 없는 노릇이었으니 말이다. 나는 연극 분야에서 거둔 별난 성공을 다른 극작품들로 이어가려다가 손가락을 심하게 데인 터였고, 그런 일이 다시 벌어질 위험을 감수하고 싶지는 않았다. 내가 두 번째 소설을 날조해 첫 번째 소설의 성공에 편승하려고 애썼다면 비평가들은 아마도 그게 제이의 『구월의 보름』은 못 되었다고 말할 테고, 그건 의심의 여지 없이 옳은 말일 테다. 그러니까 할 일은 상황을 가만히 내버려두고 잠자는 사자의 코털을 건드리지 않는 것이었으렷다.

옮긴이의 말
유리병 속 색색의 유리알

'왜 재미있는지 영문을 모르겠는데 두근거릴 정도로 재미있다'가 편집자에게 이 책을 의뢰받은 뒤 처음 완독한 뒤의 감상이다. 이 책의 줄거리 자체는 그다지 특별한 것이 없어서, 한 줄로 요약할 수도 있겠다. 영국의 평범한 가족이 9월에 보름간 휴가를 다녀온다, 가 전부인데, 읽으면서 슬그머니 미소를 짓게 될 정도로 재미가 있으니 참 신기한 노릇이다.

하지만 그렇게 소소하고 소박한 재미가 바로 로버트 세드릭 셰리프(1896~1975)가 1931년 35세의 나이에 이 작품을 출판하면서 의도한 바이겠다. 잉글랜드 미들섹스에서 보험사 직원인 아버지와 어머니 아래 태어난 그는 학교를 졸업한 후 아버지와 마찬가지로 1914년부터 보험사 직원으로 일하기 시작한다. 그러던 중 1차 세계 대전에 장교로 참전하고, 1917년에 커다란 부상을 입는다. 부상에서 회복한 뒤에는 런던의 보험사에서 다시 근무하게 된다. 이후 1차 세계대전에 참전한 경험을 살려 대표작인 극작품「여정의 끝」을 집필하여 큰 성공을 맛본다. 이후 그 성공의 기운을 이어 가고 싶어 했지만, 뜻대로 되지 않아 좌절한다. 그러던 차에 휴가를 떠나서 힘을 빼고 그저 손을 놀리겠다고 집필한 작품인『구월의 보름』으로 다시금 큰 성공을 거둔 것이다.

이 작품이 성공한 이유는 바로 줄거리가 크게 극적이지 않은데도 심리 묘사가 섬세하고 입체적이므로, 독자로서 휴가에 대한 기대감에 부풀게 하고 마치 실제 존재하는 가족과 함께 휴가를 떠나는 기분이 들게 한다는 데에 있겠다. 특히 각 가족의 심리를 들여다보아, 일견 평탄해 보이는 휴가라는 수면 아래에서 일렁이는 저류들을 묘사함으로써 긴장감을 놓치지 않는다는 점이 이 작품의 묘미이다. 휴가 중 새로운 친구의 등장에 가족과 온전히 시간을 보내는 대신에 친구와 단둘이 놀러 나가게 되어 가족에게 설명하지 못할 죄책감을 느끼는 메리, 가족들에게는 남몰래 직장과 학교를 부끄러워하는 딕, 사실은 바다를 조금 무서워하지만 가족들을 위해서 십수 년간 해변에서의 휴가를 즐기는 모습을 열심히 꾸며내는 스티븐스 부인, 회사에서 열심히 노력한 끝에 성공을 이룩하여 가정을 꾸리고 딕까지 취업하게 해준 데에 자부심을 느끼면서도 가족들이 혹시나 휴가를 즐기지 않을까 봐 안달복달하는 스티븐스 씨, 그리고 워낙 순진무구하여 기차 차표에 탑승 표식을 뚫는 것마저도 너무도 재미있어하는 어니까지. 이 평범하디 평범한 중산층 가정의 휴가는 매번 보그너에서 이루어지고, 특별할 것이 하나 없다. 그러나 평범한 것이 가장 어려운 것이라고 했던가, 한 명 한 명의 내면을 들여다보면 그 평범함을 유지하기 위한 그들의 고군분투는 엄청나다(물론, 마냥 신난 어니는 빼고). 이렇게 평소 감춰져 있던 가족 구성원들의 생각이 드러나는 것은 물론, 아이들의 성장으로 인하여 가족이라는 틀이 변화될 가능성이 암시되면서 그 미묘한 감정적인 긴장감이 전달된다.

그런 여러 가지 생각의 소용돌이 속에서도 휴가철에 만나는 소소한 행운에 기뻐하는 가족의 모습에 공감이 되어 웃음이 나기도 한다. 열차를 탔을 때 처음에는 자리가 없어 따로 앉았는데 이 사람 저 사람이 빠져서 마침내 가족이 한꺼번에 모여 앉을 수 있게 되었다든가, 해수욕용 오두막을 빌리고 싶었는데 처음에는 모두 예약이 차 있어서 못 빌리는 줄 알았다가 알아보니 며칠 뒤에 나가는 사람이 있어서 예약을 할 수 있었다든가 하는 그런 소소한 가정적인 드라마가 스며 있어서 매 순간이 소중하고 빛이 난다. 그렇게 끝까지 긴장감을 놓치지 않으면서도 일상적인 행복의 빛살이 배어 있는 소설이니만큼, 그들의 휴가가 끝났을 때는 나 자신의 휴가도 끝난 것처럼 느껴져 마음이 아려 오기까지 한다.

이 책은 놀랍게도 벌써 약 1세기 전에 집필된 책인데, 현재 읽어도 그렇게까지 고루한 느낌이 들지 않는다. 오히려 지금도 현대 독자들의 마음에 가닿는 섬세한 부분들이 있기에 사랑받고 있는 것이리라. 그러니만큼 이 작품은 휴가라는 주제를 통하여 삶의 행복을 다시 발견하게 하는 시대를 초월한 고전이라고 할 수 있겠다.

거기다 대중적으로 통하는 소박한 언어로 쓰였으니만큼, 예전 책이면서도 현재 독자들에게도 큰 이질감 없이 다가온다. 하나 아무래도 1920년대의 시대상이 담긴 책이니, 디저트나 요리 종류, 기차역의 짐꾼, 사탕 및 게임 자판기, 기차역의 표지판 등에서 현재 접하기에는 조금 낯선 문화적 요소들이 등장하여 번역하는 데에 난점이 없지는 않았다. 그래도 이 모두가 당대의 분위기를 살려 주는 요소들이니만큼 최대한 독자의 이해를 돕는 방향으로 살리도록 노력하였다.

이 책을 번역하며 메리의 친구를 사귀고자 하는 마음과 딕의 인생에 관한 고찰에 공감하게 되고, 스티븐스 부인의 조용히 가족들을 생각하는 마음에는 감동을 느꼈으며, 스티븐스 씨의 자수성가 인생 이야기에는 응원을 보내게 되었으며, 어니의 터널과 쓰레기에 대한 순수한 기쁨에는 웃음을 터뜨리게 되었다. 이와 같이 큰 드라마가 없어도 감정적인 울림을 주는 작품이니만큼 세심한 심리 묘사와 가족들 간의 단란한 대화가 중요한 역할을 하는 작품이라고 생각되었다. 이에 심리 묘사를 되도록 충실하게 따라가며 자연스럽고 생생한 대화가 이어지도록 신경을 썼으니, 독자 여러분에게도 그 노력이 가닿기를 바랄 뿐이다.

이 책은 소위 말하는 '소확행(소소하지만 확실한 행복)'을 모아 놓은 책이라는 생각이 든다. 휴가지 해변에서 주워 모은 색색깔의 투명한 유리알들을 유리병에 고이 담아 코르크 마개로 봉해 놓은 다음, 삶이 힘들 때마다 그 유리알들을 한 알 한 알 꺼내 보며 거기서 발하는 따스한 빛에 용기와 위안을 얻는 것과 같은 그런 책 말이다. 독자 여러분께서도 때로 힘겹고 지칠 수 있는 삶의 여로에서, 이 책을 만남으로써 반짝이는 유리알을 해변에서 발견한 듯한 기쁨을 간직하신다면 더 바랄 나위가 없겠다.

백지민

옮긴이 **백지민**

한국외국어대학교 이탈리아어학과 및 영어통번역학과와 이화여자대학교 통역번역대학원 한영번역과를 졸업하고 번역가로 활동하고 있다. 옮긴 책으로 『친밀한 사이』 『여덟 밤』 『하객 명단』 『핀처 마틴』 『어둠 속에서 헤엄치기』 『다시 찾은 브라이즈헤드』 『위대한 개츠비』가 있다.

구월의 보름

초판 1쇄 인쇄 2025년 6월 16일
초판 1쇄 발행 2025년 6월 23일

지은이 로버트 세드릭 셰리프
펴낸이 김선식
옮긴이 백지민

부사장 김은영
콘텐츠사업본부장 임보윤
책임편집 김한솔 **책임마케터** 양지환
콘텐츠사업3팀장 이승환 **콘텐츠사업3팀** 김한솔, 권예진, 곽세라, 이가현
마케팅2팀 이고은, 양지환, 지석배
미디어홍보본부장 정명찬 **브랜드홍보팀** 오수미, 서가을, 김은지, 이소영, 박장미, 박주현
브랜드홍보팀 김민정, 정세림, 고나연, 변승주, 홍수경
영상홍보팀 이수인, 염아라, 김혜원, 이지연
편집관리팀 조세현, 김호주, 백설희 **저작권팀** 성민경, 이슬, 윤제희
재무관리팀 하미선, 임혜정, 이슬기, 김주영, 오지수
인사총무팀 강미숙, 이정환, 김혜진, 황종원
제작관리팀 이소현, 김소영, 김진경, 이지우, 황인우
물류관리팀 김형기, 김선진, 주정훈, 양문현, 채원석, 박재연, 이준희, 이민운
외부스태프 디자인 데일리루틴

펴낸곳 다산북스 **출판등록** 2005년 12월 23일 제313-2005-00277호
주소 경기도 파주시 회동길 490
전화 02-704-1724 **팩스** 02-703-2219 **이메일** dasanbooks@dasanbooks.com
홈페이지 www.dasan.group **블로그** blog.naver.com/dasan_books
종이 스마일몬스터 **인쇄 및 제본** 상지사 **코팅 및 후가공** 제이오엘앤피

ISBN 979-11-306-6752-2 (03840)

- 책값은 뒤표지에 있습니다.
- 파본은 구입하신 서점에서 교환해드립니다.
- 이 책은 저작권법에 의하여 보호를 받는 저작물이므로 무단 전재와 복제를 금합니다.

다산북스(DASANBOOKS)는 독자 여러분의 책에 관한 아이디어와 원고 투고를 기쁜 마음으로 기다리고 있습니다. 책 출간을 원하는 아이디어가 있으신 분은 이메일 dasanbodasanbooks.com 또는 다산북스 홈페이지 '투고 원고'란으로 간단한 개요와 취지, 연락처 등을 보내 주세요. 머뭇거리지 말고 문을 두드리세요.